新潮日本古典集成

土佐日記　貫之集

木村正中　校注

新潮社版

目次

凡例

一、本書は、紀貫之の『土佐日記』と、貫之の家集『貫之集』とを収める。

〔土佐日記〕

一、本文は、東海大学附属図書館蔵桃園文庫青谿書屋本を底本とし、なお次の諸本によって底本の誤りと思われるところを校訂した。略号は次の通り。

定本　藤原定家筆本　　日本　日本大学図書館本
三本　三条西家本　　図本　宮内庁図書寮本
近本　近衛家本

一、本文を読みやすくするために、仮名づかいを歴史的仮名づかいに統一して、必要な濁点を打ち、適宜、底本の仮名を漢字に改め、振り仮名・句読点を施し、引用・会話、ならびに心中思惟の多くに「　」を付けた。なお反復記号は一字漢字の繰り返し「々」のみを用いた。また適宜改行、さらに全体を九段に分け、その段分けは頭注欄の小見出し（色刷り）で示す。

一、注釈は頭注と傍注（色刷り）による。傍注は現代語訳、頭注は、和歌の現代語訳、語句・事項の説明、文脈・文意にかかわる解説、本文校訂の経緯などであるが、傍注に〔　〕で内容を補足し、時に簡単な説明を（　）に入れ、また頭注の文脈・文意の解説にともない、現代語訳を頭注でしている場合もある。頭注の＊印は、主として場面・小段についての全体像の把握や批評として加えた。
一、頭注に略記した注釈書は次の通りである。
『講註』　池田正式『土佐日記講註』
『見聞抄』　加藤磐斎『土佐日記見聞抄』
『抄』　北村季吟『土左日記抄』
『考証』　岸本由豆流『土左日記考証』
『燈』　富士谷御杖『土佐日記燈』
『創見』　香川景樹『土左日記創見』
『解』　田中大秀『土佐日記解』
『地理弁』　鹿持雅澄『土佐日記地理弁』
『評解』　小西甚一『土佐日記評解』
『大系』　鈴木知太郎『土左日記』（日本古典文学大系）
『全集』　松村誠一『土佐日記』（日本古典文学全集）
『全注釈』　萩谷朴『土佐日記全注釈』
『全訳注』　品川和子『土佐日記全訳注』（講談社学術文庫）

〔貫之集〕

一、本文は、正保版歌仙家集本を底本とし、次の諸本および古筆切を参照して、底本の誤りと思われるところを校訂した。略号ないし略称を用いたものもある。

陽本　陽明文庫本（近・サ・68）　西本　西本願寺本
書本　宮内庁書陵部御所本　為本　天理図書館蔵伝二条為氏筆本
自家集切　伝貫之筆自家集切　伝行成筆切
村雲切　伝寂然筆村雲切　伝定家筆切
元禄版本
まず底本と同一系統の陽本と対校。なお元禄版本は底本と同じ版であるが、僅かに違って読める字形を参照した。次に西本以下をもって校訂し、なお私見によって改めたところもある。また時に、底本に手を加えなくても、参考としてこれらの異文を頭注に掲げた。

一、本文を読みやすくする歴史的仮名づかい・濁点は『土佐日記』と同じ。また、適宜、底本の仮名を漢字に改めて、振り仮名を施し、あるいは逆に、底本の漢字を仮名にしたものもある。詞書・左注には、句読点を打ち、会話などに「　」を付けた。反復記号については『土佐日記』と同じ。

一、頭注は、詞書の注（漢数字）、和歌の口語訳（色刷り）、その和歌の詠作事情、類歌・特質などの解説、語釈（◇印）から成る。縁語・掛詞その他の表現技法、および本文校訂の経緯は、説明の便宜に従って、解説欄もしくは語釈欄に記す。『古今集』入集歌はすべて指摘したが、他の勅撰集・私撰集・家集との関係は、必要に応じて掲げた。＊印の注は、主として歌群・配列などにかかわる問題、さらに一首の解説に述べきれない、貫之の心象や諸事項に触れた。

一、参考に用いた頭注本・翻刻の略称、ならびに注釈本は、次の通りである。
『全書』　萩谷朴『土佐日記――紀貫之全集――』（日本古典全書）
『索引』　片桐洋一監修・ひめまつの会『紀貫之全歌集総索引』

『大成』　　和歌史研究会『私家集大成・中古Ⅰ』
『校訂』　　田中登『校訂貫之集』
『貫之集注』　香川景樹『貫之集注』（巻二、一四まで。『校訂』に付載）

一、『土佐日記』『貫之集』の頭注において、同じ注の繰り返しを避け、また類想・類歌、関連のある本文や事項を参照するために、→によって指示した。

一、解説は、まず紀貫之の伝記を、『貫之集』の資料的意義を考慮しながら、略述し、次に『貫之集』の文学的意義、『土佐日記』の本質について述べた。

一、『万葉集』、および『古今集』以下勅撰集の番号は、『新編国歌大観』による。

一、頭注に取り上げた諸説は、上記の注釈書類をはじめ、出来るかぎり拠る所を明らかにし、巻末の参考文献に掲げたが、紙面の都合で一々触れられなかったもの、省略した説も数多いことをおことわりしておく。

一、本書の本文・頭注・解説執筆に当っては、萩谷朴氏・松村誠一氏・田中登氏をはじめ、多くの先学から啓発を受けたところが、きわめて大きい。また、久保木哲夫氏から古筆切について、大曽根章介氏から漢文の句題について、安良岡康作氏から『土佐日記』に関し見逃がされている土屋文明氏説について、御教示を得た。深く感謝をする次第である。

土佐日記　貫之集

土佐日記

序

[一]男もすなる日記《にき》といふものを、女もしてみむとて、するなり。[二]それの年の、十二月《しはす》の、二十日《はつか》あまり一日《ひとひ》の日の、[三]戌《いぬ》の時に[四]門出《かどで》す。[五]そのよし、いささかに、ものに書きつく。

惜別の情――大津・鹿児の崎

[六]ある人、県《あがた》の四年五年《よとせいつとせ》はてて、例のことども《国司交替のため定めの諸事務》みなし終《を》へて、[七]解由《げゆ》などとりて、〔国司任官中〕住む館《たち》より出でて、[八]船に乗るべきところへ渡る。[九]かれ《だれ》これ《もかれも》、知る知らぬ《知るも知らぬもみんな》、おくりす。年ごろ、よくくらべつる人々なむ《親しくつきあってきた人々が》、別れがたく思ひて、〔見送りに来て〕日《ひ》しきりに《一日中》、とかくしつつののしる《何かと用があってがたがたしている》うちに、夜《よ》ふけぬ。

二十二日に、和泉《いづみ》の国までと、平らかに願《ぐわん》立つ《無事を祈って》。藤原《ふぢはら》のときざね、[一〇]船路なれど馬《むま》のはなむけ《餞別》す。上中下《かみなかしも》酔《ゑ》ひあきて《十分に酔って》、いとあやしく《不思議なことに》、潮《しほ》

一 男だって書くという日記。「男も」の「も」は、「男」を不確定なものとして扱う（大野晋氏）。「男のすなる日記」といえば、男しか書きようのない日記、すなわち漢文日記を特定すると考えられるが、「男もすなる」と表現することで、漢文日記を指しながら、必ずしもそれにこだわらなくなる。「なる」は伝聞。

二 「某年」の訓読語。女性仮託に合わせた文学的設定。事実は承平四年。

三 午後八時前後、または以降二時間。

四 吉日やよい方角を定めて出立するために、本格的に旅立つ前に場所を移ること。

五 「其の船中、帰路の事を書きつけ試みむと也。これまではしがきといふべし」（『創見』）。

＊ 作者貫之はこの日記の筆者を女性に仮託することによって、官人の立場を離れ、自由に感懐を述べようとする。通説では、後文ところどころに女性の筆を匂わせると見るが、おそらくこの女性仮託は、本日記の文学空間への導入を意味し、以後作者の筆はその女性仮託からも解放されて進められるというべきであろう。

六 貫之の、土佐守の任終了を指す。

七 前任者に過怠のない事を後任者が証明する書類。

八 船戸、関、または国分川の河口港（竹村義一氏）。

九 「彼此」の訓読語（→二八四頁注二）。

一〇 「船路」に「馬のはなむけ」という諧謔《かいぎゃく》。

海《うみ》のほとりにてあざれ[一]あへり。

二十三日。八木《やぎ》のやすのりといふ人あり。この人[二]、国にかならずしもいひつかふ者にもあらざなり[三]〔国庁で必ずしも雇っていた人というわけではない〕。これぞ、たたはしき[四]やうにて〔見苦しくない立派な態度で〕、馬《むま》のはなむけしたる。守《かみ》がら[五]にやあらむ、国人《くにびと》の心のつねとして、いまはとて見えざなるを〔もう国守とも縁がなくなると思って来そうもないのに〕、心ある者は、恥ぢずに[六]なむ来《き》ける。これは、物によりてほむるにしもあらず[七]〔餞別の品が多かったので褒めているのではない〕。

二十四日。講師《こうじ》[八]、馬のはなむけしにいでませり。ありとある上下《かみしも》〔そこにいる人みな〕、童《わらは》まで酔《ゑ》ひ痴《し》れて、一文字《いちもんじ》[九]をだに知らぬ者、しが[一〇]足は十文字に踏みてぞ遊ぶ。

二十五日。守[一一]の館《たち》より、呼びに文《ふみ》持て来たなり〔手紙を持ってきた様子である〕。呼ばれていたりて、日《ひ》一日《ひとひ》、夜《よ》一夜《ひとよ》、とかく遊ぶやうにて〔何かと管絃の催しのようなことをして〕、明けにけり。

二十六日。なほ守の館にて、饗応《あるじ》しののしりて〔御馳走をし騒いで〕、郎等《らうどう》までに物かづけたり〔従者にまで御祝儀をくれた〕。漢詩《からうた》[一二]声上げていひけり〔吟誦した〕。和歌《やまとうた》、主《あるじ》[一三]も客人《まらうと》も、こと人も〔その他の人も〕いひあへりけり。漢詩[一四]は、これにえ書かず、和歌、主の守〔主の土佐守（公鑒）〕のよめりけ

一 「鯘《あざ》れ」（魚などが腐敗する）に「戯《あざ》れ」（たわむれる）を掛ける。潮海の「塩」で腐るはずはないのに、「あざれ（戯れ）」あっている、という諧謔。
二 「この人」底本にない。定本・日本・三本で補う。
三 「あらざんなり」の撥音無表記。「なり」は伝聞推定とも断定ともいわれる。
四 「偉タヽハシ」（『類聚名義抄』）。
五 国守（貫之）の人柄のせいであろうか。「心ある者は、恥ぢずになむ来ける」にかかり、貫之の自賛。ただしその自賛は、ことさらに誇らしげに述べたイロニーと解すべきであろう。
六 気おくれもせずに。「一般がしないことをするには勇気がいる」（『全集』）。「八木のやすのり」のように「心ある者」の誠意を誇張したもの。「恥ぢずに」底本「ゝちすそ」。図本・近本・日本による。
七 これもわざと白けた言い方をする。以上イロニカルな表現で、国守と国人（その地方の人）との別れの複雑さを描き出す。
八 国分寺の上座の僧官。古くは、国師といった。
九 一という文字さえも知らぬ者が、千鳥足で十の字みたいに足をよろけながら踊り遊ぶ、という洒落《しゃれ》。
一〇 「し」を代名詞「そ」と等しく解する説に仮りに従う。「やゝ古風な感じ」（折口信夫氏）。他に「然（しか）」（『抄』）、上につづけ「ものし（物師）が」とする（『全注釈』）なども、注目される。
一一 貫之の後任者、島田公鑒。

る、

　都[一五]出でて君にあはむと来《こ》しものを
　　来《こ》しかひもなく別れぬるかな

となむありければ、帰るさきの守（前土佐守（貫之））のよめりける、

　白妙《しろたへ》[一六]の波路を遠く行《ゆ》き交《か》ひて
　　われに似べきはたれならなくに

こと人々のもありけれど、[一七]さかしきもなかるべし（その中にはたいして優れた歌もないだろう）。とかくいひて、[一八]さきの守、いまのも、もろともにおりて（〔庭に〕）、いまの主も、さきのも、手とりかはして、酔《ゑ》ひ言《ごと》に心よげなる言《こと》して（気焔をあげ）、出で入りにけり（客人は去り主は中に入った）。

二十七日。大津《おほつ》[一九]より浦戸《うらど》をさして漕ぎ出づ。かくあるうちに（こうした中でとくに）、[二〇]京《きやう》にて生まれたりし女子《をむなご》、国にて（この任地で）にはかに亡《う》せにしかば（急死してしまったので）、このごろの出立《いでた》ちいそぎを見れど（出発の準備を見ても）、なにごともいはず（言葉も出ない〔ほどに辛く〕）、京へ帰るに（〔このように〕娘を連れて）、女子のなきのみぞ、悲しび恋ふる（帰れないことこそが悲しく恋しい思いだ）。ある人々もえたへず（そこにいた人々もたえられない）。[二一]この間に、ある人[二二]の書きて出だせる歌、

一二　先人の佳什《かじゆう》を吟誦したようにもとれるが、次の和歌の「いひあへりけり」が、宴席の人たちの即詠であることから察するに、漢詩もかれらの作であろう。
一三　「主」は公鑒、「客人」は貫之。
一四　通説では、女の筆に仮託しているので、漢詩は書けないとする。その書けない理由、私見→注一七。
一五　あなたにお会いしようと楽しみに都を出て来ましたのに、そのかいもなくお別れしてしまうのですね。
一六　白波の立つ遠い海路を、都へ帰る私と行き違いに都からここまで来て、やはり私と似た運命に置かれている方が、どなたかと思えば、それは他ならぬあなたなのですね。「白妙の」は「白」を意味し（→貫之集六五）、「波」の枕詞。
一七　これが一々それらの歌を載せなかった理由である。ここで漢詩を記さなかった所以《ゆえん》も明らかになる。やはり漢詩には、感慨を十分に、かつ切実に表現しえた作がなかったと、言いたかったのである。
一八　「上には、守もと云ひ、今のもと云ひ、下には、主もと云ひて、前のもと云へる、対句文のしらべ、いといとめでたし」（『解』）。
＊　主と客人のどちらが主役ともつかない交流。そして出会いがそのまま別離となる人生の一断面。
一九　船戸・関などを含む郷名。広い地点として書く。
二〇　「女子のなきのみぞ、悲しび恋ふる」へかかる。
二一　ところで。変体漢文の用語「此間」を使う。
二二　底本「の」なし。定本・日本・三本による。

都[一]へと思ふをものの悲しきは
帰らぬ人のあればなりけり

また、あるときには、[二]

あるもの[三]と忘れつつなほなき人を
いづらととふぞ悲しかりける

といひける《と詠んだが》間に《さて》、鹿児《かこ》[四]の崎《さき》といふところに、守[五]の兄弟《はらから》、またこと人《その他の》これかれ《人だれかれが》、酒なにと《酒などを》持て追ひ来て、磯《いそ》におりゐて、別れがたきことをいふ。守の館の人々のなかに、この来たる人々ぞ、心ある[六]やうに《〔去り》は《ゆく人々の〕》、いはれほのめく《口に自然に上ったりちらりとそんな様子が見えたりする》。

かく別れがたくいひて、かの人々の、口網《くちあみ》[七]も諸持《もろも》ちにて、この海《うみ》辺《べ》にて担《にな》ひ出だせる歌、

をしと[八]思ふ人やとまると葦鴨《あしがも》の
うち群《む》れてこそわれは来にけれ

といひてありければ《と詠んで歌を聞かせたので》、いといたく賞《め》でて、行《ゆ》く人のよめりける、

一 懐かしい都へ帰ると思うにつけても、もの悲しい気分にとざされるのは、死んでしまっていっしょに帰れない人（わが子）があるからなのだ。「北へ行く」の歌（『古今集』羇旅→一二三頁注一七）と同じく、京へ帰るにつけて故人を思うという発想（菊地靖彦氏）。

二 和歌へつづけて読むこともできるが（『創見』『燈』）、『土佐日記』は歌文融合的な構文を形成していない。「ある人」（前頁一三行）と対をなし、あるいは別にこんな歌も詠んだ、の意。「或」の漢文訓読語。

三 死んだことを忘れては、まだ生きているものと思って、ついあの子はどうしたと人にも自分にも問いかけてしまうのが、悲しいことであるよ。

四 高知市大津。現在鹿児山の丘陵となる。

五 公鑒の代理として送別の席を設けたのであろう。

六 前の「心ある者」（一二頁五行）と通じ、人情を解し誠意のある者を意味するとともに、和歌を詠ずるなど風雅の心得のある者（→次頁注一一）。

七 心を合わせて送別の和歌を合作詠唱し、またうやうやしく貫之に捧げたさまを、海岸の漁師たちが力を合わせて網を担ぎ出した風情に喩《たと》えて面白く表現した。なお李白の「汪倫ニ贈ル」の詩句「李白舟ニ乗ッテ将ニ行カントスルヤ、忽チニ聞ク岸上踏歌ノ声」（『李太白詩集』）によって、その送別の人たちの和歌詠唱の模様を踏歌になぞらえる（『全注釈』）。

八 お別れするのが名残惜しいお方が、みんなでお願いすれば、留まってくださるかと、私たち大勢連れだ

棹《さを》[九]させどそこひも知らぬわたつみの
深き心を君に見るかな

といふ間に（と詠んでいると）、楫取《かぢと》[一〇]りもの[一一]のあはれも知らで、おのれし酒をくらひつれば（自分自身それこそたっぷり酒を飲んだので）、はやくいなむ（出かけよう）とて、「潮満ちぬ。風も吹きぬべし（風も吹き出すでしょう）」と騒げば、船に乗りなむとす。

このをりに、ある人々（そこにいた人々が）、をりふしにつけて（別れの場につけて）[一二]、漢詩《からうた》ども（〔の中で〕）[一三]、時に似つかはしき（その時の気持にぴったりと合ったもの）いふ。またある人（だれかが）、西国《にしぐに》なれど（〔東国の〕）甲斐歌《かひうた》などいふ。[一四]かくうたふに、「船屋形《ふなやかた》[一五]の塵《ちり》も散り、空行《ゆ》く雲も漂《ただよ》ひぬ」とぞいふなる（などと絶賛している声が聞える）。

今宵《こよひ》浦戸に泊る。藤原のときざね、橘《たちばな》のすゑひら、こと人々追ひ来たり。

二十八日。浦戸より漕ぎ出でて、大湊《おほみなと》[一六]を追ふ[一七]。この間に（ところで）、はやく（〔貫之〕以前）の守の子（の土佐守）、山口のちみね、酒、よき物ども（おいしい品々）持て来て、船に入れたり。ゆくゆく（船の進む途中）飲み食ふ。

二十九日。大湊に泊れり。（〔国庁の〕）医師《くすし》ふりはへて（わざわざ）、屠蘇《とうそ》[一八]、白散《びやくさん》、酒加へ

っていきました。「惜し」に「鴛鴦」を掛け、「葦鴨」はその縁語。「葦鴨の」で「群れ」の枕詞となる。

九 棹をさしてもどこまでも底知れない海のように、深い御厚意をあなた方に感じます。李白の詩（→注七）に、「桃花潭ノ水深キコト千尺、汪倫ガ我ヲ送ルノ情ニ及バズ」とあるのによる。

一〇 船頭。その言動が時々貫之の顰蹙《ひんしゅく》を買う。

一一 「別離の感傷を指す」とともに、「文学的情操を多分に含めている」（『全注釈』）（→前頁注六）。

一二 底本「つけつゝ」。定本・日本・三本による。

一三 『土佐日記』で、一般化した意味の「時」の例は、厳密には「よろこびもあり、悲しびもあるとき」（二九頁）にしかない。ここも現状に似つかわしいの意。

一四 甲斐歌をこの時の気持によく適った哀調で歌う。

一五 「魯人虞公、声ヲ発スレバ清哀、遠ク梁塵ヲ動カス」（『文選』李善註所引『劉向別録』）「（秦青ノ）響ハ行雲ヲ遏《とど》ム」（『列子』湯問篇）。ともに美しい声音を称えていう。

＊ 出立から浦戸まで。旅の本源にあるもの、あるいは旅の出発点は、別離であることを示す。亡児への慕情がその別離をいっそう切なくさせる。

停滞感――大湊

一六 現在の前浜か（竹村氏）。十市や池の説もある。

一七 「吾者《われは》叙《ぞ》追遠《とほき》杵《と》土左《さ》道《ぢ》矣《を》」（『万葉集』巻六）の「さす」と訓ずべき「追」の誤読による（土屋文明氏）。

一八 屠蘇散・白散ともに除災のため正月酒に浸す薬。

て持て来たり。心ざしあるに似たり。（親切心があるように見えた）

元日。なほおなじ泊りなり。（〔医師のもってきた〕）白散を、[一]ある者、夜《よ》の間《ま》とて、（〔昨夜〕）船屋形にさしはさめりければ、風に吹きならさせて、（風の吹くままにさせて）海に入れて、（落して）え飲まずなりぬ。

芋茎《いもし》[二]、荒布《あらめ》[三]も、歯固《はがた》[四]めもなし。かうやうの物なき国[五]なり。求めしもおかず。（とくに求めて用意もしなかった）ただ押鮎《おしあゆ》[六]の口をのみぞ吸ふ。この吸ふ人々の口を、押鮎もし思ふやうあらむや。（こんなふうに人々の口で接吻されて押鮎もあるいは何か感じているかもしれない）今日は都[七]のみぞ思ひやらるる。「小家《こへ》[八]の門《かど》の注連縄《しりくべなは》の鯔《なよし》の頭《かしら》、柊《ひひらぎ》ら、いかにぞ」とぞいひあへ[九]なる。

二日。なほ大湊《おほみなと》に泊れり。講師《こうじ》、物、酒おこせ[一〇]たり。（よこしてくださった）

三日。おなじところなり。もし、風波[一一]のしばしと惜しむ心やあらむ、心もとなし[一二]。

四日。風吹けば、え出立《いでた》たず。まさつら、酒、よき物奉れり。（〔身分も低い〕この人がこのように贈り物をもってきてくれたのに）このかうやうに物持て来る人に、なほしもえあらで、（そのまま放ってはおけなくて）いささけわざせ[一三]さす。（いささかの返礼をさせた）（〔しかし〕碌なものもない）物もなし。にぎははしきやうなれど、（御馳走がいっぱいのようだけれども）負くるここちす。（気がひける）

一 底本「あくもの」。定本・日本・三本による。
二 里芋の茎を乾燥させたもの。
三 海藻の一種。芋茎とともに、粗末な食料。
四 長寿を祈って正月の祝儀に食する食品。大根・瓜・押鮎・煮塩鮎・猪《いのしし》（又は雉《きじ》）・鹿（又は鴫《しぎ》）などが挙げられている。このうち、押鮎は土佐の名産で、これだけが正月料理として、供せられたのであろう。
五 船中を戯れてわざと大袈裟に言った。
六 押鮎の頭から食べるさまを接吻に見立てた。
七 押鮎との戯れの中で、都で我々の帰りを待っている愛人たちのことばかりが、自然に思い出されてくる。人々の感懐をそのまま地の文として書いたもの。
八 小さい家の門に張った注連縄（しめなわ）に、鯔（ぼら）の頭や柊をつけたのであろう。「柊ら」の「ら」は、卑称、親愛感をもつなどの接尾語。
九 「いひあへりなる」または「いひあへるなる」の略。押鮎同士が言い合っているとも、押鮎が、「押鮎もし思ふやうあらむや」という人々の想像に答えているともとれる。
＊ 押鮎をも引き込んだ作者の内的対話の世界。
一〇 「おこす」という動詞自体、敬意を含む。
一一 「かく舟出の日和《ひより》なきは、風波の紀氏をしたふにやと也」（『抄』）。人間への関心をそのまま自然へ転じて、諧謔《かいぎやく》的に述べる。

五日。風波やまねば、なほおなじところにあり。人々たえずとぶらひに来《く》。

六日。昨日一四のごとし。

七日一五になりぬ。おなじ港にあり。今日は、白馬《あをむま》一六を思へどかひなし。ただ、波の白きのみぞ見ゆる（〔白馬の代りに〕白い波頭ばかりが見える）。かかる間に（そうこうしているうちに）、人の家の、池一七と名あるところより（〔池なのに〕）、鯉《こひ》はなくて、鮒《ふな》よりはじめて、川のも（川の魚）海のも（海の魚）、こと物ども（その他の御馳走を）、長櫃《ながびつ》に担《にな》ひ続けて、おこせたり。若菜《わかな》ぞ今日をば知らせたる（今日が七種の若菜を摘む人日であることを思い起させてくれた）。歌あり。その歌、

浅茅生《あさぢふ》一八の野辺《のべ》にしあれば水もなき
池に摘みつる若菜なりけり

いとをかし（まことに風情がある）。この池といふは、ところの名なり。よき人の（〔その送り主は〕身分のある女性で）、をとこに（夫に）つきて下《くだ》りて、住みけるなり（〔池に〕住んでいるのであった）。この長櫃の物は、みな人、童《わらは》までにくれたれば、あきみちて（十分に食べて）、船子《ふなこ》どもは（水夫たちは）、腹鼓《はらつづみ》一九をうちて、海を（海神の）さへおどろかして（眠りまでも覚まして）、波立てつべし（波を立ててしまいそうだ）。

一二 上文を直ちに受ける。風波に慕われては航海もおぼつかない。諧謔を通し不安と焦慮の実感がのぞく。

一三 いささかのこと。「小（いささ）けき事に縁（よ）りて」（『日本書紀』雄略紀）。

一四 「ごとし」は漢文訓読語であるが、この「昨日のごとし」は、二十九日以来、一日おきの「大湊に泊れり」「おなじ泊り（ところ）なり」などによって形造られた時間の連環（長谷川政春氏）、大湊に縛られた時間の堆積を感じさせ、単に昨日に変らないという当日の事態を記す漢文日記の「如㆓昨日㆒」とは違う。

一五 右の連続感を受け、かついっそう主観的感動を加えて、もう七日になってしまった、と表現する。

一六 一月七日、左右馬寮から出した白馬を天皇が御覧になり、後、諸臣に宴を賜う節会。はじめ中国風に「青馬」と書いていたものを、白の潔さを尊んで「白馬」と書き替えられたが、なお「あをうま」と呼ぶ。白波に遠い都の白馬節会を偲ぶ、自虐的な詠嘆。なお公鑒の赴任遅延によって、白馬に先立って行われる叙位に貫之があずかれなくなった、公鑒への不快感をここに表しているとする説がある（『全注釈』）。

一七 南国市十市の西。

一八 雑草が茂って荒れた野辺、池という地名だけで水のない、そんな池の野原で摘んだ若菜でございます。

一九 腹をたたき、満腹感に自足するさま。その「腹鼓」の音が海神の眠りを覚ますという諧謔的表現。「哺《ほ》ヲ含ンデ熙《よろこ》ビ、腹ヲ鼓シテ遊ブ」（『荘子』馬蹄篇）。

一 仕切りがあって食物を入れる折箱。また、弁当。
二 皮肉な言い方で、事実は忘れていないことを暗示する。「何くれと事多かるべき日也。（中略）さる事のまぎれに、其人の名も、わすれたりといふ。次に、誹《ひ》謗《ばう》せんための、筆つき也」（『創見』）。
三 「自慢の歌をよむ機会をつかもうと苦心している様子である」（『全集』）。
四 「うるふ」はハ行下二段動詞。うるおす、ぬらす意。声を落ししっとりとした調子で言うのを、波にぬらす意をも掛けて、ことさらに大仰に表現する。
五 あなたがたの進んでいらっしゃる行く先に立つ白波の音よりも、あとに残されてお名残惜しく泣く私の声の方が、大きくまさっておりましょう。
六 泣く声が白波の音よりも大きいとは、なんと大声なのだろう、と揶揄《やゆ》したもの。
七 船旅に立つ人への送別の歌として、「行くさきに立つ白波」などと詠むのは適切でない。また「白波」には盗賊の意があり、不吉な連想を誘うのもよくない。
八 貫之自身を指す。
九 「いたがる」は、「いたし」の語幹に、接尾語「がる」がついた語で、あまり用例を見ない。貫之の造語か。前行の「あはれがる」と同意。
一〇 漢文訓読語。幼童の態度を表すことばとしてふさわしくない。童が貫之の分身であることに関連があるか。
一一 底本「とやありけん」。定本・日本・三本による。

かくて《さて》、この間にことおほかり《同時にいろいろなことがあった》。今日、破子《わりご》[一]持たせて来たる人、[二]その名などぞや《その名前などは》、いま思ひ出でむ《すぐに思い出すだろうよ》。この人、歌よまむと思ふ心ありてなりけり。[三]とかくいひいひて、「波の立つなること」[四]とうるへいひて、よめる歌、

行《ゆ》[五]くさきに立つ白波《しらなみ》の声よりも
　おくれて泣かむわれやまさらむ

とぞよめる。[六]いと大声なるべし。持て来たる物よりは《持ってきた料理にくらべて》、[七]歌はいかが《歌はどうかと》あらむ《思う》。この歌を、これかれあはれがれども《感心してみせるけれども》、ひとりも返しせず《〔普通ならば〕》。[八]しつべき人も《当然返歌すべき人も》まじれれど、これをのみ《この歌を》[九]いたがり《感心してみせるばかり》、物をのみ食ひて、夜《よ》ふけぬ。

この歌主《うたぬし》、「まだまからず《まだ帰るのではありません》」といひて立ちぬ。ある人の子の童なる、[一〇]ひそかにいふ。「まろ《私が》、この歌の返しせむ」といふ。おどろきて、「いとをかしきことかな《まことにおもしろい》。よみてむやは《はたして詠めるだろうか》。よみつべくは《本当に詠めるならば》、はや《早く》いへかし《言いなさい》」といふ。「『まからず』とて立ちぬる人を待ちてよまむ」

とて、求めける《探したが》を、夜ふけぬ《夜がふけたから》、[一一]とにやありけむ《とでもいうのだろうか》、やがていにけり《そのまま行ってしまった》。「そもそもいかがよんだる《どのように詠んだのか》」と、いぶかしがりて《知りたがって》とふ。この童、さすがに恥ぢていはず。しひてとへば、いへる歌、

[一二]行《ゆ》く人もとまるも袖の涙川
　みぎはのみこそぬれまさりけれ

となむよめる。かくはいふものか《こんな傑作をよく詠んだものだ》。うつくしければにやあらむ《可愛い子供のせいだろうか》、いと思はずなり《まったく思いがけない》。[一三]童言《わらはごと》にてはなにかはせむ。嫗《おむな》、翁《おきな》、手《て》捺《お》しつべし。悪しくもあれ、いかにもあれ《そんなことをして悪いかどうかわからないが》、「たよりあらばやらむ《ついでがあったら「あの歌主に」やろう》」[一四]とて、おかれぬめり《歌はそのままそこにおかれたようだ》。

八日。さはることありて《差支えがあって》、なほおなじところなり。今宵《こよひ》、月は海に入《い》る。これを見て、[一五]業平《なりひら》の君の「[一六]山の端《は》逃げて入れずもあらなむ」といふ歌なむ思ほゆる。もし、海辺《うみべ》にてよましかば《海辺で詠んだとしたら》、「[一七]波立ちさへて入れずもあらなむ《波が立ち塞がって月を入れないでほしい》」とも、よみてましや《詠んだであろうか》。いま、この歌を思ひ出でて、ある人のよめりける、

一二 旅立っていく人も、あとに残る人も、別れのつらさに、袖が涙の川のようになり、水かさが殖えて、その水際がますます拡《ひろ》がってくるばかりです。袖に落ちる涙を川に喩《たと》えて詠む。先年藤原兼輔が甲斐へ下る三春有輔への餞別に、貫之に作らせた和歌と類似（→貫之集七一〇）。旧作に手を加えて童の歌に擬するか。

一三 子供の歌ではどうしようもない。お婆さん、お爺さんが、捺印したらよいだろう。「手捺す」は掌印（『全注釈』）。貫之は自作を童の歌にして褒めすぎたので、いささか気がひけたのか、冗談に紛らわす。

一四 通説は「童言にては…」以下を主人格の人物（貫之）の詞とするが、そのようにとると、どこから詞にすべきか、決めがたいであろう。「とて」が直接受けるのは、事由としての「たよりあらばやらむ」。

＊ 七日の「かかる間に…」以下は、池の女、「立つ白波」の歌主、童の返歌と、三つの事象で構成される。素材的事実と文学的虚構との境目は不明だが、まず洗練された女性と、慎みのない男とを対照し、さらにそうした現実的比較を絶して、かぎりなく純粋な人間の心の美しさを、おそらく貫之の亡児への慕情を転化したこの童の純真さを借りて、次に造型したものであろう。

一五 在原業平。平城天皇皇子阿保親王の子。

一六 上句は「あかなくにまだきも月の隠るるか」（『古今集』雑上・『伊勢物語』八十二段）。

一七 同じ波でも前日の「立つ白波」とは異なる風流。

[一]照る月の流るる見れば天《あま》の川《がは》
　出づるみなとは海にざりける

とや。

九日のつとめて《早朝》、大湊《おほみなと》より「奈半《なは》[二]の泊りを追はむ《目指していこう》」とて漕ぎ出でけり。これかれたがひに《かわるがわる》、[三]「国の境のうちは」とて、見おくりに来る人あまたがなかに、藤原のときざね、橘《たちばな》のすゑひら、長谷部《はせべ》のゆきまさらなむ、[四]御館《みたち》より出でたうび[五]し日より、ここかしこに追ひ来る。この人々ぞ、心ざしある人なりける《厚情のある人たちであった》。この人々の深き心ざしは、この海にも劣らざるべし。これより《この大湊から》、いまは漕ぎはなれてゆく。これを見おくらむとてぞ、この人どもは追ひ来ける。かくて、漕ぎゆくまにまに《「船から見ると」》、海のほとりにとまれる人も遠くなりぬ《海辺に留まっている人も遠くなってしまう》[六]。船の人も《「海辺の人たちから」》見え[七]ずなりぬ。岸にもいふことあるべし。船にも思ふことあれど、かひなし《どうしようもない》。かかれど《名残は尽きないけれども》、この歌をひとりごとにして《この歌をひとりで詠んで》、やみぬ。

[八]思ひやる心は海を渡れども

一 照る月が天の川を流れるように動いていくのを見ると、その天の川の出口、すなわち月の入るところは海であった。ちなみに『伊勢物語』八十二段に、業平が惟喬親王のお供で天の川という所へ行ったとある。

＊ 大湊滞留には旅程の進まぬ停滞感がにじみ出る。七日における三つの情景の展開も、その停滞感を紛らすがごとくに構想され、八日、業平回顧は、その停滞感の上に都への望郷の叙情が加わる（→二九頁＊）。

うつり行く風景——宇多の松原・羽根

二 高知県安芸郡奈半利町。

三 「国府より自然一境の内」（『解』）と心理的に解することもできるが、国府のある長岡郡の意とする通説に従う。「郡クニ」（『類聚名義抄』）。

四 以上の人々を総括、かつ親愛感を表す接尾語。

五 これらの人たちの立場からの貫之への敬意を、地の文に反映させた。前の「まさつら、酒、よき物奉れり」（一六頁）も同じ。

六 底本「とほくなりぬ」。定本・日本・三本による。

七 船中の貫之たちから「船の人も見えず」というのは不審なようだが、「海辺にとゞまりし人々の心を察して、双紙などのやうに書きたるとみれば不審なきにや」（『抄』）。対句的表現によって客観的に叙述。

八 岸に留まる人たちに思いをはせる心は海を渡っていくけれども、手紙に書いて知らせるすべがないので、向うにはなにも伝わっていないだろう。「ふみ」

は「文」、「渡る」の縁語「踏み」を掛ける。
＊見送りの人たちと別れて、大湊を船出する。出立以来、とくに浦戸までに詳叙された別離が、いまや一首の独詠歌にその惜別の思いを集中昇華させるほかない情況に達している。それと同時に、客観的な叙法によるその別離の風景化が見られる。
九 現在の兎田《うさいだ》、もしくはそれに関係のある地名により、「宇多（上皇）」の尊号にちなんで、貫之が通過した松原をそう名づけたものか（竹村氏）。
一〇 見渡せば松の梢ごとに住む鶴は、千代も変らぬ仲間と、松のことを思っているようだ。『貫之集』にきわめて近い類歌（→五二）があり、おそらくその旧作を使ったのであろう。歌仙家集本（底本）『貫之集』に下句「千代の雪かと思ふべらなり」とあるのを、雪を除いて詠み変えたと思われる。西本が同歌を「千代のゆかりと…」とするのは、『土佐日記』の影響か。
一一 実景を直接指すのではなく、その景色の構図の意。屏風絵の図柄を意味する「…のところ」「…するところ」と同じ（例→貫之集四・六・二六など）。
＊宇多の松原を屏風絵的景物の常套的な取り合せにおいて描き出すが（片桐洋一氏）、その屏風絵的世界は旅を背景としてみごとに浮彫りされる。
一二 農家の嫁の苦労を歌う。春の野で声を上げて泣く私、薄で手を切りながら摘んだ菜を、親がむさぼっていよう、姑が食べていよう。「かへらや」は囃子詞《はやしことば》。泣く女に懸想《けそう》した男の失望の歌とも（『全注釈』）。

ふみしなければ知らずやあるらむ

かくて、[九]宇多《うた》の松原を行《ゆ》きすぐ。その松の数いくそばく《どれほどたくさんあるか》、幾千歳《いくちとせ》へたりと《経ているか》知らず《わからない》。もとごとに波うち寄せ、枝ごとに鶴ぞ飛びかよふ《飛びまわっている》。おもしろしと見るにたへずして《趣があると思って見ると黙っておれなくて》、船人《ふなびと》《船中の人（貫之）》のよめる歌、

[一〇]見渡せば松のうれごとに住む鶴は
千代のどちとぞ思ふべらなる

とや。この歌は、[一一]ところを見るに、えまさらず《絵のような構図のすばらしさにとても及ばない》。かくあるを《このようなすばらしい風景を》見つつ漕ぎゆくまにまに、山も海もみな暮れ、夜《よ》ふけて、西東《にしひむがし》も見えずして、天気《てけ》のこと《天候の判断は》、楫取《かぢと》りの心にまかせつ。男《をのこ》も、ならはぬは《船旅に慣れていない者は》いとも心細し。まして女は、船底《ふなぞこ》に頭《かしら》を突き当てて、音《ね》をのみぞ泣く。かく思へば《そうかと思うと》、船子《ふなこ》、楫取りは《水夫たちや船頭は》、船歌《ふなうた》うたひて、な《なん》にとも思へらず《とも思っていない》。そのうたふ歌は、

[一二]春の野にてぞ音《ね》をば泣く、わが薄《すすき》に手切る切る、摘んだる菜《な》を、親やまぼるらむ、姑《しうとめ》や食ふらむ、かへらや。

[一]夜《よん》べの、うなゐもがな、銭乞《ぜにこ》はむ、虚言《そらごと》をして、おぎのりわざをして、銭も持て来ず、おのれだに来ず。

これならずおほかれども、書かず。これらを人の笑ふを聞きて、[二]海は荒るれども、心はすこし凪《な》ぎぬ。

[三]かく行《ゆ》き暮らして、泊りにいたりて、[四]翁人《おきなびと》ひとり[五]専女《たうめ》ひとり、あ《みな》るがなかに《こたえた中でとくに》、ここち《気分が》悪《あ》しみ《悪くなって》して、物も[六]ものしたばで《召し上がらず》、[七]ひそまりぬ。

十日。今日は、この奈半《なは》の泊りに泊りぬ。

十一日。[八]暁《あかつき》に船を出だして、[九]室津《むろつ》を追ふ《目指す》。[一〇]人みなまだ寝たれば〔屋形の中で〕、海のありやう《様子》も見えず。ただ、月を見てぞ、西東《にしひむがし》をば知りける。かかる《その》間《うちに》に〔出航し〕[一一]みな、夜《よ》明けて、手あらひ、[一二]例のことどもして、昼になりぬ。[一三]いまし、[一四]羽根《はね》といふところに来ぬ。わかき《幼い》童《わらは》、このところの名を聞きて、「羽根といふところは、鳥の羽《はね》のやうにやある」といふ。まだ幼き童の言《こと》なれば、人々笑ふときに、ありける《〔七日に和歌を詠んだ〕例の》女童《をむな》なむ、この歌をよめる。

一 少女に欺かれた商人のコミカルな歌。昨日の娘っ子はいないかなあ、銭をとってやる、いい加減な嘘をついて、掛け買いをして、そのまま銭ももってこないし、姿さえ見せない。

二 「荒る」と「凪ぐ（和ぐ）」との対照。海は荒れているけれども、心は凪いだ（和らいだ）という諧謔《かいぎゃく》。

三 前の「山も海もみな暮れ、夜ふけて」（前頁）を受け、夜まで一日航海をして奈半の港に到着したこと。

四 老翁。「古老オキナビト」（『類聚名義抄』）。

五 老女。「老女ヲ呼ンデ太宇女ト為ス」（『和名類聚抄』）。後出の「淡路の専女」か（→四一頁注一七）。

六 「翁人」は暗に貫之を指すのだろうが、「翁（人）」「専女」どちらに対しても敬語を使うのは異例。「ものす」が口頭語的な用語であるため、周囲の者の口吻を含んで、「ものしたばで」となったものか。

七 そっとおやすみになった。動詞「ひそまる」自体が敬語的意味をもつ（『全訳注』）。

八 夜明け前のまだ暗い時から、夜明けに近づく頃。

九 今日の津呂に当る（『地理弁』）とせず、今日のやはり室津と見る（久保田博氏）。

一〇 「人みなまだ寝たれば…」以下「…西東をば知りける」まで、「いまだ漕出さぬさき也。十一日の月、暁まであるべきならねばなり」（『創見』）。

一一 「みな」は八行目の「人みな」と同意。「手あらひ、例のことどもして」へかかる。

一二 毎日のきまり。朝は、「先ヅ起キテ属星ノ名号ヲ

一五 まことにて名に聞くところ羽ならば

飛ぶがごとくに都へもがな

とぞいへる。男も女も、「いかでとく京へもがな《なんとかして早く京へ帰りたいなあ》」と思ふ心あれば、この歌よしとにはあらねど、げに《もっともだ》と思ひて、人々忘れず。この、羽根といふところとふ童のついでにぞ、またむかしへ人《びと》《亡き子》を思ひ出でて、いづれのときにか忘るる《いつだって忘れはしないが》、一六 今日はまして、母の悲しがらるることは、下《くだ》りしときの人の数足らねば、古歌《ふるうた》に、一七「数は足らでぞ帰るべらなる」といふことを思ひ出でて、人のよめる、

一八 世の中に思ひやれども子を恋ふる

思ひにまさる思ひなきかな

一九 といひつつなむ。

十二日。雨降らず。ふむとき、これもちが船のおくれたりし、奈《な》 二〇
良志津《らしづ》より室津に来ぬ。

十三日の暁に、いささかに雨降る。しばしありてやみぬ。女これ

称フルコト七遍（中略）、次ニ楊枝ヲ取リ西ニ向カヒテ手ヲ洗フ（下略）」（『九条殿遺誡』）など。

一三 漢文訓読語。「いま」「いましも」に同じ。

一四 高知県室戸市。羽根岬がある。

一五 名前をきくと、ここは羽根という。本当にその名前のとおりならば、飛ぶように都へ帰りたいなあ。

一六「今日はまして」が「古歌に…といふことを思ひ出でて」にかかるとともに、「(この子の) 母の悲しがらるることはひとしおだった」と結ぶ文脈をなし、貫之の思いを妻の悲しみと重合させている。

一七「北へ行く雁ぞ鳴くなる連れて来し数は足らでぞ帰るべらなる」（『古今集』羇旅、よみ人しらず）。左注「この歌は、ある人、男女もろともに人の国へまかりけり、男、まかりいたりてすなはちみまかりにければ、女ひとり京へ帰る道に、雁の鳴きけるを聞きてよめる、となむいふ」。

一八 いろいろ考えてみるけれども、世の中に亡き子を恋しく思う親の心にまさる深い思いはないよ。

一九「といひつつ」何かをした、どうなったというのではなく、ただしみじみとした余情を残す。

＊ 室津までの航海。宇多の松原・羽根と、うつり行く風景。羽根には直接の風景描写はないが、古今集歌の引用による雁のイメージ、亡児追慕と結びついた独特な風景を形成する。

限りなき海と空
望郷の念——室津

二〇 高知県室戸市。

かれ、沐浴《ゆあみ》などせむとて、あたりのよろしきところ（まずまず水浴のできそうな所）におりてゆく。
[一]海を見やれば、

　[二]雲もみな波とぞ見ゆる海人《あま》もがな
　　いづれか海ととひて知るべく

となむ歌よめる。さて、十日《とをか》あまりなれば（十余日で十五夜に近く〔明方残る〕）、月おもしろし（月が美しい）。船に乗りはじめし日より、船には、[三]紅《くれなゐ》濃くよき衣着《きぬき》ず。それは「[四]海の神に怖《お》ぢて」といひて、なにのあしかげにことづけて（[五]なにほどもない葦の陰に隠れたつもりで）、[六]老海鼠《ほや》のつまの貽鮨《いずし》、鮨鮑《すしあはび》をぞ、心にもあらぬ（不用意に心にもない）[七]脛《はぎ》に上げて（〔裾を〕）見せける。

十四日。暁《あかつき》より雨降れば、おなじところに泊《とま》れり。船君《ふなぎみ》、[八]節忌《せちみ》す。[九]精進物《さうじもの》なければ、午時《むまとき》（午後）よりのちに、楫取《かぢと》りの昨日釣りたりし鯛《たひ》に、銭《ぜに》なければ、米《よね》をとりかけて（お米を代りに与えて）、落ちられぬ（精進落しがなされた）。[一〇]かかることなほありぬ（このような船頭との交換がその後もあった）。楫取り、また鯛持て来たり。米、酒（米や酒を）しばしばくる（〔鯛と引換えに〕しばしばやった）。楫取り気色《けしき》悪《あ》しからず（御機嫌が悪くない）。

十五日。今日、[一一]小豆粥《あづきがゆ》煮ず。[一二]口惜《くちを》しく、なほ日の悪しければ（[一三]天候が悪いので）、ゐ（いざ）

一『見聞抄』『講註』以来、和歌につづけて読む説が有力で、それも可能であるが、そう読むためには、厳密に考えれば、「空を見やれば」でなければならないだろう。和歌を受けて、「となむ歌よめる」とあるのも、歌文融合的な読み方を妨げる（→一四頁注二）。

二 雲もみな波と一つになって見える。漁士がいないかなあ。海のことをよく心得ている漁士に尋ねて、どこが海なのか、知ることができるように。

三 船中の女が、紅の濃い、きれいな衣裳を着ていると、海神に魅入られるという所伝による。

四「海の神に怖ぢて」は、女たちが紅濃く美しい衣を着なかった理由であるとともに、後文へつながり、性器の露出が邪気悪霊を祓う呪的機能をもつとする民俗信仰にもとづき、海神の心を鎮めようとして、の意味をももつ（松本寧至氏）。

五「あし」は「葦」に「悪し」を掛け、何の悪いことがあろうか、の意をも含める。

六「老海鼠」は原索動物ホヤ目《もく》。その中のマホヤを食用にする。ここでは男性の象徴。「貽鮨」は貽貝の鮨、貽貝はイガイ科の二枚貝。「老海鼠」につれそう女性を象徴。「鮨鮑」の鮑も同様。「鮨鰒（あはび）貽貝富耶（ほや）交鮨（まぜずし）」（『延喜式』）。

七「いつしかとまたく心を脛《はぎ》に上げて天の川原を今日や渡らむ」（『古今集』雑体、藤原兼輔）を引く。

＊ 女たちの沐浴の場面は、習俗的呪術性にかかわりつつ、素朴に自然の内に帰入する原始心性のおお

ざるほどにぞ《るように進んできて》、今日二十日《はつか》あまりへぬる。いたづらに日をふれば、人々海をながめつつぞある《ぼんやりと見ながら過す》。女《め》の童《わらは》のいへる、

一四 立てば立つゐればまたゐる吹く風と
波とは思ふどちにやあるらむ

一五 いふかひなき者のいへる《とるにたらぬ子どもの口にした歌として》には、いと似つかはし《まことに格好の歌である》。

十六日。風波やまねば、なほおなじところに泊れり。ただ、「海に波なくして、いつしか《早く》御崎《みさき》《室戸岬》といふところ渡らむ」とのみなむ思ふ。風波とにやむべくもあらず《急にやみそうもない》。ある人の、この波立つを見てよめる歌、

一六 霜《しも》だにもおかぬかたぞといふなれど
波のなかには雪ぞ降りける

さて、船に乗りし日より今日までに、二十日あまり五日になりにけり。

十七日。くもれる雲なくなりて、暁月夜《づくよ》いともおもしろければ《夜明け前の月がまことにすばらしい》、

らかさが喚《よ》び戻されている観がある。それと不可分の諧謔味をもって、非日常的な旅の時空に「始源の記憶のはるかな残響を聴」く（深沢徹氏）。

八 斎日《さいにち》（毎月、八日・十四日・十五日・二十三日・二十九日・三十日）に精進潔斎すること。

九 以下、不自由な船旅の一断面。とくに「銭なければ」が、貫之の清廉潔白を示すともいう。

一〇 以下、十四日のことではなく、十四日以後にも同様の物々交換が何度もなされたことをいう。「楫取り、また鯛持て来たり…」は、それを具体的に述べたもの。楫取りの強欲ぶりがうかがえ、「気色悪しからず」というのも、利得があるからである。物々交換は、さらに二月八日の条にも見える（→四三頁）。

一一 正月十五日、小正月に食する、小豆を入れた粥。

一二 上からつづいて、小豆粥を煮ないのが口惜しいの意と、下へかかって、出発以来すでに二十余日経たことへの口惜しさとを、同時に表す（『全注釈』）。

一三 凶会日《くえにち》と見ることもできる。

一四 風が立てば波も立ち、風がおさまると、また波もおさまる。風と波とは仲のよい友だちなのだろうか。

一五 一月二十二日にも同様の感想がある（→三一頁）。

一六 ここは霜さえも置かない南国であると言っているそうだけれども、波の中には雪が降っているよ。雪は詠者の白髪を暗喩《あんゆ》する。「誰カ言フ南国霜雪無シト。尽ク在リ愁人鬢髪ノ間」（『白氏文集』）に依拠。

《ので》船を出だして漕ぎゆく。一この間に、雲のうへも海の底も、おなじごとくになむありける。むべも《なるほど》、二むかしの男は、《こんな景色を》「三棹《さを》は穿《うが》つ波のうへ《波に映った月に》の月を。《棹さす》船は圧《おそ》ふ海のうち《海中の空の上を通る》の天《そら》を」とはいひけむ《といったのだろう》。四聞きされに聞け《面白半分に聞きかじ》るなり《った次第だ》。《〔その詩を思い浮べながら〕》また《また》、ある人のよめる歌、

五水底《みなそこ》の月のうへより漕ぐ船の
棹にさはるは桂《かつら》なるらし

これを聞きて、ある人のまたよめる、

六影見れば波の底なる久方の
空漕ぎわたるわれぞわびしき

かくいふ間に《こんな歌を作っていると》、夜《よ》やうやく明けゆくに、楫取りら、「黒き雲にはかに出で来ぬ。風吹きぬべし《風が吹いてくるにちがいない》。御船《みふね》返してむ」といひて、七船帰る。この間に雨降りぬ。いとわびし。

十八日。なほおなじところにあり。海荒ければ、船出ださず。この泊り、遠く見れども《遠くから見ても》、近く見れども《近くで見ても》、いとおもしろし。かかれど

一 ↓一三頁注二一。
二 唐の詩人賈島《かとう》。
三 賈島の詩「棹ハ穿《うが》ツ波ノ底ノ月。船ハ圧《おそ》フ水ノ中ノ天」(『詩人玉屑』)。それを「波のうへの月」「海のうちの天」としている。貫之の意識的な変改か。
四 貫之が賈島の原詩に手を加えたので、わざとたわむれたもの。「波のうへ」と変えたのは、「波ノ底」では次の二首の和歌の「水底」「波の底なる」があまりに原詩に即《つ》きすぎるので、詩の方を工作したのであろうか。一方、「海のうち」は、前文の「雲のうへも海の底も」と呼応させ、海と空とが一体となった貫之の詩情に、より近く賈島の詩を引き寄せるためか。通説のごとく女性の筆に託した弁明と見る必要はない。
五 水底に映っている月の上を通って、漕いでいく船の棹にさわるのは、月世界にあるという桂らしい。「より」は通過地点を表す助詞。「桂」は、中国の伝説に、月に生えているという樹。
六 海に映る影を見ると、波の底にある、はてしない空を漕ぎわたるこの私の姿は、なんと淋しいことよ。「久方の」は「空」の枕詞。貫之には他に、水に映る空を詠んだ類歌があり(↓貫之集四五六)、また「われぞわびしき」の句も見られる(↓同五五六・六一八)。
＊「水底の」「影見れば」の歌は、それぞれ賈島の詩の前句・後句による句題和歌であるが、後者は原詩を完全に脱却し、宇宙的な拡がりの中に孤影悄然たる人間がたたずむ姿、同時に人間の孤独の中

も、苦しければ、なにごとも思ほえず《何につけても想念がまとまらない》。[八]男どちは、心やりにやあらむ《気晴らしであろうか》、漢詩《からうた》などいふべし。船も出ださでいたづらなれば《用もないので》、ある人のよめる、

[九]磯《いそ》ふりの寄する磯には年月[一〇]を
　いつともわかぬ雪のみぞ降る

この歌は、つねにせぬ人の言《こと》なり。また、人のよめる、

[一一]風による波の磯には鶯《うぐひす》も
　春もえ知らぬ花のみぞ咲く

この歌どもを《〔詠み上げるのを〕》、すこしよろしと《どうやらまずまずの出来だと》聞きて、[一二]船の長《をさ》しける翁《おきな》、月日ごろの苦しき[一三]心やりによめる、

[一四]立つ波を雪か花かと吹く風ぞ
　寄せつつ人をはかるべらなる

この歌どもを、人のなにかといふを、ある人聞きふけりて《じっと聞いていて》よめり。その歌、よめる文字《もじ》、[一五]三十《みそ》文字あまり七《なな》文字。人みなえあらで《我慢できなくて》笑ふ

に無限の宇宙の開かれていく姿を描き出す。

七 室津へ戻ったと見る。他に、室戸岬を廻った白浜（久保田博氏）、とすれば室津へ戻ったように書くのは虚構（松村誠一氏）、津呂（『全注釈』）説がある。

八 通説は女の筆を匂わせるとする。私見→注一二。

九 寄せてくる荒波が立って砕ける磯には、年百年中いつと区別なく、雪が降ってばかりいる。波を雪に見立てた。

一〇 底本「としつきも」。定本・日本・三本による。

一一 風で波の打ち寄せる磯では、鶯とも春とも関係のない花だけが咲く。波を花に見立てた。

一二 船の一行の長たる老人。貫之を指す。男たちの中で、この「翁」が例外的に和歌を詠んだ。そのことをそれとなく示すために、さきに「男どちは…漢詩などいふべし」と書いたのである。「磯ふりの」「風による」の歌を詠んだ人たちも、「翁」とともに貫之の分身と考えられるので触れずにおいて、「翁」をあえて和歌を詠んだ男性として表示したのであろう。「船の」の「の」は底本にない。定本・日本・三本による。

一三 さきの「男どちは、心やりにやあらむ」と密接に関係し、前注の意義を読み取る一つの根拠となる。

一四 吹く風が、岸に打ち寄せて白く立つ波を、雪か花かと見せて、人を欺いているようだ。以上三首、問答歌・判歌の歌合の体とする説がある（『全注釈』）。

一五 三十一字を逸脱した歌の先例が、『扶桑略記』所引「宮滝御幸記」にある（堀内秀晃氏）。

やうなり。歌主《うたぬし》いと気色悪《けしきあ》しくて、怨《ゑ》ず。まねべどもえまねばず《口で真似しようとしても真似できない》。書けりともえ読みする《きちんと読みくだすのがむずかしいだろう》ゑがたかるべし。今日だにいひがたし。ましてのちにはいかならむ。

十九日。日悪《あ》[一]しければ、船出ださず。

二十日。昨日のやうなれば、船出ださず[二]。みな人々憂《うれ》へ歎く。苦しく心もとなければ《いらだたしく不安なので》、ただ日のへぬる数を、今日幾日《いくか》、二十日《はつか》、三十日《みそか》と数ふれば、指《およひ》もそこなはれぬべし《指も痛くなりそうだ》。いとわびし[三]。夜《よ》はいも寝ず。二十日の夜の月出でにけり。山の端《は》もなくて、海[四]の中よりぞ出で来る。かうやうなるを見てや、むかし、阿倍仲麻呂《あべのなかまろ》[五]といひける人は、唐土《もろこし》に渡りて、帰りきける[六]ときに、船に乗るべき[七]ところにて、かの国人《くにびと》[八]、馬《むま》のはなむけし《餞別をし》、別れ惜しみて、かしこの[九]漢詩《からうた》作りなどしける。あかずやありけむ《「それだけでは」名残が尽きなかったのであろうか》、二十日の夜の月出づるまでぞありける。その月は海よりぞ出でける。[一〇]これを見てぞ、仲麻呂の主《ぬし》、「わが国にかかる歌をなむ、神代《かみよ》より神もよんたび《神様もお詠みになり》、いまは

一　天候が悪いので。二十一日の「よき日出で来て」（三〇頁）の「よき」と、この「悪し」とは、「天候に関する対照語」（『全訳注』）か。凶会日《くゑにち》と見る説もある（『全注釈』）（→二五頁注一三）。
二　「船出ださず」は、十八日・十九日・二十日と、同じ句がつづいて三回繰り返され、焦燥にかられる気持が強く示される。近接同語の文体。
三　十七日の条の結び「いとわびし」と呼応。空間的時間的にとりとめない世界にわが身の置かれた思い。
四　室津では東側は山。月が海から出たというのは、すべて海上の月として場面を構成するための虚構か。
五　奈良時代の人。船守の子。養老元年（七一七）、留学生として渡唐し、その才を買われて唐朝に重んぜられ、天平勝宝五年（七五三）帰国の途についたが、船が遭難して帰れず、ふたたび仕えて、在唐五十四年、ついに宝亀元年（七七〇）、彼の地で没した。
六　底本「きにける」。定本・日本・三本による。
七　『古今集』の左注では明州。事実は蘇州という。
八　底本「くにのひと」。定本・日本・三本による。
九　「かしこの」は、後文の「わが国にかかる歌をなむ」と対応させるためにつけた（『大系』）。
一〇　前の「かうやうなるを見てや」と関係づけられた文脈をなし、直接は仲麻呂が月を見て、の意であるが、それに貫之の眺めやった風景が重ね合されている。
＊　仲麻呂の詞に託して、貫之の和歌観の一端を述べる。『古今集』序に「この歌、天地開け始まりけ

る時より出できにけり…」とし、また「よろこび身に過ぎ…世の中を恨」んでは歌を詠むとするのに通ずるが、そうした認識を加えて、仲麻呂の望郷の念をさらに悠久なものにした。神々の和歌へと遡っているのは、十三日室津停泊の始め、女たち沐浴の風情にのぞかれた始原性とも和する。

一一『古今集』羇旅に所載。詳しい左注がついている。なお『古今集』の第一句「天の原」を、情況に合わせて「青海ばら」と変えたか。

一二「漢字で大体の意味を書き示したのではあらわせない歌の微妙なところを日本語で説明した」(『全集』)。それを仲介にして、日本語の分らない中国人にも、その微妙なところまで通じたのであろう。ことばの異なることによる理解はむずかしいが、ことばは異なっても人情は同じだという、貫之の信条を具体化。

一三 仲麻呂の昔を思いやるとともに、月が「山の端もなくて、海の中よりぞ出で来る」(前頁)を受け、貫之が都で活躍した時代を思いやることをも表す。

一四 都では山の端に見た月が、波から出て波に入る。

＊ 八日業平歌回顧と、この仲麻呂追想とは、段の構造がきわめて類似する。八日に示唆された望郷の念が室津滞留の中で果てしなく拡がる。

一五 底本「ふ」。傍注「ね字落歟」。定本による。

一六 春と秋、海の青さと木の葉の紅との対照。

不安と恐怖——荒海と海賊

一七「おぼろけならず」の意。並一通りでない。

上中下《かみなかしも》の人も、かうやうに別れ惜しみ、よろこび《慶事》もあり、悲しびもあるときにはよむ」とて、よめりける歌、

一一 青海《あをうな》ばらふりさけ見れば春日《かすが》なる
三笠《みかさ》の山に出でし月かも

とぞよめりける。かの国人聞き知るまじく思ほえたれども、ことの心《歌の意味を》を、男文字《をとこもじ》にさまを書きいだして《だいたいのところを漢文に訳して》、ここのことば伝へたる人に《日本語を習って知っている人に》、一二 いひ知らせければ、心をや聞きえたりけむ、いと思ひのほかになむ賞《め》でける。唐土とこの国とは、言異《ことこと》なるものなれど、月の影はおなじことなるべければ、人の心もおなじことにやあらむ。さていま、一三 そのかみを思ひやりて、ある人のよめる歌、

一四 都にて山の端《は》に見し月なれど
波より出でて波にこそ入れ

二十一日。卯《う》の時《午前六時ごろ》ばかりに、船出だす。みな人々の船《〔待機していた〕船がいっせいに》一五 出づ。これを見れば、一六 春の海に秋の木《こ》の葉しも散れるやうにぞありける。一七 おぼ

ろけの願《ぐわん》によりてにやあらむ、風も吹かず、よき日出で来て、漕ぎゆく。一この間に、つかはれむとて（［貫之に］使ってもらおうと）、つきて来る童《わらは》あり。それがうたふ船歌《ふなうた》、

二なほこそ国のかたは見やらるれ、わが父母《ちちはは》ありとし思へば、か三へらや。

とうたふぞあはれなる。

かくうたふを聞きつつ漕ぎくるに、四黒鳥《くろとり》といふ鳥、岩のうへに集まり居《を》り。その岩のもとに、波白くうち寄す。楫取《かぢと》りのいふやう、五「黒鳥のもとに白き波を寄す」とぞいふ。このことば、なにとには（さりげない言い方）なけれども（であるけれども）、六ものいふやうにぞ聞こえたる。七人のほどにあはねばとがむるなり（耳にとめたのである）。

かくいひ（［楫取りが］）つつ行《ゆ》くに、八船君《ふなぎみ》なる人、波を見て、九国よりはじめて、海賊報《むく》いせむといふなることを思ふうへに（最初国府を出発したときから報復するという噂が気がかりであったうえに）、海のまた恐ろしければ、一〇頭《かしら》もみな白《しら》けぬ。七十《ななそ》ぢ、八十《やそ》ぢは海にあるものなりけり（海の恐怖で人はいっぺんに年をとってしまうものだ）。

一 →一三頁注二一。

二 やはり自然に国の方角に目をやってしまう。なつかしい父母がいると思うと。室戸岬を廻ると、土佐湾から香美郡・土佐郡の方角が見えなくなるので、とくにこの歌の感慨に切なるものがあるのだろう。

三 囃子詞《はやしことば》。なお底本「かへらはや」。定本・日本・三本による。

四 クロガモのことかという。『和名類聚抄』に、「鳿」に「漢語抄ニ云フ久呂止里」と割注、「黒色ノ水鳥也」とある。

五 黒と白との対照が面白い。「春の海に秋の木の葉しも散れる」（前頁）の青と紅の対照と、さらに対をなし、鮮やかな色彩感を喚起する。

六 「秀句など作意ありていふやうなると也」（『抄』）。

七 無風流な楫取りに似あわない（→一五頁注一〇）。

八 「船の長しける翁」（→二七頁注一二）と同じ。貫之を指す。

九 以下次頁の「楫取りいへ」まで、「船君なる人」の詞と見ることもでき（『全注釈』）、また「波を見て」が直接には「わが髪の」の和歌へつながり、「国よりはじめて…海にあるものなりけり」を、その間に挟まれた描写と感想として読み取ることもできる。それは、貫之の詞と、地の文の記述とが、本質的に同一次元にあることをうかがわせる。

一〇 白楽天の「尽ク在リ愁人鬢髪ノ間」（→二五頁注一六）による。

[一一]わが髪の雪と磯べの白波と
　　いづれまされり沖つ島守

[一二]楫取りいへ。

二十二日。夜《よん》べの[一三]泊りより、異泊《ことどま》り（別の港に向っていく）を追ひてゆく。はるかに山見ゆ。年九つばかりなる男《を》の童《わらは》、年よりは幼くぞある。この童、船を漕ぐまにまに、山も行《ゆ》くと見ゆるを見て、[一四]あやしきこと、歌をぞよめる。その歌、

[一五]漕ぎてゆく船にて見ればあしひきの
　　山さへ行《ゆ》くを松は知らずや

とぞいへる。[一六]幼き童（子供の）の言《こと》（歌として）にては、似つかはし（ふさわしい）。

今日《けふ》、[一七]海荒げにて、磯に雪降り（磯の波が雪が降るように）、波の花咲けり（また花が咲いたように見える）。ある人のよめる、

[一八]波とのみひとつに聞けど色見れば
　　雪と花とにまがひけるかな

二十三日。日照りて曇りぬ。［その後］「このわたり、海賊のおそりあり（海賊に襲われる心配がある）」

一一 私の髪の雪のような白さと、磯辺に寄せる白波と、どちらの白さがまさっているか、沖の島守よ、答えてほしい。貫之には類想の歌あり（→貫之集四五四）。

一二 歌は「沖つ島守」に呼びかけているが、その「沖つ島守」は貫之の心中の想像的存在であるから、それよりも「楫取り、お前はどう思うか」と言い添えたもの。しかしその「楫取りいへ」も、だれかに向って問いかけたいほど切ない、貫之の胸中を吐露するための、自己韜晦《とうかい》的な独り言にすぎない。詞ないし内話と地の文とが一つになった極端な表現相を示す。

一三 昨夜泊った港も、今日向う港も、名を不記。

＊ 知らぬ海上を次々と港を求めながら、不安な航海を続けていく。

一四 通説は、幼い男の子が和歌を詠んだ驚きを表すと見るが、本日記で子供が歌を詠んでも、「あやし」という例はない。山が動くように見えるのを、本当に不思議だなあと、童心に返った貫之の心情を示す。

一五 漕いでいく船から見ると、山までがいっしょに動いていく。それを山の松は知らないのかなあ。「あしひきの」は「山」の枕詞。

一六 一月十五日にも同じ感想がある（→二五頁）。貫之がありのままの童心に惹《ひ》かれていく模様が見える。

一七 形容詞「荒し」の語幹に接尾語「げ」がついたもの。「あらけ」と清音に読み、荒波の意ともいう。

一八 聞けば同じ波の音に聞えるけれども、色を見ると、雪とも花ともまぎれそうな風情だなあ。

といへば、神仏《かみほとけ》を祈る。

二十四日。昨日の[一]おなじところなり。

二十五日。楫取《かぢと》りらの「北風悪《あ》し」といへば、船出ださず。「海賊追ひ来《く》」といふこと、たえず聞こゆ。

二十六日。まことにやあらむ、「海賊追ふ」といへば、夜《よ》[二]なかばかりより船を出だして漕ぎくる途《みち》に、手向《たむ》け[三]するところ《行路安全を祈り捧げ物をする所》あり。楫取りして幣《ぬさ》[四]たいまつらするに、幣の東《ひむがし》へ散れば、楫取りの申して奉る[五]ことは、「この幣の散るかたに《〔東の〕方向へ》、御船《みふね》[六]すみやかに漕がしめたまへ」と申して奉る。これを聞きて、ある女の童《わらは》のよめる、

[七]わたつみのちふりの神に手向けする
幣の追風《おひかぜ》やまず吹かなむ

とぞよめる。

この間《ところで》に、風の[八]よければ、楫取りいたく誇りて《得意になって》、船に帆上げなど《船に帆を上げるなどどうれしそうである》よろこぶ。[九]その音《おと》を聞きて、童も嫗《おむな》も、いつしかとし思へばにやあ《早く早くとせいていたからであろうか》

一 「…のおなじ」は「…とおなじ」の意。
二 三十日に「海賊は夜あるきせざなり」とある（→三五頁注九）。
＊ 海賊襲来への恐怖は、一月二十一日（三〇頁）二十三日（三一頁）二十五日・二十六日とつづく。このころ地方政治の紊乱《びんらん》により、南海道に海賊が跋扈《ばつこ》し、追捕使《ついぶし》派遣のことなどが、史書の承平・天慶年間に数々記録されている。しかし、貫之任官中、土佐国まで劫掠《ごうりゃく》が及び、貫之がその鎮圧に当ったという記録もなく、海賊の報復追跡がどの程度の事実なのか分らない。「まことにやあらむ」とある所以だが、ともあれその恐怖感を通して、あたかも人生行路の危うさ、頼りなさを象徴するごとき、緊迫した航路のさまを描き出す。
三 鹿ノ首岬か（『全注釈』）。
四 「奉（たてまつ）る」のイ音便。くだけた口調。貫之は軽い気持で楫取りに奉幣をさせる。
五 前の「幣たいまつ（る）」を再び繰り返すが、貫之の軽い気持に対し、楫取りは仰々しい態度で奉幣、願いの筋を言う。その相違が「奉る」に現れる。
六 漢文訓読語。重々しさを出す。和語「とく」。
七 海を行く道中を守ってくださる神に手向けた幣への追風は、いつまでも止まないで吹いてほしい。「チフリノ神トハ、ミチフリノ神トイフニヤ　海路ニモヨメリ」（『袖中抄』）（→貫之集七二）。
八 底本「かせよけれは」。定本・日本・三本による。

らむ、いたくよろこぶ。このなかに[一〇]淡路《あはぢ》の専女《たうめ》といふ人のよめる歌、

[一一]追風の吹きぬるときはゆく船の
帆て打ちてこそうれしかりけれ

とぞ。

[一二]天気《ていけ》のことにつけつつ祈る。

二十七日。風吹き波荒ければ、船出ださず。これかれかしこく《だれもかれもひどく》歎く。男たちの、心なぐさめに《気晴らしに》、漢詩《からうた》に「[一三]日を望めば都遠し」など《などといっ》いふなることのさまを聞きて《た詩にまつわるといういきさつを聞いて》、ある女のよめる歌、

[一四]日をだにも天雲《あまくも》近く見るものを
都へと思ふ道のはるけさ

また、ある人のよめる、

[一五]吹く風のたえぬかぎりし立ちくれば
波路《なみぢ》はいとどはるけかりけり

日《ひ》一日《ひとひ》、風やまず。[一六]つまはじきして寝《ね》ぬ。

九「その音を聞きて」は内容的に和歌の「帆て打ちて」へかけても読めるが(『考証』)、文脈上は、「いたくよろこぶ」と「…よめる歌」の双方へかかる。

一〇 淡路島出身の老女(→四一頁注一七)。

一一 追風が吹いたときには、進んで行く船の帆布がはたはたと音を立て、うれしかった。私たちも手を打ってよろこぶ。「帆て」は「帆栲《たへ》」の意で、帆布(『全注釈』)。その「て」に「手」を掛ける。末句「うれしがりけれ」とも読める(『創見』『全注釈』)。

一二 天気がよければ、それが長くつづくように、悪ければ、早く回復するようにと、天気がよいにつけ、悪いにつけて、祈る。「歌には関係なく」(『大系』)、また、この日のことに限らない。

一三「遥カニ長安ノ日ヲ望メバ、長安ノ人ヲ見ズ、長安ノ宮闕九天ノ上」(『李太白詩集』)。なおこの詩は、晋の明帝が幼時、長安と太陽とをくらべて、太陽からは人が来ないから長安が近いと言い、次には逆に太陽は目に見えるから近いと言った故事(『晋書』)に準拠する。男たちが話題にしたこの詩の右のような故事を、「などいふなることのさま」と伝聞で記す。

一四 太陽でさえも空の雲近く見ることができるのに、都へ帰ろうと思う道の何と遠いことか。

一五 吹く風が止まないかぎり、波が立ってくるので、海路はますます遠くなってしまうよ。

一六 非難や不快を表すのに、拇指をはじいて中指に当て、音を立てる動作。元来は密教の行法。

二十八日。夜《よ》もすがら《一晩中》、雨やまず。今朝《けさ》も。

二十九日。船出だしてゆく。うらうらと照りて、漕ぎゆく。爪《つめ》のいと長くなりにたるを見て、日を数《かぞ》ふれば今日は子《ね》の日《び》なりければ、切らず。一 正月《むつき》なれば、二 京《きやう》の子の日のこといひ出でて「小松もがな」といへど、海中《うみなか》なればかたし《海上なので見つけがたい》かし。ある女の書きて出だせる歌、

三 おぼつかな今日は子の日か海人《あま》ならば
海松《うみまつ》をだに引かましものを

とぞいへる。「海にて子の日」《「海にて子の日」という題の歌として》の歌にては、いかがあらむ《大してうまくはなさそうだ》。また、ある人のよめる歌、

四 今日なれど若菜も摘まず春日野《かすがの》の
わが漕ぎわたる浦になければ

かくいひつつ漕ぎゆく。

おもしろきところ《景色のいいところ》に船を寄せて、「ここやいどこ」五 ととひければ、六「土佐の泊《とま》り」といひけり。むかし、土佐といひけるところに住み

一「丑ノ日手ノ甲《つめ》ヲ除キ、寅ノ日足ノ甲ヲ除ク」(『九条殿遺誡』)。手足いずれにしても、子の日は爪を切るのに吉日でない。
二 正月の子の日の行事は主に初子《はつね》の日に行われ、とくに初子の小松引き、若菜摘み(→貫之集五四頁注一)が盛んであった。二十九日は下の子の日、小松引きの日ではないが、子の日で京の風情を思い出す。
三 頼りないなあ。今日は子の日なのだろうか。それなのに、海上に小松もなくて……。でも、もし私が海人だったら、せめて海松なりとも、小松の代りに引いたであろうものを。それさえもできない。「海松(中略)和名美流」(『和名類聚抄』)。「うみまつ」は海藻「海松(みる)」の訓読語。
四 今日は子の日なのだけれども、若菜を摘むこともしない。若菜摘みの名所春日野は、私たちの船が漕いでいく浦々のどこにも見つからないから。
五 どこ。底本「いつこ」。定本・日本・三本による。「いどこ」は漢文訓読に見え、和文には珍しい。
六 鳴門市鳴門町。大毛島の南端。
七 未詳。「なたぐひ(名類)」「ならび(並び)」の誤りとし、あるいは「なくひ」ないし「なぐひ」を、同名・同類もしくは名残の意の方言とするなど、諸説あるが、しばらくそのままにして後考をまつ。
八 私が年来住んでいた土地の「土佐」と同じ名前をもっている港なので、ここに寄せてくる波を見ても、深い感慨を覚える。

ける女、この船にまじれりけり。そがいひけらく〔その女がいうことには〕、「むかし、しばしありしところのなくひ[七]にぞあなる。あはれ」といひて、よめる歌、

年[八]ごろを住みしところの名にしおへば
来よる波をもあはれとぞ見る

とぞいへる。

三十日。雨風吹かず。「海賊[九]は夜《よる》あるきせざなり〔夜は行動をしない〕」と聞きて、夜《よ》なかばかりに船を出だして、阿波《あは》[一〇]の水門《みと》を渡る。夜なかなれば、西東《にしひむがし》も見えず。男女《をとこをむな》、からく[一一]神仏《かみほとけ》を祈りて、この水門を渡りぬ。寅卯《とらう》の時〔午前五時ごろ〕ばかりに、沼島《ぬしま》[一二]といふところをすぎて、多奈川《たながは》[一三]といふところを渡る。からく急ぎて〔何とか速さをゆるめず〕、和泉《いづみ》[一四]の灘《なだ》といふところにいたりぬ。今日海に波に似たるものなし〔波というほどのものはない〕。神仏の恵みかうぶれるに似たり〔神仏のお恵みを受けているといった感じである〕。今日、船に乗りし日より数ふれば、三十日あまり九日《ここぬか》になりにけり。今は和泉の国に来ぬれば、海賊ものならず。

二月一日。朝《あした》のま、雨降る。午時《むまとき》〔正午ごろ〕ばかりに止みぬれば、和泉の灘

＊この「土佐の泊り」は、室津出帆後、はじめて出てくる地名。その間、港名地名をあえて伏せた海路によって、恐怖と不安の空間を形成してきたが、いまこの名称に接し、改めて土佐の国を懐しむとともに、まさにその恐怖と不安に隔絶された彼方にある旧地を思い遣るのである。また子の日の小松につづく土佐の名は亡き子《こ》を連想（長谷川氏）。

九 その理由が摑《つか》みにくい。事実は潮流などの関係で夜出航したものを、海賊への恐怖と結びつけた作者の虚構脚色と見る説もある（松原輝美氏）。

一〇 鳴門海峡。「水門《みと》」は河海の水の出入りするところ。「みなと」に同じ（→貫之集三八）。

一一 神仏に祈るのが精いっぱい。やっと神仏に祈る。

一二 淡路島の南方の小さな島。兵庫県三原郡。

一三 大阪府泉南郡岬町。

一四 泉南郡の海浜に沿う海上一帯。淡輪《たんのわ》（村瀬敏夫氏）とも、多奈川の前にあるべき淡路の灘の誤り（山田孝雄氏）、もしくはわざと変えたとも（『全注釈』）。

＊「からく神仏を祈りて」と「からく急ぎて」、二つの「今日」、「波に似たるものなし」と「…かうぶれるに似たり」が近接同語。室津出航以来、荒海の不安と海賊への恐怖が中心となっていたが、三十日に至って、ようやくそれも和らぎ、この近接同語は、不安な窮地を脱し安堵する心のはずみを、さながらに描き出す。

もどかしさ──和泉の灘・住吉

といふところより出でて、漕ぎゆく。海のうへ、昨日のごとくに、風波見えず。[一]黒崎《くろさき》の松原をへてゆく。ところの名《黒崎という地名》は黒く、松の色は青く、磯《いそ》の波は雪のごとくに、《〔白く〕》貝の色は蘇芳《すはう》[二]に、五色《ごしき》[三]にいま一色《ひといろ》ぞ足らぬ。

[四]この間に、今日は箱《はこ》[五]の浦《うら》といふところより、綱手《つなで》[六]曳《ひ》きてゆく。かく行《ゆ》く間に、ある人のよめる歌、

[七]たまくしげ箱の浦波立たぬ日は
海を鏡とたれか見ざらむ

また船君《ふなぎみ》[八]のいはく、「この月までなりぬること」《〔二月のうちに京へ着けず〕二月になってしまった》と歎きて、「苦しき[九]《だれだって苦しい気持にたえがたくて歌を詠むのだなあ》にたへずして、人もいふこと」とて、心やり《気晴らしに》にいへる、

[一〇]曳く船の綱手[一一]の長き春の日を
四十日《よそか》五十日《いか》までわれはへにけり

聞く人の思へるやう、「なぞただ言《こと》[一二]なる」と、ひそかにいふべし。「船君のからくひねり出だして《無理をしてやっとのこと詠んで》、よしと思へることを《よくできたと思っている歌なのに……》。怨《ゑ》じもこ《〔悪口が聞》

一 大阪府泉南郡岬町。多奈川の北東。
二 マメ科の植物で、その幹から取った染料、またその色。黒味を帯びた紅色。ここでは染料、「雪」と並んで比喩的に使い、蘇芳のごとくに赤く、の意。黒、青が直接色を示すのと対照をなす（臼田甚五郎氏）。
三 黒青白赤黄。足りないのは黄色。
四 →一三頁注二一。
五 大阪府泉南郡阪南町。
六 船に綱をつけ海岸に沿って曳く（→貫之集二四）。
七 箱の浦に波の立たない日は、海を鏡とだれが見ないことがあろうか。本当に鏡のような海だ。「たま」は美称、「くしげ」は櫛の箱、「たまくしげ」で「箱」の枕詞となるが、また「鏡」は、その「たまくしげ」の縁語。なお海を鏡と見るのは、二月五日住吉の条への伏線となる（→四一頁）。
八 貫之を指す。
九 通説は「苦しきにたへずして」を地の文とするが、ここから船君の心中思惟か。二月九日「歌も…思ふことにたへぬときのわざとか」（四五頁）と同義。
一〇 曳き船の綱手のように長い春の日を、四十日も五十日も私は過してしまったことだ。実際は四十日、「五十日」は修辞的に添えた。
一一 底本「つなてや」。定本・日本・三本による。
一二 どうしてこんなありのまま散文的な表現をしたのだろうと。「と」底本脱。定本・日本・三本で補う。
一三 ぶつぶついう、の意か。「詢ツツメク」（『類聚名

そしたべ《えて」お怨みなさると困る》[一三]」とて、つつめきてやみぬ。

にはかに風波高ければ、とどまりぬ[一四]。

二日。雨風[一五]やまず。日《ひ》一日《ひとひ》、夜《よ》もすがら、神仏《かみほとけ》を祈る。

三日。海のうへ昨日のやうなれば、船出ださず。風の吹くことやまねば、岸[一六]の波立ちかへる。これにつけてよめる歌、

　緒《を》[一七]をよりてかひなきものは落ちつもる
　　涙の玉をぬかぬなりけり

かくて、今日暮れぬ。

四日。楫取《かぢと》り「今日、風雲の気色《けしき》はなはだ悪《あ》し」といひて、船出ださずなりぬ。しかれども、ひねもすに波風立たず。この楫取りは、日もえはからぬかたゐ《天候も判断できない役立たず》[一八]なりけり。

この泊《とま》りの浜には、くさぐさのうるわしき《きれいな》[一九]貝、石などおほかり。かかれば、ただむかしの人《死んだ女児》をのみ恋ひつつ、船なる人《船の人(貫之)》のよめる、

　[二〇]寄する波うちも寄せなむわが恋ふる

義抄』)。
＊「船君のいはく…」以下、「聞く人」の陰口の形で、要するに貫之の自問自答を表したに他《ほか》ならないが、非技巧的な「ただ言」の和歌を否定しながら、一方評者に「よしと思へることを」と言わせて、「貫之が『ただこと』的なものに良さを認めてゐたことの皮肉な表明」(『評解』)ともし、貫之の文学的葛藤をイロニカルに韜晦《とうかい》して示す。
一四 どこか不明(→三九頁＊)。
一五 一月二十七日の「日一日、風やまず」、二十八日の「夜もすがら、雨やまず」、二十三日・三十日の「神仏を祈る」を綜合したごとき記述。不安と恐怖に満ちた荒海の航海の残像を感じさせる。
一六 「いとどしく過ぎゆく方の恋しきにうらやましくもかへる波かな」(『伊勢物語』七段)を背後に想定してよいであろう(『考証』『全訳注』)。
一七 緒を縒《よ》ってもかいのないのは、あとからあとからこぼれ落ちる涙の玉がみんな散ってしまって、その緒に貫きとめることができないからであるよ。寄せては返す岸の波頭から、玉と散る涙を連想して詠んだ。亡児追慕の思いが秘められていよう。
一八 「かたゐ」は乞食。ここは楫取りを罵《ののし》っていう。
一九 「彩」「麗」などの訓の用法。和語では端正の意。
二〇 浜辺にうち寄せる波よ。忘れ貝を浜にうち上げてほしい。浜に下りてそれを拾い、私は恋しくてたまらない亡き子のことを忘れたい。

人忘れ貝おりて拾はむ

といへれば、一ある人のたへずして、二船の心やり（船旅の苦しさを忘れるために）によめる、

三忘れ貝拾ひしもせじ白玉《しらたま》を
恋ふるをだにもかたみと思はむ

となむいへる。女子《をむなご》のためには四親幼くなりぬべし（親は大人げなくなるのだろう）。「玉ならずもありけむを（白玉というほどでもなかったろうに）」と人いはむや（と他人はいうかもしれない）。されども、「五死《しん》じ子、顔よかりき」といふやうもあり。

なほ、おなじところに日をふることを歎きて、ある女のよめる歌、

六手をひてて寒さも知らぬ泉にぞ
くむとはなしに日ごろへにける

五日。今日、からくして（やっとのことで）七和泉《いづみ》の灘《なだ》より八小津《をづ》の泊りを追ふ（指していく）。松原目（目に見えるかぎり遠くつづいている）もはるばるなり。これかれ苦しければ（だれもかれもやりきれないので）、よめる歌、

九行《ゆ》けどなほ行《ゆ》きやられぬは妹《いも》が績《う》む
をづの浦なる岸の松原

一 「『或人』とも『在る人』ともとれる。いずれにしろ貫之自身」（『全訳注』）（→本頁＊）。

二 切ない旅情と亡児追慕とが一つになっている。

三 私は必ずしも忘れ貝を拾おうとはしまい。真珠のように清らかだったあの子を恋い慕うこの気持だけでも、あの子の形見、あの子につながるよすがとしたいと思う。「忘れ貝」はマルスダレガイ科の二枚貝。身のなくなった貝、また二枚貝の離れた一片ともいう。「しも…じ（ず）」は、必ずしも…しまい、の意。

＊「船なる人」も「ある人」も、ともに貫之。作者の分身と見るべきであろう。『古今六帖』には両首とも貫之作として見える。発想が相反するが、ともに強い愛情表現であって、貫之のこの感情の矛盾の中に、あやにくな人間的真実が感受されよう。なお楫取りが船を出さなかったのに、天候が良くなって口惜しかったが、お蔭で浜辺の貝に亡児を偲ぶ機会を得たのも、考えれば皮肉である。

四 兼輔の「人の親の心は闇にあらねども子を思ふ道に惑ひぬるかな」（『後撰集』雑一）を念頭に置くか（『全注釈』）。二首の矛盾への軽い自嘲（『大系』）。

五 底本「ししこ」。「死にし子」の撥音便、撥音無表記。「死んだ子は縹緻《きりよう》よし」との諺があったか。

六 手をひたして寒さを知る泉、その泉ならぬ、寒さも知らぬ和泉の国に、水を汲むでもなく、ただ幾日も日を過してしまった。「くむ」は「泉」の縁語。

七 →三五頁注一四。

かくいひつつ来るほどに、「船とく漕げ。日のよきに」ともよほせば《催促すると》、楫取《かぢと》り、船子《ふなこ》どもにいはく、「[一〇]御船《みふね》より[一一]おふせたぶなり《御命令を下されたぞ》。朝北《あさぎた》の、出で来ぬさきに《朝の北風が吹いてこないうちに》、[一二]綱手《つなで》はや曳《ひ》け」といふ。このことばの歌のやうなるは、楫取りのおのづからのことば《偶然口にしたことば》なり。楫取りは、うつたへに《必ずしも》、われ歌のやうなることいふとにもあらず《自分が歌のようなことをいうつもりだったわけでもない》。聞く人の、「あやしく《妙な具合に》、歌めきてもいひつるかな《歌みたいなふうに言ったものだなあ》」とて、書きいだせれば、げに三十文字《みそもじ》あまり《三十字と〔一字〕》なりけり。「[一三]今日、波な立ちそ《波が立つな》」と、人々ひねもす《一日中》に祈るしるしありて、風波立たず。

[一四]いまし、かもめ群《む》れゐて遊ぶところあり。京の近づくよろこびのあまりに、ある童《わらは》のよめる歌、

[一五]祈りくる風間《かざま》と思《も》ふをあやなくも
かもめさへだに波と見ゆらむ

といひて行《ゆ》く間に、[一六]石津《いしづ》といふところの松原おもしろくて、浜辺遠し。

八 大阪府泉南市男里《おさと》（村瀬氏）。通説は大津とする。

＊ 一月三十日に着いた「和泉の灘」を二月一日と、さらに五日とに出航したように記す。おそらくその「和泉の灘」は広域であろう。三十日、および一日から四日まで停泊した港名をあえて記さずに、「和泉の灘」を繰り返すことによって、船の進行が旋回してしまうごとき停滞感を与える。どこまでも続く松原もその停滞感の喩《ゆ》となる。

九 行けども行けども行きつくすことができないのは小津の浦の岸の松原である。女たちの紡ぐ麻糸にきりがないように。「績む」は麻を細く割き縒り合せること。麻は「を」ともいい、「小津」の「を」にそれを掛ける。船中の女たちが麻糸を紡いでいるのだろう。

一〇 楫取りは曳船のため陸に上がっている水夫たちに向って、貫之の乗っている船を「御船」といった。

一一 「おほせ」の誤りか。方言とも（池田亀鑑氏）。

一二 ↓三六頁注六。

一三 「今日」は地の文としても（『全注釈』『全集』など）詞としても（『大系』『全訳注』など）読める。四日の楫取りの詞「今日、風雲の気色はなはだ悪し」に対応して人々が祈ったと見て、後者に従う。

一四 ↓二三頁注一三。

一五 風が吹かないように祈ってきた、その風の止んだ間と思ってよろこんでいたのに、筋の通らないはなしだが、どうして鷗《かもめ》さえも白い波に見えるのだろう。

一六 大阪府堺市。底本「いしへ」。定本・三本による。

また、住吉《すみよし》[一]のわたりを漕ぎゆく。ある人のよめる歌、

[二]いま見てぞ身をば知りぬるすみのえの
松よりさきにわれはへにけり

[三]ここに、むかしへ人《びと》《亡き児》の母、一日《ひとひ》かた時も忘れねばよめる、

[四]すみのえに船さし寄せよ忘れ草
しるしありやと摘みてゆくべく

となむ。[五]うつたへに忘れなむとにはあらで《すっかり忘れてしまおうというのではなくて》、恋しきここちしばしやすめて《しばらくしずめて》、またも恋ふる力にせむとなるべし《ふたたび思い切り恋い慕おうというのであろう》。

かくいひて、[六]ながめつつ来る間に、ゆくりなく《思いがけなく》風吹きて、漕げども漕げども、後《しり》へ退《しぞ》きに退きて、ほとほとしくうちはめつべし《あやうく海中に船を沈めてしまいそうになる》。楫取りのいはく、「この住吉の明神《みやうじん》[七]は例の神ぞかし。[八]ほしき物ぞおはすらむ」とは、いまめくものか《当世風の露骨な言い方をしたものだ》。さて「幣《ぬさ》を奉りたまへ」といふ。いふにしたがひて幣[九]たいまつる。かくたいまつれども、もはら《一向に》風やまで、いや吹きに《いよいよ吹きつのり》、いや立ちに《いよいよ波立ち》、風波のあやふければ、楫取りま

一 大阪市住吉区。
二 いま住吉の松を見て、わが身のことがよくわかった。いつまでも緑を保つその松よりもさきに、私は年をとって白髪になってしまったのだと。「われ見ても久しくなりぬすみのえの岸の姫松幾世へぬらむ」(『古今集』雑上、よみ人しらず)を踏まえる。
三 そこで。「是」「於此」などの漢文訓読語。
四 住吉の岸に船をさし寄せておくれ。恋しい思いを忘れるききめがあるかどうか、試しに忘れ草を摘んでいくことができるように。「忘れ草」は萱草《かんぞう》。
五 以下「すみのえに」の歌の真意。二月四日の条の「寄する波」「忘れ貝」の二首の対立を、さらに止揚進展させている(『全注釈』)。「忘れなむ」、底本は「わすれむ」、定本・日本・三本に従って訂する。
六 「ながめは、もの思ふ事のあるをりに、いへり。ここは、先にうせにし子の事を、思ひいだして、うちながめたる也」(『考証』)。
七 古代人は、海神の怒りによって風波が立ち、捧げ物をもってその怒りを鎮める、と考えていた。
八 「例の」の内容は前項の意にとどまる。楫取りが「住吉明神は例のごとく物欲が深い」といったわけではない。ただし、楫取りが冗談に「神様は何かお望みなのであろう」と言ったその詞の裏に、何でも物で解決しようとするあさましさを感じた貫之は、『土佐日記』の執筆に際してこの詞に辛辣な皮肉を加える。
九 楫取りの「奉り」に対し、いささか皮肉に、くだ

たいはく、「幣には[一〇]御《み》心のいかねば《満足なさらないので》、御船《みふね》も行《ゆ》かぬなり。[一一]なほうれ《うれし》しと思ひたぶべき物《いとお思いになりそうな物を》たいまつりたべ」といふ。また、いふにしたがひて、「いかがはせむ《仕方がない》」とて、「[一二]眼《まなこ》もこそ二つあれ《眼でさえも二つあるのに》、ただ一つある鏡《ただ一つのかけがえのない鏡を》をたいまつる」とて、海にうちはめつれば《海に投げ込んだのだから》、口惜《くちを》し。されば《すると》、うち《とたん》つけに《に》海は鏡の面《おもて》のごとなりぬれば、ある人のよめる歌、

[一三]ちはやぶる神の心を荒るる海に
　鏡を入れてかつ見つるかな

[一四]いたく、すみのえ、忘れ草、岸の姫松などいふ神にはあらずかし。目もうつらうつら《目にはっきりと》、鏡に神の心をこそは見つれ。[一五]楫取りの心は、神の御心なりけり。

都近し——淀川遡行

六日。[一六]澪標《みをつくし》のもとより出でて、難波《なには》に着きて、川尻《かはじり》に入る《淀川の河口に》。みな人々、嫗《おむな》、翁《おきな》、額《ひたひ》に手を当ててよろこぶことふたつなし《この上ない》。かの船酔《ふなゑ》ひの[一七]淡路《あはぢ》の島の大御《おほいご》《お婆さん》、「都近くなりぬ」といふをよろこびて、船底《ふなぞこ》より頭《かしら》をもたげて、かくぞいへる。


けた調子で記す（→三二頁注四）。

一〇「（神の）御心」の「いかねば」に、船の「ゆかぬ」を語呂合せした楫取りの洒落《しやれ》。

一一 海が荒れているのに調子に乗った楫取りの軽口。

一二「父母、眼《まなこ》だに二つありと思ふほどに」（『宇津保物語』俊蔭）「眼《め》もこそ二つあれ、ひとところを親、君とも頼み奉るわが子には」（同、国譲下）。この例が二つとも子に対して用いられている。本段も、鏡を投ずる心に、愛児を亡くした思いがほのめくか。

一三 荒れ狂う海に鏡を投じて波風も鎮まった。まことに神威は恐ろしい。一方、その鏡に映して神の本心ものぞけたと戯れる。「ちはやぶる」は「神」の枕詞。

一四「…などいふ」にも、「あらずかし」にもかかる（『大系』）。住吉はさかんに優しい歌に詠まれるが、海に波風を立てる住吉の神はそれとは著しく違う。

一五 楫取りは、住吉明神が物を欲しがっているなどとふざけたことを言ったが、実は楫取りの本心が、鏡に見たその神の心に他ならない。楫取りのいうなりになるしかない航海の実情を逆説的に痛烈に風刺。
＊和泉の灘から住吉へ、もどかしい海浜沿いの航行。その中で亡児追慕の至情がきらめく。
一六 航路標識の杭。淀川の河口に近い海中に立てた。
一七 気分を悪くした「専女」（二二頁）「淡路の専女」（三二・四二頁）「淡路の御」（四三頁）と同じ人物。本段で「嫗・翁」の他に登場する。貫之妻とは別人か。

[一]いつしかといぶせかりつる難波潟《なにはがた》
葦《あしこ》漕ぎそけて御《み》船《ふね》来にけり

[二]いと思ひのほかなる人のいへれば、人々あやしがる。これがなかに《その人々の中で》、ここちなやむ船君《ふなぎみ》[三]いたく賞《め》でて、「[四]船酔ひしたうべりし《船酔いをしていらっしゃる》御顔《みかほ》には似《あ》ずもあるかな《わぬしっかりした歌ですね》」といひける。

七日。今日、川尻に船入りたちて《進んで入ってきて》[五]漕ぎ上《のぼ》るに、川の水ひて《川の水が少なくなっていて》、なやみわづらふ《さんざん苦労する》。船の上《のぼ》ることいとかたし《まことに円滑でない》。かかる間に《そんななかで》、船君の病者《ばうざ》、[六]もとよりこちごちしき人にて、かうやうのこと《歌を詠むなどといったこと》さらに知らざりけり。かかれども《それなのに》、淡路《あはぢ》専女《たうめ》の歌に賞でて、都誇りにもやあらむ《都が近づき意気揚々としてであろうか》、からくして《やっとのことで》、あやしき歌ひねりいだせり《あやしげな歌をひねり出した》。その歌は、

[七]来《き》と来ては川上《のぼ》り路《ぢ》の水を浅み
船もわが身もなづむ今日かな

これは病《やまひ》をすればよめるなるべし。一歌《ひとうた》にことのあかねば《気持が[八]十分言い尽せないので》、いまひとつ、

一 早く早くと待ちこがれて憂鬱だった難波潟に、葦を漕ぎわけて、お船はやっと着きました。「そ（退）く」は、離す、避ける、の意。

二 「常に歌よまぬ人がよむを思ひの外と云也」（『見聞抄』）とはとらず、「ふなゑひにふしたるおほいごのうたよまんとは思はざりし也」（『抄』）と見る。

三 貫之を指す。

四 顔付が船酔したようではないとする説（『考証』『全訳注』など）もあるが、船酔した顔に似合わぬよい歌であるとする説（『見聞抄』『全注釈』など）に従う。もっとも、これは貫之の戯れである（『講註』）。

五 「いりたつとは、まことに入るといふほどの心なり。（中略）昨日川尻に入るとかかれしは、いまだ川尻の口なる事おもふべし」（『燈』）。

六 「もとより…さらに知らざりけり」は、「船君の病者」についての説明を挿入したもの。「こちごちしき人」とは、和歌など詠めない無骨な人。貫之の自己韜晦である。

七 ただ一途にここまで来てみると、淀川を遡る水路の水が浅いので、今日は船も思うように進まないし、私の病気もはかばかしくいかないなあ。

八 底本「の」なし。定本・日本・三本による。

九 早く行きたいと思う船を、うまく進ませないのは、川の水が浅いから、いわば私のためを思う川の水の心が浅いからなのだ。川と情の「浅き」を掛ける。

一〇 都に近づいてきたよろこびに胸が迫る気持で詠ん

だ。それだけに船の遅いのがいっそうこたえたというのであろう。

一一 さきの「船酔ひしたうべりし御顔には似ずもあるかな」を受け、さらに淡路の専女の歌にはとてもかなわないと、貫之はわざと戯れて口惜しがる。

＊「いつしかと」の歌は『古今六帖』第三に貫之作として載る。六日・七日の条、淡路の専女に仮託したり、わざと自作を貶《けな》したり、戯《ざ》れ言《ごと》を弄したりして、貫之は、船の進行は相変らず遅々たるものの、都に近づき浮き立つ思いを軽妙に示す。

一二 大阪府摂津市鳥飼。朝廷御料の牧場があった（『延喜式』）。

一三「…とや」まで男どもの詞に入れる（『全注釈』）。「や」は疑問。「もつ」は、むつ。「海老で鯛を釣る」と同じ。領地を天皇に献じて大いに繁栄した三島県主飯粒の故事（『日本書紀』安閑紀）によるともいう。通説は貫之が得をしたと見るが、逆に魚を持参した人が、多くの米をもらって交換の利を得たとすべきか（『解』）。「飯粒して…」の逆転に面白味がある。一月十四日、楫取りの鯛と貫之の米とを交換したときにも、楫取りの欲心がうかがえた（→二五頁注一〇）。

一四 八日は斎日の一つ（→二五頁注八）。

一五 精進で魚は無駄になった。

一六 淀川と神崎川の分岐点の北岸。鳥飼より下流（『全注釈』）。八日の条の交換は鳥飼より前に当り、九日、同じくその魚を曲で施したことを付記するか。

とくと思ふ船なやますはわがために[九]
　　水の心の浅きなりけり

この歌は、都[一〇]近くなりぬるよろこびにたへずして、いへるなるべし。「淡[一一]路の御《ご》の歌に劣れり。ねたき《くやしい》。いはざらましものを《いわなければよかったものを》」と、悔しがるうちに、夜になりて寝にけり。

八日。なほ川上りになづみて、鳥飼《とりかひ》[一二]の御牧《みまき》といふほとりに《あたりに》泊る。

今宵《こよひ》、船君《ふなぎみ》例の病起《おこ》りて、いたくなやむ。ある人、あざらかなる物《新鮮な魚》持て来たり。米《よね》して返りごとす《お米で返礼をする》。男どもひそかにいふなり。「飯粒《いひぼ》[一三]してもつ釣る、とや《世間では御飯粒でむつを釣るというではないか》」。かうやうのこと、ところどころにあり《このような物交換が他の所でも時々あった》。今日節忌《せちみ》[一四]すれば、魚不用《いをふよう》[一五]。

九日。心もとなさに《じれったさに》、明けぬから《夜が明けないうちから》、船を曳《ひ》きつつ上《のぼ》れども、川の水なければ、ゐざりにのみぞゐざる《もっぱらいざるような進み方ばかりだ》。この間に《ところで》、曲《わだ》[一六]の泊りの分《あか》れのところといふところあり。米、魚など〔土地の貧民などが〕乞へば行《おこな》ひつ《施した》。

かくて、船曳き上るに、一渚《なぎさ》の院《ゐん》といふところを見つつ行《ゆ》く。その院、むかしを思ひやりて見れば、おもしろかりけるところなり。しりへなる岡には松の木どもあり、中の庭には梅《むめ》の花咲けり。二ここに、人々のいはく、「これ、むかし、名高く聞こえたるところ 評判の高かったところ なり」、「三故惟喬《これたか》の親王《みこ》の御供《おほむとも》に、四故在原業平《ありはらのなりひら》の中将の、

五世の中にたえて桜の咲かざらば
春の心はのどけからまし

といふ歌よめるところなりけり［などという］」。六 いま現にここにいる人が いま、今日ある人、七［惟喬・業平の旧跡という］場所に似合った歌をよんだ ところに似たる歌よめり。

八千代へたる松にはあれどいにしへの
声の寒さはかはらざりけり

また、ある人のよめる、

九君恋ひて世をふる宿の梅の花
むかしの香《か》にぞなほ匂ひける

一 大阪府枚方《ひらかた》市渚。惟喬親王の故地。
二 →四〇頁注二。
三 文徳天皇の第一皇子。母は紀名虎《きのなとら》の女静子。藤原良房の女明子の生んだ惟仁親王（清和天皇）が良房の威勢によって立坊、ために失意と風流の生涯を送る。
四 業平（→一九頁注一五）は惟喬に共感臣従する。
五 『古今集』春上、ならびに『伊勢物語』八十二段に見える。ただし第三句「なかりせば」。
六 「『いま』と『けふ』と同義の修飾語を重複使用して（中略）力強い表現となった」（『全注釈』）。そこに還らぬ昔を思うといった意識が感じられる。
七 底本「こゝろ」とも「ゝころ」とも読める。「ゝ（と）ころ」とあるべきである。
八 千年を経た松だというのに、寒々とした松風の身にしみる響は昔から変らないのだなあ。それに『論語』子罕《しかん》編の「歳寒ウシテ然ル後ニ、松柏ノ凋ムニ後ルルヲ知ル」によって、業平の惟喬親王への忠誠心を詠み込む。さらに貫之が敬慕する亡き兼輔を偲ぶ心を託すか。『貫之集』七七七の詞書、為本に「風寒く吹きて」とあるのに注意される（→二六六頁＊・解説）。
九 御主人（惟喬親王）を恋い慕って年を経た、この院の梅の花が咲いて、昔のままの香りにいまも匂っているよ。「人はいさ」の旧作（→貫之集七九〇）にもとづいて詠み、おのずから渚の院の荒廃のイメージを示すとともに、とくに懐古的姿勢を強く出す。
一〇 「…なかに」は「子生める者ども、ありあへる」

といひつつぞ、都の近づくをよろこびつつ上《のぼ》る。

かく上る人々のなかに、[一〇]京《きやう》より下《くだ》りしときに、みな人《だれも》、子どもなかりき、いたれりし国《着任した国（土佐）》にてぞ子生める者ども、ありあへる《いあわせた》。人みな《その人たちは》、船のとまるところに《みな船の岸についたところで》、子を抱きつつおり乗りす。これを見て、むかしの子《亡き児》の母、悲しきにたへずして、

[一一]なかりしもありつつ帰る人の子を

ありしもなくて来るが悲しさ

といひてぞ泣きける。父もこれを聞きて、いかがあらむ《どんな気持であろうか》。[一二]かうやうのことも、歌も、好むとてあるにもあらざるべし《もの好きで感じたり詠んだりするものではなかろう》。[一三]唐土《もろこし》もここも、[一四]思ふことにたへぬときのわざとか。

今宵《こよひ》、[一五]鵜殿《うどの》といふところに泊る。

十日。[一六]さはることありて《差支えがあって》、上らず。

十一日。雨いささかに降りて、やみぬ。かくてさし上るに、東《ひむがし》のかたに山の横ほれる《横たわっているのを》を見て、人に問へば、[一七]八幡《やはた》の宮といふ。これを

へかかる。「京より…子どもなかりき」は挿入句。

一一 子供のなかった人たちも、地方在住中に生れた子供をそれぞれ連れて帰るのに、子供をはじめから持っていた私たちが、亡くして京へ帰ってくることが、いかにも悲しい。

一二 「悲しきにたへずして」「泣きける」を指す。人生の悲しさを嘆き泣くこと。なお次項の『毛詩序』によれば、「嗟歎」となる（『全注釈』）。

一三 「之ヲ言フニ足ラズ、故ニ之ヲ嗟歎ス、之ヲ嗟歎スルニ足ラズ、故ニ之ヲ詠歌ス」（『毛詩序』）。

一四 愛児を亡くすといった、堪えがたい思いの出来事にめぐりあったとき、いやおうなく、しみじみと人生の悲しさを体感し、嗟歎せずにはおれないし、歌でも詠まずにはおれないものだとかいう、の意。「苦しきにたへずして、人もいふこと」（三六頁）と同意、「…よろこびもあり、悲しびもあるとき」（二九頁）よりも情況に密着して述べる（→一五頁注一三）。

＊ 業平は紀氏と関係が深い。渚の院の段には貫之の氏族意識がうかがい見られ（萩谷朴氏）、またその氏族意識をも含め、ここには昔と今、祖先と末裔、生と死との対立が著しく（長谷川政春氏）、業平懐古から亡児追慕へとスムーズに展開するのも、その昔と今との隔絶感によるのであろう。

一五 大阪府高槻市。

一六 水夫たちの休養かとする説（村瀬氏）もある。

一七 石清水八幡宮。京都府綴喜郡八幡町。

聞きてよろこびて、人々拝み奉る。

[一]山崎《やまざき》の橋見ゆ。うれしきことかぎりなし。ここに、[二][三]相応寺《さうおうじ》のほとりに、しばし船をとどめて、とかくさだむること（〔上陸の手はずなど〕何かと相談してきめた）あり。この寺の岸ほとりに柳おほくあり。ある人、この柳の影の川の底にうつれるを見て、よめる歌、

[四]さざれ波寄するあやをば青柳《あをやぎ》の
　影の糸して織るかとぞ見る

十二日。山崎に泊れり。

十三日。なほ山崎に。

十四日。雨降る。今日、車京へ（京都〔の貫之の自邸〕へ）とりにやる。

十五日。今日、車ゐて来たり（車を引いてきた）。船のむつかしさに（船内にいるのは窮屈なので）、船より人の家に移る。この人の家、よろこべるやうにて、饗応《あるじ》したり。[五]この主《あるじ》の、また饗応のよきを見るに、[六]うたて思ほゆ。いろいろに返りごとす（返礼をする）。家の人の出で入り（その家の家人の立居振舞い）、憎げならず（見苦しくなく）ゐややか（礼儀正しい）なり。

一 山崎は京都府乙訓郡大山崎町。当時の山崎の橋は何度も流出修復されており、正確な位置は不明。

二 →四〇頁注三。

三 後に廃絶してしまったが、河陽離宮の跡に当る今日の離宮八幡宮の東南の小祠をその旧跡と伝える。

四 さざ波が寄せて水面に描き出す模様を、水に映る青柳の影を糸にして織ったのかと思って見る。「青柳」を「糸」に喩《たと》え、「あや」「織る」はその縁語。『土佐日記』の中で最も繊細華麗な手法をもって詠まれた歌で、京に近づき、都の手ぶりをひしひしと感じさせる上にきわめて効果的。類歌、『貫之集』四九二。

五 この家の「あるじ（主人）」の人柄もよく、またその「あるじ（饗応）」も大したものだった。わざと両義の「あるじ」を重ねて述べたのは、「技巧的なおかしみをもたせた書き方」（『全訳注』）。その「おかしみ」は、次項「うたて」の嫌悪《けんお》感《かん》を和らげ、むしろ韜《とう》晦《かい》するごとくに作用する。

六 「ほどに過ぎたるを、さばかりはと、迷惑に思ふかた也」（『創見』）。むやみな歓待がかえって煩わしい。

七 「ようさりつかた」の音便「ようさつつかた」の促音無表記。「ようさり」は「よひさり」の音便、または「ゆふさり」の転。

八 「京へ上るついでに見れば」と、つづけて読むこともできる。「ついで」は、とおり道、道筋の意。

九 諸説紛々、きわめて難解な個所であるが、山崎の

十六日。今日の[七]夜《よう》さつかた《夕方》、京へ上《のぼ》る[八]。ついでに見れば、[九]山崎の小櫃《こびつ》の絵も、曲《まがり》の大鉤《おほち》の像《かた》も、かはらざりけり。「[一〇]売り人《びと》の心をぞ知らぬ」とぞいふなる《ということばが聞えるようだ》。

かくて京へいくに、[一一]島坂にて人饗応したり。かならずしもあるまじきわざなり《わざわざそんなに御馳走してくれなくてもよいのだ》。たちてゆきしときよりは、来るときぞ人はとかくありける《〔国守として〕出立した時にくらべて〔任を終えて〕帰ってくる時人は何かと関係をつけようとするのだった》。これにも返りごとす。

夜になして《夜を待って》、京には入らむと思へば、急ぎしもせぬほどに、月出でぬ。[一二]桂川《かつらがは》、月のあかきに《月明の中を》ぞ渡る。人々のいはく、「この川、[一三]飛鳥《あすか》川《がは》にあらねば、淵瀬《ふちせ》さらにかはらざりけり」といひて、ある人のよめる歌、

[一四]久方の月におひたる桂川
　　底なるかげもかはらざりけり

またある人のいへる、

[一五]天雲《あまくも》のはるかなりつる桂川

町の店屋の、小櫃の絵を描いた看板も、曲（山崎の近くで、西国街道および水流の屈曲によるところの地名と推定）の釣具屋に提《さ》がる大きな釣針の木製模型も、と解く『全注釈』説に従う。なお「おほちのかた」の異説には、「大路の形」（奥村恒哉氏・『全訳注』）ないし「大路の方」（森本茂氏）とするなどがある。

一〇 売る人の心が昔のままであるかどうか、分らない。「人はいさ心も知らず」の歌（→貫之集七九〇）が想起されているか。人の心の変りやすさを風刺。

一一 京都府向日市。

＊ 淀川を遡《さかのぼ》り、都へ近づくよろこびとともに、渚の院ではしみじみと昔を偲ぶ。山崎・島坂での饗応《きようおう》は、そうした貫之の気分に合わない。帰京する国守にたかろうとする魂胆も不愉快であり、またそうでなくて相手が善意であっても、その俗臭との違和感がやりきれないのである。

一二 保津川の下流。桂を流れ、山崎で淀川に合流。

一三 奈良県高市郡明日香村を流れる川。流れの激しく変る川として名高い。「世の中はなにか常なる明日香川昨日の淵ぞ今日は瀬になる」（『古今集』雑下）。

一四 月に生えて常住不変の桂の木と同じ名を持つ桂川は、川底に映る月の姿も、昔とすこしも変っていないよ。「久方の」は「月」の枕詞。

一五 土佐の国で、空の雲のように遥かに遠く思っていた桂川を、いま袖をひたし、感激の涙にくれながら、やっと渡ったのだなあ。

袖をひてても渡りぬるかな

またある人よめり[一]。

桂川[二]わが心にもかよはねど
　　おなじ深さにながるべらなり

京のうれしきあまりに、歌もあまりぞおほかる。

荒涼と悲哀——旧居終着

夜《よ》ふけて来れば、[三]ところどころも見えず。京に[四]入りたちてうれし。家にいたりて門《かど》に入るに、月あかければ、[五]いとよくありさま見ゆ。聞きしよりもまして《離れて聞いていた以上に》、いふかひなくぞこぼれ破れたる《〔家は〕どうしようもなく傷んでこわれている》。[六]家に預けたりつる人の心も、荒れたるなりけり。[七]中垣《なかがき》こそあれ《あるけれども》、ひとつ家のやうなれば、望みて《進んで》預かれるなり。さるは《それでも》、たよりごとに物もたえず得させたり《ついでがあるごとに付け届けもたえずしてきた》。[八]今宵《こよひ》、かかることと、声高《こわだか》にものもいはせず。いとはつらく見ゆれど《まことにひどいとは思ったけれども》、心ざしはせむとす《お礼はしようと思う》。

さて、池めいてくぼまり、水つける《水のたまった》ところあり。ほとりに松もありき。五年六年《いつとせむとせ》のうちに、千歳《ちとせ》やすぎにけむ、かたへ《半分は》はなくなりに

一 底本「よめりし」。定本・日本・三本「よめり」。底本「し」は後人の加筆か（解説参照）。

二 桂川は、私の心の中に流れ込んで私の心に通ずるわけではないけれども、私が都を懐かしむ思いの深さと同じ深さで流れているようである。

＊「久方の」の歌は月明の桂川を渡る嘱目の風情。「天雲の」の歌では土佐で味わった望郷の念を新たにしつつ、最後は桂川に貫之の心情そのものを象徴させた歌。三首は次第に歌境を深める。

三 月明りに京の街はシルエットのごとく、建物や場所を一つ一つ区別して見分けがたい印象を与える。

四「入りたつ」は、入りこむ意（→四二頁注五）。

五 京の街の全体は暗い影となっているが、さし込んだ月の明りによって家の細部までがよく見える。

六 普通ならば、「人に預けたりつる家」というところを、わざと逆に「家に預けたりつる人の心」と述べて、貫之の家の管理を引き受けた隣人の無責任さに対する不満を皮肉に表現したと見る（『大系』など）。

七 家と家との間をへだてる垣根。

八 通説は、貫之が今夜は家人や従者に「これはひどい」と声高に言わせない、と解くが、私見では、貫之が今夜は隣家の人に、これこれしかじかの次第でなどと、管理の行き届かなかった弁明を、甲高《かんだか》く言わせるようなことはしなかった、の意ととる。

九「松だけでなく、あたりいったいが」（『全集』）。

けり。いまおひたる（新しく生えた松が）ぞまじれる。九おほかたのみな荒れにたれば、「あはれ」とぞ人々いふ。思ひ出でぬことなく（何もかも思い出されてきて）、思ひ恋しきがうち（なつかしく恋しい中でも）に、この家にて生まれし女子《をむなご》の、もろともに帰らねば、いかがは悲しき（どんなに悲しいことか）。船人《ふなびと》（同船の一行）も、みな子たかりてののしる（わいわい騒ぐ子供たちに囲まれている）。かかるうちに、なほ悲しきにたへずして、ひそかに一〇心知れる人といへりける歌、

一一生《む》まれしも帰らぬものをわが宿に
　小松のあるを見るが悲しさ

とぞいへる。なほあかずやあらむ（心がおさまらないのであろうか）、またかくなむ。

一二見し人の松の千歳《ちとせ》に見ましかば
　遠く悲しき別れせましや

忘れがたく口惜《くちを》しきこと（心残りなことが）おほかれど、え尽くさず（とても書き尽せない）。とまれかうまれ（何はともあれ）、とく破《や》りてむ（破り捨ててしまおう）。

一〇 貫之の悲しい心中を理解できる人とともに詠んだ歌、の意。貫之の妻を指すとも考えられるが、やはりその共感者は貫之の分身というべきで、こうした形で『土佐日記』の対自的構造の到達点を示す。その内話的世界が、これまでにないほどの、しんみりとした哀感をもたらす。

一一 ここで生れた子供も死んでもう帰ってこないというのに、このわが家には小松が生えている。それを見るのが、何とも悲しいことだ。貫之の類歌に、「兼輔朝臣なくなりて後、土佐国よりまかり上りて、かの粟田の家にて」と詞書した「ひき植ゑし二葉の松はありながら君が千歳のなきぞ悲しき」（『後撰集』哀傷）がある。兼輔追慕の情が重ね合されているか。

一二 亡くなった可愛いあの子が、松の千年にあやかっていまなお元気でいてくれたら、遠い土佐の国で永遠の悲しい別れを味わわなくてもすんだろうに。兼輔妻の死を悼む類歌があり（→貫之集七五四）、前歌と合わせて、兼輔思慕を奥に読み取ることができよう。

＊ 貫之は辿り着いた旧居の荒廃に人間の頼みがたさを改めて知り、またいやます亡児への追憶に耽《ふ》ける。懐かしい都であるにもかかわらず、旅の果てに見出したこの荒涼と悲哀は、さらに「忘れがたく口惜しき」さまざまの思いを、かれの胸中に喚《よ》び起すのであろう。最後に「とまれかうまれ、とく破りてむ」のポーズは、だからこそ逆に人生の真実感をこの作品に読み取らせる結語となる。

貫之集

貫之集 第一

延喜《えんぎ》五年二月[一]、泉《いづみ》の大将[二]四十賀[三]屏風《びやうぶ》の歌、仰せ言《ごと》[四]にてこれを奉る

1 夏山の　陰をしげみや　玉ぼこの　道行《ゆ》き人も　立ちどまるらん

2 白雪の　降りしくときは　み吉野の　山下風に　花ぞ散りける

延喜六年、月次《つきなみ》[五]の屏風八帖が料《れう》の歌四十五首、宣旨《せじ》にてこれを奉る二十首[六]

＊ 底本（『歌仙家集』正保版本）の「貫之集第一」は延喜の頃の屏風歌（解説参照）を年代順に集める。一 「二月」の下に底本「二十一日尚 侍《ないしのかみ》のし給ふィ」と傍記。二 藤原定国。高藤男。三 当時四十歳、五十歳、六十歳などの年寿をことほいで賀宴が催され、そのお祝いにしばしば屏風が贈られたので、屏風歌もますます必要度を増した。四 醍醐天皇の御下命。

1 夏山の木がこんもりと繁って木陰ができているからであろうか、道を行く人も立ちどまって、ほっと一息するのであろう。

「陰をしげみ」という独特な表現が、斬新な印象を与える。「行く末はまだ遠けれど夏山の木の下陰ぞ立ちうかりける」（躬恒《みつね》）の次に並んで『拾遺集』夏の部に入るが、躬恒よりもはるかに平板でなく巧緻《こうち》な歌。◇陰をしげみ 「み」は形容詞の語幹につき、理由を表す。…が…ので。◇玉ぼこの 「道」の枕詞。◇立ちどまるらん 「らん」は物事の理由原因を推量する。

2 白雪が降りしきる時は、吉野山の麓へ吹き下ろす風に、まるで花が散っているようだ。

「雪」を「花」に見立てている。

＊ 二は『古今集』賀に入集（三六三）。『古今集』三五七～三六三は尚侍（藤原満子、定国の妹）主催の定国四十賀の屏風歌を、素性《そせい》・友則《とものり》・貫之・躬恒・忠岑《ただみね》・是則《これのり》らが作ったものである。

五 一年十二カ月の月々の行事や風景を描いた屏風。

六 以下の当該歌数を書き加えたもの（村瀬敏夫氏）。

一 子《ね》の日《び》遊ぶ家

3 行きて見ぬ　人もしのべと　春の野に　かたみに摘める
若菜なりけり

二 二月初午《はつむま》、稲荷《いなり》詣でしたるところ

4 ひとりのみ　わが越えなくに　稲荷山　春の霞《かすみ》の　立ちか
くすらん

三 弓の結《けち》

5 あづさ弓　春の山辺に　いるときは　かざしにのみぞ　花
は散りける

四 三月田かへすところ

6 山田さへ　いまは作るを　散る花の　かごとは風に　おほ

一 正月の上《かみ》の子の日の祝事。この日、野に出て小松を引き、また若菜を摘んで、宴を催す。その若菜は七種とはかぎらず、七日七種《ななくさ》の若菜を供する人日《じんじつ》の行事とは別。「ねのび」と濁り、「根延び」に掛けて祝う。

3 野に出ていかない人も若菜摘みの模様を思い浮べることができるように、そのよすがにと春の野でこの籠に摘んだ若菜なのですよ。

絵は子の日の遊宴のさま、籠に盛った若菜が描かれているのであろう。歌が、画面に現れていない春の野の景色を心象的に添えて、晴れやかさを倍加する。

◇かたみ 「形見（記念）」に「筐《かたみ》（籠）」を掛ける。

二 二月の初めての午《うま》の日に行われた稲荷《いなり》神社の祭礼に詣でること。稲荷神社は京都市伏見区にあり、稲荷山を神域としてその西麓に鎮座。

4 私がひとりだけで稲荷山を越えていくのではないのに、なぜ春霞が立ってその稲荷山を隠してしまうのだろう。まるで私が人しれぬ思いを抱いて、春霞の中をひとり行かなければならないかのように。

同じく稲荷を詠んだ三四・三九を参照するに、右のごとき歌意となろうか。絵には、春霞の立ちこめた稲荷山、稲荷社の鳥居の前に群がる大勢の参詣者が描かれ、歌はその中にまじる一人の愁人の胸中か。

◇らん　なぜ…のか。現状を述べその理由を推量する。

三 底本「ゆみのたち」。陽本により改める。射礼《じゃらい》・賭弓《のりゆみ》で射手を左右一番ずつ組み合せること。手結《てつがい》の勝負。「三月二十余日、右大殿《みぎのおほいとの》の弓の結に」（『源氏物語』

せざらなん

五 忘れ草

7 うち忍び　いざすみのえに　忘れ草　忘れて人の　まだや摘まぬと

三月つごもり

8 花もみな　散りぬる宿は　行《ゆ》く春の　古里《ふるさと》とこそ　なりぬべらなれ

六 五月照射《ともし》

9 五月《さつき》山　木《こ》の下闇に　ともす火は　鹿の立ちどの　しるべなりけり

花宴)。殿上《てんじよう》の射礼・賭弓は正月十七日・十八日の行事だが、それ以外にも院・大臣家などで行われた。

5　春の山辺に入った時には、桜の花がすっかり髪のかざしになって、散りかかったことだ。――的に向って矢が放たれると、あたかも後《うしろ》の山形《やまがた》の桜が散って人々の頭上にふりかかってくるようであった。

◇あづさ弓「春」の枕詞。◇山辺　的の後の幕に描かれた山形を同時に意味する。◇いる「入る」と「射る」との掛詞。◇かざしにのみぞ「のみ」は強意。

四 田を耕作する。「耕タカヘス」(『類聚名義抄』)。

6　いまは山田をたがやす時節にまでなっているのに、いまさら桜の花が風のせいで散るなどと不満をいわないでほしい。

五 萱草《かんぞう》の別名。「忘れ草」を摘めば、恋心や身の憂さなどを忘れるとされた。

7　住吉《すみのえ》の忘れ草を見ると、あの人は忘れてこの忘れ草をまだ摘まずにいるのではないか、つまり私への恋心をまだ忘れてはいないのではないか、さあそっとここに住んで様子を見ようという気になる。

◇すみのえ「住吉」に「住み」を掛ける。◇忘れて　底本「わすれし」。西本による。

8　花もみな散ってしまった宿は、行く春にとって古里ともいうべきものになっているようだ。

六 夏の夜の狩りで鹿をおびき寄せる篝火《かがりび》。

9　五月の山の木の下の闇にともす火は、鹿の立っているところを知るしるしであるよ。

10
六月鵜飼《うかひ》[一]

篝火《かがりび》の　影しるければ　うば玉の　夜《よ》川《かは》の底は　水も燃えけり

11
六月祓《みなづきはらへ》[二]へ

みそぎする　川の瀬見れば　唐衣《からころも》　ひもゆふぐれに　波ぞ立ちける

12
七月七日

たなばたに　脱ぎてかしつる　唐衣　いとど涙に　袖や朽ちなん

13
たなばた

秋風に　夜《よ》の更《ふ》けゆけば　天の川　川瀬《かはせ》に波の　立ちゐこ

一　西本「鵜川」。「鵜川」も「鵜飼」と同義、またその鵜飼をする川をいう。一五一には「鵜川」とある。

10　鵜飼の篝火の影がはっきりと映っているので、夜の川の底で水も燃えているように見えた。

鵜飼には鮎《あゆ》など魚を近寄せるために篝火を焚《た》く。おそらく川に映じたその火影まで絵に細かく描出されてはいまいと思われるが、それだけに「水も燃えけり」と詠んだ比類のない、鮮烈な詩的幻想が絵を引き立てる。◇うば玉の　「夜」の枕詞。

二　陰暦六月晦日《みそか》に人形《ひとかた》を作り、身体をなでてから川などへ流し、半年の罪や汚れを除く行事。夏越《なごし》の祓え。

11　みそぎをする川の瀬を見ると、日も夕暮に傾いて、川面には波が立ってきたよ。

「日も夕暮」に「紐結《ひもゆ》ふ」を掛け、みそぎを終えて衣の紐を結いながら眺めた情景として詠まれている。◇唐衣　「衣」の意で、かつ「紐（日も）」の枕詞。

12　脱いで織女に供えたこの衣は、私の涙で濡れたその袖が、逢瀬《おうせ》のはかなさを嘆く織女の涙でいっそう朽ちてしまうでしょう。

◇かしつる　「かす」は供える。◇唐衣　「衣」の意とともに、「いとど」を掛けた「いと（糸）」「袖」「朽ち」と縁語をなす。

13　秋風が吹き、七夕の夜が更けていくと、天の川の川瀬には波が立ち、織女が立ったり坐ったり、もどかしげに逢瀬を待っている。

『万葉集』巻十、七夕の歌の二〇四八・二〇五〇、とくに長歌二

そ待て

八月駒迎《こまむか》へ[三]

14 逢坂《あふさか》の　関の清水に　かげ見えて　いまやひくらん　望月《もちづき》の駒

小鷹《こたか》狩り[四]

15 秋の野に　狩りぞ暮れぬる　女郎花《をみなへし》　今宵《こよひ》ばかりの　宿はかさなん

16 秋の田の　穂にし出でぬれば　うち群れて　里遠《さととほ》みより　かりぞ来にける

志賀の山越え[五]

〇九六の影響を受けているという指摘もある。◇波の　底本「波や」。陽本による。◇立ちゐ　波の「立ち」に「立ち居」を掛ける。

三 毎年八月中旬に諸国の牧場から献上した馬を天皇の御覧になる駒牽《こまひき》の行事で、東国からの馬を馬寮《めりょう》の役人が逢坂《おうさか》の関まで迎えに出たこと。

14 逢坂の関の清水に、十五夜の月と馬の影とが映っているのが見える。いまや望月の牧《まき》の馬が駒牽に引かれていくのであろう。

「かはづ鳴く神なび川に影見えて今か咲くらむ山吹の花」（『万葉集』巻八）の表現を転用し、「ひくらん」の表す推量が、その月下の駒迎えの絵を、あたかも水に映る影から、想像した風景のごとくに感じさせる独特な趣向。「影」に「鹿毛」を掛ける。

◇逢坂の関の清水　歌枕。「清水」はきれいな湧き水。

◇いまや　底本「いさや」。陽本による。◇望月　「望月（十五夜）」に信濃の御牧《みまき》「望月」を掛ける。

四 秋に小形の鷹を使って小鳥をとる狩り。

15 秋の野に狩りをして日が暮れてしまった。女郎花よ。今宵一夜の宿をかしてほしい。

狩場に女郎花が描かれ、その女郎花に寄せて、美女の住む宿を彷彿《ほうふつ》とさせる（→三六二）（→一四六頁＊）。

16 秋の田の穂が稔ると農夫が群れをなし遠い里から刈りにくるように、狩りにも人が集まった。

◇かりぞ　「穂」の縁語「刈り」に「狩り」を掛ける。

五 京都北白川から志賀山を越え大津見世町への道。

17 人しれず　越ゆと思ひし　あしひきの　山下水に　影は見えつつ

衣うつ

18 風寒み　わが狩衣《かりころも》　うつときぞ　萩《はぎ》の下葉《したば》は　色まさりける

十一月神楽《かぐら》

19 おく霜に　色もかはらぬ　榊葉《さかきば》に　香《か》をやは人の　とめて来つらん

一大鷹狩り

20 霜枯れの　草葉を憂《う》しと　思へばや　冬野の野辺は　人のかるらん

17 人しれず志賀の山越えをしたと思った。実は山の麓を流れる水に姿は映っていながら…。

書本には次に「返し　兼輔」として「川霧の立ちしかくせば水底に影見る人もあらじとぞ思ふ」とある（『兼輔集』も同様）。（解説参照）。

◇あしひきの　「山」の枕詞。

18 風が寒くなってきましたので、遠くにいる夫への思いをこめて、私が夫の狩衣を砧《きぬた》でうっております時、萩の下葉はいっそう色濃く紅葉して、秋のさびしさを身にしみて感じさせるのです。

擣衣《とうい》（砧で衣をうって光沢を出す）の女の胸中を詠《よ》む。僻地《へきち》へ遠征中の夫を偲びながら衣をうつ思婦、という中国的な詩想と画題。『拾遺集』秋に入る。第二句「わが唐衣」、第四句「萩の下葉も」（以上西本同じ）。なお西本・為本など一七・一八の順序が逆で、『全書』もそれに従う。秋の題である擣衣から一九「十一月神楽」へ続くより、たしかにその方が形が整うが、四月の脱落など不備もあることを考え合せ、改めずにおく。

◇狩衣　「かりぎぬ（男性貴族の平常服）」の歌語。

19 霜が置いても緑の色の変らない榊葉に、そのかぐわしい香を人々は求めてきたのであろうか。

「榊葉の香をかぐはしみとめくれば八十氏人《やそうぢびと》ぞまどゐせりける」（『拾遺集』神楽歌）による。したがって、この「人」は、集まってくる人々、群衆を表す。

一　冬に大鷹を使って鶴・雁・鴨・兎などをとる狩り。

臨時の祭[二]

21 宮人の　摺《す》れる衣に　ゆふだすき　かけて心を　たれに寄すらん

十二月仏名《ぶつみやう》[三]

22 年のうちに　つもれる罪は　かきくらし　降る白雪と　ともに消えなん

延喜十三年十月、尚侍《ないしのかみ》[四]屏風の歌、内裏《うち》の仰せにて奉る

野に人あまたあるところ、秋[五]

23 招くとて　来つるかひなく　花薄《はなすすき》　ほに出でて風の　はかるなりけり

20 霜枯れの草葉に陰鬱な気持になるからであろうか、冬の野辺を人が離れていく。

霜枯れた冬の野辺に大鷹狩りの人々が散っていく図柄なのであろう。「かる」は「狩る」に「離《か》る」を掛け、同時にことばの上で、老《ふ》けて魅力を失っていく女から男が遠ざかる姿を暗示する。なお「大鷹狩り」はしばしば「小鷹狩り」と対応して屏風歌の歌題となるらしい。二〇と二一、二三と二四〇、五二九と五三三、参照。

二 賀茂神社の臨時の祭。十一月、下《しも》の酉《とり》の日。

21 神に奉仕する人たちの小忌衣《おみごろも》に木綿襷《ゆうだすき》をかけた姿は、だれにとくに心を寄せているのだろうか。

◇宮人の摺れる衣　大嘗会《だいじょうえ》その他の神事にたずさわる官人・祭官などが着用する衣で、白布に春草・小鳥などの模様を山藍《やまあい》で青く摺る。小忌衣。◇衣に　底本「衣も」。陽本による。◇ゆふだすき　木綿（こうぞの樹皮から製した糸）で作った襷。◇かけて　襷を「掛けて」と、心を「掛けて」との両意を表す。

三 十二月十九日から三日間、宮中や寺院で行う法会。三世《さんぜ》諸仏の名号を唱え、一年間の罪障消滅を祈る。

22 一年間につもった罪は、この仏名会の功徳で、空一帯暗く降る白雪とともに消えてほしい。

四 底本「内侍」。→五三頁。五 四季屏風のうちの秋。

23 私一人招かれたと思って来たかいもなく、野には大勢の人がいる。花薄が穂に出てはっきりと招くように見せかけた風（女）のいたずらだった。

◇ほに出でて　目立つ意を掛ける（→四六五）。

雁《かり》の鳴くを聞けるところ

24 秋霧は　立ちわたれども　飛ぶ雁の　声は空にも　かくれざりけり

月夜に衣うつところ

25 唐衣《からころも》　うつ声聞けば　月清み　まだ寝ぬ人を　空に知るかな

川のほとりに紅葉《もみぢ》あるところ

26 水底《みなそこ》に　影しうつれば　もみぢ葉の　色も深くや　なりまさるらん

山の紅葉しぐれたるところ

24 秋霧は一面に立っているけれども、飛ぶ雁の声は、なんとその霧の空にもかくれなくはっきりと聞えてくる。

◇立ちわたれども　底本「立きたれとも」で「かくせイ」と傍書。西本に従う。『校訂』は底本のまま。

25 衣を砧でうつ音を聞くと、この月のさえわたった夜、遠く夫を思い、まだ眠れずにいる女の姿が、それとなく察せられるよ。

遠征中の夫を偲びながら女が砧をうつ風情（→一八）と月夜との組み合せは、またしばしば漢詩文ないし唐絵《からえ》に見られる構図。この歌によって、月光の中に砧の音ばかりが淋《さび》しく聞えてくる印象を深め、画面に描かれている女がいっそう幻想化されていく効果がある。

◇空に知る　推量して察しがつく。その「空」に、砧の音が響いていく空間の意の「空」を含めて詠む。

26 川のほとりの紅葉は、水底に影が映り、それでますます色も深くなっていくのであろうか。

「水底」の縁語で「深く」といい、それに「色も深く」すなわち色濃くの意を持たせた趣向。「深くやなりまさるらん」は、そのことばの上の関係を推量する。

27 山が一帯に暗くなるほどしぐれているけれども、そのしぐれに色を深めた紅葉は、いっそう照りはえてきた。

『素性集』に「鏡山山かきくもりしぐるれど紅葉の色は照りまさりけり」（『後撰集』秋下に入り、下句「紅葉あかくぞ秋は見えける」）の歌あり。類歌二六四。

27 あしひきの　山かきくらし　しぐるれど　紅葉はなほぞ照りまさりける

道行《ゆ》く人の馬よりおりて、岸のほとりなる松のもとに休みて、波のよるを見たるところ

28 われのみや　陰とはたのむ　白波も　たえず立ちよる　岸の姫松

延喜十四年十二月、[一] 女一宮《をんないちのみや》[二] 御屏風の料の歌、亭子院《ていじのゐん》[三] の仰せによりて奉る十五首

29 あたらしき　年とはいへど　しかすがに　からくふりぬる　今日にぞありける

◇あしひきの　「山」の枕詞。

28　岸の姫松を、私ばかりが木陰とたのんでおりましょうか。白波がたえず岸に寄せてくるように、大勢の人たちがその松のもとに立ち寄って、ほっとしているのです。

二三～二七は「秋」の歌だが、この一首は必ずしも「秋」とはかぎらない。あるいは「尚侍」を「岸の姫松」に喩《たと》え、その博大な慈愛を賛仰する寓意があるか。◇立ちよる　白波の「立ち」と、道行く人が「立ちよる」意とを掛ける。◇姫松　小松。「岸の姫松」は『古今集』の二首（雑上、よみ人しらず。九〇五・九〇六）をはじめ、普通「住吉」と結びつくのに、この歌では住吉は関係がないと思われ、そのような「岸の姫松」の歌枕的結合がまだ完成しきらない自由さがあるか。

＊ 二三～二八は延喜十三年十月十四日、尚侍（藤原満子）の四十賀が内裏で催された時の屏風歌（『日本紀略』・西本の詞書、底本傍記）。四帖の四季屏風であったと伝える（『殿暦』）。満子は一～二二の屏風歌の定国算賀の主催者。

一 西本「二月」。十一月の誤りとする説もある。（↓六五頁）　二 底本「女四宮」。西本によって改める。醍醐天皇の第一皇女勧子内親王。　三 宇多法皇。

29　新年になってめでたいとはいうけれども、それはともかく、やはり私はどうにか年をとってきたものだとしみじみ感じる今日の元旦であるよ。

春秋に富む者の新年を祝う反面、わが積る齢《よはい》を顧みる。

30 山見れば　雪ぞまだ降る　春霞　いつとさだめて　立ちわたるらん

31 山風に　香《か》をたづねてや　梅《むめ》の花　にほへる里に　家ゐそめけん

32 山の峡《かひ》　たなびきわたる　白雲は　遠き桜の　見ゆるなりけり

33 いかにして　数を知らまし　落ちたぎつ　滝の水脈《みを》より　ぬくる白玉《しらたま》

34 ここにして　今日《けふ》を暮らさん　春の日の　長き心を　思ふかぎりは

30　山を見ると雪がまだ降っている。それなのに春霞が一帯に立ちこめているのは、季節をいつと定めてのことなのであろうか。「春霞」によって立春を感知させる。「春霞」と「雪」との組み合せは、「春霞立てるやいづこみ吉野の吉野の山に雪は降りつつ」（『古今集』春上、よみ人しらず）と同じ発想。また本集二〇一・四九九にも見える。◇立ちわたるらん　「らん」は春霞の立ちこめている理由・意味を推量する。

31　山風に乗って伝わる香りをたよりにでもたずねてきて、梅の花の美しく咲いたこの里にたどりつき、ここにまず住みかを定めたのであろう。梅の花咲く山里に風流な庵《いおり》のある画面。そこに住む人の心を思いやる歌の体をなす。『古今六帖』第二に所出。ただし第四句「にほへる宿に」。◇にほへる里に　底本「にほへる程に」。西本による。

32　山と山との間一帯にたなびいている白雲は、実は遠い桜がまるで白雲のように見えたのだ。おそらく「遠き桜」を幾重かのまとまりに描いた図柄で、この歌によってその桜がいっそう強く「白雲」を想像させるところに、屏風歌の面白みがあるのであろう。貫之の旧作「桜花咲きにけらしなあしひきの山の峡より見ゆる白雲」（『古今集』春上）と同工異曲、ともに「桜」を「白雲」に見立てている。

33　激しくほとばしって流れる底深い川の水しぶき、まるで脱け落ちて散乱した白玉のような、その数を何とか数えることができないものか。
◇滝の水脈　川の激流で深い所。

34　春の日のようなのんびりとした気持を望ましく思うかぎりは、春愁に閉ざされながらも、この景色の中で今日一日を暮そう。

35　月が隠れてしまうのをもったいなく思って、それだけでも寝ずに起きてずっと眺めていたのに、その上に時鳥まで鳴いて通り、本当に夏の夜の風情はすばらしいよ。

36　沢辺に生えた真菰を刈り除き、それからあやめを引く袖まで水に濡れたまま今日は暮そう——思いをかけ始めた恋の涙に濡れて一日過そう。
「真菰」は枕詞「真菰刈る」ともなり、また「あやめ」とも結びつく。「あやめ草尋ねてぞ引く真菰刈る淀のわたりの深き沼まで」(『栄花物語』歌合)。「あやめ草」と「真菰草」で応答した「…あやめ草なほ下刈らむ思ひあふやと」と「下刈らむほどをも知らず真菰草…」(『蜻蛉《かげろう》日記』下巻)。しばしば恋をからませる。
◇真菰　いね科の多年草で、水辺に生える。◇刈りそけ「刈りそく」は、刈り除く。「夏草の刈りそくれども」(『万葉集』巻十一)。

37　住吉《すみのえ》の朝満ちてくる潮にみそぎをして、苦しい恋を忘れてしまう忘れ草を摘んで帰ろう。

38　風の音はもう秋を告げているかの感がする。空でも季節が秋に変っているのであろう。
◇久方の　「天」の枕詞。

夏

35
月をだに　あかずと思ひて　寝《ね》ぬものを　時鳥《ほととぎす》さへ　鳴き
わたるかな

36
沢辺なる　真菰《まこも》刈りそけ　あやめ草　袖さへひちて　今日
や暮らさん

37
すみのえの　朝満《あさみ》つ潮《しほ》に　みそぎして　恋忘れ草　摘みて
帰らん

秋

38
風の音　秋にもあるか　久方の　天《あま》つ空こそ　かはるべら
なれ

39 狩りをしようとして私は来たのだけれども、女郎花を見ると、それに心が惹《ひ》きつけられてしまった——かりそめの気持で来たのに、女に本気で懸想《けそう》をするようになってしまった。

「仮」と「思ひつく」との対照の妙。類歌二七五。

◇かり 「狩り」に「仮」を掛ける。

40 秋の山の紅葉をかきわけるようにして出てくる月の光は、いつもよりいっそう照り映えていることよ。

『拾遺集』雑上に入集。第三句「山の端の」(西本同じ)。「紅葉の照をそへてなり」(『八代集抄』)。

41 鹿の鳴く声をいつもよそに聞くばかりで、私の家の萩に鹿はいっこうに寄ってこないよ。

萩から遠く離れて鹿を描くか、鹿は描かれていないか、いずれかである。「萩」もしくは「秋萩」と「鹿」とを結びつけた発想は、本集にも数多く、かつ「鹿」が「萩」を恋するという仮想が常套《じようとう》化している。とくに二一五と似て、ともに男を待つ女の心になって詠み、それを鹿に見離された萩によって象徴している。ちなみに、『古今集』秋上二一五～二一八も「萩」と「鹿」とを詠むが、恋をからませる意味ではむしろ『万葉集』巻十「秋の雑歌、鹿鳴《ろくめい》を詠む」の中の歌に先例が見られる。

42 菊の花は咲いた以上、枯れる最後まで散らずにいる。なるほど、だから菊の花によって千歳の長寿をことほぐのであろう。

菊の延寿の効用は中国より伝承、九月九日菊の露を含

39
かりにとて　われは来つれど　女郎花《をみなへし》　見るに心ぞ　思ひつきぬる

40
つねよりも　照りまさるかな　秋山の　紅葉をわけて　出づる月影

41
声をのみ　よそに聞きつつ　わが宿の　萩《はぎ》には鹿の　うとくもあるかな

42
咲くかぎり　散らではてぬる　菊の花　むべしも千代の　よはひのぶらん

43
吹く風に　散りぬと思ふ　もみぢ葉の　流るる滝の　とも

に落つらん

延喜十五年の春、斎院《さいゐん》一の御屏風の和歌、内裏《うち》の仰せによりて奉る

女ども滝のほとりにいたりて、あるは流れ二落つる花を見、あるは手をひたして水に遊べる三

44 春くれば　滝の白糸　いかなれば　むすべどもなほ　泡《あわ》に　とくらん

女ども山寺に詣でしたる

45 思ふこと　ありてこそ行《ゆ》け　春霞　道さまたげに　立ちわたるかな

んだ真綿（きせ綿）で肌を拭って老いを除く。

43 吹く風に散ったと思う紅葉の葉が、どうしてこうも早く、滝とともに流れていくのであろう。

◇滝のともに　滝とともに、に同じ。◇落つらん　「らん」は理由を推量。とくに、鮮やかに目に見える状況とそれに対する不思議な感じなどとの対応に関する推量。「どうして（そうなのか）」を補って訳す。

＊ 三九〜四三は勧子内親王御屏風の歌。なおその詠出時について、『全書』は西本の「二月廿五日」を採る。また勧子の着裳が、『貞信公記』延喜十四年十一月十九日の条に「今上ノ女一公主始メテ着裳」とあることによって、底本「十二月」をその「十一月」の誤りとする説もある（村瀬敏夫氏）。

一 醍醐天皇第三皇女恭子内親王。二 『全書』は自家集切によって「流れ落つるを見」とする。三 底本「…遊べる」の次に行を替えて「春」とあるが、これは和歌の初句の「春」の重複の誤りと見て除く。

44 春が来ると白糸のように落ちてくる滝が、どうして掬《すく》ってもなお泡と溶けるのだろう。

「白糸」の縁で、「掬《むす》べども」「溶く」に「結べども」「解く」を掛け、その矛盾の面白さを詠んだ。

◇泡　「泡緒」という糸の結び方を掛ける。

45 心に悩みがあり、救いの道を求めて山寺へ行くのに、春霞が道をふさいで一面に立っているよ、まるでその救いの道をさまたげるかのように。

◇道　山寺へ行く「道」と、仏の「道」とを掛ける。

人の木のもとに休みて、[一]川面《かはづら》に桜の花見たる

46 をちかたの 花も乱るる 白波の ともにやわれは 立ちわたらまし

道行《ゆ》く人の、帰る雁《かり》の渡るを見たるところ

47 ねたきこと 帰るさならば 雁が音《ね》を かつ聞きつつぞ われは行かまし

女、柳の枝をひかへて立てり

48 花見にも 行《ゆ》くべきものを 青柳《あをやぎ》の 糸手にかけて 今日《けふ》は暮らしつ

人の家に[二]女の桜の花を見たる

一 川のほとり。「面」は、沿ったところ。「川面に放ち馬どものあさりありく」(『蜻蛉日記』中巻)。

46 川の向うの桜の花も散り交うている。できれば私は、立ち渡る白波とともに、川を渡って見に行こうとするだろうに。

47 もし私が家へ帰る途中であったならば、故郷へ帰る雁の鳴く音《ね》を同時に聞きつつ、道をいったであろうものを、いまいましいことだが、いまは雁と違って帰り道ではないのだ。

◇行かまし 「…ならば…まし」で反実仮想。

48 花見にも行くべきところを、青柳の糸を手に取って今日一日を暮した。いや、今日一日糸を手にかけ、糸を紡いで暮したのである。

絵には柳の枝に手をかけた女が描かれ、それにこの歌を添えることによって糸を紡ぐ業に日がな一日いそしんでいる女の胸中が、仮象的に詠み重ねられている。遠征の夫を偲ぶ「折楊柳」の漢詩的発想(渡辺秀夫氏)。◇糸 柳の枝を喩え、それに衣料の糸を掛ける。

二 「女の」底本になし。書本・自家集切によって補う。四四・四六・四七の詞書に「見」「見たる」の主語がすべて明らかに掲げられているので、それにならう。

49 自分の家のものなのに、桜の花の散るのをどうしてもとどめることができなかった。

『新古今集』春下に入集。「ものなりながら」は特有の言い方。「わが宿のものなりながら大堰川《おほゐがは》せきもとどめず行く木の葉かな」(『風雅集』冬、後嵯峨院)は、

その『新古今集』の影響によるのであろう。

50　常緑の松にからみついている藤であるのに、いま自分の時節がめぐってきたとばかりに、花を咲きほこっているよ。

＊四九〜五〇は、画中の人物がかなり女性に傾いており、また桜を扱う画面が多い。春の季節、斎院のために作られた屏風歌にふさわしく、いわば女と桜の花とを中心に置きながら、単調に陥ることを避けて、他の画材をも間に取り合せて成り立つといった感があり、絵の構図と歌の添え方において、単なる風物の羅列から、人事的な要因を次第に重く見ていく動向をうかがわせる。

三 藤原時平の男。底本「左大弁」は誤り。西本による。保忠は延喜十三年から同二十一年まで参議右大弁(『公卿補任』)。四 時平。五 仁明天皇皇子本康親王の女、廉子女王。保忠の母。

51　私の家の松の木ずえに止っている鶴を見ると、千代も変らぬ雪かと見紛《まが》うようだ。

鶴の白さが雪のように松の緑に映える。松と鶴との組み合せは、神仙思想ともかかわり、瑞祥を表す代表的な画題・詩題・歌題として定型化した(片桐洋一氏)。

◇雪かと　西本「ゆかりと」。

類歌、『土佐日記』にあり(→一二頁)。

52　水とばかり思っていたのに、流れていった滝の水は、たくさんの糸であったよ。

◇流れける　「流れくる」(西本・『全書』『校訂』)。

49　わが宿の　ものなりながら　桜花　散るをばえこそ　とどめざりけれ

池のほとりに、藤の花松にかかれる

50　緑なる　松にかかれる　藤なれど　おのがころとぞ　花は咲きける

延喜《えんぎ》十五年十二月、三保忠右大弁《やすただのうだいべん》之左四大臣ノ五北方《きたのかた》ニ被レ奉ル二五十ノ賀ヲ一時、屏風ノ和歌

51　わが宿の　松の木《こ》ずゑに　住む鶴は　千代の雪かと　思ふべらなり

52　水とのみ　思ひしものを　流れける　滝はおほくの　糸にぞありける

秋

53 なべてしも　色かはらねど　常盤《ときは》なる　山には秋も　知られざりけり

54 うつろはぬ　常盤《ときは》の山に　降るときは　しぐれの雨ぞ　かひなかりける

55 もみぢ葉の　まなく散りぬる　木《こ》のしたは　秋の影こそ　残らざりけれ

延喜十五年九月二十二日、一右大将御六十賀、二清和《せいわ》の七宮《しちのみや》の御息所《みやすんどころ》のつかうまつりたまひけるとき、屛風ノ料《れう》ノ歌四首

53 すべての木が紅葉しているわけではないけれども、もう秋になっているのに、常緑の木の山にはその秋も感じられないよ。
◇なべてしも色かはらねど　打消をともなう「しも」は、必ずしも…しない、の意になることが多い。凋落《ちょうらく》のない賀の意想を含むか。類歌が三一にある。

54 色の変らない常緑の木の山に降る時は、時雨《しぐれ》の雨も木の葉を紅葉させることができなくて、かいのないことだ。
時雨が木の葉を紅葉させるというのは常套的な発想。「降るときはなほ雨なれど神無月しぐれぞ山の色は染めける」(三八六) と共通の歌句を用いて、逆に読む。

55 もみじ葉がたえまなく散っていった木の下は、秋の風情がもうすっかりなくなってしまった。
「秋の影」は珍しい表現で、印象的である。姿の意を表すその「影」に「陰」を掛け、もみじ葉が散って、木の下陰がなくなってしまったことをも示す。

一 藤原道明。保蔭男。武智麿《むちまろ》の後裔《こうえい》。当時、大納言右大将。二 清和天皇の第七皇子は貞辰親王。「七宮の御息所」という言い方は、七宮の妃である御息所、または七宮の母に当る御息所の意で、ここは後者。清和天皇女御で、貞辰親王の生母、藤原佳珠子。基経女。

56 お年を数えますに、御高齢ではっきりといたしませんが、私の宿の梅こそが、毎春きちんと咲いて、お年の数を覚えておりますことでしょう。
描かれた梅の絵にことよせて、道明の長寿を祝った。

57 たくさんの鳥が木の枝をあちこち飛び廻って桜の花を散らす。春が来て、そんなありさまを見ないようになるのは、いつの年のことであろう。春になればきまって毎年、百千鳥が桜の花を飛び散らす。「いづれの春か」は、いつの春、いつの年、そんなことがあろうか、といった詠嘆の調子を帯び、「いづれの時か」「いづれの日にか」は『万葉集』にも見えるが、さらに強い時間意識のもとになる和歌的表現で、九二にも見え、また「古里をいづれの春か行きて見んうらやましきは帰るかりがね」(『源氏物語』須磨)などの例がある。

◇百千鳥　鶯・千鳥の異称ともするが、ここは、たくさんの鳥、の意。

58 菊の花のしずくが落ちて川といっしょに流れていき、人々に長命をもたらすという、菊水の深さをだれが知りましょう。だれにも知りえないほどのあなたさまの深いお心に思いをいたしております。菊水は中国河南省内郷県を流れる川。水上の山に咲く大菊のしずくが川に落ち、その水は甘美で、飲めば長命を得るという。その伝承にもとづいて詠み、道明の長寿をことほぐとともに、陰徳を称えたもの。

59 み吉野の山から雪が降ってくると、わが家の竹がいつの季節にも区別ないことがよくわかる。

◇わかぬ　底本「わかす」。西本による。

三 醍醐天皇第二皇女宣子内親王。延喜十五年、前斎院恭子内親王が母藤原鮮子の喪で退下、ついで卜定《ぼくじょう》。

春

56 数ふれば　おぼつかなきを　わが宿の　梅こそ春の　数は知るらめ

57 百千《ももち》鳥《どり》　木《こ》づたひ散らす　桜花　いづれの春か　きつつ見ざらん

58 菊の花　しづく落ちそひ　行く水の　深き心を　たれか知るらん

59 み吉野の　山より雪の　降りくれば　いつともわかぬ　わが宿の竹

延喜十六年、三斎院《さいゐん》御屏風の料の歌、内裏《うち》よ

り仰せうけたまはりて、六首

人の家に女どもの庭に出でて梅の花を見、また山に残れる雪を見たる

60 梅の花　咲くとも知らず　み吉野の　山に友待つ　雪の見ゆらん

人の木のもとに立ちて、はるかなる桜の花を見たる

61 山桜　よそに見るとて　菅《すが》の根の　長き春日《はるひ》を　立ち暮らしつる

池のほとりに咲ける藤のもとに、女どもの遊びて、[一]花の影を見たる

62 藤の花　色深ければや　影見れば　池の水さへ　濃《こ》むらさき

---

60 梅の花が咲いているとも知らず、どうして、み吉野の山の雪は、まだ降ってくる仲間の雪を待っているように見えるのであろう。

庭前の梅の花と、遠く吉野の山になお残る雪とを取り合せて構成した、一つの画面と考えられる。したがってその「らん」は、画中の「女ども」の心になって、こんなに梅の花が咲いているのに、吉野の山に「友待つ雪」の見えるのは「どうしてか」と推量するのである（→四三）。「友待つ雪」は、あとからまた降ってくるのを待って消えずにいる雪を意味する歌語。梅と組み合せた類歌「白雪の色わきがたき梅が枝に友待つ雪ぞ消え残りたる」（『家持集』）や、それを引歌にした「（梅ノ）花をまさぐりたまひつつ、友待つ雪のほのかに残れる上に、うち散りそふ空をながめたまへり」（『源氏物語』若菜上）、本集六七など。やはり貫之などの着眼に根ざし、歌語として定着していったか。ただし第四句、村雲切「やまさともなを」。

61 山桜をよそに遠く眺めていたばかりに、長い春の一日を木の下に立って過してしまった。

◇菅の根の　「長き」の枕詞。

一　花が池に映った像。

62 藤の花の色が濃いからであろうか、水に映るその影を見ると、池の水までも濃い紫に染まっているようである。

63 流れよせてくる滝の水が、糸を縒《よ》ったようになって下がっているが、その糸は弱いのであろ

う、しぶきを白玉にして貫いても、すぐに切れて、その白玉が散乱して落ちてしまう。
『拾遺集』雑上に入集。
◇流れよる　西本・『拾遺集』では「流れくる」。「よる」ならば「寄る」と「縒る」、「くる」ならば「来る」と「繰る」の掛詞で、いずれにせよ「糸」の縁語となっている。滝の流れ落ちる水を糸にたとえ、かつその糸を「弱からし」と詠んでいる手法には、「縒る」の方が情景的に適応すると思われる。◇ぬけど「ぬく」は、(糸などを)穴に通す。つらぬく。
二 底本「松のほとりに」。西本「松の木のもとに」、書本「松のもとに」。元来「本(もと)に」とあったのを、「ほに」と誤り読み、上の「海のほとりに」に引かれて「ほとりに」と変えられたか。

64 どんなに長い幾年代を経た磯辺の松であろうか。その年代の数は、昔からずっとそこに寄せてきた海の波が知っていることであろう。

65 私の家の庭を真白にして、盛んに降っている雪は、夜ならばその照り映えた白さを月光かと見紛うたであろう。
◇見まし「…ならば…まし」は反実仮想。◇白妙 もとは「白栲《しろたへ》」で、梶《かじ》の木などの繊維で織った純白の布。転じて、真白なものを形容する。◇降りしける「し(頻)く」は、しきりにする、の意。また「敷ける」を掛け、降りしきる雪で真白な庭が、「白栲」の布を一面に敷いたようだ、の意をも含蓄する。

なる

滝のほとりに人来て見る

63 流れよる　滝の糸こそ　弱からし　ぬけど乱れて　落つる白玉

海のほとりに生ひたる松[二]のもとに、道行く人の休みたるところ

64 幾代へし　磯辺の松ぞ　むかしより　立ちよる波や　数は知るらん

雪の庭に満てりける

65 夜ならば　月とぞ見まし　わが宿の　庭白妙《しろたへ》に　降りしける雪

延喜十七年八月、[一]宣旨によりて

66
人はむべ　おそく知りけん　梅《むめ》の花　咲けるのちにぞ　春もきにける

67
梅が枝《え》に　降りかかりてぞ　白雪の　花のたよりに　折らるべらなる

68
若菜摘む　われを人見ば　あさ緑　野辺の霞《かすみ》も　立ちかくさなん

69
鶯《うぐひす》の　たえず鳴きつる　青柳《あをやぎ》の　いとうきふしの　なくもあらなん

一　底本の漢字「宣旨」は、「せんじ」または「せじ」（→三。その底本は仮名書き）と読む。天皇（醍醐天皇）の御下命によって作った歌。「仰せ言」（一など）「仰せ」（三など）とあるのと、とくに区別はないようである。「宣旨によりて」というだけでは屏風歌か否かわからないが、他に「おなじ御時の内裏の仰せ言にて」（四〇三）が屏風歌とことわっていない。その実態から類推して、これもやはり屏風歌と見られる。

66　梅の花が咲いた後に立春ともなったので、なるほど、梅の花がどんなに早く咲いたか、あとになって春が来て人が知ったというわけなのだろう。
◇むべ　なるほどと、ことばや事柄を肯定する副詞。

67　梅の枝に白雪が降りかかっているので、それが花らしく見えるのにつられて、枝が折られてしまうのであろう。
雪を梅の花に見紛《まが》うという類想が、「花のたよりに」の一句で味わいを深めている。
◇花のたより　花との関係。花を媒介とする機会。

68　若菜を摘む私の姿をもし人が見るようなことがあったら、浅緑の野辺の霞もすぐ立ちひろがって、私の姿を人の目につかないように隠してほしい。
若菜を摘んでいる若い娘が描かれた絵で、その恥じらいの心を詠んだ。「人」はあるいは愛人か。類歌三五〇。

69　鶯のたえず鳴いている青柳の糸――「いと」といえば、「いとうきふし」つまりひどくつらいことは、ないようにしてほしい。

青柳に鶯をあしらった図。「鶯のたえず鳴きつる青柳の」は、「糸」を掛けた副詞「いと」を言い出すための序詞。鶯と柳との取り合せは、「春霞流るるなへに青柳の枝くひ持ちて鶯鳴くも」(『万葉集』巻十)「朝な朝なわが見る柳鶯の来居て鳴くべき森にはやなれ」(同)「青柳を片糸に縒《よ》りて鶯の縫ふてふ笠は梅の花笠」(『古今集』神遊歌《かみあそびのうた》)「青柳の糸縒りはへておる機をいづれの山の鶯か着る」(『伊勢集』)などがあり、この歌はむしろ万葉歌の発想に準ずるが、序詞として平凡に詠まれ、ただ絵ののどかな気分に合う。

70 松をこそたのみにして咲いている藤の花は、千年の後はどうなっているだろうか、やはり松は千歳だから変るまい、と思ってその藤を見る。
◇のみ　強調。

71 人けもない宿に匂《にお》っている藤の花が、風だけには乱れているようだ。
「風」と「藤の花」を男女に擬人化した意味もある。

72 桜の花は、観賞して、あとはもうどこかへ隠してしまおうか。放《ほう》っておくと、いくら惜しんでもかいなくどんどん散ってしまうのだから。

73 桜の花が散っては惜しいと思って来たかいもなく、見れば見るほど、ますます散っていく。
七二・七三は桜の散る同じ図に寄せた二首であろうか。

74 松に置く千代までの雪かと思って見たら、雪のように白い鶴の風に合わせて鳴く声が聞えた。
松と鶴、および雪に紛う鶴の白さは、五一に同じ。

70 松をのみ　たのみて咲ける　藤の花　千歳《ちとせ》ののちは　いかがとぞ見る

71 人もなき　宿に匂へる　藤の花　風にのみこそ　乱るべらなれ

72 見てのみや　立ちかくしてん　桜花　散るを惜しむに　かひしなければ

73 惜しみにと　来つるかひなく　桜花　見ればかつこそ　散りまさりけれ

74 千代までの　雪かと見れば　松風に　たぐひて田鶴《たづ》の　声ぞ聞こゆる

75 色のみぞ　まさるべらなる　磯の松　影見る水も　緑なりけり

76 帰る雁　わがことづてよ　草枕　旅は家こそ　恋しかりけれ

77 流れ行《ゆ》く　かはづ鳴くなり　あしひきの　山吹の花　にほふべらなり

78 夏衣　しばしなたちそ　時鳥《ほととぎす》　鳴くともいまだ　聞こえざりけり

79 時鳥　待つところには　音もせで　いづれの里の　月に鳴

75 磯の松は、色がますます濃くなってきたのであろう、その影を映して見せる水までも、すっかり緑色になっているよ。

貫之の好んだ水に映るイメージを詠むが、松は意外に少なく、賀意が表面に出ぬ風景はこの一首のみ。◇色のみぞ　「のみ」は強調。

76 故郷へ帰る雁よ、私の伝言を伝えてくれ。旅に出ると本当に家が恋しくなってくるのだと。

漢の蘇武《そぶ》が匈奴《きょうど》に捕えられた時、雁の足に手紙を付けて故郷へ送ったという故事にもとづいて、「雁札《がんさつ》」あるいは「雁信《がんしん》」という語が出来たが、この歌はそれによる。貫之にはまた同じく「秋の夜に雁がも鳴きて渡るなるわが思ふ人のことづてやせる」（『是貞親王家歌合』）がある。◇草枕　「旅」の枕詞。◇家こそ　底本「家もそ」、「も」に傍記「こイ」とあり、陽本「家こそ」。それによる。『全書』は西本をとって「妹こそ」とする。

77 流れてゆく川の蛙の鳴く声が聞える。山吹の花が美しく咲いているようだ。

「かはづ」はよく「山吹」ないし「井出の山吹」と取り合される。とくに発想の共通する類歌三五四。◇かはづ鳴くなり　底本「ゆくはつ嶋や」。「かはつ鳴なり→かはつ嶋也→ゝ(行)はつ嶋や→ゆくはつ嶋や」と誤り転じたものか。陽本「かはつ鳴也」。なお「かはづ」の「かは」に「川」を掛ける。◇あしひきの　「山」の枕詞。

78　いましばらく夏衣を裁つな——夏にならないことにしてほしい。時鳥が鳴いたとしてもここにはまだ聞えてこないのだから。

◇たちそ　「たつ」に衣を「裁つ」と、夏の「立つ」とを掛ける。

79　時鳥は、初声を待っているところには一向に訪れてもこないで、いったいどこの里の月に鳴いているのであろう。

80　訪れてこない人をひそかに待ちながら、月が美しいので起きているのだとかこつけごとを言わない晩はないのです。

◇久方の　「月」の枕詞。

ひとり月を眺めて男の訪れを待つ女の姿とその心中。

81　朝霧がこめて漠とした中に、穂に出た秋の田の上を雁が声もくっきりと鳴いて通っていった。

◇ほに出でて　はっきりと、の意を掛ける（→四六五）。

◇かり　「雁」に「穂」の縁で「刈り」を掛ける。

82　女郎花が色褪《あ》せてきた時には、かりそめにしか人はきてくれなくなってしまう。

狩りする男と、色褪せた女郎花の図。その女郎花に象徴される衰えた女の心を詠む。類歌二七五。(→三八一)。

◇かり　「狩り」に、かりそめの意の「仮」を掛ける。

83　花薄の穂にはおくけれども、初霜は、色も見えないままに消えていくのであろう。

そっと外に表示した初めての女心が、すぐに見えなくなる風情を暗示している。

くらん

80 来《こ》ぬ人を　したに待ちつつ　久方の　月をあはれと　いはぬ夜《よ》ぞなき

81 朝霧の　おぼつかなきに　秋の田の　ほに出でてかりぞ　鳴きわたるなる

82 女郎花《をみなへし》　うつろひがたに　なるときは　かりにのみこそ　人は見えけれ

83 花薄《はなすすき》　穂にはおけども　初霜の　色は見えずぞ　消えぬべらなる

84 雑草の生い茂った宿で、だれのために衣をうっているというのか、砧《きぬた》の音が聞える。
思婦が遠征中の夫を偲んで砧をうつ図（→一八・二五）。「八重葎おひにし宿」に、夫のいない女の家のさびれた風情を表し、「たがためにかは」によって、夫の着物を砧でうつにつけて空しい女の胸中を思いやる。
◇八重葎　幾重にもなって鬱蒼《うつそう》と茂った雑草。

85 ものを「置く」というのは、本来そこに永く存続することを意味するものなのに、秋萩の下葉の露は、「置く」とすぐに消えてしまうのだなあ。

86 紅葉の葉がさかんに散る時は、山路がその葉に一面に蔽《おお》われて、行き通う人の跡さえも見えなくなってしまうよ。
◇散りしく　「しく」に「頻く」と「敷く」とを掛ける。六五の「降りしける」と同じ技法。

87 紅葉が川に落ちて、川が錦を着たようになっているのは、その川に立つ白波が錦を着て故郷へ帰る姿なのであろうか。
「富貴ニシテ故郷ニ帰ラザルハ、錦ヲ衣《キ》テ夜行クガ如シ」（『史記』）、「錦ヲ衣テ郷ニ還ル」（『南史』）による。紅葉を錦に喩えた上で、さらに着想に工夫を加えた。なお『拾遺集』雑秋に、よみ人しらずとして入集、同種の発想の大中臣能宣《おおなかとみのよしのぶ》の歌、「故郷に帰ると見てや龍田姫紅葉の錦空に着すらん」と並ぶ。ただし、第一句「白波は」。
◇たちかへる　白波の「立ち」と、「錦」の縁語で「裁

84 八重葎《やへむぐら》　おひにし宿に　唐衣《からころも》　たがためにかは　うつ声の
する

85 おくものは　久しきものを　秋萩《あきはぎ》の　下葉の露の　ほども
なきかな

86 もみぢ葉の　散りしくときは　行《ゆ》きかよふ　跡だに見え
ぬ　山路《やまぢ》なりけり

87 白波の　故郷《ふるさと》なれや　もみぢ葉の　錦《にしき》をきつつ　たちかへ
るらん

88 ものごとに　降りのみかくす　雪なれど　水には色も　残
らざりけり

ち」とを掛ける。

88　いろいろな物に次々と降りかかってそれらを蔽い隠し、一面に白くしてしまう雪ではあるけれども、水の上だけは、その雪の色も残らないのだ。

89　国境の山を越えるのに道の神に幣を手向けていくように、冬から春になる境目で年を越えたので、降る雪を幣として空に手向けたことだった。

「春のさかひ」を、旅行く「国の境」に見立て、時間の推移として存在する越年を、旅の空間的様相に転じて詠んだ独特な趣向。

◇幣　木綿《ゆう》・麻・布・紙などを細かく切って、神に祈る時に捧げ、また祓《はら》いをする時に使うもの。

＊　六六～八九の屏風歌は、風景を主とする歌の間に、人物を描き人事を主とする六八・八〇・八四などや、比喩《ひゆ》的・暗喩的に人間の感情・心理にかかわる六九・七一・八二・八三・八七などを配し、全体に人事的・情的な意想の底流するのを感じさせる。

一　宇多天皇の皇子、敦慶親王。醍醐天皇の同母弟。

90　新しい年が来るとなると、人はこのように齢《よわい》を重ねて、ますます古くなっていくのだ。

元旦を祝いながら、また齢を重ねた画中人物の述懐。

◇唐衣　「たつ」の枕詞。◇ふり　絵の雪も暗示する。

二　→五四頁注一。

91　春霞のたなびく子の日の小松のような長寿があるならば、いつの年の春も野辺に出かけよう。

◇いづれの春か　→五七。

89
降る雪を　空に幣《ぬさ》とぞ　手向《たむ》けける　春のさかひに　年の
越ゆれば

延喜十七年の冬、[一]中務《なかつかさ》の宮の御屏風の歌

元日

90
唐衣　あたらしくたつ　年なれば　人はかくこそ　ふりま
さりけれ

[二]子《ね》の日《び》

91
春霞　たなびく松の　年あらば　いづれの春か　野辺に来《こ》
ざらん

道行《ゆ》く人、桜のもとにとまれる

92 行く先の道はなおまだ遠いけれども、すばらしく咲いた桜の花を見ると、つい長くとどまってしまうだろう。

◇玉ぼこの　「道」の枕詞。

93 桜の花は移り気ですぐに散ると思うものの、真盛りの美しさに惹《ひ》かれて、その花の見えるところをあっさりと通り過ぎることはできない。

◇あだなり　はかなく移りやすいさま。花について、その散りやすさに移り気な心を含ませながら詠んだ。「咲く花はちぐさながらにあだなれどたれかは春を恨みはてたる」（『古今集』春下、藤原興風《おきかぜ》）。

94 池の水の上に咲き出ている藤の花が、風が吹くと揺れて、波の上に立つ波かと見まがうばかりである。

95 松に吹く山風の音が琴を調べるように聞えるが、その琴は滝の水を糸にしてすげて弾いているのであろう。

松籟《しょうらい》を琴の音に、滝の流れ落ちる水を琴の糸にたとえ、松と滝の図に音楽的感興を添えた。

＊ 九四・九五は底本の順序が逆になっているのを、西本によって改めた『全書』『索引』に従う。底本の順序では季節的に穏当を欠き、また、九二（藤）九三（滝）、一七七（藤）一七八（滝）、一九一（藤）一九二（滝）のごとく、藤の次に滝を並べる配列が一つの型をなしていると考えられるからである。

92 玉ぼこの　道はなほまだ　遠けれど　桜を見れば　長居《ながゐ》し
ぬべし

93 あだなりと　思ふものから　桜花　見ゆるところは　やす
くやはゆく

池のほとりに藤の花あるところ

94 池水に　咲きたる藤の　風吹けば　波のうへに立つ　波か
とぞ見る

滝あるところ

95 松の音　琴《こと》にしらぶる　山風は　滝の糸をや　すげて弾く
らん

96　紅葉は秋に別れを惜しんでいるが、今日その秋風は三室の山を越えて去っていく。こうして冬になり、紅葉は散っていくのであろう。

◇もみぢ葉は別れを惜しみ　西本を加味して「もみぢばのわかれををしみ」(『校訂』)、あるいは西本により「もみぢ葉の別れ惜しみて」(『全書』)と改訂される。その方が平明である。なお書本「もみちはのわかれをしらで」。◇三室の山　奈良県生駒《いこま》郡斑鳩《いかるが》町のあたりを流れる龍田川に沿った神南備山か。紅葉の名所(↓一四六)。

九月つごもり

96 もみぢ葉は　別れを惜しみ　秋風は　今日や三室《みむろ》の　山を越ゆらん

貫之集 第二

延喜十八年二月、女四《をんなし》[一]の皇女《みこ》の御髪上《かみあ》[二]げの屏風の歌、内裏《うち》[三]の召しに奉る八首[四]

正月

97 山の端《は》を　見ざらましかば　春霞　立てるも知らで　へぬべかりけり

二月

98 よる人も　なき青柳《あをやぎ》の　糸なれば　吹きくる風に　かつ乱れつつ

＊底本「貫之集第二」は延喜の末から延長にかけての屏風歌を年代順に集める。（解説参照）。

一 醍醐天皇の第四皇女、勤子内親王。 二 底本「御かみあけ」と仮名書きしてあるが、「みぐしあげ」ともいう。女子の成人に達した儀式として、振分髪にしていた童女の髪をはじめて結び上げること。裳着《もぎ》とともに行う。「よき程なる人になりぬれば、髪あげなどさうして、かみあげさせ、もぎ（裳着）す」（『竹取物語』古活字十行本）、「（明石姫君ノタメノ）御ぐしあげの内侍」（『源氏物語』梅枝。大島本）。ただし両者とも一般的に髪結いをも意味し、とくに「かみあげ」の例は、陪侍する女房が髪を束ねること、もしくは一般的な意味の場合が次第に多くなる。 三 醍醐天皇。 四 底本、「八首」の位置が「正月」の下。

97 山の端に春霞がかかっているのを見なかったならば、春になったこともまだ知らないで過すところだった。

◇春霞立てるも 「春霞」が「立つ」に、「春」が「立つ」すなわち「立春」を掛ける。

98 縒《よ》る人もいない青柳の糸であるから、風が吹いてくるにしたがって、片はしから乱れてはまた乱れていく。

「よる」は「縒る」に「寄る」を、「くる」は「繰る」に「来る」を掛け、それらも「乱れ」も「青柳の糸」の縁語。頼りにする人もなく辛いことが出てくるたびに、乱れに乱れていく女の心象をも暗示している。

99 色の褪《あ》せぬ、心変りのない松に、浮名を立てようと、無謀にも、松にからまった藤が咲いては散るという移り変りをしてみせるのだなあ。

◇あやなく 「あやなし」は筋が通らないこと。

100 荻の葉のそよぐ音こそが、秋風の吹きだしたことを人に知られるはじめであるよ。

「荻」は『万葉集』に「葦辺なる荻の葉さやぎ秋風の吹き来るなへに雁鳴き渡る」(巻十)など詠まれているが、『古今集』には見えない。本集には三六八・五〇一にもあり、いずれも秋のおとずれを告げる風情を表す。それ以上の意味はないが、そこにきわめてわずかに暗示された恋との脈絡が、後に「秋風の吹くにつけてもとはぬかな荻の葉ならば音はしてまし」(『後撰集』恋四、中務《なかつかさ》)のごとき寓意へと発展するか。『拾遺集』秋・『古今六帖』第六に入集。『古今六帖』では躬恒の類歌「荻の葉に吹きくる風ぞ秋来ぬと人に知らるるしるしなりけれ」と並ぶ。

101 遠くはなれたよそのものとは知りながら、雁の初声を聞くと新鮮な感じで心惹かれることよ。

◇天雲の 遠くはなれた、もしくはちぎれた雲のように、という意をとどめながら、「よそ」の枕詞となる。よそのものとなった人へのいとしさを秘める。類歌「待つ人にあらぬものから初雁の今朝鳴く声のめづらしきかな」(『古今集』秋上、在原元方)。

102 九月の有明の月に白く照らされた風景の中の白菊はまぎらわしく、どれを花と見分けようか。

三月

99 うつろはぬ　松の名だてに　あやなくも　やどれる藤の
咲きて散るかな

七月

100 荻《をぎ》の葉の　そよぐ音こそ　秋風の　人に知らるる　はじめ
なりけれ

八月

101 天雲《あまくも》の　よそのものとは　知りながら　めづらしきかな
雁《かり》の初声

九月

102 いづれをか　花とはわかん　九月《ながつき》の　有明《ありあけ》の月に　まがふ

白菊

十月

103 流れくる　もみぢ葉見れば　唐錦《からにしき》　滝の糸して　織れるなりけり

十二月

104 木《こ》の間《ま》より　風にまかせて　降る雪を　春くるまでは　花かとぞ見る

延喜十八年[一]四月、東宮[二]の御屏風、八首[三]

桜の花のもとに人々のゐたる[四]ところ

105 かつ見つつ　あかずと思ふに　桜花　散りなんのちぞ　かねて恋しき

月下の菊も唐絵的な構図である（渡辺秀夫氏）。有明月の白光があたりに満ち、白菊の色を包み込んでしまった風景が、機智的に捉えられている。貫之には「月影も花もひとつに見ゆる夜はいづれをわきて折らんとぞ思ふ」という同じ発想の歌が、『古今六帖』第六、「菊」の部類に見える。

103 滝に流れてくるもみじ葉を見ると、滝の糸で唐錦を織った風情があるよ。

滝の水を「糸」に喩《たと》えて、「織れる」とともに「唐錦」の縁語とし、かつ紅葉を錦に喩えた。

◇唐錦　唐織りの錦。紅色がまじって美しい。「めでたきもの　唐錦」（『枕草子』めでたきもの）。

104 木の間を、風の吹くにまかせて降り散る雪を、春が来るまでは花かと思って見る。

貫之にはまた類歌「冬ごもり思ひかけぬを木の間より花と見るまで雪ぞ降りける」（『古今集』冬）がある。

◇より　経過する場所を示す。

一 西本「四月廿六日」。二 醍醐天皇の皇子、保明親王。延喜四年立太子、同二十三年（延長元年）三月二十一日薨、二十一歳。文彦太子と諡《おくりな》する（『本朝皇胤紹運録』）。三 「八首」の位置が底本では「桜の花のもとに人々のゐたるところ」の下に誤っているのを改めた。四 底本「ねたる」。西本「をる」。一〇四の詞書「春、桜と松とのもとにゐたるところ」の「ゐたる」も西本では「をる」となっているが、底本に「をるところ」の例はない。

池のほとりに藤の花咲きたるところ

106 水にさへ　春や暮るると　たちかへり　池の藤波　折りつつぞ見る

祓《はら》[五]へしたるところ

107 この川に　祓へて流す　言の葉は　波の花にぞ　たぐふべらなる

七月彦星見るところ

108 天の川　夜《よ》ふかく君は　渡るとも　人しれずとは　思はざらなん

男の萩の花見たるところ

105 桜の花を見ながら、いくら見ても見あきないと思う一方、散ったあとはどんなに懐かしかろうと、散らないさきから思いやられる。

「かつ見つつ」の「見つつ」が「あかずと思ふ」へつづくとともに、「かつ…つつ」によって「…しながら一方」の意を成し、「散りなんのちぞ…」へかかっていく。「別れてはほどを隔つと思へばやかつ見ながらにかねて恋しき」（『古今集』離別、在原滋春《ありわらのしげはる》）と、着想の原理、心理的構造が似ている。

106 水の上にさえ春が暮れていくのかと、あらためて池のほとりの藤の花房を折りながら眺めることだ。

暮春の池畔。春も終りの藤の花が水に影を映して、いっそう惜春の情をそそられる風景。◇たちかへり　ここでは、またもどって、あらためて、の意。◇藤波　藤の花房を波に喩えた語。その「波」は「たち（立ち）」ならびに「池」との縁語。

五 六月祓へ→五六頁注二。

107 罪深い言葉のお祓いをしてこの川に流すと、その葉は波の花とよくつり合うようだ。

「言の葉」の「葉」と「波の花」との仮象的な配合。◇波の花　白い波頭を花に見立てた語。

108 夜がまだ明けないうちにあなたが天の川をお渡りになっても、だれの目にも夜空にそれが見えて、私たち、ひそかには逢えない身と思ってください。

天の川を渡ってくる彦星と逢う織女の心で詠む。

109 おなじ枝《え》に　花は咲けれど　秋萩の　下葉にわきて　心をぞやる

一小鷹《こたか》狩りしたるところ

110 花の色を　久しきものと　思はねば　われは山路《やまぢ》を　かりにこそ見れ

二大鷹狩りしたるところ

111 花にのみ　見えし山野《やまの》を　冬くれば　さかりだになく　霜枯れにけり

雪の降れるところ

112 春近く　なりぬる冬の　大空は　花をかねてぞ　雪は降りける

109 同じ枝に花は咲いているけれども、秋萩の紅葉する下葉に、特別に関心を向けるのだ。
男が秋萩の花と下葉を見ている図。この歌によって、花やいだ女よりも、つつましく控え目な一人の女にひそかに心を寄せているその胸中を暗示する。類歌三一。

一 →五七頁注四。

110 花の色をいつまでも変らないものとは思わないから、私は山路を狩りして廻りながら、そこに咲く花もかりそめの美しさとして眺める。
◇山路　西本「山の」。書本「やま田」。西本に従えば一一一とも照応するが、一一一の底本「やまのを」が、西本「山の辺」、書本「のやまを」となっていて、それぞれ乱れているので、改訂せずにおく。◇かり「狩り」に、かりそめの意の「仮」を掛ける。

二 →五八頁注一ならびに三〇。

111 一面に花と見えた山や野であったのに、冬が来ると、あの花盛りさえ跡かたもなく霜枯れてしまった。
◇山野を「を」は格助詞だが、「…なのに」といった詠嘆を含んで下へつづく（→三八四）。◇霜枯れ　→二四一。

112 春近くなった冬の大空には、やがて咲き散る花を予定し、雪がもう花をかねて降ってくるよ。

＊ 一〇五〜一一三は東宮保明親王のための屏風歌。この延喜十八年四月三日、藤原忠平女貴子が東宮に入内しているので（『貞信公記』）、それに関連した屏風歌かとする説がある（村瀬敏夫氏）。

[三]延喜十八年、[四]承香殿《しようきやうでん》御屏風の歌、仰せによりて奉る十四首

[五]梅《むめ》の花咲けるところ

113 梅の花　まだ散らねども　行《ゆ》く水の　底にうつれる　影ぞ見えける

[六]旅を帰る雁《かり》どももあり

114 ともどもと　思ひきつれど　雁がねは　おなじ里へも　帰らざりけり

松にかかれる藤

115 うつろはぬ　色に似るとも　なきものを　松が枝《え》にのみ　かかる藤波

三 底本「延喜八年」。西本によって改める。四 光孝天皇皇女、和子。臣籍に下って源姓を名乗り、醍醐天皇の女御となる。天暦元年薨（『日本紀略』）。『花鳥余情』若菜上に、「延喜御時承香殿女御」の源和子は「光孝天皇の源氏」で、慶子・韶子・斎子三人の内親王を生んでいることを挙げ、『源氏物語』の朱雀院女三宮の母、「先帝の源氏」藤壺の準拠としている。五 西本「水辺に梅花さきたる」。『全書』は西本によって「水の辺に」を補う。和歌から察するにこの方がよく、また水辺の梅は常套的な図柄でもあるから、あるいは底本「水のほとりに」などの句を脱したか。

113 梅の花はまだ散らないけれども、流れていく水の底に映った影がちらちらと揺れて見えるよ。

『拾遺集』春に入集。詞書「延喜の御時、御屏風に水のほとりに梅の花見たるところ」。「花の散るをうつろふといへば、水に映るに添へてなり」（『八代集抄』）。

六 この図柄の詞書はいささか分りにくい。あるいは「旅を」が「旅に」の誤りで、行路帰雁の図の意か。西本「雁の帰るに旅人あり」。書本「旅人帰る雁あり」。

114 春には雁とともども古里《ふるさと》へ帰ろうと期待してきたけれども、思えば北へ行く雁は私とおなじ方角の里へ帰るはずもないのであった。

115 藤の花は、変らぬ緑の色をした松とはまったく似つかないのに、その花房が松の枝にまつわりついてばかりいる。

松の常緑と藤のうつろいとを対照的に扱う。類想七〇。

116 人の春の野に遊ぶところ

春深く　なりぬるときの　野辺見れば　草の緑も　色まさりけり

117 散る桜

おなじ色に　散りしまがへば　桜花　ふりにし雪の　かたみとぞ見る

118 川のほとりの松

松をのみ　常盤《ときは》と思へば　世とともに　流るる水も　緑なりけり

[一]簗《やな》

116 春が闌《た》けてきた時節の野辺を見ると、草の緑もひとしお色濃くなった。

本集において、「春の野」「春の野辺」の語を詞書にもつ歌はこの一首しかない。歌中の語としての「春の野」は、三・四六二・五二三・五二四に用いられているが、四例とも子《ね》の日《び》・若菜に関する。また春の季節で「野辺」を詠み込んだ歌が十一首あり、そのうち本例と三〇とを除くと、すべて同じく子の日・若菜を主題ないし素材とする屏風歌である。貫之の頃、「春の野辺」一般の風景を屏風歌に詠むのは概して珍しく、その点この歌は異色である。下句は貫之自身の「わが背子が衣はるさめ降るごとに野辺の緑ぞ色まさりける」(『古今集』春上)と同工異曲。古今歌の構想を情景化し、もって屏風歌の世界を拡げている。

117 桜の花は雪とおなじ色に散り、雪と見間違えそうになるので、以前に降って、すっかり時が経ってしまった雪の形見として、いまはその花を見る。

桜花を雪の形見とする類歌は四四にもある。◇散りしまがへば　「し」は強意の副助詞。中古、単独用法の「し」は、順接の接続助詞「ば」と応じて、「…し…ば」となることが多い。◇ふりにし　「降り」に「古り」を掛ける。

118 松ばかりが常緑で変らないのかと思ったら、絶えず流れていく川の水も、その松の影を映して、やはり常盤の緑の色をしていた。

「常住と流転との対照」(『全書』)。

119 簗見れば　川風いたく　吹くときは　波の花さへ　落ちまさりけり

120 人の家の池のほとりの松のしたにゐて、風の音聞ける

雨降ると　吹く松風は　聞こゆれど　池のみぎはは　まさらざりけり

121 女ども群れゐて秋の花の散るを見たり

花の色は　あまた見ゆれど　人しれず　萩《はぎ》の下葉ぞ　ながめられける

女の家に男いたりて、籬《まがき》の尾花のもとに立てり

一　川の瀬などに杭《くい》を打ち並べて、水を一部からだけ流し、留まった魚を簀《す》に追い込んで捕える仕掛け。

119　簗を見ると、川風がひどく吹くときは、波までがしぶきを上げ、まるで花が風を受けていっそう激しく散ってくるようだ。

120　松に風の吹く音が、雨が降っているように聞えるけれども、池の汀《みぎわ》の水は増してこないよ。

◇波の花　→一〇七・二〇五。

池のほとりの松の下に坐って、松籟《しょうらい》を雨の音と聞き、池の水量が増すかと錯覚しながら、汀線の動こうはずもない池を眺めて、その聴覚と視覚との矛盾の興趣にひたっている風情である。詞書に「人の家の…」とあるが、それは、「人の家に女の桜の花を見たる」(四九)や「人の家に女どもの庭に出でて梅の花を見…」(六〇)の「人の家」が、それぞれ画中の女、そしてそれらの屏風歌が彼女たちの気持を表しているところの女の家を指すのとは違う。ここではもし画中の人物の家ならば、とくに「人の家の」とことわる必要はなく、したがって一人の男が別の「人の家」、すなわち画面に描かれていない人、おそらくは「女の家」に行き、池のほとりで詠んだという設定なのである。

121　秋の花の色どりはたくさん見えるけれども、人しれず萩の下葉の紅葉にうっとりさせられるよ。

女どもを花に喩えると、皆とりどりに美しい中で、「萩の下葉」のような一人の女性を思う。類歌一〇九。

122 吹く風になびく尾花を、とっさに女の招く袖かと頼もしく思ったことであるよ。

◇尾花　穂に出た薄《すすき》の花。その風になびくさまを、人を招く風情に喩える。「招くとて来つるかひなく花薄」(三)も同じ。◇うちつけ　思いがけなく唐突なさま。あるいは、十分思いめぐらす隙《ひま》のないさま。

123 紅葉が幣となり、千切れて散っていくかとも見える。秋が終った龍田姫はもう山奥へ帰るのであろう。女車も帰るのか。

紅葉の散る中を女車が行く。龍田姫の連想が、その女車の画面の情感をいっそう詩的幻想的にする。

◇幣　→八九。◇龍田姫　紅葉の名所、龍田山を神格化した秋の女神。その紅葉は龍田姫が染めたと伝える。

＊この「承香殿御屏風の歌」の中で三〇～一三には、その前後の歌にくらべて、いささか目立つ一連の特色がうかがえる。それは、絵に登場する、もしくは暗示される男女の間に、単に画面の点景人物として以上の関係が想定され、進むにつれて次第に恋の場面らしく設定がなされている点である。三〇の歌に直接的な恋歌の発想は見られないが、その詞書の「人の家」によって男が「女の家」を意識しながら詠んだものと理解されてよく、ついで三一から一三へ、恋の主題的な明徴がうかがえ、さらに一三では、女車と龍田姫とが重ね合されて、ますます場面は幻想的に女の姿を追うといった具合なのである。

122 吹く風に　なびく尾花を　うちつけに　招く袖かと　たのみけるかな

九月《ながつき》のつごもりに、女車《をんなぐるま》紅葉の散るなかをすぎたり

123 もみぢ葉の　幣《ぬさ》とも散るか　秋はつる　龍田姫こそ　帰るべらなれ

月のもとの白菊

124 色そむる　ものならねども　月影の　うつれる宿の　白菊の花

道行《ゆ》く人の松の雪見たる

125 白妙《しろたへ》に　雪の降れれば　小松原　色の緑も　かくろへに

124　月の光が色を染めているわけではないけれども、その光を受けた家の白菊の花が、真白に咲いている。

唐絵的な月下の菊の構図（→一〇三）。「物うつろへば色かはるべし。こはさる色そむる類《たぐひ》ならねど、これも猶月の映りたる白菊の花なりと、おなじ色の照りかはせるが中々《なかなか》なるを賞《め》でたるなるべし」（『貫之集注』）。◇色そむる　底本「色そめぬ」。西本による。

125　真白に雪が降ったので、松原の色彩をなす緑もすっかり隠れてしまった。

◇白妙　→夳。◇小松原　松の茂っている原。松原。「小」（接頭語）にとくに意味はなく、軽く添える。

一　三夜の仏名（→五九頁注三）が終った最後の朝。

二　法会・供養などに際し、主導的な立場にあって事を行う僧。三　次に。…のにつづいて。四　底本「梅をもちてあそふ」は不審。一応、「もち」を「み（美の草体）」の誤りと見た。書本「とかくする」。

126　梅の花かと見ちがえて折ってみると、雪がかかった枝だった。それにつけても、まだ深く積った山路の雪が思いやられることであるよ。

◇あしひきの　「山」の枕詞。

五　東宮保明親王（→八二頁注二）の生母、藤原穏子。底本「御息所」を脱する。西本によって補う。六　実数は十二首。七　→五四頁注一。

127　春の気配はまだ浅いけれども、その春の色調を先取りして、小松の緑を深く染めたなあ。

けり

[一]仏名《ぶつみやう》の朝《あした》に、[二]導師の帰る[三]ついでに、法師、男ども庭におりて、[四]梅《むめ》を見て遊ぶあひだに、雪の降りかかれる梅折れる

126
梅《むめ》の花　折りしまがへば　あしひきの　山路の雪の　思ほゆるかな

延喜十九年、[五]東宮の御息所御屏風歌、内裏《うち》より召しし[六]十六首
[七]子《ね》の日《び》の松のもとに人々いたり遊ぶ

127
春の色は　まだ浅けれど　かねてより　緑深くも　そめてけるかな

三月花散る

128 風吹けば　かたもさだめず　散る花を　いづかたへ行《ゆ》く　春とかは見ん

一山辺に、藤の花松にかかれる

129 藤の花　もとより見ずは　むらさきに　咲ける松とぞ　おどろかれまし

車に乗れる人、賀茂二に詣づ

130 人もみな　かづらかざして　ちはやぶる　神のみあれに　あふひなりけり

五月五日

131 あやめ草　根長き命　つげばこそ　今日としなれば　人の

128 風が吹くと、風向きのままに方角も定めず散っていく花を見て、いったい春はどの方向へ行ってしまうのだろうかと思う。

花の散る方へ春も去って行くという着想で、しかしその方角が捉えられない空しさに強く惜春の情を表す。

一 底本「ねやまへに」。村雲切「ねやのまへに」。「閨の前に」（『索引』『校訂』）かとも考えられるが、屏風歌の題に「閨」を含む例はあまり見当らないから、西本「山辺に」によって改める。

129 松に藤の花がまつわりついている。その根元から見なかったならば、松が紫の花を咲かせているのかと、思わず驚いたことだろう。

遠くに見える松に藤のからんだ風景らしく歌が詠まれている。「松にかかる藤」の図で、山辺の松を描くのは珍しい。

◇見ずは　「ず」は打消しの助動詞「ず」の連用形、「は」は係助詞。「…ずは」は、上代、否定を強調提示した「…せずに」の意か、または否定的内容を順接の仮定条件として、「…しないならば」の意かを表したが、中古の用法はほとんど後者に傾く。◇おどろかれまし　「れ」は自発、「…ずは…まし」で反実仮想。

二 賀茂神社。和歌によれば「みあれの祭」に参詣。

130 今日は、だれでもみな葵《あおい》の鬘《かずら》を髪につけて、賀茂の社のみあれの祭にめぐり逢う日であるよ。

◇かづら　花やつる草などを髪の飾りとしたもの。賀茂祭には葵をつける。◇かざして　「かざす」は花や木の枝などを髪や冠に挿すこと。◇ちはやぶる　「神」の枕詞。◇みあれ　四月、中の酉《とり》の日に行われる賀茂祭の前祭として、神霊を「御生《みあれ》」(神の降臨を意味する)の斎場で榊《さかき》に移し迎える儀式。◇あふひ　「葵」に「逢ふ日」を掛ける。

131　あやめの根は、長く伸びて、長い命を絶やさず継いでいるともいえるからこそ、今日五月五日、あやめの節供ともなれば、無病息災、長寿を願って、その根を人が引くのであろう。

あやめは根の長さを賞美するので、それに命の長さを象徴させた。「あやめ草根長き命」の句は四九九にも。

三　→五六頁注二。

132　大幣が川の瀬ごとに流されてどんなにいっぱいになっても、千年の後まで夏にはかならずお祓いをしよう。

◇大幣　大串《おおぐし》につけた幣(→八九)。

133　鶴は千年の年を経ると思いながら、私が耳を澄ましていると、ちょうど鶴の鳴き渡る声が聞えてくる、その鳴き声の遠く遥かなことよ。

◇なへに　ある事態とあわせて他の事態が存在すること。…とともに。(→四〇)。◇葦田鶴　「鶴」の歌語。多く葦の生えた水辺にいることによって称する。

134　いつだって人は心を隠さないのに、花薄はなぜとくに秋になると、その心をおもてに表すかのように穂に出るのであろうか。

◇人やは　「やは」は反語。◇ほには出づ　→四六五。

引くらめ

三六月祓《みなづきはら》へ

132　大幣《おほぬさ》の　川の瀬ごとに　流れても　千歳《ちとせ》の夏は　夏祓へ
せん

空に鳴く鶴《つる》を聞ける

133　千歳ふと　わが聞くなへに　葦田鶴《あしたづ》の　鳴きわたるなる
声のはるけさ

尾花を見る

134　いつとても　人やはかくす　花薄《はなすすき》　などか秋しも　ほには
出づらん

135 秋になるごとに露はおく。露といえばはかないけれども、菊の花の露は、それを受けた人の齢が、暮れて晩年になるということはないのだ。

菊の露を人に不老長寿の年齢をもたらすものとして詠む(→四三)。

136 道さえもしぐれに遭って濡れている。まして涙のかわききれない袖は、いっそうしっとりと濡れてしまったよ。

上句、西本「みちすからしくれにあひて」の方が平易。◇いとどしく　「ぬれにけるかな」にかかる。

137 山藍で摺った小忌衣《おみごろも》の赤紐のように、私は長くいつまでも神にお仕えしよう。

一→五九頁注二。

賀茂の臨時祭の祭官・舞人などの気持になっている。◇山藍　ヤマアヰ、またヤマヰという。大嘗会《だいじょうえ》その他の神事に祭官・舞人などの着用する小忌衣（→二）の模様を摺り出す青い染料にする草。また、その染料。◇あかひもの　底本「なかけれは」。次の句の「長くぞ」と重複した誤写と見て、西本に従い改める。「あかひも」は、小忌衣の右肩から前後に垂れ下げた赤色の紐。「山藍もて摺れる衣のあかひもの」が詠み手に擬せられた人物の装束を表しながら、「長く」の序詞となり、その「長く」が「神に仕へむ」にかかる。

138 春にはまだなっていないけれども、草木に花の咲く様子が、いま降ってくる雪のさまから想像がつく。雪が気をきかせているのだなあ。

九月菊見たる

135 秋ごとに　露はおけども　菊の花　人のよはひは　暮れず
ぞありける

道行く人のしぐれにあへる

136 道すらに　しぐれにあひぬ　いとどしく　ほしあへぬ袖
の　ぬれにけるかな

一臨時の祭

137 山藍《やまゐ》もて　摺《す》れる衣の　あかひもの　長くぞわれは　神に
仕へん

雪の降れる

138 春こねど　草木に花の　咲くほどは　降りくる雪の　心な

りけり

延長[二]二年五月、中宮[三]の御屏風の和歌、二十[四]六首

集まりて、元日、酒飲むところ

139 昨日より　をちをば知らず　百年《ももとせ》の　春のはじめは　今日にぞありける

子《ね》[五]の日《び》

140 もとよりの　松をばおきて　今日はなほ　おきふし春の色をこそ見れ

二月梅《むめ》の花見るところ

141 山里に　住むかひあるは　梅の花　見つつ鶯《うぐひす》　聞くにぞあ

◇春こねど　底本「春くれど」。西本によって改めた。

＊一三七〜一三八は、延喜十九年、藤原穏子の屏風歌を醍醐天皇の仰せによって制作。その「東宮の御息所」は、東宮保明親王の妃、藤原時平女、もしくは忠平女貴子（→八四頁＊）とも考えられるが、六四の詞書を『日本紀略』『貞信公記』によって、忠平四十賀を穏子から祝うための歌と見るのと同じく、「東宮の御息所」の言い方を、「東宮の母に当る御息所」と解し（→六八頁注二）、すなわち東宮の生母穏子と推定するのが妥当か（村瀬敏夫氏）。底本はその忠平四十賀の折ともとれるが、西本に「延喜十九年春」とあり、十月の忠平四十賀（『貞信公記』など）とは別の機会か（同氏）。

二 底本「延喜」。本集の順序から察して、「延長」の誤りと見る（→九九頁＊）。三 穏子。延長元年四月二十六日立后（『日本紀略』）。四 実数は二十二首。

139 昨日より以前のことはさておき、これから百年もつづく長寿の初春が今日なのでございます。

◇百年の春のはじめ　→一二八。

五 →五四頁注一。

140 もともとそこにある松の木のめでたさはともかくとして、今日はやはり新しく引いた子の日の小松に、一日中春のうららかな色を見る。

141 山里に住むかいのあるのは、梅の花を観賞しながら、鶯の鳴く声を聞く、のんびりとした気分に浸ることができるからだ。

りける

[一]田かへすところ

142 忘らるる　ときしなければ　春の田を　かへすがへすぞ
人は恋しき

三月山寺に参る

143 あしひきの　山を行《ゆ》きかひ　人しれず　思ふ心の　ことも
ならなん

三月[二]つごもりの日、花落つるところ

144 散る花の　もとに来つつぞ　いとどしく　春の惜しさも
まさるべらなる

「山里」は『万葉集』に用例なく、『古今集』以降の和歌的な表現。都城から離れた静けさと淋しさとを空間的に表象することばとして成り立つ。この歌は「春立てど花もにほはぬ山里はもの憂かる音《ね》に鶯ぞ鳴く」（『古今集』春上、在原棟梁《ありわらのむねやな》）を念頭におくか。

一　→五五頁注四。

142　あの人をふっと忘れることとてないから、農夫が田をかえす（たがやす）のを見ると、それにつけてもまったくかえすがえす、あの人への恋しい気持を身にしみて覚えるのだ。

『古今集』恋一に並ぶ、よみ人しらずの二首、「忘らるるときしなければ葦田鶴の思ひ乱れて音《ね》をのみぞなく」「唐衣ひもゆふぐれになるときはかへすがへすぞ人は恋しき」を合わせたごとき発想（田中喜美春氏）。◇忘らるる　「るる」は自発ないし可能。（容易に忘れられないものを）ふと忘れる。◇かへす　「春の田をかへす」に、「かへすがへす」の「かへす」を掛ける。

143　山路を行ったり来たり、すれ違って山寺にお参りする人たち、私もまた同様仏に祈って、人しれぬ心の中の願いごとを成就してほしいと思う。

山寺の参詣者達の各々の気持を一人に代表させた歌。◇あしひきの　「山」の枕詞。

二　「つごもり」は月末、「つごもりの日」はその月の最終日を意味する。

144　散る花の木の下に来ては、いっそう春の名残惜しさがましてくるようだ。

145
四月大神《おほみわ》[三]の祭[四]の使
いづれをか　しるしと思はん　三輪《みわ》の山　見えと見ゆるは　杉にざりけり

146
馬《むま》に乗りたる人おほく行く
行くがうへに　はやく行け駒《こま》　神垣《かみがき》の　三室《みむろ》の山の　山かづらせん

147
人の家の垣根の卯《う》の花
今日もまた　のちも忘れじ　白妙《しろたへ》の　卯の花咲ける　宿と見つれば

五月、旅人山のほとりにやどりて、時鳥《ほととぎす》を聞く

散る花を懐かしむつもりが、春の喪失感をいっそう募らせる。そんな関係が「つつ」によって表される。

三　大神《おおみわ》神社。奈良県桜井市にあり、三輪山を神体とする。その祭礼、大神祭は四月・十二月の上卯《う》の日。

四　神社の祭礼に際して朝廷から遣わされる奉幣使。

145　門に杉が立つといっても、どの杉を目印と思えばよいのだろう。三輪山は見えるかぎり一帯に杉の木であって、神社の入口がわからない。

「わが庵《いほ》は三輪の山もと恋しくはとぶらひ来ませ杉立てる門《かど》」(『古今集』雑下、よみ人しらず)による。この古今歌は大神明神の神詠とも言い伝えられており、その「わが庵」をまさに大神神社に措定した趣向。

146　馬よ、早足で行くうえにさらに速度を上げて行け。三室の山(三輪山)の山鬘《やまかずら》を早く插したい。

前歌につづき大神神社への参拝者達の歌として詠む。◇神垣の「御室《みむろ》」または「三室《みむろ》の山」の枕詞。◇三室の山「みむろ」もしくは「みもろ」は、本来神霊の降《くだ》る場所の意。それから「三室の山」が特定の神域、神の社としての山を指し、三輪山の異称となる。また龍田川に沿うた斑鳩《いかるが》町の神南備《かんなび》山をもいう(→九六・五〇六)。◇山かづら「ひかげのかずら」(シダの一種)の異名。それを頭の飾りとして插す。

147　今日も、いや今後も決して忘れまい。真白な卯の花の咲いた宿をあなたの家と見たからには。

「人の家」のあり方が一三〇を一歩進め、画面不在の「ある特定の『人』を恋の相手」に詠む(菊地靖彦氏)。

148 山里に 旅寝よにせじ 時鳥 声聞きそめて 長居《ながゐ》しつべし

雨降る田植うるところ

149 時すぎば 早苗《さなへ》もいたく おひぬべし 雨にも田子は さはらざりけり

六月、涼みするところ

150 夏衣 薄きかひなし 秋までは 木《こ》の下風も やまず吹かなん

鵜《う》川《かは》一

151 大空に あらぬものから 川上《かはかみ》に 星とぞ見ゆる 篝火《かがりび》の 影

148 山里で旅寝はけっしてしまい。もし山里に一夜を過すと、時鳥の初声を聞いて、そのまま長く居《ゐ》つづけてしまいそうだから。「山里」の語がこの屏風歌に重ねて見える（→一四二）。◇よに 下に打消しのくる時は、その打消しを強める。

149 時機が過ぎたならば、早苗もすっかり生長してしまうだろう。そう思って、農夫たちは雨にもめげず田植えに精を出している。◇おひぬべし 生える、生長する、の意の「お（生）ふ」と解く。『全書』は「老いぬべし」とする。

150 薄い夏衣に風を通すせっかくの快さが失われてしまうから、秋になるまでは木の下風も止まずに吹いていていてほしい。「木の下風」が七四のように春風の場合もあるが、夏の涼風を示す例もある（→四七三）。

一 →五六頁注一。

151 大空でもないのに、川上に鵜飼の篝火の火影が星のように見える。川に点々と篝火が描かれ、その川上に空ならぬ星の夜を幻視させる豊かな詩情。一〇と並ぶ卓抜な鵜飼の歌。

152 みなに混じって、私も人しれず七夕の空を眺め、天の川の波を打つ舟の通いを思いやりますと、たちまち何か悲しい物思いに沈んできます。七夕の空を眺める女たちに混じりながら、ひとり織女の逢瀬《おうせ》にわが運命を比較して物思いに沈む女の胸中。◇波うちつけに 「波打ち」の「うち」に、「うちつけに」の「うち」を掛ける。うちつけ↓一三。
二 底本「田まもる家ほ」。書本によって改める。
153 稲の穂を刈るために田を見守る仮庵《かりほ》で幾日も幾日も過した。秋風が吹き出し、早く早稲田を刈ってほしい。そして雁も早く来て鳴いてほしい。
◇かりほ 「仮庵（仮に作った小屋）」と「刈穂（刈り取った稲の穂）」とを掛ける。「山田守る秋のかりほに置く露は」（基俊本・雅経本・元永本等『古今集』秋下、忠岑。貞応本などは「かりいほ」）。◇早稲田かりがね 「早稲田」は早稲《わせ》を作る田。「かり」に「刈り」と「かりがね（雁）」の「かり」とを掛ける。
＊「田かへすところ」（一四三）「田植うるところ」（一四九）「田守る庵あるところ」（一五三）と、同じ一組の屏風歌の中に、「田」に関する歌が三首も含まれ、しかも耕作と収穫の順序を追って配置されているのは、月次《つきなみ》の景物の並列と同時に、それとは別個の「田」を素材とした連作的意図の内包されていることを感じさせる。
三 草木を掘ってきて植える。「花の木もいまは掘り植ゑじ春立てばうつろふ色に人ならひけり」（『古今集』春下、素性《そせい》）。
154 賞美する人もいない家の花なので、色ごとに分けて、他所へ植え変えられていくのは、花のために何よりのことである。
◇見る人 底本「みな人」。西本による。◇しかなく 動詞「如く」に、打消し「ず」のク語法。

七月七日、女ども空を見る

152 人しれず 空をながめて 天の川 波うちつけに ものをこそ思へ

二 田守る庵《いほ》あるところ

153 かりほにて 日さへへにけり 秋風に 早稲田《わさだ》かりがね はやも鳴かなん

八月、人々あまた、人の家の花を折る、掘三り植うるところ

154 見る人も なき宿なれば 色ごとに ほかへうつろふ 花にしかなく

155 牡鹿《おじか》は、どんなことを言って鳴いたのだろう、ちょうど秋萩が美しく咲くとき、どんなことばにことよせて、牝鹿《めじか》を恋い慕うのであろうか。

鹿と萩との結びつきを男女に見立てた仮想によって詠むことも多いが（→四二）、妻を恋う鹿に萩をあしらった図柄と、それにもとづくこの歌のごとき詠み方も一つの類型となっている。底本、題詞を落すか。西本には「鹿鳴花」、書本には「はきのはな」とあり、『全書』『校訂』は「萩」もしくは「はぎのはな」の題を補う。◇さを鹿　牡鹿。「さ」は接頭語。◇恋ふらん　「らん」は牡鹿の妻恋う鳴き声の意味を推量する。

156 いずれは散らなければならない山の紅葉に秋霧がかかっている。どうしてこんなふうに霧がその紅葉をたやすくは見せず、隠してしまうのだろう。

霧を透して淡紅色に見える紅葉のそこはかとない風情。霧が紅葉を隠すという着想で、貫之は他にも「秋霧の立ちしかくせばもみぢ葉はおぼつかなくて散りぬべらなり」（『後撰集』秋下）と詠んでいる。

一　渡し場。

157 山路でも人は迷うであろうが、川霧も舟をさまたげる。霧が立ちこめてこないさきに、さあ、川を渡ってしまおう。

一五六の山の霧につづく、対照的な渡船場の川霧の図。

158 菊の花の色は薄く濃くさまざまに見える。露が心をわけへだてして置いたせいであろうか。

『後拾遺集』秋下に作者元輔で入集（→一四六頁＊）。

155
さを鹿や　いかがいひけん　秋萩の　にほふときしも　妻を恋ふらん

九月、霧山をこめたり

156
散りぬべき　山の紅葉を　秋霧の　やすくも見せず　立ちかくすらん

川の渡り[一]に舟あるところ

157
山路《やまぢ》にも　人やまどはん　川霧の　立ちこぬさきに　いざ渡りなん

十月、菊の花

158
薄く濃く　色も見えける　菊の花　露や心を　わきておくらん

十[二]一月、葦刈りつみたるところ

159 難波女《なにはめ》の　衣ほすとて　刈りてたく　葦火の煙《けぶり》　立たぬ日ぞなき

十二月、人行《ゆ》きて梅《むめ》を見る

160 降る雪に　色はまがへば　うちつけに　梅を見るさへ　寒くざりける

[三]延長二年左[四]大臣《ひだりのおとど》の北の方の御屛風の歌、

十[五]二首

161 甲斐《かひ》が嶺《ね》の　山里見れば　葦田鶴《あしたづ》の　命をもたる　人ぞ住みける

二 底本「十月」は誤り。西本によって改める。

159 難波女が濡れた衣を干すために、葦を刈って焚《た》く火の煙が立たない日は一日もない。

難波女が塩汲みなどで濡れた衣服を、葦火を焚いて乾かす。その労働に一日の暇もないありさまを詠む。

160 降る雪に梅の花の白い色はまぎらわしいので、ひょっと梅を見ても、寒さを感じることだ。

◇うちつけ →一三。◇寒くざりける 「寒くぞありける」に同じ。

＊ 一三九～一六〇は底本に「延喜二年五月…」とあるが、「延長二年五月…」の誤り。この屛風歌は月次《つきなみ》屛風ではあるが、その内容が三～三のごとく単に年中行事的素材の並列にはとどまらず、「田」に関する連作的意図や、一四七の「人の家」の恋愛場面への志向、一五六・一五七の山と川の霧の対照、あるいは全体として郊野の風景が目立つことなど、特徴的で、延喜の初年にこうした手法は考えにくい。「延長二年」と推定する理由の一つである。

三 底本「延喜二年」。「喜」に「長イ」の傍書。それに従い、「延長」と改める。書本「延長二年」。四 左大臣藤原忠平室、源能有女、昭子（迫徹朗氏の御教示）。五 底本「十首」。陽本による（『索引』）。

161 甲斐《かい》国の山の山里を見ると、鶴のように長命の人が住んでいた。

◇甲斐が嶺　甲斐国の山。富士山あるいは白根山を指すともいう。◇葦田鶴　→一三。

一 田子の浦

162 吹く風に　あかず思ひて　浦波の　数には君が　年を寄せける

逢坂山

163 君となほ　千《ち》歳《とせ》の春に　あふ坂の　清水はわれも　くまむとぞ思ふ

二 亀山

164 亀山の　劫《こふ》をうつして　行く水に　漕ぎくる舟は　幾代へぬらん

三 白浜

165 君が代の　年の数をば　白妙《しろたへ》の　浜のまさごと　たれかい

一 静岡県、駿河湾に注ぐ富士川河口の海岸。現在は河口の東側をいうが、往時はそれに西側由比のあたりまでをも含めた称であったらしい。歌枕。

162 吹く風につれて立つ田子の浦波をあきることなく思い眺め、その波の数には限りないあなたさまのお年をことよせておりました。

田子の浦に立つ波の数に、長寿賀算をからませて祝意を表す。「寄せ」は「浦波」の縁語。

163 あなたさまが千年たった春にも相変らずめぐり逢われますように、そして私もあなたさまと御いっしょできますように、御長寿をお祈りして、私もこの逢坂の関の清水を汲もうと存じます。

◇あふ坂の　千歳の春に「逢ふ」と、逢坂の「逢ふ」とを掛ける。◇清水　逢坂の関の清水（→一四）。

二 京都市右京区小倉山の東南の尾根。形が亀に似ているといい、また蓬莱《ほうらい》山に擬するという。

164 亀山の長く変らない姿を映して、流れていく川（大堰《おおい》川《がわ》）に、漕いでくる舟はどれほどの時代を経てきたのであろうか。

◇亀山の劫　「劫」は非常に長い時間を意味する仏語。「亀山の劫」といえば、亀山に象徴されるその極度に長い時間のめでたさ。「劫」の字音はコフ、亀の甲の「甲」はカフ。字音が異なるので掛詞は認められない。「亀山の劫」の例、「もみぢ葉の散るも惜しまじ亀山の劫をつくしてなりもこそすれ」（『和泉式部集』）。

三 歌枕の「白浜」は所在地が必ずしも明確ではない

が、「紀の国のしららの浜」と詠まれる所と同じか。
和歌山県西牟婁郡、白浜温泉のある海岸。

165　あなたさまの盛んなお年の数を、真白な浜の砂子《すなご》のようだと、誰が巧みに喩《たと》えたのでしょう。
『兼盛集』にやはり名所絵屛風歌で「しゝら（しらゝカ）の浜」と題して、類歌「君が代の数ともとらん紀の国のしゝら（しらゝカ）の浜に摘める砂子《いさご》を」がある。
◇白妙　→六五。◇まさご　「まいさご」の約。「いさご」は細かい砂。「ま」は美称の接頭語。

四 奈良県の室生ではない。兵庫県揖保《いぼ》郡室津か。室津は「室の浦」ともいう（『万葉集』三一七八、など）。「室浦→室うら→室ふ（不）」と誤り転じたか。

166　いつの世にもたえず行き交うている舟を見るごとに、その舟の帆のように高らかにはっきりと、あなたさまの千年の御寿命のことを思います。
◇ほに出でて　「ほ」に、「舟」の縁語「帆」と、「秀《ほ》」とを掛ける。「秀に出づ」は、他よりも高く秀《ひい》で目立つこと。「穂に出づ」とも通ずる（→八一・四六五）。

五 京都市左京区。「松」を掛けて詠む。

167　白雲がたなびいていないことは、ひとときとてない。松の緑で秋をも知らない松が崎の上を動いていくのが見えるその白雲が…。
◇秋もなき　底本「あまもなき」。西本によって改める。底本、次の「嵯峨野」の上に誤って「秋」とある。

168　あなたさまの遠い将来まで御盛運を祈って、人々は手ごとに秋の野の萩を手折りました。

ひけん

[四]室生《むろふ》

166 世とともに　行きかふ舟を　見るごとに　ほに出でて君を　千歳とぞ思ふ

[五]松が崎

167 たなびかぬ　ときこそなけれ　秋もなき　松が崎より　見ゆる白雲

嵯峨野《さがの》

168 手ごとにぞ　人は折りける　君がため　行《ゆ》く末遠き　秋の野の萩

一 宇治の網代《あじろ》

169 落ちつもる　をとは見ゆれど　百年《ももとせ》の　秋のとまりは　網代なりけり

二 柏《かへ》の社《やしろ》

170 陰《かげ》とのみ　たのむかひありて　露霜《つゆじも》に　色がはりせぬ　柏の社か

三 梅《むめ》の原

171 梅の花　おほかる里に　鶯《うぐひす》の　冬ごもりして　春を待つらん

吉野山

172 み吉野の　吉野の山は　百年の　雪のみつもる　ところな

一 名所絵屏風歌の本条の他の歌の題がすべて地名のみであるから、この「網代」は不審。西本には「宇治」とだけある。「網代」は、竹や木を編んで川の瀬に立て、その端に簀《す》をつけ、氷魚《ひお》などを捕える仕掛け。

169 上流から落ちてきた長い水のすじがここに留《とど》まり重なっていると見えるけれども、宇治川が網代をとまり（港）として、そんなふうにとどこおりながら流れていくように、いつの年になっても変らない秋のとまり（最後）の風情は網代なのであった。

難解な歌。試みに右のごとく解した。貫之の類歌「年ごとにもみぢ葉流す龍田川みなとや秋のとまりなるらむ」（『古今集』秋下）がある。◇をとは見ゆれど　右の類歌に準《なぞ》らえ、また本集三九九「落ちつもる紅葉のための網代」の例に従い、「落ちつもる」のを「紅葉」とし、西本によって「もみぢ葉見れば」とすれば分りよい。しかし一方、五〇七に「網代には滝の水泡《みなわ》ぞ落ちつもりける」とあるのを参考に、底本「を」を、「年のを」「玉のを」「みを（水脈）」などの「を（緒）」、すなわち「長く続くもの」の意に解し、とくに「みを」の語のあることを考えて試解した。◇とまり「泊り」（港）と「留り」（終結）とを掛ける。◇網代　底本「あらし」。西本による。

二 京都市上京区にあったらしい。『歌枕名寄』に、松崎・長坂・紫野の次、雲林《うりん》・今宮の前に挙げる。

170 それこそ陰とたのむかいがあって、露にも霜にも色変りのしない、常緑の柏《かえ》の木、そのようにたのみになる柏《かへ》の社だなあ。
◇のみ　強調。◇柏の社か　「柏」に植物名の「かへ(榧《かや》の古名)」を掛ける。「か」は詠嘆の終助詞。
三 京都市上京区上賀茂のあたりか。

171　梅の花の多い梅の原の里に、どうして鶯がまだ冬ごもりをして春を待っているのだろう。
◇待つらん　らん→四三。

172　吉野山は百年も消えることのない、めでたい雪がどんどんつもるところであるよ。
◇み吉野の　「吉野」をいうのに枕詞風に重ねたもの。「み」は美称。◇のみ　強調。

＊一六一〜一七三は、延長二年、忠平室源順子の賀の屏風歌。四十賀か。順子は翌三年没。本集の中でこのように典型的な名所屏風歌は他にない。

四 藤原保則の子。当時大納言民部卿。五 藤原良世の子。当時権中納言。後に右大臣に至る。その北の方は清貫の女。六 底本「内方」。西本によって改める。

173　春日野の若菜もあなたさまの長寿を祈ってほしい。たれのためでもない、他ならぬあなたさまのために摘むのですから。
西本に「若菜つめる所」と詞書がある。
◇ものならなくに　「もの」底本「春」。西本による。

174　桜の花は常緑の松にもならって散らないでほしい。色それぞれを見ながらいつまでも過そう。

175　私の家には春がいっぱい来たようだ。かぎりなくすばらしい桜が家に咲いているのだから。

りけり

延長四年、[四]清貫《きよつら》の民部卿《みんぶきやう》六十賀、[五]恒佐《つねすけ》の中納言の北[六]の方せられける

173 春日野《かすがの》の　若菜も君を　祈らなん　たがために摘む　ものならなくに

春、桜と松とのもとにゐたるところ

174 桜花　散らぬ松にも　ならはなん　色ことごとに　見つつ世をへん

人の家に桜のおほく咲けるところ

175 わが宿に　春こそおほく　きにけらし　咲ける桜の　かぎりなければ

桃の花女[一]どもの折るところ

176 君がため　わが折る花は　春遠く　千歳三度《みたび》を　居《を》りつつぞ咲く

人、舟に乗りて藤の花見たるところ

177 折りつみて　はや漕ぎかへれ　藤の花　春は深くぞ　色は見えける

女どもの滝見たるところ

178 糸とさへ　見えて流るる　滝なれば　たゆべくもあらず　ぬける白玉《しらたま》

松のもとより泉の流れたるところ

一 底本「をんなのもとのおるところ」。陽本「女とものおる所」による。西本「人をる」。本条の屏風歌で「人…」とある一七七・一八二が、その「人」に向って詠まれているのに(→次頁＊)、西本の「人」は桃の花を折りながら詠むことになる。西本は取らない。

176 あなたさまのために私どもの折りましたこの桃の花は、春を遠く望んで、三千年に一度みのる西王母《せいおうぼ》の桃のように、咲くのをじっと待ちつづけた花なのでございます。

西王母が漢の武帝に献じた仙桃は、三千年に一度みのるという(『漢武帝内伝』)。その実を花に転じて、女どもが「君」(清貫)の長寿を祝福している趣である。「三千歳《みちとせ》になるてふ桃の今年より花咲く春にあひにけるかな」(『拾遺集』賀。定家本、作者躬恒《みつね》。「亭子院歌合に」とあるが、同歌合では是則作、小異あり。また忠岑《ただみね》、あるいはよみ人しらずとする『拾遺集』の異本もある)。「春遠く」は珍しい表現。

◇千歳三度　三千年の意。「三度」は底本「見たる」。西本による。

177 藤の花を折り取って早く漕ぎ帰っていらっしゃい。春が深まり、藤の花の紫色が濃くなっているように見えますよ。それを手に取って見たいから。

舟で中島か対岸の藤を折りにいった人への呼びかけ。

◇かへれ　底本「かくれ」。陽本による。

178 細いすじが糸とまで見えるほどの様子で流れ落ちる滝であるから、水滴の白玉はその切れない糸に貫かれて、ばらばらに散ってしまうことはないだろうと思う。

滝の流れ落ちる水を「糸」に喩《たと》え、しぶきを「白玉」に喩える点、六三と共通の手法で、しかも六三の「ぬけど乱れて落つる白玉」とは対照的に詠む。

179　松の根もとに湧き出る泉の水となれば、根源を松とおなじうするのだから、松の常盤のように絶えることはあるまいと思う。

松と泉との取り合せも、「茂松清泉」のごとき唐絵の図柄に倣《なら》う（渡辺秀夫氏）。
◇おなじき　形容詞「おなじ」の連体形「おなじき」は漢文訓読体に多く、「おなじき里」（『万葉集』巻十八、四一〇〇）の例もあるが、『古今集』以後の和歌には一般に用いられないから、これは珍しい使い方。

180　祝賀の気持で植えた宿の花であるから、思ったとおりその篤志を表して色濃く咲いたことだ。

181　かぎりなく私が敬慕している人の行く野辺は、色さまざまに花が咲いているよ。

馬や車に乗って（秋の）花を見に行く人々の中にいる「わが思ふ人」（清貫）を思いやって詠む。下句は行楽の女たちの華麗な装いと、清貫の繁栄とを象徴する。
＊　詞書にとくに「人…」とある一七七と一八〇は、その「人」に呼びかけたり、その「人」を胸に浮べたり、画中人物を対象にして詠む。

182　牡鹿が峰に咲いた秋萩にからみ恋着して幾年過したか、その年の数もわからぬほどである。

179
松の根に　出づる泉の　水なれば　おなじきものを　たえじとぞ思ふ

秋の花ども植ゑたるところ

180
いはひつつ　植ゑたる宿の　花なれば　思ふがごとの　色濃かりけり

馬《むま》、車に乗りて、人の花見たるところ

181
かぎりなく　わが思ふ人の　行く野辺は　色八千《やち》ぐさに　花ぞ咲きける

鹿の萩《はぎ》の花のなかに立てるところ

182
さを鹿の　尾上《をのへ》に咲ける　秋萩を　しがらみへぬる　年ぞ知られぬ

183　菊の花を植えた家の人の不思議なのは、老いというものを知らないことであった。
四二と同様、九月九日の「菊のきせ綿」の習俗を暗示、直接には菊自体の不老の効力を詠む。「九月九日」と題した類歌四九がある。

184　小さな波の寄せてくるみぎわに住むこの鶴は、あなたさまがこれからお栄えになる長い年月のしるべなのでございましょう。
◇ささら波　小さな波。さざ波。サザラナミとも。「ささら波まなく立つめるうらをこそ世に浅しとも見つつ忘れめ」（『後撰集』恋五、よみ人しらず）。◇みぎは　底本「所」。西本「みきは」。「汀」を「所」と誤写したと推定して、西本に従った。

185　紅葉は、散るうえにさらにまた散りつもるので、いくら拾ったか、数えきれないよ。
題詞にも和歌にも「紅葉」を「ひろふ」とあるが、あまり見当らない表現である。「林間ニ酒ヲ煖《あたた》メテ紅葉ヲ焼《た》ク」（『白氏文集』）といった中国的超俗的な詩情を、女たちの風流に転じた着想なのであろうか。
◇知られざりけれ　底本「しくれなりけれ」。西本によって改める。

186　紅葉の散る木の下の水を見るとき、そこには紅葉の色さまざまに波が立っているのだった。
◇木の下水　木の下にかくれた、川の流れ、あるいはたまり水。「汲みて知る人もあらなん夏山の木の下水は草がくれつつ」（『後拾遺集』恋一、藤原長能）。

　　菊の花咲けるところ
183　菊の花　植ゑたる宿の　あやしきは　老いてふことを　知らぬなりけり

　　鶴の池のほとりにあるところ
184　ささら波　寄するみぎはに　住む鶴は　君がへん代の　しるべなるらん

　　女どもの紅葉ひろふところ
185　散るうへに　散りしつもれば　もみぢ葉を　ひろふ数こそ　知られざりけれ

人の家に、紅葉の川のうへに散りかかると

ころ

186 紅葉散る　木《こ》の下《した》水を　見るときは　色くさぐさに　波ぞ立ちける

神楽《かぐら》せるところ

187 あしひきの　山の榊《さかき》の　常盤《ときは》なる　陰にさかゆる　神のきねかも

延長四年九月、一法皇の御六十賀、二京極の御《み》息所《やすどころ》のつかうまつりたまふときの御屏風の歌、十一首

若菜

188 春立たむ　すなはちごとに　君がため　千歳つむべき　若菜なりけり

187 つねにみずみずしい緑色の山の榊の陰で、その榊に因んで栄えている巫女《みこ》であるよ。

神楽歌（採物）「榊」の「霜八度《しもやたび》置けど枯れせぬ榊葉の立ちさかゆべき神のきねかも」（『古今集』神遊びの歌にも所載）による。『拾遺集』神楽歌に入集。第二句「山の榊は」、末句「神のきねかな」。◇あしひきの　「山」の枕詞。◇陰　榊の木の「陰」と、お蔭で、の意味の「蔭」とを掛ける。◇きね　神に仕え、神楽を奏し舞などする人。巫覡《ふげき》。男女いずれにもいうが、神楽歌「榊」の「きね」とともに、巫女を指すか。木の根、あるいは木の下部を意味する「木根（きね）」を掛け、「榊」の縁語。

＊一七三〜一八七は、延長四年、藤原清貫六十賀の屏風歌。西本および一八七番歌『拾遺集』詞書に、「八月廿四日」とある。この屏風歌は、花と紅葉を主体とし、時に別の題材を織りまぜて変化を与え、かつ「色」を詠むものが多く（一七四・一七七・一八〇・一八一・一八六）、中に多彩を表した「色ことごと」（一七四）「色八千ぐさ」（一八二）「色くさぐさ」（一八六）が呼応して、色彩感を浮び上がらせる。その全体の配合と情趣の調和とに特色がある。

一 宇多法皇。二 時平女、褒子。宇多法皇の寵愛を受けた。尚侍ともいわれるが、はっきりしない。

188 春になるたびすぐに、あなたさまの千歳を寿いで摘むことになっている若菜でございます。

「つむ」は「摘む」に「積む」を掛ける。

189 若菜の生えている野辺という野辺に、あなたさまのために標《し》めを張って、いついつまでも摘んでさしあげようと思います。

「君がため春の野に出でて若菜摘むわが衣手に雪は降りつつ」(『古今集』春上、光孝天皇)の歌と、「君がため」「春の野辺」に「若菜を摘む」という発想が同じ。三八の下句にも「君がため摘む春日野《かすがの》の若菜なりけり」とある。一八八・一八九は、その「君がため」を共有し、「千歳摘むべき」と「万代…摘まむ」とにおいても共通する。同一の画面に二首を詠むか。

◇しめて 「し(標)む」は、自分の占有であることを示すしるしの縄(標《し》め)を張って、他人の立入りを許さないこと。「明日よりは春菜摘まむと標めし野に昨日も今日も雪は降りつつ」(『万葉集』巻八、赤人)。

一 →五四頁注一。

190 咲くかと思うと慌《あわただ》しく散る花とは違って、のどかな気分で長い行く末が楽しみなのは、春霞のたなびく野辺に引く、子の日の小松であるよ。

九二と類想。

191 松風が吹いてくるかぎりは、風に波が立つように、松にからんだ藤の花房が、長く絶えることなく咲きつづけるにちがいない。

松に藤の図。その松「風」によって藤「波」が立つという水の幻想が、絵の風物に重ね合わされる。

◇うちはへて うちつづいて。長い間。例、二七三・七七〇。◇藤波 →一〇六。

189 若菜おふる 野辺といふ野辺を 君がため 万代《よろづよ》しめて

摘まむとぞ思ふ

一 子《ね》の日《び》

190 花に似ず のどけきものは 春霞 たなびく野辺の 松に

ぞありける

松にかかれる藤

191 松風の 吹かんかぎりは うちはへて たゆべくもあら

ず 咲ける藤波

滝の水

192 思ふこと 滝にあらなん 流れても 尽きせぬものと や

すくたのまん

巌《いはほ》

193 松風は　吹けど吹かねど　しら波の　寄する巌ぞ　久しかりける

194 苔《こけ》ながら　おふる巌の　久しさを　君にくらべん　心やあるらん

鶴の群れゐたるところ

195 かの見ゆる　田鶴《たづ》の群鳥《むらどり》　君にこそ　おのがよはひを　まかすべらなれ

菊

192 私の思いはこの滝の水のようであってほしい。そうすれば、流れ落ちても次々とあとがつづいて尽きることがない、そんなふうに、何か頼りになって安心した気持でいられるだろうから。滝の前に立つ人の想念を詠む。滾々《こんこん》として流水の尽きない瀑布を見据え、発想の様式はやや観念的になっているが、その「思ふこと」の内容には、六十の算賀を迎えた宇多法皇への祝福や長寿祈願を、安心して続けたいという思いがこめられていることも察せられる。

193 松風は吹こうが吹くまいが、それにかかわりなく、白波の寄せる巌は長く変ることがないよ。きわめて類似した「山風は吹けど吹かねどしら波の寄する岩根は久しかりけり」（『新古今集』賀、伊勢。歌仙家集本『伊勢集』）がある。この屏風歌を伊勢も制作。作者の変換、もしくは流伝の混乱があるか（↓次頁＊）。西本、初句「山風は」で、いっそう近い。◇しら波の　「白波」の「しら」に、「吹けど吹かねど知ら（ず）」の「知ら」を掛ける。

194 苔とともに長い間に大きくなった巌が、その長さを、あなたさまの御長寿とくらべようとするつもりなのでございましょうか。◇苔ながら　底本「こけなかく」。西本による。

195 あそこに見えるたくさんの鶴どもは、あなたさまに千年の齢《よはひ》を差上げようというのでしょう。◇田鶴の群鳥　歌語。たくさんに群がった鶴。「田鶴」も「鶴」の歌語。

196 さらにあなたさまの千年の御長寿を何とかして聞こうと、菊の花を折ってはその露にぬれようと存じます。菊の露の呪力《じゅりょく》(→一三五)。「菊」に「聞く」を掛ける。

197 菊の花の下を流れる水に映る影を見ると、まったく波が揺れていない。そのように顔に皺《しわ》も寄らずに老年になっているとは、何とも不思議だなあ。水辺菊花の図。波もない水に映る菊の影から、老年になりながら皺一つない仙人の姿を幻視する。

198 年ごとにそばから生えてくる竹の、幾代を経ても絶えることのないみずみずしい色を、どなたのものとして見ましょうか。いつの代までもお変りのない、あなたさまのお姿にほかなりません。

◇よよ　竹の「節々(よよ)」に「代々」を掛ける。

＊一八八〜一九八は、延長四年、京極御息所褒子主催の宇多法皇六十賀の屏風歌。『貞信公記』、一九一の『拾遺集』入集詞書等によれば、九月二十八日に催された。ただし『貫之集』西本では九月二十四日。「若菜」「巌」「菊」は、同一画面の二首か。『伊勢集』に同じ賀の屏風歌として「子の日したるところ、松のいと小さきに」「松に藤かかれるところ」「竹多かるところ」の三首あり、これらの題も二首ずつ詠まれたことになるが、「竹」は『貫之集』一九八とほとんど同一歌。制作時、もしくは流伝の間に作者の変更混線があるか。参考「二つ歌あるべし」(『蜻蛉日記』師尹《もろただ》五十賀屏風歌)。

196 いかでなほ　君が千歳を　きくの花　折りつつ　露にぬれんとぞ思ふ

197 菊の花　下行く水に　影見れば　さらに波なく　老いにけるかな

竹

198 年ごとに　おひそふ竹の　よよをへて　たえせぬ色を　たれとかは見ん

一 三条の右大臣《みぎのおとど》屏風の歌

199 いたづらに　老いにけるかな　高砂《たかさご》の　松やわが世の　はてを語らん

一 藤原定方。高藤男。定国（→五三頁注二）の弟。

199 いたずらに年をとってしまったものだなあ。高砂の松がわが運命の成行きを語ってくれよう。

「高砂の松」は老残孤独を象徴する。類歌八七三。

200 私の黒髪も、年をとれば、滝の水しぶきのように白くなってしまいそうである。

◇むば玉の 「黒髪」の枕詞。◇わが黒髪も 底本「わかくろかみを」。西本による。

201 吉野の山にいまでも雪が降っているのは、春霞が立ってこないからであろうか。

春霞が「立つ」ことに、春が顔を見せるというほどの意味を含めて「立ちよる」と詠んだ。「春霞」と「雪」との組み合せは、一つの歌想の類型（→三〇）。

202 いつか、できるだけ早く、越えようと思う山には、呼子鳥が鳴いているそうな。私を呼んでいるのだろうか。

◇あしひきの 「山」の枕詞。◇鳴くなる 「なる」は伝聞。◇呼子鳥 人を呼ぶような鳴き声による鳥名で、「かっこう（郭公）」の異称かとされるが、未詳。

203 山の麓の川の水が岩に当って激しく流れるように、千々に心をくだいて人を恋しく思う。

「あしひきの…岩波の」は「くだけて」の序詞。

204 鶯が花を踏み散らす木の下は、花に埋もれ、まるで春にたくさんの雪が降ったようであるよ。

◇ふみしだく 踏み散らす。「わが宿の花ふみしだく鳥打たむ」（『古今集』物名、友則）。

200 むば玉の　わが黒髪も　年ふれば　滝の糸とぞ　なりぬべらなる

201 春霞　立ちよらねばや　み吉野の　山にいまさへ　雪の降るらむ

202 いつしかも　越えてんと思ふ　あしひきの　山に鳴くなる　呼子鳥《よぶこ》かな

203 あしひきの　山下たぎつ　岩波の　心くだけて　人ぞ恋しき

204 鶯の　花ふみしだく　木《こ》のしたは　いたく雪降る　春べなりけり

205　浦ごとに咲き出す花のような波を見ると、なるほど海には春の暮れることもないのであった。

「波の花」（→一〇七）、『古今集』では、「草も木も色変はれどもわたつ海の波の花にぞ秋なかりける」（秋下、文屋康秀）「波の花沖から咲きて散りくめり水の春とは風やなるらむ」（物名、伊勢）と、機智的・俳諧的に詠まれる傾きが著しい。本歌も『古今集』歌と着想が似ているが、比喩《ひゆ》の使い方が平明になり、歌柄がいっそう風景観照的になっている。

206　梅の香りはかぎりなく匂うので、その枝を折る人の手にも袖にも、その香りがすっかり染みこんでしまったことよ。

207　だれひとり訪ねてくる人もない住居なのに、春は、生い茂った雑草にもさまたげられずおとずれてきた。

『源氏物語』桐壺巻、亡き更衣の里邸を勅使靫負命婦《ゆげいのみょうぶ》弔問の段の「月影ばかりぞ八重葎にもさはらずさし入りたる」の本歌。桐壺巻ではこの歌の春を月に変える。◇八重葎　→八四。

208　雪の気配を含んだ白雲さえ往き来しなければ、この山里は気をもむたねもなく、静かに住みよいことであろう。

「山里はもののわびしきことこそあれ世の憂きよりは住みよかりけり」（『古今集』雑下、よみ人しらず）を下に踏まえるか。雪の気配に感ずる不安とわびしさを除き、閑静な「山里」の風情を詠む（→一四二）。

205
浦ごとに　咲きいづる波の　花見れば　海には春も　暮れぬなりけり

206
梅の香の　かぎりなければ　折る人の　手にも袖にも　しみにけるかな

207
とふ人も　なき宿なれど　くる春は　八重葎《やへむぐら》にも　さはらざりけり

208
雪やどる　白雲だにも　通はずは　この山里は　住みよからまし

209
玉藻《たまも》刈《か》る　海人《あま》の行きかひ　さす棹《さを》の　長くや人を　うら

みわたらん

210 この宿の　人にもあはで　朝顔の　花をのみ見て　われや帰らん

211 うつろふを　いとふと思ひて　常盤《ときは》なる　山にはあきも　越えずぞありける

212 年月の　かはるも知らで　わが宿の　常盤の松の　色をこそ見れ

213 久方の　月影見れば　難波潟《なにはがた》　潮《しほ》も高くぞ　なりぬべらなる

209　漁師たちが長い棹をさして舟で行き交うている。その棹のように、長くいつまでも薄情な人を恨みつづけることとなろう。「玉藻刈る」は「海人」の枕詞。「玉藻刈る…さす棹の」は「長く」の序詞。「うらみ（恨み）」は「浦見」を掛ける。「海人」の縁語。

210　この宿の恋人にも逢わず、ただ朝顔の花を見るだけで、あきらめて私はもう帰ろうか。画中の男性が空しく朝顔の花を眺めている図。歌に詠まれている「人」は画面に描かれていない。一四七と同じく、「一般的な恋の情調」を詠むよりも、「特定の」恋の場面を、物語風に、絵巻風に詠む態度に傾いている（菊地靖彦氏）。また「朝顔」に、男が見ることのできなかった女の朝の顔の代りに、の意が含まれる。

211　常緑の山は、色が変るのを心変りのいとわしいこととしていると思って、秋もその山を越えては来ず、いつまでも紅葉しないのだなあ。「あき」は「秋」に「飽き」を掛ける。類歌五三。

212　年月の移り変りも知らず、常にみずみずしい緑を保っているわが家の松の色を眺めて過す。◇松の色をこそ　底本「松を□こそ」(本ノママ)。陽本・書本による。西本・自家集切「山の色をこそ」。

213　中天に昇った月を見るころともなれば、難波潟の潮は満潮時で高くなってきたようだ。◇久方の　「月」および「天」の枕詞。ここでは「月」の枕詞と同時に、「久方」が「天」を直接意味する。

214 綱手《つなで》解《と》き　いまはと舟を　漕ぎ出でば　われは波路を　越えやわたらん

215 山高み　木《こ》ずゑをわけて　流れ出づる　滝にたぐひて　落つるもみぢ葉

216 小《さ》竹《さ》の葉の　さえつるなへに　あしひきの　山には雪ぞ　降りまさりける

217 君まさば　寒さも知らじ　み吉野の　吉野の山に　雪は降るとも

214 綱手を解きいまこそと舟を漕ぎ出したならば、私は波路を越えつづけて行くこととなろう。

◇綱手　舟に付けて引く綱。陸から舟を引き、また大船が小舟を曳航《えいこう》するなどに使う（→土佐日記三六頁）。

215 山が高く、その梢《こずえ》をわけて流れ出る滝といっしょに、紅葉が落ちてくる。

◇山高み　「み」は形容詞・形容詞型助動詞の語幹について、中止法ないし連用修飾語を成し、状態や、状態の並列を表す。山が高くて。『古今集』に「山高み」が六例、「山高く」の用例はない。『貫之集』にも「山高く」はなく、「山高み」も本例のみ。和歌では『万葉集』以外「山高み」と表現されることが多い。

216 ささの葉が寒々としてくるとともに、山には雪がいっそう盛んに降ってきた。

「小竹の葉に置く霜よりもひとり寝《ぬ》るわが衣手《ころもで》ぞさえまさりける」（『古今集』恋二、友則）と通ずる調べがあり、本歌も自然観照の中に人間的情感がこもる。

◇なへに　→四六〇。◇あしひきの　「山」の枕詞。

217 あなたがいらっしゃれば、寒さも感じないでしょう、吉野山に雪が降って寒い冬になっても。

◇み吉野の　→一七三。

＊一九九〜二一七は定方（延長二年右大臣）のための屛風歌。現在時称呼ならば、それ以後、貫之土佐赴任の同八年までの制作。この中には一九九・二〇〇の嘆老、二〇七・二〇八の閑居孤影など、これまでの屛風歌とはやや異なる感傷的な想念が歌われている。

貫之集 第三

一延喜の御時、内裏《うち》御屏風の歌、二十六首

元日 鶯《うぐひす》鳴くところ

218 あたらしく 明くる年をも 百年《ももとせ》の 春のはじめと 鶯ぞ 鳴く

人の梅《むめ》の花見るところ

219 わが宿に ありと見ながら 梅の花 あはれと思ふに あくときもなし

＊底本「貫之集第三」の前部約三分の二、三七番までは、「第二」に引きつづく延長の屏風歌、ないし延喜延長期の「第一・第二」の屏風歌の拾遺。必ずしも年代順にはなっていないところがある。

一 醍醐天皇の御代。

218 新しく明けた新年もまた、百年続く御代の初春として、鶯がお祝いの鳴き声をあげています。

「百年」は、『万葉集』に一例（七六七）、『古今集』に用例を見ないが、『貫之集』には十二例の多きを数える。賀の歌、屏風歌の中で貫之が頻用して以後、歌語として定着をしたか。とくに「百年の春のはじめ」の歌句は、本歌と「昨日よりをちをば知らず百年《ももとせ》の春のはじめは今日にぞありける」（一三九）と二首に見え、巧者な手法である。さらに本歌は一三九にくらべて、鶯を詠みこみ、『古今集』的な季節感をも加味されている。なお他に「百年の春のみなと」（三四〇）とも詠んでおり、また「秋」について、「百年の千々の秋ごと」（三九七）の句もある。

◇明くる年をも　底本「あることしをも」。私見によって改めた。西本「あくることしを」。

219 私の家に咲くのを見、ほかならぬ私のものなのに、梅の花をしみじみと感慨に耽《ふけ》って眺めていると、いつまでも飽きるときがない。

「わが宿のものなりながら桜花散るをばえこそとどめざりけれ」（四九）と、梅、桜の相違があり、逆の発想にはなっているが、同趣の歌。また三四九も類歌。

220　私たちが野辺に来ているのを、無人の家と思って、峰の白雲は山に近い私たちの家のあたりに下りていすわっているのであろうか。

野辺に遊ぶ女たちが、遠い山辺に白雲のかかっているのを眺めている図。歌は白雲に隠れたわが家を顧みる女たちの胸中。次の三二一も同じ。春の「野辺」を詠み込んだ屏風歌で、子の日・若菜に関しない一般の風景詠は概して珍しい(→一二六)。「峰の白雲」は、『万葉集』に二例(三八〇・二三六)、『古今集』には一首の中に「峰」と「白雲」と両方用いられている歌はあるが、「峰の白雲」と詠んだ例はない。貫之には他に「山桜咲きぬるときはつねよりも峰の白雲たちまさりけり」(「亭子院歌合」)があり、また藤原兼輔(→一二三頁注四)が「あしひきの山の宿りのかひもなし峰の白雲立ちしよらねば」(『兼輔集』)。『後撰集』雑四では第二句「山の山鳥」)と詠む。こうして「峰の白雲」と熟した歌語となり、後には常套化する。

221　白雲に飛び立っていきなさいと言ってやろうか。どうしてこちらの意向を訊《き》きもしないで、私たちの家にいるのだろう。

「とふ」に「問ふ」と「飛ぶ」とを掛ける。

222　もといたところに今日来てみると、すぐに散りそうではあるけれども、桜の花の色だけは、昔のままに咲いていた。

「古里」はしばしば「花」と結びついて詠まれ、本歌の顕著な類想歌も見られる(→一七三頁*)。

山辺近く住む女どもの、野辺に遠く遊びはなれて、家のかたを見やりたる

220 野辺なるを　人もなしとて　わが宿に　峰の白雲　おりやゐるらん

221 立ちねとや　いひややらまし　白雲の　とふこともなく　宿にゐるらん

古里《ふるさと》の花を見る

222 古里を　今日《けふ》来て見れば　あだなれど　花の色のみ　むかしなりけり

春の暮

223 いつとなく　桜咲けとか　惜しめども　とまらで春の　空

◇古里を　「古里」は、もといたところ、前にいったところ、の意。「を」は、移動・継続あるいは別離・恋情などの動作・意識の対象を示す格助詞。「に」に近い。◇なりけり　底本「なりける」。陽本による。

223　いつでも桜に咲いていよと思うためか、春の過ぎていくのが惜しくてならないけれども、どうして春は止まることなく、うっかりしているうちに、空遠くいってしまうのだろう。

◇空に　「うつろな気持で」の意をも掛ける。

224　藤の花がはかなく散ったならば、常緑の松に添うているかいがないではないか。

225　藤の花が散ったとしても、必ずしもこの花がいい加減で移り気だとは思うまい。常緑の松にからんで、長くいつまでもと咲いていたのだから。

＊二二三〜二二五には、咲いている花を図柄としながら、時の流れのはかなさと散る花への連想が濃厚で、屏風歌の並列としてはいささか特異に感じられる。そのうちの三首に「あだなり」が繰り返され、二二五の逆説的表現をも含め、この語から花の散りやすさがいっそう強くうかがえる（→九三）。

一　→九五頁注三。

226　古歌にも大神明神の目印が「杉立てる門」と詠まれているが、そんな古い昔のことではなくても、三輪山を越えてお詣りする目印は、やはりこのあたりの杉なのだよ。

「わが庵は…」（→一四五）の古歌による。

に行くらん

松に咲ける藤の花

224　藤の花　あだに散りなば　常盤《ときは》なる　松にたぐへる　かひ
やなからん

225　散りぬとも　あだにしも見じ　藤の花　行くさき遠く　松
に咲ければ

一大神《おほみわ》の祭に詣でたる

226　いにしへの　ことならずして　三輪《みわ》の山　越ゆるしるし
は　杉にぞありける

菖蒲《さうぶ》とれるところ、またかざせるもあり

227 あやめ草　根長きとれば　沢水の　深き心は　知りぬべらなり

228 時鳥《ほととぎす》　声聞きしより　あやめ草　かざす五月《さつき》と　知りにしものを

女どもの時鳥待つところ

229 なぐさめて　ひとりだに寝ん　月影に　山時鳥　鳴きて行《ゆ》かなん

七月七日

230 世をうみて　わがかす糸は　たなばたの　涙の玉の　緒《を》となるらん

227 根の長いあやめを取ると、そのあやめの生えている沢の水の深い風情がよくわかるであろう。

あやめの根の長さを賞美して、「あやめ草根長き」と詠む（→四九九）。

◇根長きとれば　底本「ねかきとれは」。陽本による。◇深き心　「心」は情趣、趣のある風情、の意。「四方の海の深き心を見しに」（『源氏物語』絵合）。

228 時鳥の初音を聞いたときから、五日の節供《せっく》に菖蒲鬘《かつら》をつける五月になったことを知っていたのに、やっとその鬘をつけることができた。

◇あやめ草かざす　五月五日の節供の儀式に菖蒲鬘を着用すること。あやめ草そのものではない。「…ほととぎす鳴く五月にはあやめ草花橘を玉に貫《ぬ》きかづらにせむと…」（『万葉集』巻三、山前王）「是ノ日内外ノ群臣皆菖蒲鬘ヲ著ス」（「太政官式」）など（新井栄蔵氏）。

＊二二七は詞書の「菖蒲とれるところ」に応じ、二二八は「またかざせるもあり」に応ずる。つづいて二つの画面が描かれているのであろう。

229 ひとり寝でもよい、時鳥の声を聞いて心を慰めて寝よう。山時鳥よ、月の光のなかで鳴いていってほしい。

月夜に時鳥の鳴くのを待っている女達の胸中を詠む。せめて待ちあぐねたその声を聞き、ひとり寝のおのおの淋しい心を慰めてでも寝たい、というのである。

◇ひとりだに寝ん　底本「ひといたにねん」、西本「人ふたにねん」（久曽神昇氏は「ふ」に「よカ」と傍記)、書本「ひとひたにねむ」。私見によって「ひとりだに寝ん」と改めた。『全書』は底本のまま「一睡《ひとい》」とし、「一睡り」の意に解く。

230 男とのことで世の中にいやけがさした私の、七夕に供える糸は、織女の涙の玉を貫く緒にでもなっているのだろうか。

竿に五色の糸をかけて七夕を祭る習俗にもとづく。に「うみ」に「倦《う》み」と「績《う》み」とを掛け、「緒」とともに「糸」の縁語。『拾遺集』雑秋に入集。ただし「題しらず、よみ人しらず」とする。

◇世　男女の仲の意を含む。◇かす　供える。

231 まことかと思って空を見ても見えない七夕の逢瀬は、無実の浮名を立てられているのだろう。

七夕を空想の恋として詠むか。

一「…に…に」の上の「に」は広い範囲を指し、下の「に」はさらに限定した範囲を指す。海のほとりにある人の家に。二 底本「いる」。和歌の「出づる」に合わせて、私見により「つ」を補う。

232 難波潟の潮が満潮になり、見れば山の端に出る月までも満月になったよ。

三→五七頁注四。

233 秋の田は刈りとっているし、それに世の中までも、わが人生のごとく仮のもの、狩りに因んで、人はそんなふうにも思うようだ。

「かり」に、「秋の田」の縁語「刈り」と「仮」とを掛け、また小鷹狩りの図から「狩り」にことよせる。

夜の歌

231

まことかと　見れども見えぬ　たなばたは　空になき名を　立てるなるべし

八月十五夜、[一]海のほとりに人の家に、男女出でゐて、月の[二]出づるを見たる

232

難波潟《なにはがた》　潮満ちくれば　山の端《は》に　出づる月さへ　満ちにけるかな

山田のなかに　[三]小鷹狩りしたるところ

233

秋の田と　世の中をさへ　わがごとく　かりにも人は　思ふべらなり

川のほとりに鶴の群れたるところ

234 群れゐつつ　川辺《かはべ》の田鶴《たづ》も　君がため　わが思ふことを
思ふべらなれ

萩見たるところ

235 とめきつつ　鳴かずもあるかな　わが宿の　萩は鹿にも
知られざりけり

女の菊の花見たるところ

236 おく霜の　そめまがはせる　菊の花　いづれをもとの　色
とかは見ん

紅葉のいたく散りたる山を越えたるところ

237 ひねもすに　越えもやられず　あしひきの　山の紅葉を
見つつまどへば

234　川辺の鶴も群がりながら、あなたさまのために私の望んでおりますこと、つまり千年の長寿をあなたさまに差し上げたいということを思っているようでございます。

◇田鶴　「鶴」の歌語（→一九五）。

235　萩をたずねてきながら、見つけることができなくて、鹿は鳴きもしないのだなあ。私の家の萩は鹿にも気づかれないほどの存在だった。

◇とめきつつ　「とめく」は、たずね求めてくる。「鹿」が「萩」を恋するという発想で、かつ男に見離され、男の心にとまらぬ女のみじめさを象徴（→四二）。

236　白い菊の花に置いた霜が、まぎらわしい白い色に菊を染めたかのようである。どれをもとの色と見たらよいのであろうか。

「心あてに折らばや折らむ初霜のおきまどはせる白菊の花」（『古今集』秋下、躬恒）と類想。『全書』が類歌として挙げる「神無月千々に移ろふ菊の花いづれかもとの色にはあるらむ」（『躬恒集』）の下句は、貫之が躬恒の歌に学んだか、あるいはその逆かと思われるほどに近似する。また『全書』は、詞書を西本によって「嫗の…」とし、比較に老女の白髪をも加える。

237　山の紅葉の美しさに見とれて迷っていたので、一日中山を越えてしまうことができなかった。

「まどへば」に、紅葉に見とれた心の惑乱と、山中の道に迷ったこととを兼ねて表す。

◇あしひきの　「山」の枕詞。

238　龍田川をもみじ葉が流れるとき、その龍田川の河口から秋は去っていくのであろう。

貫之は「年ごとにもみぢ葉流す龍田川みなとや秋のとまりなるらむ」(『古今集』秋下)とも詠んでおり、この古今集歌と同一の素材を用い、下句において発想を逆転させたもの。また三六五に同じ上二句が見える。◇龍田川　奈良県生駒《いこま》郡斑鳩《いかるが》町のあたりを流れる川。紅葉の名所。◇みなと　「水の門《と》」の意で、河海の水の出入りするところ。河口。

239　とくに竹をたくさん植えた宿であるから、めでたい千歳は、他所のものではない、必ずやこの家のものであろうと思って見る。

◇ものとやは見る　「やは」は反語。

一　→五八頁注一。「大鷹狩り」はしばしば「小鷹狩り」(三三)と対応して詠まれる(→三〇)。

240　この狩りをしている人たちは、いまとなれば、「駒もすさめず刈る人もなし」という「大荒木の杜《もり》の下草」を刈り取っていたようなものだ。獲物があったかどうか、おぼつかないことよ。

「大荒木の杜の下草老いぬれば駒もすさめず刈る人もなし」(『古今集』雑上、よみ人しらず)により、「刈り」に「狩り」を掛けて詠む。

◇大荒木　奈良県五条市の荒木神社とも、死者を葬る前にしばらく棺を収める仮葬の場所ともいう。

241　すっかり霜枯れてしまった野辺と知らないからだろうか、人々は、もはや刈り取る草もない、

238
川に紅葉流るるを見たるところ
もみぢ葉の　流るるときは　龍田川《たつたがは》　みなとよりこそ　秋は行《ゆ》くらめ

239
人の家の竹おほくおひたる
竹をしも　おほく植ゑたる　宿なれば　千歳《ちとせ》をほかの　ものとやは見る

240
一大鷹狩りしたるところ
おぼつかな　いまとしなれば　大荒木《おほあらき》の　杜《もり》の下草　人もかりけり

241
霜枯れに　なりにし野辺と　知らねばや　かひなく人の

かりにきつらん

山里に神祭る

242 神祭る　ときにしなれば　榊葉《さかきば》の　常盤の陰は　かはらざりけり

山里に住む人の雪の降れるを見る

243 雪のみや　降りぬとは思ふ　山里に　われもおほくぞ　年はへにける

延長六年、[一]中宮の御屏風の歌四首、[二]右近権中将[三]うけたまはりて

244 あれびきに　引きつれてこそ　ちはやぶる　賀茂の川波　うち渡りけれ

すなわちまったく収穫のない狩りに来ている。

「霜枯れ」の語は、『万葉集』に一例、「霜枯れの冬の柳は見る人のかづらにすべく萌えにけるかも」(巻十)、『古今集』には用例がないが、本集には五例あり(三〇・一二・二四一・四六・八二三)、貫之の屏風歌の中などで歌語として成熟し、やがて使用が広まったものか。また自然風物から次第に人事的な意味を象徴的にもつようにもなる。「霜枯れの浅茅がもとの刈萱《かるかや》の乱れてものを思ふころかな」(『是則集』)、あるいは本集八二三など。本歌は「霜枯れ」た「野辺」に関連して、「かり」に「刈り」と「狩り」とを掛け、人間の営みの空しさの詠嘆への方向を、何となく含む。◇きつらん「らん」は理由を推量する。

242 神を祭るときになってみると、榊葉の緑の陰が常に変らないことが改めてわかる。

「神祭る」の題は常套的には四月(→四二一・五二五)。このように冬の「山里」と結びつくことは珍しい。

243 雪ばかりが降っていると思うのか。そうではない、私も年ふり、この山里に長年住んできたのである。

雪が「降る」と、年を「ふる(経る、旧る)」とを対応させて詠んだ。

一 穏子。二 藤原実頼。忠平の子。延長六年六月、右近権中将。三 醍醐天皇の仰せを承って、の意。

244 賀茂祭の「あれ」、すなわち神霊の降りた榊の、鈴を引き鳴らすために、人々は引きつれて、賀

245 時鳥　鳴くなる声を　早苗《さなへ》とる　手間《てま》うちおきて　あはれとぞ聞く

246 たぎつ瀬の　ものにぞありける　白玉《しらたま》は　くるたびごとに　見ぬときぞなき

247 よにかくれ　来つるかひなく　もみぢ葉も　月にあかくぞ　照りまさりける

四 京極の権中納言の屏風の料の歌、二十首

248 春霞　立ちぬるときの　今日見れば　宿の梅さへ　めづらしきかな

茂川の流れを渡ってきた。

◇あれびき　「あれ」は賀茂祭の前に神霊の降臨する榊（→三〇「みあれ」）、「あれびき」は、祭の当日、その榊の枝に掛けた鈴を引き鳴らして、願い事がかなうように祈ること。◇ちはやぶる　「神」の枕詞として用いることが多いが、ここは「賀茂」の枕詞。

245　時鳥の鳴いているらしい声を、早苗を取る手を休めて、しみじみと聞く。

◇手間　手の働きに要する時間。また、手の働きのあい間、の意にもいうか。「三尾の海に網引く民の手間もなく立居につけて都恋しも」（『紫式部集』）。

246　白玉は、激しく流れる川の瀬にこそあるものなのだ。そんなふうに立つ波のしぶきを、瀬にくるたびごとに見ないときはない。

◇たぎつ瀬　底本「たきつす」。陽本「滝つ瀬」による。ただし「たぎ（滾）つ」は動詞。水が激しくわきかえり流れる、の意。

247　夜にまぎれて人しれず来たかいもなく、私の姿もあたりの紅葉も、月に明るく照らされて、ますますはっきりと見えてしまった。

「よに」に「夜に」と「世に」とを掛ける。類歌五〇三。

四 藤原兼輔。堤中納言ともいう。延長五年権中納言。

＊ 二四八の歌の前に「春」を脱するか。

248　春霞が立って立春となった今日見ると、わが家の梅まで新鮮に思われるよ。

「春霞立ちぬる」が立春をも意味する（→三〇）。

249 わが家に咲いた梅ながら、毎年、今年は十分堪能したと思えることはないものだなあ。

前歌と同趣の発想で、同一画面か。また類歌二一九。

250 野辺に出て若菜を摘む私を人が見るかとあやぶんで、霞が立ち、私を人の目から隠してくれているのであろう。

春の「野辺」の「若菜摘」みの歌（→一六）。若い娘の恥じらいの心を詠む。類歌六八。

◇かくすらん 「らん」は、霞の立つ理由を推量する。

251 松に吹く風の音は、雨が降っているのかとばかり聞えるけれども、音だけでは人も濡れはしなかった。

松籟《しょうらい》を雨の音と聞き、その雨には濡れないという、比《ひ》喩《ゆ》の現実性と非現実性との交錯を織りなす。松風の音を雨と聞く例は、一三〇・四八六にも見える。

252 山の奥深い家に咲いた桜の花、その山の深さにくらべると、年ごとに咲いてはすぐに散ってしまう花の心は、まことに浅はかなものであるよ。

253 その桜の花のところに到り着く間にすっかり散ってしまってはたいへんだ。何とかして花の心に私が行くことを感づかれたい。

◇散りもぞはつる 「もぞ」は危惧を表す。

＊ 二五二・二五三は同一画面の二首であろう。しかも二首は「花の心」という共通の語句をもち、二四八・二四九が同趣の発想をなす以上に、密接に連関し一体となっている。「うちはへて春はさばかりのどけき

249
わが宿に　咲ける梅なれど　年ごとに　今年あきぬと　思ほえぬかな

250
野辺なるを　人や見るとて　若菜摘む　われを霞の　立ちかくすらん

251
雨とのみ　風吹く松は　聞こゆれど　声には人も　ぬれずぞありける

252
山深き　宿にしあれば　年ごとに　花の心は　浅くぞありける

253
いたるまに　散りもぞはつる　いかにして　花の心に　行《ゆ》くと知られん

を花の心やなにいそぐらん」（『後撰集』春下、清《きよ》原深養父《はらのふかやぶ》）も同じく散り急いで落着かない「花の心」を詠んでいるが、貫之にはまた「名にし負へばしひてたのまむ女郎花《をみなへし》花の心の秋はうくとも」（同、秋中）があり、移りやすい人の心をも喩《たと》えて詠む。それは女郎花の歌で、もちろん同一視はできず、この二首の内容はあくまで花のことしか詠んではいないが、その歌想の陰に、花やいだ人情の浅薄さ、移ろいやすさがかすかに潜む。

254　とくに縁の深い由来があるとも聞いてはいないのに、山吹の花が蛙の声に応じて美しく咲いたことよ。
とくに深い「ゆかり」はないらしいといいながら、「山吹」と「かはづ」との常套的な取り合せ（↓七七）を詠む。

255　過ぎ行く月日に気がつかなかったけれども、藤の花を見ると、早くも暮春になってしまったことがおのずからわかる。

256　五月がどういう道を通ってやってくるのかわからないけれども、時鳥の鳴く声だけがその五月のおとずれを知るたよりだった。
三〇に「時鳥」を「五月《さつき》のしるべ」とする類歌がある。

257　一年我慢して逢瀬を待っていたというのに、七夕の七月七日、今日一日の暮れるのがそれこそ長かった。
彦星・織女ともどもの心になって詠む。類歌五二八。

254
ゆかりとも　聞こえぬものを　山吹の　かはづが声に　に
ほひけるかな

255
行く月日　思ほえねども　藤の花　見れば暮れぬる　春ぞ
知らるる

夏

256
五月《さつき》くる　道も知らねど　時鳥　鳴く声のみぞ　しるべな
りける

秋

257
一年《ひととせ》を　待ちつることも　あるものを　今日の暮るるぞ
久しかりける

258 たなばたは　いまや別るる　天の川　川霧立ちて　千鳥鳴くなり

259 降りしける　雪かと見ゆる　月なれど　ぬれてさえたる　衣手《ころもで》ぞなき

260 照る月を　昼かと見れば　暁《あかつき》に　羽掻《はねか》く鴫《しぎ》も　あらじとぞ思ふ

261 かへし袖　まだもひなくに　秋の田を　かりがねさへぞ　なきわたるなる

262 雁鳴きて　吹く風寒し　唐衣《からころも》　君待ちがてに　うたぬ夜ぞ

258　彦星と織女とがいま別れていくのか。天の川には川霧が立ち、千鳥の鳴く声が聞える。

二五七と対をなす。逢瀬の待遠しい彦星と織女との胸中を詠んだ二五七に対して、本歌は二星の別れの場面を詠むが、その心情を直接表現せず、深く共感的にしみじみとした余情をもって表す。「川霧」に二星の嘆きを象徴し、「千鳥」の声に哀感を誘う。下句は三八の下句「川風寒み千鳥鳴くなり」と通じ、両歌貫之の達成した歌境の一つを示す。『新古今集』秋上に撰入。

259　あたりが真白に見え、一面に降りしきる雪かと思われるほどの月の光であるけれども、濡れて寒々とした袖は見当らない。

◇降りしける　→六五。◇衣手　「袖」の歌語。「わが衣手ぞさえまさりける」（『古今集』恋二）（→二六）。

260　明るく照る月を昼に仮想して見るならば、夜から暁になることはなくなり、したがって暁に鴫が羽ばたきをするように、寝返りを打って眠れなかった夜を嘆くこともなくなるだろうと思う。

「あかつきの鴫の羽掻き百羽掻《ももはがき》き君が来ぬ夜はわれぞ数かく」（『古今集』恋五、よみ人しらず）による。◇暁　夜が明ける前のまだ暗い時。未明。

261　田をたがやして濡れた袖がまだ乾いていない、いや、袖をかわして寝た人が帰って、その袖にこぼした涙がまだ乾いていないのに、刈り取る秋の田の上を雁までが悲しげに鳴き渡っていくようである。

秋の田を刈り取っている人と、空を行く雁とを描く。

それに「かへし袖……」と詠んだ歌を添え、共寝をした男を見送ったあとに泣き濡れる女の姿を仮象的に重ねる。「かへし袖」の「かへし」に、「交へし」と、田を耕す意の「かへし」とを掛け、「雁《かりがね》」の「かり」に「刈り」を、「なき」に「鳴き」と「泣き」を掛ける。

262 雁が鳴き、吹く風は寒い。僻地《へきち》にいる夫の帰りを待ちかねて、夫の衣を砧《きぬた》でうたぬ夜とてない。
遠征中の夫を思う婦人の擣衣《とうい》の図（→一六）。『新古今集』秋下に入集。ただし第二句「吹く風寒み」。

263 山から遠く離れた宿ならばともかく、そうではなくてこんな山里なのに、秋萩に恋してまつわりつく鹿の鳴き声もしてこないよ。
「鹿」が「萩」に恋するという類想による（→四二）。
◇秋萩を　底本「秋はきの」。陽本によって改める。

264 紅葉は鮮やかな色に輝いて見えるけれども、山はくもって時雨が降っている。
類歌二七。
◇あしひきの　「山」の枕詞。

265 紅葉が川に流れるときは、白波の立っていた川が紅色になって、色もすっかり変ってしまうようだ。その白波の立つごとくに、噂の立った恋も今は失われ、紅の涙を流している次第である。
川の風情の変化にからめて、恋の経緯を回想する人の気持を詠む。上二句三八と同じ。

266 降る白雪にまぎらわされて、梅の花は人にも気づかれず、美しく咲いているようだ。

なき

263 山遠き　宿ならなくに　秋萩を　しがらむ鹿の　鳴きもこぬかな

冬

264 もみぢ葉は　照りて見ゆれど　あしひきの　山はくもりて　しぐれこそ降れ

265 もみぢ葉の　流るるときは　白波の　立ちにし名こそ　かはるべらなれ

266 白雪に　降りかくされて　梅の花　人知れずこそ　にほふべらなれ

267 一年《ひととせ》に　二度《ふたたび》にほふ　梅の花　春の心に　あかぬなるべし

一延長七年十月十四日、女八宮、二陽成院の一の親王《みこ》の四十賀つかうまつるときの屏風、調ぜさせたまふ。四仰せにてつかうまつる

268 久しくも　匂はんとてや　梅の花　春をかねても　咲きそめにけん

269 糸をのみ　たえずよりつる　青柳《あをやぎ》の　年の緒長き　しるしとぞ思ふ

270 桜より　まさる花なき　春なれば　あたら草をば　ものと

267 一年に二度美しく咲く梅の花は、春の気分に十分満ち足りていないのであろう。
暦の上ではまだ冬なのに、季節的に梅の花がもう開いたさまを詠む。「梅が枝に降りつむ雪は一年《ひととせ》に二度《ふたたび》咲ける花かとぞ見る」（『拾遺集』冬、公任《きんとう》）は、この貫之の歌を本歌とし、雪を梅の花に見立てたものか。
＊二六八～二七〇は、兼輔のために作った屏風歌。兼輔が権中納言から正《しよう》に転じたのが延長八年。本集の詞書に兼輔をとくに「権中納言」とするのはここだけで、おそらく現在時称呼であろう。とすれば、延長五年（→一二三頁注四）から同八年までの作。この一群の歌には、人事的主情的な陰影がほのめくと同時に、「深き」と「浅く」（二五三）、「照りて」と「くもりて」（二六四）といった、ことばの対語的な設定など、知巧性が目立つ（解説参照）。
一 底本「延喜十年」は誤り（→一三一頁＊）。二 醍醐天皇第八皇女修子内親王。三 陽成天皇の第一皇子、元良親王。元良親王の妃。四 醍醐天皇の御下命。
268 梅の花は、長い期間匂おうというわけで、早くも春を予想して咲き始めたのであろうか。
269 糸をたえず縒《よ》るようにして伸びてきた青柳の枝は、まさに長寿のしるしなのだと思う。
「より」「青柳」「緒」「長き」は「糸」の縁語。
◇のみ　強意。◇年の緒　年の長く続くことをいう。
270 桜にまさる花のない春だから、もったいないような春草も、ものの数ではないと思われる。

◇あたら草をば　底本「あたらしさをは」。西本「あたしくさきを」。この歌は『新撰和歌』に取り上げられていて、そこでは「あたら草木も」とある。本集の「あたらし」の例は、これを除くとすべて新年にかかわるから、底本を認めて「新しさをば」と読むのは穏当でない。西本・『新撰和歌』を参考にし、私見をもって改めた。「草の緑も色まさりけり」（二六）「垣根の草も春めきにけれ」（三五二）などと詠まれている「草」である。◇ものとやは見る　「やは」は反語。

271　藤の花が咲いたのを見て、時鳥がまだ鳴かないうちから、初音が待たれる、そんな様子だ。

272　山の麓に深く茂った夏草のように、あなたのことを深く思うこのごろですよ。

「あしひきの」は「山」の枕詞。上句は「深く」の序詞。躬恒の「かれはてむ後をば知らで夏草の深くも人の思ほゆるかな」（『古今集』恋四）にならうか。

273　常夏の花に見とれていると、つづいて過す月日の数も忘れてしまう。

「常夏」に「常（とこ）」に懐（なつ）かしい」愛人あるいは愛児を暗示する。類歌「常夏の花をだに見ばことなしにすぐす月日も短かかりなむ」（『後撰集』夏、よみ人しらず）。

◇常夏　ナデシコの異名。◇うちはへて　→一九一。

274　私自身恋人もなしに見なければならないわが家の萩のもとにも、鹿は慕い寄って鳴くだろう。

◇鳴きなん　底本「鳴なん」。陽本「なかなむ」。

やは見る

271 藤の花　咲きぬるを見て　時鳥　まだ鳴かぬから　待たる
べらなり

272 あしひきの　山下しげき　夏草の　深くも君を　思ふころ
かな

273 常夏《とこなつ》の　花をし見れば　うちはへて　すぐす月日の　数も
知られず

274 恋ふるもの　なくて見るべく　わが宿の　萩のもとにも
鹿は鳴きなん

275 かりにのみ　人の見ゆれば　女郎花《をみなへし》　花の袂《たもと》ぞ　露けかりける

276 心とて　散らんだにこそ　惜しからめ　などか紅葉に　風の吹くらん

277 紅葉する　草木にも似ぬ　竹のみぞ　かはらぬものの　ためしなりける

278 松が枝《え》に　降りしく雪を　葦田鶴《あしたづ》の　千代のゆかりに　降るかとぞ見る

279 世の中に　久しきものは　雪のうちに　もと色かへぬ　松にざりける

275　人の狩りばかりしているのが見える、いや愛人がかりそめにしか来てくれないので、女郎花の美しい花の袂は涙に濡れたように露が置いているよ。

『拾遺集』秋に入集、詞書には「陽成院御屏風に小鷹狩りしたるところ」とある。「狩り」の図に「女郎花」を配するのは一つの類型をなしており（↓三八二）、とくに仝は、下句に「かりにのみこそ人は見えけれ」とあり、女郎花を擬人化し、女の心を象徴する点において本歌と共通する。なおこの歌は五〇四に重複。

◇かり　「狩り」に、かりそめの意の「仮」を掛ける。

◇花の袂　花の美しく咲いた枝・茎・房などを袂に喩《たと》えたもの。

276　紅葉が、勝手に散るとしても、それでさえ惜しく感じられるであろうのに、どうして心ない風が吹いて紅葉を散らしてしまうのだろう。

「心とて」は、前歌と並べて擬人的に詠んだ。

277　紅葉する草木に似ても似つかぬ竹こそが、変らないものを表すよい例なのだ。

紅葉と竹を取り合せた図に美と不変との並存を思う。

278　松の枝に降りしきる雪を、鶴との千代の縁故で降ってくるのかと思いながら見る。

松と雪と鶴との組み合せは、五一・七四・三六六に同じ。また、類歌もしくは異伝歌として、「松のうへに降りおほふ雪は葦田鶴の千代のゆかりに来ゐるとぞ見る」（『古今六帖』第一。作者名なし）がある。

◇葦田鶴　↓一三。

延喜の末よりこなた、延長七年よりあなた、[一]内裏《うち》の仰せにて奉れる御屏風の歌、[二]二十七首

春

280 春立ちて　風や吹きとく　今日見れば　滝の水脈《みを》より　玉ぞ散りける

281 若菜摘む　春のたよりに　年ふれば　老《お》いつむ身こそ　わびしかりけれ

282 久しさを　ねがふ身なれば　春霞　たなびく松を　いかでとぞ見る

279 世の中で長く変らないものは、雪の白く降りつもったなかで、始めからの緑の色を失わない松に見ることができるよ。
「松」を二七七の「竹」と対応させる。
＊ 底本では二七八の上句と二七九の下句とで一首となり、「松が枝に降りしく雪を葦田鶴のもと色かへぬ松にざりける」とあるが、西本などでは掲出本文のごとく二首で、明らかに底本の誤脱と見られる。二六八～二七九は元良親王の四十賀を修子内親王が催した時の屏風歌。底本「延喜十年」、西本「延喜七年」ともに誤り。『日本紀略』、二七三の歌の『拾遺集』入集詞書によって「延長七年」に改めた。
一 底本「うち〳〵の」。『全書』に従い、「〳〵」を衍《えん》と見る。二 底本実際は四十一首。このうち二九六と二九七との間にある三首は後部へ移す（一三五頁＊）。

280 立春になって春風が氷を溶かす今日見ると、底深い川の水しぶきが玉となって散っていた。
「孟春ノ月、東風氷ヲ解ク」（『礼記』月令）による。
◇滝の水脈 →三〇。

281 若菜を摘む春にちなんで、年をとると老いを積むことになる、そんなわが身はわびしいものであるよ。
若菜を「摘む」と、老いを「積む」との同音語の連想で、また「老若の対照」（『全書』）。

282 長寿を願う身であるから、春霞のたなびいている松を見て、何とかしてあやかりたいと思う。

283　春ごとに枝が芽ぶいて絶えることのないのは青柳の糸、風になびいて乱れながら、また春になると芽ぶいてくる青柳の糸なのだなあ。

「たえ」「青柳」「乱る」は「糸」の縁語。貫之は「青柳の糸よりかくる春しもぞ乱れて花のほころびにける」（『古今集』春上）とも詠んでおり、その古今歌の発想にいささか変化を与えたもの。

284　昔関係のあった人ももう訪れてこない宿となると、ただ桜の花が変らぬ色に咲き、そしてその花がまた散ってしまうのだった。

二〇七と共通の志向をもち、七九〇と逆の立場で詠む。

◇宿なれば　書本「やとなれと」。その方が平易。

285　人々もみな、そして私もまた、待ちつづけた桜の花がみごとに咲き、人々は立っていつまでそれを眺めていてもあきることがないのに…。

桜の花への期待の大きさと、それだけに散るのを惜しむ気持を詠む。「見れどもあかぬ」は、すばらしさを賛える常套的な表現で、『万葉集』にきわめて多く、『古今集』以後著しく減少するが、『古今集』の例には「春霞たなびく山の桜花見れどもあかぬ君にもあるかな」（恋四、友則）とあり、「見れどあかなくに」の句は、三代集に例なく、『万葉集』に一例（一七三五）。

286　いままで咲き残っている岸の藤波は、まるで春の河口にとまる波のよう、いや、まさに春のとまり（最後）の風情なのであった。

◇藤波　→一〇六。◇みなと　→三三八。◇とまり　「みな

283
春ごとに　たえせぬものは　青柳の　風に乱るる　糸にぞありける

284
見し人も　来《こ》ぬ宿なれば　桜花　色もかはらず　花ぞ散りける

285
人もみな　われも待ちこし　桜花　人々立ちて　見れどあかなくに

286
いままでに　残れる岸の　藤波は　春のみなとの　とまりなりけり

287
あひだなく　寄する川波　たちかへり　祈りてもなほ　あかずぞありける

と」の「泊り」と、「最後」の意の「留り」とを掛ける（→二六九）。

287　間断なく寄せてくる川波が立つように、繰り返していくら祈っても、なお十分でない思いがするのだった。

詞書に「夏」がないが、六月祓《みなづきはら》いの歌であろう。類歌「石間《いしま》ゆく水の白波たちかへりかくこそは見めあかずもあるかな」（『古今集』恋四、よみ人しらず）、川波が「立ち」に「たちかへり」の「たち」を掛ける。

288　七夕の夜は私も大空を眺めるが、しかし恋人のいない私は、彦星が織女を待つその夜もまた、こんな淋《さび》しい気持でひとり寝をするのであろうか。

「ひとりかも寝ん」は『万葉集』に多い歌句。巻十、秋の雑歌、七夕の歌の中にも「明日よりはわが玉床をうち払ひ君とはい寝ずひとりかも寝む」とある。

289　女郎花の匂いを袖にうつしたならば、いわれもなく人が私をとがめることだろう。

「女郎花多かる野辺に宿りせばあやなくあだの名をや立ちなん」（『古今集』秋上、小野美材《よしき》）による。

290　流れる水は澄んで心清らかなはずなのに、誰もまことの月とは思わぬ月の影が見えているよ。

流水の清さとそこに映る月の虚像とを心情的に対比。

291　一枝の菊を折る間に、千年の年を直ちに経てしまいそうであるよ。

「一枝」の「一」と「千歳」の「千」とを対応させる。

◇あらたまの「年」の枕詞を新しい年の意に用いた。

秋

288
大空を　われもながめて　彦星の　妻待つ夜《よ》さへ　ひとり
かも寝ん

289
女郎花《をみなへし》　匂ひを袖に　うつしては　あやなくわれを　人や
とがめん

290
行《ゆ》く水の　心は清き　ものなれど　まことと思はぬ　月ぞ
見えける

291
一枝《ひとえだ》の　菊折るほどに　あらたまの　千《ち》歳《とせ》をただに　へぬ
べかりけり

292　山と山との間を通って旅行く人の姿を、どういうわけで、山が迫ってきて見えなくしてしまうのであろうか。

◇あしひきの　「山」の枕詞。◇峡より　「より」は経由する地点を示す。…を通って。◇旅行く人　底本「しひゆく人」。「し」を「た」の誤りと見て改めた。

293　紅葉は、その美しい色までも惜しげなく散っていく。百年たっても、あざやかにもみじし、そして散っていくことも、まったく変りがないのだよ。

底本、末句「かひなかりけり」は不審。陽本「ひなか」の傍記に「はらさ」とあり、また書本「かはらさりけり」に作るのに従って改めた。なお解しにくい歌だが、右のごとく解釈できるとすれば、美の生成と消散との交替に永続性を見る特異な着想がうかがえる。

294　大空に不実な心があるとは見えないので、月の光はそれに応《こた》えて、心変りをすることなくいつも照らしているようである。

295　春が近いので、花が咲いたと思ったが、それは私の家の梢に雪が降っているのであった。

「春近み」の例に、「梅が枝に降りおける雪を春近み目のうちつけに花かとぞ見る」（『後撰集』冬、よみ人しらず）があり、一首全体の発想も類似している。

296　鶯は鳴きはじめているのに、まだ雪が降っていて、梅の花の色とまぎらわせようというのであろうか。

類歌多く常套的な歌想。「梅が枝に来ゐる鶯春かけて

292
あしひきの　山の峡《かひ》より　なにとてか　旅行《ゆ》く人を　立ちかくすらん

293
散ることも　色さへともに　もみぢ葉は　百年《ももとせ》ふれど　かはらざりけり

294
大空し　あだに見えねば　月影の　かはるときなく　照らすべらなり

295
春近み　花と思ふを　わが宿の　木《こ》ずゑに雪ぞ　降りかかりける

296
鶯は　鳴きそめぬるを　梅の花　色まがへとや　雪の降るらん

鳴けどもいまだ雪は降りつつ」(『古今集』春上、よみ人しらず)「春立てば花とや見らむ白雪のかかれる枝に鶯の鳴く」(同、素性)「鶯の鳴きいにしかば梅の花咲けると見しは雪にぞありける」(『躬恒集』)。

＊底本はこの二九六の次に、「照る月を」(三五七)ならびに詞書をともなう「大空は」(三五八)「都まで」(三五九)の歌、都合三首と、「馬、車に乗りて、人おほく野に出でたり。さまざまの花咲きまじりたり」(三六〇の詞書)がつづく。本屏風歌には詞書はないはずなので、書本などを参照し、竄入《ざんにゅう》と認めて位置を修正した(→一五二頁)。

297　立春になったと聞いても、春のおとずれの遅い山里で、待ち遠しそうに花は咲くのだった。

298　春が二つ来ることはないと思っていたけれども、水に映る影を見ると、水底でもまた花が散って、あたかも春が二つあるかのようだよ。「ふたつこぬ春」は、「声絶えず鳴けや鶯一年にふたたびとだにくべき春かは」(『古今集』春下、興風《おきかぜ》)参照。また水底の影をもって「ふたつ」とする歌七七六。

299　鶯が来て止っては鳴く。見れば春雨に木の芽まで が美しく濡れた風情である。

300　川辺にある花を折ると、水底に映った花のさまもさびしくなってくるようだ。
二九八と同様、水底の花影を詠むが、微妙な変化がある。

301　鶯も私も同じく、桜の花を千年見ても飽きることはないだろうと思う。

297
立ちぬとは　春は聞けども　山里は　待ちどほにこそ　花は咲きけれ

298
ふたつこぬ　春と思へど　影見れば　水底《みなそこ》にさへ　花ぞ散りける

299
鶯の　来ゐつつ鳴けば　春雨《はるさめ》に　木《こ》の芽さへこそ　ぬれて見えけれ

300
川辺なる　花をし折れば　水底の　影もともしく　なりぬべらなり

301
桜花　千歳見るとも　鶯も　われもあくとき　あらじとぞ

類歌二九を、梅から桜に変える。

302 散りぎわの花を見ていると、冬でもないのに、私の袖に雪が降ってきた。

散る花を雪に見立てる。下句は「君がため春の野に出でて若菜摘むわが衣手に雪は降りつつ」(『古今集』春上、光孝天皇)とほぼ同じ。四六五は逆に、降る雪を衣手に咲く花として詠む。◇散りがた　散りぎわ。「あかざりし宿の桜を春暮れて散りがたにしも一目見しかな」(『更級日記』)。◇衣手「袖」の歌語。

303 春に対して、いったいだれが浮気心をもつからなのだろうか、松の枝に藤の花がちょうど波のようにかかっている。

「松が枝に咲きてかかれる藤波をいまは松山越すかとぞ見る」(三二六)という類歌もあり、「君をおきてあだし心をわがもたば末の松山波も越えなむ」(『古今集』東歌)によって、「松が枝」に「かかる藤波」から、あたかも擬人化した「春」にだれかが「あだし心」を抱いているかのような、仮象的着想を詠じたもの。

304 月の光の中で、道に迷うようにして、久しく私の家に来ない人も、またふとたずねて来てほしい。

◇見えなん「なん」は、他にあつらえ望む意を表す終助詞。…してほしい。

305 来てくれない人を月にしたいものだ。そうすれば、語りあえなくても、夜ごとに私はせめてあ

思ふ

302 散りがたの　花見るときは　冬ならぬ　わが衣手に　雪ぞ降りける

303 春のため　あだし心の　たれなれば　松が枝《え》にしも　かかる藤波

恋

304 月影に　道まどはして　わが宿の　久しく見えぬ　人も見えなん

305 来《こ》ぬ人を　月になさばや　むば玉の　夜ごとにわれは　影をだに見ん

306　雨降らむ　夜ぞ思ほゆる　久方の　月にだに来《こ》ぬ　人の心を

307　山里に　つくれる宿は　近けれど　雲居とのみぞ　なりぬべらなる

冬

308　おく霜の　心やわける　菊の花　うつろふ色の　おのがじしなる

309　たぎつ瀬も　憂きことあれや　わが袖の　涙に似つつ　落つる白玉《しらたま》

の人の姿だけでも見ることができよう。

◇むば玉の　「夜」の枕詞。

306　月夜にさえも来てくれないあの人の薄情さを思うと、雨の降る夜ともなったら、どんなに絶望的かと思われる。

◇久方の　「月」の枕詞。

＊三〇四〜三〇六は、照りわたる月をひとり眺めている女の図。訪れてこない男を切なく恋するその心を月に対する三様の歌い方で表している。

307　山里にこしらえた庵は、そんなにかけ離れたところにあるわけではないけれども、雲居のように遠ざかっていく感じばかりがする。

雲がかかった山里の図。その山里に住む者の心になって詠んだとも、その山里を展望する立場で詠んだとも、どちらにも取れるが、要は、そこの庵が近くも思え遠くも思える、いわば図柄の観念的意味を捉えたもの。

◇雲居　雲のあるところ。空。遠い場所を意味する。

308　置く霜が菊の花をわけへだてする心をもっているようか、みな同じに置くのだが、菊の花がさまざまに色褪《あ》せてきているのは、それぞれが思い思いの色どりになっているからなのである。

菊の花は「うつろふ色」をも観賞された。類歌一五八。

309　しぶきをあげて流れる川の瀬にも、憂鬱なことがなにかあるのだろうか。そのしぶきが、私の袖の涙にも似て、白玉となって落ちていく。

「たぎつ瀬」を「白玉」と詠む例は、二四六にも見える。

310 夜《よ》とともに　鳥の網はる　宿なれば　身はかからんと　来る人もなし

311 空にのみ　見れどもあかぬ　月影の　水底《みなそこ》にさへ　またもあるかな

312 浮きてゆく　紅葉の色の　濃きからに　川さへ深く　見えわたるかな

313 雪降れば　うときものなく　草も木も　ひとつゆかりに　なりぬべらなり

314 いかで人　名づけそめけん　降る雪は　花とのみこそ　散りまがひけれ

310　夜になるとともに、鳥を捕えるための網を張る宿であるから、人の体もその網にかかるのではないかと警戒して、だれひとり来てくれない。

「鳥の網はる」は、図柄の上でも、歌句としても珍しい。『万葉集』の「放逸《のが》れたる鷹を思《しの》ひて、夢見、感《よろ》悦《こ》びて作る歌」と題する大伴家持《おおとものやかもち》の長歌に、「…けだしくも逢ふことありやとあしひきのをてもこのもに鳥《と》網《なみ》張り守部《もりへ》を据ゑて…」(巻十七)とある。

311　空にだけ見てもあきることのない月が、また水底にまであるのだなあ。

類歌四五六・七七六。

◇見れどもあかぬ　↓二八五。

312　浮いて流れていく紅葉の色が濃いというだけで、川の水まで深そうに見渡されるよ。

色の濃さ(深さ)から川の深さへと連想を及ぼす。

◇濃きからに　「からに」は、小さなことの結果が意外に大きくなる、などの場合に用いる。

313　雪が降ると、一面に白くへだたりがなくなって、草も木もひとつにつながったものとなってしまうようである。

貫之は「雪降れば冬ごもりせる草も木も春に知られぬ花ぞ咲きける」(『古今集』冬)とも詠んでおり、「草も木も」は本集にもこの歌を入れて十例(↓六八七)。

314　降る雪は花が散ってくるのとすっかり見ちがえてしまう。それなのにどうして人は、はじめから花と雪とを区別して名づけたりしたのであろう。

315
見えねども　忘れじものを　梅の花　今朝《けさ》は雪のみ　降りかかりつつ

316
紅《くれなゐ》の　しぐれなればや　いそのかみ　ふるたびごとに野辺のそむらん

317
白雲の　たなびきわたる　あしひきの　山の棚橋《たなはし》　われも渡らん

承平五年九月、[1]東三条の親王《みこ》の[2]清和の七の親王の御息所《みやすどころ》の八十賀せらるるとき、屏風の歌

若菜摘めるところ

315　梅の花は忘れようもないものの、まだ咲いていないけれども、今朝は雪ばかりが降りかかりまた降りかかりして、その花盛りを彷彿《ほうふつ》とさせることだ。

316　まるで時雨《しぐれ》が紅色であるためだというのであろうか、時雨が降るたびごとに、野辺の紅葉は色濃く染まってくる。

時雨が紅葉の色を染めるという類想を、「紅の時雨」といった端的な歌句に表現したところに斬新さがある。◇いそのかみ　「石上《いそのかみ》」は布留（奈良県天理市）のあたりの古称で、「布留」転じて「古」「降る」などの枕詞。◇そむらん　「らん」は理由を推量する。

317　白雲がずっとたなびいている山の棚橋を私も渡っていこう。

山中の旅人の図。人物の胸中を詠む。『新古今集』羇旅に入集。ただし下句「山のかけ橋今日や越えなん」。◇あしひきの　「山」の枕詞。◇棚橋　一枚の板を棚のように掛けた、手すりのない仮橋。

＊二八〇以下の屏風歌で、二八七は夏の歌。二九五〜三〇三は秋に入るが、明らかに春の歌。恋の歌の位置も異様であり、かつ三〇七は恋でもない。三一七は羇旅。補遺的な性格があるか。詞書の「二十七首」は底本三〇三までの歌数を書き加えたか（徳原氏）。

＊三一八番以下「第三」の後部は、貫之土佐より帰任後、承平年間の屏風歌を年代順に載せる。

一　醍醐天皇皇子、重明親王。　二　→六八頁注二一。

318 ちはやぶる　神たちませよ　君がため　摘む春日野《かすがの》の　若菜なりけり

道行《ゆ》く人、桜の花を見て馬をとどむ

319 行く末も　しづかに見べき　花なれど　えしも見すぎぬ　桜なりけり

旅人の林のほとりに休みて、時鳥《ほととぎす》聞く

320 時鳥　来つつ木《こ》高く　鳴く声は　千代の五月《さつき》の　しるべなりけり

九月九日、老いたる女、[一]菊して面《おもて》のごひたる

321 今日までに　われを思へば　菊のうへの　露は千歳《ちとせ》の　玉

318 春日神社の神様も御降臨ください。これは御息所様のために摘む春日野の若菜なのですから、どうかその私の志を汲んで……。

「春日野に若菜摘みつつ万代を祝ふ心は神ぞ知るらむ」（『古今集』賀、素性）と共通する。また「春日野」で「若菜」を「摘む」類歌一七など。◇ちはやぶる　「神」の枕詞。◇たちませよ　「ます」は「います」の略。「あり」「をり」「行く」「来」の尊敬語。また、他の動詞について尊敬を表す。

319 行く末をも静かに見守るべき花であるけれども、道中あわただしく通り過ぎてゆく。それでも、どうしても見過すことができず、馬をとどめて見る桜であるよ。

わかりにくい一首だが、試みに右のごとく解しておく。『全書』は「急いで行く途中で見なくても、将来落着いて見る事のできる花なのであるが」と注する。

320 時鳥が来ては木高いところで鳴く声は、千代も変らない五月の案内役であるよ。

二五六に「時鳥鳴く声のみ」が「五月くる道」の「しるべ」であると詠んでいるのとほとんど一致した発想。ただ「千代の五月」に、五月の風情をいつまでも古びない新味において表そうとする工夫が見られ、「百年の四月」（五三五）も同趣の表現である。

一 菊のきせ綿（→四三）。

321 私がこの齢《よわい》の今日まで長く無事に生きてきたことを思うと、菊の上に置いた露は、それで肌を

ぬぐえば千年の長寿を保つというのもうそではなさそうな、不思議な玉であるよ。
◇菊のうへの　底本「きくのうへ」。陽本による。◇玉にざりける　「玉にぞありける」の約。

322　白雪が竹の上に降り積って、蔽《おお》いかくしているけれども、その竹の緑はいつまでも変ることはないのだよ。

＊重明親王は東三条院を所領していたことがあるので（『拾芥抄』）、「東三条の親王《みこ》」と呼ばれた。三八〜三三は、その重明親王が、「清和の七の親王」貞辰親王の母御息所、すなわち清和女御基経女佳珠子の八十賀屏風歌を貫之に依頼したもの。貫之はかつて同じ佳珠子が藤原道明のために催した六十賀の屏風歌を制作しており（五六〜五九）、因縁浅からぬ被祝賀者であった。本集のうち、竹と雪の組み合せは、道明六十賀屏風歌の一首「み吉野の山より雪の降りくればいつともわかぬわが宿の竹」（五九）と、この三三番歌としかない。おそらく五九番歌を念頭に置きつつ、懐旧の情をも重ねて祝意を詠出しているのであろう。
二　朱雀天皇の御下命。三　すだれ。

323　よそから見れば、花につられてのんびり語りかけているように見えながら、心中には、語れない苦しい思いがあるのになあ。
◇花のたより　→六七。
四　→五四頁注一。

にざりける

竹に雪の降りかかれる

322
白雪は　降りかくせども　千代までに　竹の緑は　かはらざりけり

承平五年十二月、内裏《うち》御屏風の歌、仰せ[二]によりて奉る

女、簾《す》[三]のもとにゐたるに、男ものいふ。桜の花咲けり

323
よそにては　花のたよりと　見えながら　心のうちに　心あるものを

子《ね》[四]の日《び》して、車の別るるところに、馬《むま》に乗

れる人、松を車におくる

324 この松の　名をまねばれば　玉ぼこの　道別るとも　われ
はたのまん

馬《むま》に乗りたる男ども、一古里《ふるさと》とおぼしきところにうちよりて、桜を折る

325 古里に　咲けるものから　桜花　色はすこしも　あれずぞ
ありける

男あまた池のほとりの藤を見る

326 松が枝《え》に　咲きてかかれる　藤波を　いまは松山　越すか
とぞ見る

女ども神の社《やしろ》に詣づ

324 この松の「子の日（根延び）」という名にならっておのずから御成長になるならば、いや、きっとそうであろうと、ここで道をお別れしても、私はあなたさまの御将来を頼みにしておりましょう。

車には幼い主君、もしくは若い姫君などが乗っているらしく推察される図。

◇名をまねばれば　あるいは誤写があるかとも思われるが、陽本の傍記を取って「猶まつはれは」にも直ちに従いがたく、仮に「子の日（根延び）」の松という名をおのずから習うならば、の意に解く。「れ」は自発。◇玉ぼこの　「道」の枕詞。

一　底本「ふるさと」の下一字分空白、「と」を脱する。陽本「ふる郷と」、それに従う。

325 古里に咲いているにもかかわらず、この桜の花はすこしも荒涼とした感じにならないでいたのだなあ。

「古里」は、もといたところ。「古里」は「荒れ」ゆくものとして詠まれ、また「桜花」ないし「花」としばしば結びつけられる（→一七三頁＊）。とくに四三七の下句「花の色のみあれずはありける」は本歌と等しく、「古里」の荒廃の中で花の色のみが変らぬ美しさに咲く主題的な感慨を、「荒れず」という語に関わらせて具象化しているところに、技巧の冴えがある。

326 松の枝にかかって咲いている藤の花房を見ると、あたかもその藤波が末の松山を越えているかのように、いまだれかが浮気でもしているかのよう

に、思えますよ。

池を海になぞらえ、松にかかる藤波から「末の松山波も越えなむ」（『古今集』東歌）（→三〇三）の古歌を連想し、男たちのたわむれた風情。三〇三も同種の発想。
◇藤波　→一〇六。

327　群がって神社へ参拝を目指しながら道を行く思い思いの胸中を、神はご存知であろうか。

328　帰るべき家への路をいつかはたどろうと思っていたが、旅も日ごろを経たので、だんだん家路に近づいてきた。

二 底本「いよりて」。『全書』『索引』は「居寄りて」と読むが、不審。西本に従って「いたりて」と改めた。ちなみに一三三の詞書に「女の家に男いたりて」とある。

329　山の端に入ろうとしている月を見ながら思うには、月も入るのに、私は戸外に腰をかけたままでいつまでもこうしていることになるのでしょうか。山の端に入る月に託し、女の家に入れてもらえない男のいらだたしさを詠んだ。

330　月にかこつけて家に入ってくるようなお方は、思うに、月の光がどこにでも照らすように、どこの女のところにでもお出かけになるのでしょう。類歌七二三。女がやはり「月」を使って男に反撥する。
◇久方の　「月」の枕詞。
＊三二九・三三〇は、本集屏風歌において、はじめての贈答の形として注目される（解説参照）。

327 うち群れて　心ざしつつ　行《ゆ》く道の　思ふ思ひを　神や知るらん

馬に乗れる女、旅より来るところ

328 家路《いへぢ》には　いつか行かんと　思ひしを　日ごろしふれば　近づきにけり

月夜に女の家に男いたりて[二]ゐたり

329 山の端《は》に　入りなんと思ふ　月見つつ　われは外《と》ながら　あらんとやする

女、返し

330 久方の　月のたよりに　来る人は　いたらぬところ　あらじとぞ思ふ

一 川に散った紅葉が網代に入り、また流れていく。網代↓一〇二頁注一。

331 ふたたび紅葉は散るのか、今日見ると、川に落ちた紅葉は、網代に引っかかって止っているのに。

散った紅葉が網代まで流れてくるという発想は、「もみぢ葉の流れて落つる網代」(四四五)「川上にしぐれのみ降る網代にはもみぢ葉さへぞ落ちまさりける」(『躬恒集』)などに見られるが、その網代に流れ着いた紅葉が、またそこから流れ出して散っていくのかと詠んだところに、知巧的な想像のひろがりがある。

＊三二三～三三一の一群は、描かれている人物の心情において風景を捉え、風物と人間とのかかわり方に深みを増す。延喜・延長期の屏風歌に比べて、貫之の土佐赴任を間においた承平・天慶期の屏風歌にいっそう目立ってくる特色がそこにうかがえる。三二三の「花のたより」の外面と「心のうちに心ある」という独特な内面表現との関係、三三一が座興的趣向と結びつく、「人おほかり」の構図との呼応、三二七の「思ふ思ひを」の歌句の特異さ、また「思ひ」の語が延喜・延長期のものにはまったく見られないこと、あるいはそうした傾向のとくに顕著な三二九・三三〇の贈答形式など。この贈答による人物の対応は、歌物語への発展性を含み(玉上琢弥氏)、屏風絵物語ともいうべき特異な構想が示唆され(三谷邦明氏)、また三二三の春に対する秋の

網代《あじろ》[一]に紅葉の散り入りて流るるところに、人おほかり

331 ふたたびや　もみぢ葉は散る　今日見れば　網代にこそは　落ちはてにけれ

承平六年春、左大臣殿[二]の御親子、おなじところに住みたまひける、へだての障子《さうじ》[三]に松と竹とをかかせたまひて、奉りたまふ

332 おなじ色の　松と竹とは　たらちねの　親子久しき　ためしなりけり

鶴群れたるところ

333 鶴のおほく　世をへて見ゆる　浜辺こそ　千歳つもれる

歌で、それぞれの季節感を代表的に示しつつ、共通した恋のイメージを形成する（和多田晴代氏）。二 忠平と、その女《むすめ》貴子（重複歌八〇二・八〇三の詞書参照）。三 部屋を仕切る建具。当時の「障子」は後の「明り障子」ではなく、襖《ふすま》などをいう。それに絵を描き、和歌を書きつけることは、屏風と同様であった。

332 同じ色の松と竹とは、親子がともどもに幾久しく幸せに過すしるしですよ。

◇おなじ色の「色かへぬ」（八〇二）。その方が通じやすい。◇たらちねの「親」の枕詞。

333 ここは、幾世代をも経た鶴がたくさん見える浜辺、それこそ千年の長寿の積り重なったところですよ。

＊ 三三二・三三三は、忠平が女の貴子に語りかけた歌としての詠法になっている。

四 底本「二年」。五 忠平の五男師尹。師尹の侍従は承平五年から同七年（『公卿補任』）。六 →五四頁注一。

334 春霞が立つのとまじりながら、稲荷山を越える私の胸の炎が人知れず燃え立つことだなあ。

恋の思いを抱いて稲荷に詣でた人の胸中。「思ひ」の「ひ」に「火」を掛ける。類歌四・三九〇。

335 榊葉の常緑の百年たっても変らないお祭りを、毎年毎年の今日、しつづけているのであろう。

七 →五九頁注二。

336 人に思いをかけることはないけれども、四月の賀茂祭も今日の臨時の祭も、いくら見てもまだ

ところなりけれ

おなじ六年[四]、左大臣殿[五]の五郎の侍従の屏風の絵

稲荷《いなり》[六]詣で

334 春霞　立ちまじりつつ　稲荷山　越ゆる思ひの　人知れぬかな

いやしき人の神祭れる

335 榊葉《さかきば》の　色がはりせぬ　百年《ももとせ》の　今日ごとにこそ　祭り祭らめ

十一月臨時[七]の祭

336 ゆふだすき　かけても人を　思はねど　四月《うづき》も今日も　ま

だあかぬかな

年のはて、雪

337 わが宿に　降る白雪を　春にまだ　年越えぬまの　花かと
ぞ見る

おなじ六年春、[一]左《さ》衛門督《ゑもんのかみ》殿屛風の歌

冬

338 思ひかね　妹がり行《ゆ》けば　冬の夜の　川風寒み　千鳥鳴く
なり

おなじ[二]六年、[三]八条の右大将、[四]本院の北の方
七十賀せらるるときの屛風

[五]春、人の家の松

まだあきないなあ。

祭礼の行列の中に愛人がいるなどのことはなくても、賀茂の祭はすばらしいと、観衆の心を詠んだもの。◇ゆふだすき「かく」の枕詞（→二）。◇四月　賀茂祭（→二七一頁注四）を指す。

337 私の家に降る白雪を、立春が来てもまだ暦が旧年である間に咲いた花かと思って見る。

＊本集のうち、一五・一五八・三三七の三首は、いずれも『後拾遺集』に、「天暦の御時の御屛風」の歌、清原元輔の作として入集している（それぞれ『後拾遺集』三一四・三五三・四一五番）。なお書陵部蔵定家三十六人集本『元輔集』の巻末四十七首は、先人の屛風歌を集めたもので、貫之の歌はこの一五・三三七を含め、二十二首ある。元輔が屛風歌制作の作例などの意味で集録しておいた歌群を、後人が元輔の歌と誤って家集に加え、さらに『後拾遺集』はこの『元輔集』から撰入し（後藤祥子氏）、また一五八番歌も書陵部本『元輔集』の祖本では同様に巻末屛風歌歌群の中にあったかと、推定されているが（上野理氏・田中登氏）、穏当な説であろう。

一 藤原実頼。忠平男。

338 恋しい思いにたえかねて、女のもとへ行くと、冬の夜の川風が寒々と感じられるので、千鳥の鳴く声も身に沁みて聞えてくる。

『拾遺集』冬に入集。「この歌ばかり面影ある類《たぐひ》はなし。六月二十六日寛算が日（酷暑の日の意か）も、こ

339 かはらずも　見ゆる松かな　むべしこそ　久しきことの　ためしなりけれ

藤の花

340 名残《なごり》をば　松にかけつつ　百年《ももとせ》の　春のみなとに　咲ける藤波

山里

341 草も木も　しげき山辺は　来る人の　立ちよる陰の　たよりなりけり

人の家に花橘《はなたちばな》あるところ

342 年ごとに　来つつ声する　時鳥《ほととぎす》　花橘や　妻となるらん

れを詠ずれば寒くなる」という俊恵の評が伝えられ（『無名抄』）、秀歌として名高い。二五八よりさらに洗練された感傷と、「千鳥鳴く佐保の川瀬のさざれ波やむ時もなし我が恋ふらくは」（『万葉集』巻四、坂上郎女《さかのうえのいらつめ》）などとも通ずる古雅とを合わせた歌境を示す。

二 底本「八年」。三 時平男、保忠。承平六年七月没。四「本院」は時平。時平室、廉子女王、保忠の母（↓六七頁注五）。五 底本「の松」脱。西本で補う。

339　少しも変りなく松は見えるなあ。松が久しいことの例となるのは、もっともだよ。

340　松にかかって藤が咲いているのは、永遠の春のめでたさの残影を、春の終りに祝福するかのように、河口に立った松にその藤波の余波がかかっている姿なのである。

◇名残　藤が咲いて春が逝く、その春の「名残」と、「藤波」の縁語として波が引いたあとに残る「余波（なごり）」の意とを掛ける。◇百年の春　↓二一八。◇みなと　松の描かれている河口（↓三二八）と、春から夏への移り行きを象徴した意味とをかねる（↓二六六）。

341　草も木も鬱蒼《うつそう》と繁った山辺は、山にやってくる人が、その陰を立ち寄るよすがとしているよ。類歌一。「草も木も」の例（↓六八七）。

342　年ごとにおとずれてきては橘の木に鳴く時鳥には、橘の花が妻となっているのであろうか。「花橘」と「時鳥」とは『万葉集』で密接に結びつき、常套化した歌題。「花橘」を妻と見るのは珍しい。

滝

343 白雲の　流るるとのみ　見えつるは　落ちくる滝の　つねにぞありける

野の花

344 秋の野の　千《ち》ぐさの花は　女郎花《をみなへし》　まじりて織れる　錦なりけり

山の月

345 草も木も　みな紅葉すれども　照る月の　山の端《は》はよにかはらざりけり

水辺の菊

343 白雲が流れるとばかり見えたのは、落ちてくる滝のいつも変らぬ姿なのであった。

延喜・延長期の屏風歌では、滝は白玉・白糸に喩えられ、また散る紅葉と合わせて詠まれることが多かった。承平・天慶期になるとそれが見られなくなり、雲に喩えた歌が、本歌と、底本にない「山わけて落ちくる滝を白雲のたなびくとのみおどろかれつつ」(承平七年恒佐家屏風歌。西本による。位置は底本三四三の次)と二首ある。滝の図柄が雄大になってきているか、もしくは和歌によって雄大な想念が与えられるようになってきているのではないか。類歌に、音羽の滝を詠んだ「風吹けどところも去らぬ白雲は世をへて落つる水にぞありける」(『古今集』雑上、躬恒)がある。

344 秋の野に咲くさまざまな草の花は、まるで女郎花が中にまじって織りなした錦のようだよ。

多くの花の中にまじった女郎花に、同時に錦をまとった美しい女の姿が想像される。類歌四五。

◇千ぐさ　「千草」とも「千種」ともとれる。「女郎花ひともとゆゑに秋の野の千ぐさながらの花を思ふかな」(『躬恒集』)。

345 草も木もみな紅葉するけれども、その紅葉に照り映えた月の光のさす山の端は、しかしけっしてその姿を変えることはないのだった。

第一句を「草も木も」(→六七)とすると、第二句の「みな」が字余りとなり、除く必要がある。西本は第一・二句「くさきみなもみちすれとも」で、それに従

346 菊の花　ひちて流るる　水にさへ　波の皺《しわ》なき　宿にざりける

347 川辺に鶴群れたる

川の瀬に　なびく葦田鶴《あしたづ》　おのが代を　波とともにや　君に寄すらん

348 人の家の竹

千代もたる　竹のおひたる　宿なれば　千ぐさの花は　ものならなくに

[一]おなじ七年正月、[二]内裏《だいり》の仰せにて

349 年たてば　花乞ふべくも　あらなくに　春いまさらに　雪の降るらん

うべきかもしれないが、しばらく底本のままに置く。
◇よに　→一四八。

346　菊の花が水につかって流れると、その川までも波が立たず、すなわちここは寄る年波の皺さえも見えない長寿の宿であるよ。

菊水の伝承（→一五八）にもとづき、また一九七と類想。
◇波の皺　波から顔の皺を連想したことば。「…老いの数さへやよければ…難波の浦に立つ波の波の皺にやおぼほれむ…」（『古今集』雑体、忠岑）。

347　川の瀬に身をまかせている鶴は、自分の千年の齢を、波に乗せてあなたさまにさしあげているのでしょうか。

◇葦田鶴　→一三三。
鶴がおのれの長寿を譲るという発想は多い（六九一など）。

348　千代を保つ竹の生えている宿であるから、多種多様の草花など、ものの数ではないのに。

下句、余韻を残して詠む。
一　底本「おなし年正月」。「おなじ」は前後の使い方から見て「承平」を意味し、「正月」なので「七」を補う。西本「承平七年」。二　→七二頁注一。

349　新年になったので、もう花の開くのを願うまでもなくなったはずなのに、どうして春のいままた、花の代りに雪が降ってくるのであろう。

◇花乞ふべくも　底本「花うふへくも」。陽本によって改めた。『全書』『索引』は底本を「花とふべくも」と読む。ちなみに西本「花とふへくも」。

350
暮れぬとて　鳴かずなりぬる　鶯の　声のうちにや　春のへぬらん

351
秋萩に　乱るる玉は　なく鹿の　声より落つる　涙なりけり

おなじ七年、一右大臣殿屛風の歌

梅の花、若菜あるところ、女、簾《す》二の前に出でて見る

352
野辺見れば　若菜摘みけり　むべしこそ　垣根の草も　春めきにけれ

三子《ね》の日《び》

350　春が暮れてしまうと思って、もう鳴かなくなった鶯の声といっしょに、春が過ぎていくのであろうか。

貫之は「夕月夜小倉の山に鳴く鹿の声のうちにや秋は暮るらむ」（『古今集』秋下）とも詠んでいて、下句は同型の表現。春の暮の鶯は珍しい（→一七四頁＊）。◇暮れぬ　「ぬ」は完了。ここでは間違いなく完了に向っていく状態を示す。「渡守『はや舟に乗れ、日も暮れぬ』といふに」（『伊勢物語』九段）。

351　秋萩に乱れ散る露の玉は、鳴く鹿の声につれてこぼれ落ちる涙であるよ。

「なく」は「鳴く」に「泣く」を掛ける。類想歌「妻恋ふる鹿の涙や秋萩の下葉もみづる露となるらん」（四〇九）を照合すると、萩の露を、鹿が妻を恋うて流す涙に見立てた（→一五五）と考えられるが、また鹿を萩の恋人に想定したもの（→四二）ともとれる。

一　藤原恒佐（→一〇三頁注五）。承平七年正月右大臣。この屛風歌は、その右大臣就任の祝賀のために制作されたとも推定されている（村瀬敏夫氏）。二　すだれ。

352　野辺を見ると、若菜摘みの風景だった。なるほど、垣根の草も春めいてきたのだなあ。

『源氏物語』初音《はつね》の「数ならぬ垣根の内だに、雪間の草若やかに色づきはじめ」の引歌とされる（『河海抄』）。

三　→五四頁注一。

353　春が来て、延びた小松を引く日になると、人々は群がって野辺に来ている。だれが来ない人が

あろうか。

「子の日」には「根延び」を掛けるので、春になって延びてきた松、の意を含めて詠む。

四 車から下りて。

354 まさに雪かと間違えられるばかりに咲きながら、またこの梅の花は赤みを帯びて、見れば紅にも似通うほどになっているなあ。

雪と見紛う白さと、紅花にも似た赤さとが、背反しつつ接合した一つの想念を、紅梅を眺める女たちの視野の中に仮象的に浮び上がらせる妙味にねらいがある。
◇のみ　強調。◇紅　紅色の染料。紅花《べにばな》。

＊ 三五四は『新千載集』春上に、作者清原元輔として入集（前番の歌に従って「題知らず」）。この歌はまた書陵部本『元輔集』巻末屏風歌歌群の中にあり、一五・一五八・三三七の『後拾遺集』の場合と同様、『新千載集』がそのような『元輔集』から採ったための誤りであろう（↓一四六頁＊）。

355 他の里もみな春であるけれども、私の家の桜にまさる花はないだろう。

356 こんなみすぼらしいわが身はまたとあるまいと思うのに、水底にぼんやりと映っているのは、まぎれもなく私の影、もう一人いた私ではないか。

川辺に遊ぶ女たちが、水に映るわが影を見た感慨として詠む。水に映る花影や月影の風景詠（二九八・三二など）から、珍しく人影の述懐的なイロニーに転ずる。
◇影にやはあらぬ　「やは」は反語。

353
春立ちて　子の日になれば　うち群れて　いづれの人か
野辺に来《こ》ざらん

紅梅のもとに女どもおりて［四］見る

354
雪とのみ　あやまたれつつ　梅の花　紅《くれなゐ》にさへ　かよひけ
るかな

人の家に桜の花おほかり

355
こと里も　みな春なれど　わが宿の　桜にまさる　花やな
からん

女ども川のほとりに遊ぶ

356
わが身また　あらじと思へど　水底《みなそこ》に　おぼつかなきは
影にやはあらぬ

* 三五七の詞書は底本に欠けるので西本をもって補う。また底本では、三五七の歌、三五八・三五九の詞書と歌、および三六〇の詞書が、二九六と二九七との間にこの順序で竄入《ざんにゅう》している（→一三五頁*）。ところでその三五七・三五八は西本・書本において三五六の次（実は底本一首欠落の次→五三七）にあり、三五九が書本でやや位置を混乱しながらそれにつづくので、底本の三首をその順序のままここに移し変えた。

一 「ぶち」は「むち（鞭）」に同じ。「御さきの露を馬のむちして払ひつつ」（『源氏物語』蓬生。大島本）の「むち」を、「ふち」に作る本がかなりある（陽明文庫本等）。「鞭ブチ」（『新撰字鏡』）。

357 照る月を見なかったならば、暗い夜にはどこへも出かけなかったであろう。

◇むば玉の 「夜」の枕詞。暗い意をも含める。

358 暮れた空には日がない、そのように大空には織女の機織る機具の梭（ひ）もないけれども、織女の心を思いやっては空を眺めてしまうよ。

◇ひ 梭。機織の用具の一つ。経《たていと》の間を左右に動いて緯《よこいと》を入れていく道具。その「梭」に「日」を掛ける。

二 →五七頁注三。

359 駒牽に都まで馴らして牽いているのは、小笠原や逸見の御牧の馬であるよ。

『古今六帖』第一、「駒牽」に入る。ただし下句「美豆の御牧の駒にやあるらん」。同じく『古今六帖』第二、「馬」の題の中に見える「小笠原逸見の御牧に荒るる

357 道行《ゆ》く人馬に乗りて、鞭《ぶち》[一]して月をさして見る

照る月を　見ざらましかば　むば玉の　夜はものへも　行《ゆ》かずぞあらまし

358 七日ゆふべ　男あまたゐて、天の川原見たる

大空は　ひもなけれども　たなばたを　思ひやりても　ながめつるかな

359 [二]駒牽《こまひき》

都まで　なつけてひくは　小笠原　逸見《へみ》の御牧《みまき》の　駒にぞありける

馬《むま》、車に乗りて、人おほく野に出でたり。さまざまの花咲きまじりたり

360 秋くれば　機織《はた》る虫の　あるなへに　唐錦《からにしき》にも　見ゆる野辺かな

山里の家はべりけるに、水のうへに木の葉[三]落ちて流る

361 山近き　ところならずは　行く水も　紅葉《もみぢ》せりとぞ　おどろかれまし

人の家の簾《すだれ》のもとに女出でゐたるに、垣のもとに男立ちてものいひ入る。垣の面《つら》[四]に薄《すすき》おひたり

馬もとればぞなつくこのわが（異文「こなが」）袖とれ」により、それを「駒牽」の歌に転じたか。◇小笠原　甲斐国の地名。御牧（朝廷御用の牧場）がある。◇逸見　甲斐国の御牧の地。『古今六帖』の「美豆の御牧」は山城国美豆村にあったという。「小笠原・逸見」と並ぶ方が自然。◇駒　「馬」の歌語。

360　秋がくると、はたおりが鳴くとともに、野辺が唐錦のように美しく見えるよ。

「機織る虫」すなわち「はたおり」は、キリギリスの古称。その「機織る」の縁で、野辺の美しい景を「唐錦にも見ゆる」と詠んだ。「たれかかく錦はかけし神無月機織る虫の声も絶えにき」（『小大君集』）、「女郎花にほへる野辺と見るなへに機織る虫もよはに鳴くなり」（『曾禰好忠集』）など、同じく「機織る虫」と、錦繡《きんしゅう》にもたとえられる紅葉や野辺の美景とが組み合されている。◇なへに　…とともに（→四六〇）。◇唐錦　→一〇三。

三 底本「木のは」を『索引』は「キノハ」と読む。「コノハ」でも差支えないだろう。

361　山里に近いところの家でなかったならば、紅葉が庭の水に流されていくのを見て、山からとは知らず、行く水も紅葉したかと思わず驚嘆しただろう。

◇ならずは　「…ずは」→三九。

四 沿ったところ。ほとり。「川面」の例もある（四六・四五七）。

362 出でてとふ　人のなきかな　花薄　わればかりかと　招く
なりけり

人の家に、男女庭の菊見る

363 植ゑて見る　菊といふ菊は　千代までに　人のすぐべき
しるしなりけり

[一]臨時の祭

364 あしひきの　山藍《あゐ》に摺《す》れる　衣をば　神に仕ふる　しるし
とぞ見る

人の家に、女簾《すだれ》のもとに立ち出でて、雪の
木に降りかかれるを見る

365 草木にも　花咲きにけり　降る雪や　春立つさきに　花と

362 中から出て来て、どなたかと声をかけてくれる人もいないのだなあ。思えば、花薄が私だけを招いているかのような風情をしているのにつられたのだった。

西本、初句「われをとふ」、第四句「われをはかると」。「われ」が重複するが、その方がわかりやすい。

363 庭に植えて観賞している菊という菊はみな、千代まで二人が幸せに長生きして過すしるしなのであるよ。

女の家で、男女が菊の花を眺めながら語らっている図。

＊三六二・三六三は、男の女への呼びかけ、男女の蜜語と、それぞれ情況は異なるが、その詞書の「人の家」がともに恋の場面としての女の家を示す。三〇・一四七で画面不在であった女性が、画面に顕在化されたともいうべきで、恋愛の一齣《ひとこま》として設定された場面性がいっそう豊かになってくる。

一 →五九頁注二。

364 山藍で摺った小忌衣《おみごろも》を神に仕えるしるしと思って見る。

類歌一三七のように、祭官・舞人の気持になって詠んだともとれるが、おそらくは画面に描かれた見物人の感想、もしくは画面を享受する第三者の感想であろう。◇あしひきの　「山」の枕詞。◇山藍　ヤマヰともいう（→一三七）。

365 草木にも花が咲いた。それは、降る雪が立春よりさきに花の代りとなっているからだろうか。

なるらん

366 松が枝《え》に　鶴かと見ゆる　白雪は　つもれる年の　しるし

なりけり

「草木にも」は、西本では「くさもきも」(→六七)。

366 松の枝に鶴かと思われるほどに積った白雪は、また長寿の白髪のしるしであるよ。

松と雪と鶴とを詠み込んだ類歌、五一・七四・二七八。

＊底本「貫之集第三」の終末部には、西本・書本とくらべて歌がいくらか脱けている。とくに三五二～三六六恒佐家屏風歌では、西本・書本の四首を欠脱、また西本では三五九の歌が三五四の前にあり、書本は三五八・三六〇・三六二・三五九・三六一の順に並ぶ。このような齟齬《そご》が見られるが、底本内の錯誤を修正するにとどめておく(→一五二頁＊)。

貫之集 第四

天慶二[一]年四月、右大将[二]殿御屏風の歌二十[三]首

人の家に紅梅あり

367 紅《くれなゐ》に 色をばかへて 梅の花 香《か》ぞことごとに 匂はざりける

女、柳を見る

368 青柳の 繭《まゆ》にこもれる 糸なれど 春のくるにや 色まさるらん

古里にいたれり

＊底本「貫之集第四」は、天慶期の屏風歌を年代順に並べる。

一 底本「三年」は誤り（→一六二頁＊）。書本によって改める。二 実頼。実頼は天慶元年より同八年まで右大将。三 実際には二十二首ある（→次頁＊）。

367 紅梅は色を紅に変じて美しいが、香がまた白梅とは別で、匂わないのだった。

『後撰集』春上に躬恒の作として見え、『躬恒集』にもある。『源氏物語』紅梅に「園《その》に匂へる紅の色にとられて香なん白き梅には劣れるといふめるを」と引歌。

◇ことごと 「異事」または「異異」。別である、または、別々であること。一七四の例は「異異」か。貫之にはまた、「梅の香の降りおける雪にまがひせばたれかことごと分きて折らまし」（『古今集』冬）がある。

368 繭にこもっている青柳の糸ではあるけれども、春がくるからか、だんだん色づいてきている。

「くる」は「来る」に「繰る」を掛け、「青柳」「繭」とともに「糸」の縁語。その柳には、絵に描かれている娘が、深窓に育ちながら、次第に美しく成人してきた姿も象徴されていよう。なお『兼輔集』に「青柳の繭にこもれる糸なれば春のくるにぞ色まさりける」とあり、同一歌と考えてよい。

◇糸なれど 陽本・村雲切「糸なれは」。

369 古里の花の色が美しいのは、散らないうちのわずかな間だけだが、松はいつも緑であるよ。

「古里」と「花」（→四二六・四二七）。『後撰集』春上に、藤

原雅正の歌として見える。◇緑なりける　底本「みとり成けり」。陽本「緑なりける」に従って改めた。なお底本第四句、「も」の傍に「は」、「そ」の傍に「の」と加注あり。『後撰集』歌の下句「つねには松の緑なりけり」。

＊三六七～三六九の三首は別の資料の混入かもしれない。詞書に歌数「二十首」とするのに、実際に二十二首あるのも、三六七・三六九が誤入されたためとする説があり（村瀬敏夫氏）、なお三六八を加えると数が合わなくなるが、いずれにせよ錯誤があるか。『後撰集』春上において、雅正・躬恒の歌は並ぶ。

370　まだ見知らない山里まで、このように来てみると、桜が満開で、桜ほどよい花はないということがよくわかった。

371　吹く風に咲いては散る花のような波、散ってはいるけれども、鶯がこき散らしたわけではないのは、その「波の花」なのであった。「波」を「花」に喩《たと》えた「波の花」（→二〇七・二〇五）では、「鶯の花ふみしだく木のしたは」（二〇四）のように、鶯が蹴散《けち》らすこともできない、と詠んだ。◇こえぬ　「こ（蹴）ゆ」は「蹴る」の古語。

372　あれが道だと思うだけでも遠いのに、春霞にかすんだ行く手は何とはるかなことだろう。◇あは　あれは、の意。「淡路にてあはとはるかに見し月の近き今宵は所がらかも」（『新古今集』雑上、躬恒）。◇だにあるを　…でさえ…なのに、の意。

369
花の色は　散らぬまばかり　古里に　つねにも松ぞ　緑なりける

山里の桜を見る

370
まだ知らぬ　ところまでかく　来て見れば　桜ばかりの花なかりけり

海のほとりに風吹き波立つ

371
吹く風に　咲きては散れど　鶯の　こえぬは波の　花にぞありける

道行《ゆ》き人

372
あはと見る　道だにあるを　春霞　かすめるかたの　はるかなるかな

藤の花

373 時鳥《ほととぎす》　鳴くべきときは　藤の花　咲けるを見れば　近づきにけり

人の家に常夏《とこなつ》あり

374 暮れぬとは　思ふものから　藤の花　咲ける宿には　春ぞ久しき

375 かはるとき　なき宿なれば　花といへど　常夏をのみ　植ゑてこそ見れ

男、山里に行《ゆ》くついでに、木のもとに時鳥を聞く

373 藤の花が咲いたのを見ると、時鳥の鳴くべき時も近づいたのだなあ。

藤と時鳥との取り合せは、『万葉集』に、「ほととぎす来鳴き響《とよ》もす岡辺なる藤波見には君は来じとや」（巻十）などと詠まれているが、とくに大伴家持とその周辺に数見え、中でも田辺史福麿が家持に贈った「藤波の咲きゆく見れば時鳥鳴くべきときに近づきにけり」（巻十八）は、その歌句の位置を入れ替え、わずかに語を変えれば、この貫之の歌になるほどに両者酷似している。ただ本歌の万葉歌の「鳴くべきときに」の場合、生活環境の変化に従って捉えられている季節感や時間を、貫之の「鳴くべきときは」では、季節の固有の運行において捉えようとする相違を強く感じさせる。「わが宿の池の藤波咲きにけり山時鳥いつか来鳴かむ」（『古今集』夏、よみ人しらず）。二七一にも。

374 春がもう終ると思うのに、藤の花の咲いている家では春が長い。

藤の花に残る春を感じている。類歌三五五では逆に藤を通して去りゆく春を詠む。

◇暮れぬ　→三五〇。

375 いつも変ることのない家であるから、花の中でも常夏だけを植えて眺めているのである。

「常夏（撫子《なでしこ》）」が「常（とこ）に懐（なつ）かしい」花として賞美されることによる（→二七三）。

376 旅行く先のあてがあろうがなかろうが、そんなことは忘れて、時鳥の鳴いているこの山里にこ

そ脚をとどめ、その声を聞きながら暮そう。

「山里」(→一四二)で時鳥の声を聞く歌は一四八・四三三にも見え、また貫之は「山里に知る人もがな時鳥鳴きぬと聞かばつげにくるがに」(『拾遺集』夏)とも詠む。◇鳴くここにてを　「を」は感動の間投助詞。書本「なくをこゝにて」。

377　待ちうけていっしょに帰るつもりでいるのに、あの人はどうして、波の立つよりも先に、立って帰ってしまうのであろう。
「かへるさ」の「帰る」に、「波」の「返る」を掛け、「立つ」はその「波」の縁語。
◇待ちつけて　「待ちつく」は、待ちに待っていて逢う。待ちうける。三代集に見えず、和歌の用例は少ない。「待ちつけて散りはてぬとも山桜しばしは庭をはらはざらなん」(『大斎院御集』)。◇立つらん　「らん」は理由を推量する。

378　いつも聞くおなじ風の音が聞えてくるのであるけれども、荻の葉のそよぐ音に、秋が来たのだとわかる。
荻を吹く風の音に秋を知るという類想(→一〇〇)。『古今六帖』第六に、その一〇〇と並んで入る。
◇風をば聞けど　「風とは」とあるべきか(『全書』)。書本、第一・二句「いつもふくかせとはきけと」。

379　もの思いがあるというわけではないが、月夜となるとその月の美しさに、なかなか寝られない。
◇久方の　「月」の枕詞。

376　行くさきは　ありもあらずも　時鳥　鳴くここにてを　聞きて暮らさん

男女、舟に乗りて遊ぶ

377　待ちつけて　もろともにこそ　かへるさの　波よりさきに　人の立つらん

秋の風、荻《をぎ》の葉を吹く

378　いつも聞く　風をば聞けど　荻の葉の　そよぐ音にぞ　秋はきにける

家に、女月を見る

379　思ふこと　ありとはなしに　久方の　月夜となれば　いこそ寝られね

道行く人の初雁《はつかり》を聞く

380 ことづても　とふべきものを　初雁の　聞こゆる声は　はるかなりけり

小鷹狩り

381 百《もも》くさの　花は見ゆれど　女郎花《をみなへし》　咲けるがなかに　狩り暮らしてん

男、旅のやどりに鹿の鳴くを聞く

382 鳴く鹿は　妻ぞ恋ふらし　草枕　行《ゆ》く旅人に　声な聞かせそ

女ある家の菊

380　秋はじめての雁に遠い土地からのことづても尋ねたいものだが、やっと聞えてくるその雁の鳴き声は、まだ遠くかすかであるよ。

蘇武の故事「雁信」による（↓七六）。

◇初雁　秋、はじめて北方から渡ってくる雁。「秋風に初雁が音ぞ聞ゆなるたがたまづさをかけて来つらむ」（『古今集』秋上、友則）。

381　たくさんの花は見えるけれども、とくに女郎花の咲いている中で、一日狩りをして暮そう。

「狩り」と「女郎花」とを結びつけて詠んだ歌が、一五・三九・八二・二七五（五〇四）および本歌に見られる。本集におけるこの結びつきは、すべて屏風歌のうちにあり、また『躬恒集』の「人の子もかると聞くまで女郎花もとごとに鳴く鈴虫の声」が、承香殿《しようきようでん》（↓八五頁注四）屏風歌で「秋の野に小鷹狩り」と題し、『伊勢集』の「秋の野の花の名だてに女郎花かりそめに見む人に折らるな」が、保忠四十賀の屏風歌で「女郎花多かる野に人狩りするに」と題するなど、とくに屏風絵の構図として狩りの場に女郎花が組み合されたのであろうか。なおしばしばその「女郎花」に女の映像が表象される。下句、底本は「さけるかなかに折くらしてん」。書本「さけるなかにをかりくらしてむ」。その「を」は間投助詞で、あるいは書本を取るべきかもしれないが、一応「狩り」とあるべき第五句のみ書本に従った。

382　鳴く鹿は妻を恋しがっているらしい。草枕のひとり寝の旅をつづけていく旅人に、その声を聞かせないでほしい。

旅人が故郷に残した妻を思い起して、淋しい気分にならないように、というのである。「草枕」は「旅」の枕詞。しかし本歌では実質的に旅寝の意味をもたせている。『古今六帖』第二に入集。第四句「旅行く人に」。その形では「草枕」が完全な枕詞となろう。

◇旅人に　底本「たひことに」。書本によって改めた。

383 毎朝菊の上に置く白玉のような露を、緒を縒《よ》って貫くことができたらよいのになあ。

「より」には「縒り」と「寄り」とを掛け、女の家の菊を眺めている男が、女に近寄りたい気持をも表す。

384 時雨《しぐれ》の降る十月が近づいたらしい。山も野も一帯に紅葉が色づいてきた。

「山野」の語は、三代集に見えず、『万葉集』に二例（三九九六・四四四二）、本集では他に一一〇の西本・一一一・四二〇に用いている。

◇近からし　「近かるらし」の約。ここの「らし」は「こそ」の結びで已然形。◇おしなべ　「おしなぶ」は、全体にわたる、の意。「さきに焼けにし憎どころ、こたみはおしなぶるなりけり」（『蜻蛉日記』下巻）。

385 おなじ雨でも時雨ということになると、木の葉が紅色に染まって散らない日はない。

386 十月の時雨といっても、降る時はやはりただの雨なのだが、見ればそれが山の色を染めている。

＊三八四〜三八六は同一の絵か。「しぐれ」「神無月」「雨なれど」などの語句を旋回させて三首作る。

383 緒をよりて　ぬくよしもがな　朝ごとに　菊のうへなる　露の白玉《しらたま》

九月

384 しぐれ降る　神無月《かみなづき》こそ　近からし　山野おしなべ　色づきにけり

385 雨なれど　しぐれといへば　紅《くれなゐ》に　木《こ》の葉のしみて　散らぬ日はなし

386 降るときは　なほ雨なれど　神無月　しぐれぞ山の　色はそめける

水のほとりに鶴集まる

387
群れてをる　葦辺《あしべ》の田鶴《たづ》を　忘れつつ　水にも消えぬ　雪かとぞ見る

十二月つごもり、雪人の家にあり

388
花と見る　雪のいましも　降りつらん　春近くなる　年のつねかも

[一]同年閏七月、[二]右衛門督殿屏風の料、[三]十五首

正月元日、人々遊びしたるところの庭に梅《むめ》の花咲けり

389
老いらくも　われは歎かじ　千代までの　年こんごとに　かくてたのまん

387　葦の生えている水辺に鶴が群れていることをつい忘れて、その真白なさまを、水にも消えぬ雪かと思って見る。

水辺の鶴の図は常套的であり、また鶴を雪と見まがう発想も多い。その両者を兼ねる四九九はとくに類同的。

◇田鶴　「鶴」の歌語（→一九五）。

388　いままさに降っている雪を、きっと花と見ていることであろう。春近くなると毎年そんなふうに雪が感じられるのだなあ。

年の暮に雪を眺める人の気持を思い遣った詠みぶり。

＊三六七～三六八は実頼のための屏風歌。底本は「天慶三年」。しかし、次の三八九～四〇三の屏風歌に「同年閏七月」とあるが、七月に閏月のあったのは天慶二年であること（『全書』）、また実頼は天慶二年に四十歳となり、その四十賀の屏風歌と見られることによって（村瀬敏夫氏）、底本の「三年」を書本に従い「二年」に改めた（→一五六頁）。

一　天慶二年。書本「おなし二年」。二　源清蔭。陽成天皇皇子。三　十四首しかないのは、三八九の次に一首を脱するか（→次頁＊）。

389　老いが来ても私は嘆くまい。新しい年を迎えるごとに、このような管絃の祝賀の宴が催されることを、いつまでも楽しみに、頼りにしていようと思うから。

「桜花散りかひくもれ老いらくの来むといふなる道まがふがに」（『古今集』賀、業平）のごとく、一般に否

定的に詠む「老いらく」を、逆用した妙味がある。

＊三八九の次に、書本「今日ごとにかくてつむとは梅の花香ぞも（「ゝ」脱か）とせのしるべなりける」の一首がある。詞書に「…庭に梅の花咲けり」とあるのを見合せて、底本の脱落かと考えられる。

四 →五四頁注二。

390 まだ斎垣にもいたらない稲荷山を、これから越えてお参りをしようとする私の胸中を、神もご照覧くださるであろう。

第二句の「とりの」は不審。訳は保留した。書本、ならびに書陵部本『元輔集』巻末屛風歌歌群（→一四六頁＊）所載歌では、「とより」とする。それならば、「斎垣にも達しない境の外にあるうちから」の意か。信心と恋の悩みとを詠むか。「ちはやぶる神の斎垣も越えぬべし大宮人の見まくほしさに」（『伊勢物語』七十一段）。◇斎垣　神聖な垣根の意で、神社のめぐりの垣をいう。

391 群れだって稲荷山を越えてゆく、参詣の人々の心中を、稲荷の祭神が神の霊威をおもちならば、十分にご存知であろう。

392 松も鶴もみな千年の長い齢《よわい》を保つのだから、めぐってくる春という春の藤の花を見るがよい。

五 →二七一頁注四。

393 祭官が木綿襷をかけた賀茂祭の今日の縁で、逢う瀬をたのみ恋人のことを心にかけて思う。

賀茂祭にかざす「葵」の「逢ふ」も含め、「ゆふだすき」（→三二）を「かく」から、「心をかく」を導く。

390

二月初午《はつむま》[四]、稲荷《いなり》詣で

斎垣《いがき》にも　いたらぬとりの　稲荷山　越ゆる思ひは　神ぞ知るらん

391 うち群れて　越え行く人の　思ひをば　神にしまさば　知りもしぬらん

三月、池の中島に松、鶴、藤の花あり

392 松もみな　鶴も千歳《ちとせ》の　世をふれば　春てふ春の　花をこそ見め

四月賀茂詣で[五]

393 ゆふだすき　かけたる今日の　たよりには　人に心を　かけつつぞ思ふ

五月あやめ草

394 五月《さつき》てふ　五月にあへる　あやめ草　むべも根長く　おひそめにけり

394 毎年の五月という五月にめぐりあってきたあやめは、その根が育ちはじめてこんなに長く延びてきたのも、もっともなことだ。

五月の端午《たんご》の節供には、あやめの根を引いて、その長いものほど賞美した慣習による（→四九九）。同じ発想の数例があるが、とくに類歌五一七は二・四・五句一致。

＊三九三の「春てふ春」につづけて、三九四に「五月てふ五月」と詠む。このような表現は、他に「野辺といふ野辺」（一八九）「菊といふ菊」（三六三）があり、貫之の好んだ技法の一つだったのであろう。とくにここに呼応してつづく二首では、季節や暦月を立体化した特有な時間意識が醸成されている。

一 六月祓《みなづきはら》へ

395 みそぎつつ　思ふ心は　この川の　底の深さに　かよふべらなり

一 →五六頁注二。

395 みそぎをしながら神に祈る心の深さは、この川の底の深さにも匹敵するようだ。

◇みそぎつつ　「みそぐ」（みそぎをする）という動詞は、『万葉集』に二例「みそぎてましを」とあるが（四三三・九五三）、中古になるとあまり使われない。『貫之集』には本例の他、底本に欠けるが、三五〇の次、西本「つらき人忘れなんとて祓ふればみそぐかひなく恋ぞまされる」に見られる。

七月七日

396 一年《ひととせ》に　一夜《ひとよ》と思へど　たなばたの　あひ見ん秋の　かぎりなきかな

396 一年にただ一夜しか逢えないとは思うけれども、織女と彦星との秋の逢瀬は、いつまでもかぎりなくつづくことだなあ。

『拾遺集』秋に、「右衛門督源清蔭家の屏風に」の詞書で入集。「年に一度ははかなき中ながら、逢瀬は千秋

八月十五夜

397　百年《ももとせ》の　千々《ちぢ》の秋ごとに　あしひきの　山の端《は》かへず　出づる月影

九月菊

398　祈りつつ　なほ長月の　菊の花　いづれの秋か　植ゑて見ざらん

十月網代《あじろ》

399　山川《やまがは》を　とめ来て見れば　落ちつもる　紅葉のための　網代なりけり

十一月臨時[二]の祭

400　あしひきの　山藍《やまゐ》の色は　ゆふだすき　かけたる衣《きぬ》の　つまにざりける

万歳絶ゆまじきとなり」（『八代集抄』）。四〇八は、第三句「たなばたは」とある以外、上句同一の類歌。

397　百年たっても変らず、さまざまにもの思わせる秋、そのたびにいつもおなじ山の端から月が出てくるのだ。

「千々の秋ごとに」は、「月見れば千々にものこそ悲しけれわが身ひとつの秋にはあらねど」（『古今集』秋上、大江千里）によるか。

◇百年　→二八。◇あしひきの　「山」の枕詞。

398　なお一層のあなたさまの長寿を祈りながら、九月には菊の花を植えて賞美いたします。秋にそうしないことが、いつの年にございましょうか。

九月九日の重陽の宴は菊の節供。その「九月（ながつき）」に、長寿を祈る意の「長」を掛けた。『新古今集』賀に入るが、詞書「延喜御時の屏風歌」は誤り。

◇いづれの秋か　「いづれの春か」参照（→五七）。

399　山の中の川を、紅葉を尋ねてきてみると、川に仕掛けてある網代は、まさに落ちつもる紅葉のためであった。

◇山川　「ヤマガハ」と濁る。山の中を流れる川。

二　→五九頁注二。

400　山藍摺りの青い色は、木綿襷をかけた衣をひときわ引き立たせるいとぐちとなっているよ。

祭官や舞人の服装を賛える。「衣」の縁語で「つま（褄）」といい、「いとぐち」の意を表す。

◇山藍　→三七。◇ゆふだすき　→二。

401　ゆふだすき　千歳をかけて　あしひきの　山藍《やまゐ》の色は　かはらざりけり

十二月、一仏名《ぶつみやう》の朝《あした》、二別《わか》るる空に

402　君さらば　山に帰りて　冬ごとに　雪ふみわけて　おりよとぞ思ふ

三おなじ御時の内裏《うち》の仰せ言《ごと》にて

元日

403　今日明けて　昨日に似ぬは　みな人の　心に春ぞ　立ちぬべらなる

桜の花の散るを見たる

401　木綿襷《ゆふだすき》をかけた山藍摺りの衣の色は、千年かけて変らないのだなあ。

前歌と同じく祭官や舞人の服装を賛え、神事の永遠を祝福。「かけて」は「ゆふだすき」を「かく」と、「千歳」を「かく」との両意をもつ。『新古今集』賀に入るが、三八六と同様、詞書「延喜の御屏風歌」は誤り。

一→五九頁注三。二 仏名会の導師を勤めた僧が、勤めを終えて帰っていく別れであろう。書本の詞書「仏名の朝《あした》に、僧の出づるに」。

402　あなたはそれでは山に帰って、また冬に催される仏名会のたびごとに、雪をふみわけて下りてきてください。きっときてくださると思っています。

◇君さらば　底本「君さらに」。「に」に「は」の傍記。その傍記、ならびに陽本による。

＊三八九〜四〇三の月次《つきなみ》歌群で、「春てふ春」「五月てふ五月」についてはすでに注意したが（一六四頁）、その他「一年に一夜」と「秋のかぎりなき」との対照（三九六）、「百年の千々の秋ごと」の積年の感（三九七）、あるいは接尾語「ごとに」が目立つ（三八九・欠脱の一首・三九七・四〇二）など、本歌群には積み重なる時間が比較的強く意識されている。もちろん、とくに接尾語「ごとに」などきわめて一般的な語彙《ごい》であって、従来もそうした年月の対比や対応による発想はところどころに見られたのであるが、本歌群ではそれが特徴的に頻出し、貫之の時間への詠嘆の姿勢の一端をうかがわせる。

三 朱雀天皇の御代。

403 今日元旦の朝が明けて、あたりが昨日とまったく違って感じられるのは、だれの心にも春が来たためのようである。

類歌一三九。その一三九は単純な元日の祝賀の歌であるが、本歌では春が心に立つという心象的な特色がある。

404 桜の花が散るのはまことに惜しいことだが、桜の白い色が雪と見間違えるほどであるのを見て、いま散っているのは、桜そのものであるよりも、雪の形見なのだと思えば、心も慰められる。

桜花を雪の形見とする見立て（→二七）から、自在に詩想をくりひろげた歌である。

405 また来年も来るはずの春だとは知りながら、三月の晦日の今日が暮れて、春が終ってしまうのは惜しいことだよ。

八〇四と下句等しく、ほとんど同じ発想。

406 水底に藤の花が影を映している池を舟が漕いでいくが、水が深いうえに、その藤の色までも深い水中を、舟は棹さしながらいくのであろうか。

四 「六月祓へ」（→五六頁注二）に同じ。

407 川社にしっとりと織って伸ばし干す衣は、どのように干したために七日も乾かないのだろう。

『新古今集』神祇歌に入り詞書「延喜御時…」と誤る。

◇川社　六月祓えなどに川のほとりに篠《しの》を立て、神饌《みけ》を供え、神楽を奏すること。また、その祠《ほこら》。夏神楽。

◇しのに　しっとりと。川社の縁語「篠」を掛ける。

404
散りまがふ　色を見つつぞ　なぐさむる　雪のかたみの
桜なりけり

三月尽くる日

405
こむ年も　くべき春とは　知りながら　今日の暮るるは
惜しくぞありける

四月、池のほとりの藤の花

406
水底《みなそこ》に　影さへ深き　藤の花　花の色にや　棹《さを》はさすら
ん

四 夏祓へ

407
川社《やしろ》　しのに織りはへ　ほす衣《ころも》　いかにほせばか　七日《なぬか》ひ
ざらん

七日

408 一年《ひととせ》に　一夜《ひとよ》と思へど　たなばたは　ふたりともなき　妻にざりける

萩《はぎ》

409 妻恋ふる　鹿の涙や　秋萩の　下葉もみづる　露となるらん

菊

410 千歳《ちとせ》をし　とどむべければ　白玉を　ぬけるとぞ見る　菊の白露《しらつゆ》

411 咲き残る　菊には水も　流れねど　秋深くこそ　にほふべ

408　一年にただ一夜しか逢えないとは思うけれども、織女は二人とないすばらしい妻なのだなあ。

上句、三九六に第三句が「たなばたの」とあるほか、まったくひとしい。同一の表現を繰り返し使った点では陳腐な類歌だが、この歌では「一年」「一夜」に「二人」という数を対応させた技巧が見られる。

◇ふたりともなき　「ふたりとなし」は、比類のない、または、かけがえのない。「ふたつなし」と同様の語。書本「ふたつともなき」。「ふたつなし」の例は本集七六などにも見られるが、「ふたりとなし」は和歌には稀である。「忠こそふたりとなき子なれば、いかがらうたく思はざらん」（『宇津保物語』忠こそ）。

409　妻を恋しがる鹿の涙、それは秋萩の下葉がもみじする露となっているのであろうか。

「下葉もみづる」に悶々たる胸中を外に表す意を暗喩《あんゆ》していよう。「萩」あるいは「秋萩」と「鹿」との取り合せに、恋をからませて詠む歌は本集に数多いが、その先例は『万葉集』巻十「秋の雑歌、鹿鳴《ろくめい》を詠む」に見られ（→四二）、さらに同歌群「黄葉《もみち》を詠む」に「秋萩の下葉もみちぬ」（三〇九）「秋萩の下葉の黄葉」（三二三）などと詠まれていて、それもまた本歌の発想の先例をなしていよう。『拾遺集』雑下、伊衡・躬恒・忠岑の問答歌に、躬恒の歌「さを鹿のしがらみ伏する秋萩は下葉や上になりかへるらん」がある。

410　千年の長寿を保つ呪力《じゅりょく》があるので、菊に置いた白露は、はかないどころか、白玉を並べて貫いているのかと見えるほどである。

菊の露の呪力、類歌（→一六六・三二一）。

◇千歳をし　「し」は強意。

411　咲き残った菊には、しずくの落ちて流れる菊水も見当らないけれども、秋が深まり、まさに残花の美が発揮されているようだ。

菊水の伝承（→五八）にもとづく「仙潭菊図」による（渡辺秀夫氏）。ただし五八・三四六などと異なり、本歌の特徴は、直接的にはむしろ咲き残る菊の可憐の美を賛えた、やはり唐絵構図の「残菊図」（同）で、その中に菊水を想像裡に折り込んでいる点である。他に「残菊図」の詠は四八二にある。

412　恋しい思いが通じそうになくて苦しんでいるのに、山が近くて妻恋う鹿の鳴く音を聞くと、いよいよ恋しさがましてくるよ。

413　紅葉の影を映して流れてゆく川は、白く立つ花のような波頭も、その紅葉の色に染まって赤く変ってしまった。

「波の花」（→一〇七）が、ここでは『古今集』歌（三五〇・四五九）や本集三七一におけるほどに俳諧的でなく、水に映る紅葉の色と対照的に、その白さが風景的影像を捉える趣向として使われている感が深い（→二〇五）。

414　この家には常盤木ばかりがあるのだなあ。その松と竹とのように、住んでいる人も長寿を保っていつまでも元気でいることだ。

◇よはひも　陽本「心も」。

らなれ

八月、鹿の鳴くを聞く

412 心しも　かよはじものを　山近み　鹿の音《ね》聞けば　まさる恋かな

水に紅葉うかべる

413 もみぢ葉の　影をうつして　行《ゆ》く水は　波の花さへ　うつろひにけり

人の家に松、竹あり

414 常盤《ときは》のみ　宿にあるかな　住む人の　よはひも松と　竹となりけり

暮るる年

415 今年はや　明日《あす》に明けなん　あしひきの　山に霞は　立てりとや見ん

416 山の端《は》に　夕日さしつつ　暮れゆくは　春に入りぬる　年にざりける

一おなじ年、二宰相《さいさう》の中将屏風の歌、三三十三首

元日、ふるき男の女のもとに来てものなどいふ

417 あたらしき　年のたよりに　玉ぼこの　道まどひする　君かとぞ思ふ

415 今年ももう終り、明日は新しい年となろう。山を見れば春霞が立っているであろうか。

◇はや　早くも、の意の副詞。◇あしひきの　「山」の枕詞。

416 山の端に夕日がさして暮れていくのだが、思えば、夕日が山に入《い》るように春に入《い》る、つまり今日で一年が終ってまた春になるのだなあ。

「夕日さしつつ」の「さし」には、映ずる意と目指す意とが掛けられ、後者は「入り」とともに「山の端」の縁語。「山の端」の「夕日」に合わせて、「春に入り」という珍しい言い方を象徴的に用い、感覚美的な心象の世界を作り出している。

一 天慶二年と見る（『全書』）。天慶三年説（村瀬敏夫氏）は、次が天慶四年となり（四四九）、またこの屏風歌の中の一首（四三六）が『夫木抄』に「天慶三年、宰相中将家屏風…」として載るところからの推定であるが、次が天慶四年でもこの屏風歌が二年であることを妨げず、『夫木抄』は底本と同じく三六七の前の詞書「天慶三年」の誤りを、そのまま受けつぐものであろう。

二 藤原敦忠。時平男。天慶二年八月、左近権中将で参議に任ぜられ、宰相中将となった。三 底本「廿三首」。陽本による。歌数は三十二首しかないが、四三五の次に書本に見られる一首を欠脱（→一七三頁＊）。

417 新しい年になったからということで、あなたが来てくださったのは、本当は、道を間違えて、たまたま私のところへ来ておしまいになったのではな

いかと思います。

昔、馴染みだった男が女のところへ来て言い寄る。それに女が答えた趣である。三六二・三六三などとひとしく、恋愛の一場面として設定されている（→一五四頁＊）。「ふるき男」と「新しき年」との対比に一つの人間認識を示し、歌には女の皮肉をこめる（和多田晴代氏）。
◇玉ぼこの　「道」の枕詞。

四 →五四頁注一。

418 山辺の松を見ながら、一方小松を引く野辺に思いを馳《は》せて、心を慰めようとしているのだよ。
◇のべに　「延べ」に「野辺」を掛ける。

419 朝も昼も見ながら暮している山辺ではあるけれども、今日は小松を引く子の日なので、野辺を思いやりながら、その山辺を眺めずにはおれない。
◇朝なけに　「け」は数々の日の意。朝も昼も毎日。
＊ 詞書によれば、山里に住む女が山辺の小松を引いて、やはり子の日の行事をしている図であろう。「子の日」といえば「野辺」が連想されるのに、「山辺」でするしかない女の胸中を詠んだ一首。

420 山や野では美しい花が咲いてもかいがない。その風情を観賞しながら、すばらしい花だと認めることのできる家に植えかえてほしい。
花を掘って植えかえる類想の歌、一五四。
◇山野　→三八四。◇植ゑなん　「なん」は誂《あつら》えを表す。

421 別れを惜しみながら旅立つあなたを見るときは、私の涙までとまらなくなってしまいます。

山里に住む女、子《ね》の日《び》する四

418 あしひきの　山辺の松を　かつ見れば　心をのべに　思ひやるかな

419 朝なけに　見つつ住めども　今日なれば　山辺のみこそ　思ひやらるれ

野山に花の木掘れり

420 山野には　咲けるかひなし　色見つつ　花と知るべき　宿に植ゑなん

旅出立《いでた》ちするところに、ある女ども別れ惜しめる

421 惜しみつつ　別るる人を　見るときは　わが涙さへ　とま

422 なつかしく思う人をあとに残し、別れて遠くへ行くので、進んで旅行く気持などには私はとうていなれませんのに……。
それでも出立しなければならない、という余韻をもつ。「心ゆく」に、心がはずむ、気が進む、の意を掛けて、旅に「行く」を意味させる。
◇思ふ人　旅立つ人に対して別れがたく思う女とも、旅立つ人が忘れがたく思う女とも、とれる。

423 別れを惜しむこのつらさをかねてから知っておりましたら、旅に出で立とうなどとは思わなかったでしょうに。

＊四二一〜四二三は、屏風歌中の贈答形式として注意される。なお「返し」が二首あるのは、複数の人が旅立つ図なのであろう。見送るのも複数の女たち、「ある（そこにいる）女ども」で、贈歌が一首なのは、彼女たちの気持を代表する歌として詠まれているものか。また、屏風絵・屏風歌の情景や主題に、別離そのものが取り上げられているところに著しい特色があり、本集では他に例がない。

424 草も木も昔のままに見えるけれども、吹きすさぶ風につけて、あなたはこの年月どのようにお過しだったかと思います。
「草も木も」は和歌的表現として熟する（→六八七）。

425 桜の花が咲いては散り、また咲いては散りしながら、繰り返す年月は、ただ私の身に積って、私ばかりが年をとってしまうようです。

らざりけり

出立《いでた》つ人の返し

422 思ふ人　とどめて遠く　別るれば　心ゆくとも　わが思はなくに

423 かねてより　別れを惜しと　知れりせば　出立たむとは　思はざらまし

男、女の家にいたりてとぶらひたる

424 草も木も　ありとは見れど　吹く風に　君が年月　いかがとぞ思ふ

返し、女

＊四二四・四二五も四二一～四二三につづいて贈答の形をとり、物語的な場面設定がなされる（解説参照）。四二五の次に、書本では「道行く人、種蒔くを見たる家にては知らざらましを道見れば種蒔き時になりにけるかな」の一首がある（↓一七〇頁注二）。

426　すぐに散りそうではあるけれども、桜の花ばかりは古里に昔ながらに咲いているのであった。類歌三三。

427　古里はかつて見たのとはすっかり変ってしまったなあ。ただ花の色だけが荒涼とした感じにならずに咲いているよ。類歌三三五。

＊「古里」は、もといたところ。四二六・四二七および右の類歌、また三六九などにおいて、ひとしく「古里」が「花」ないし「桜」と結びつき、「花」ははかないものなのに、その「花」を変らぬ自然として対照されるほどの「古里」の荒廃の印象が詠まれている。屏風歌ではないが、有名な九〇も同じ発想。その基点には「古里となりにし奈良の都にも色は変らず花は咲きけり」（『古今集』春下、平城帝）がうかがえ、構図にも旧都奈良を連想させるところがあるともいわれる（藤岡忠美氏）。

428　行く春のたそがれ時になってくると、鶯の鳴く音も暮れていくような感じがする。貫之の類想四六四と「行く年の惜しくもあるかなます鏡見る影さへに暮れぬと思へば」（『古今集』冬）がある。

425　桜花　かつ散りながら　年月は　わが身にのみぞ　つもるべらなる

古里《ふるさと》の花を見る

426　あだなれど　桜のみこそ　古里の　むかしながらの　ものにはありけれ

427　見しごとく　あらずもあるかな　古里は　花の色のみ　あれずはありける

三月つごもり

428　行く春の　たそかれ時に　なりぬれば　鶯の音《ね》も　暮れぬべらなり

429　春が今日で暮れていくさびしさは、鶯が逝く春を惜しんで鳴くのをやめてしまう、その鶯の心に象徴されているよ。
◇鳴かずなりぬる　底本「なかすはなりぬる」。陽本により、「は」を衍字《えんじ》として除く。
＊四二八・四二九は、三月晦日の日も暮れ、しみじみと惜春の情を表した二首。落花もしくは花と結びつけて逝く春の詠まれることは多いが、鶯を関連させた発想は珍しく、本集にも三五〇とここ以外にはない。しかも四二八では「鶯の音も暮れ」るという感覚の渾融《こんゆう》、四二九では「鶯」の「心」の影像化に、貫之の独特な工夫がうかがえる。

430　卯の花の白い色とも見まがう木綿《ゆう》を垂らして、今日こそ神を祈っているようである。
◇ゆふしでて　「ゆふ（木綿）」は、こうぞのあま皮から製した糸で、おもに幣《ぬさ》にする。「しづ」は、垂らす意。「安是《あぜ》の小松に木綿垂《し》でて」（『常陸国風土記』）「榊葉のときはかきはにゆふしでやかたくるしなる目な見せそ神」（『蜻蛉日記』上巻）。

431　春が過ぎて四月になると、榊葉の常緑の色がそれこそいっそう緑を濃くしているよ。
常盤木の緑の色がまさるという発想は、「常盤なる松の緑も春くればいまひとしほの色まさりけり」（『古今集』春上、源宗于）などに見られる。（→二四三）。

432　この里にどのような人が住みかを定めて、山時鳥をたえず聞くのであろうか。

429
春の今日　暮るるしるしは　鶯の　鳴かずなりぬる　心なりけり

神祭る

430
卯の花の　色見えまがふ　ゆふしでて　今日こそ神を　祈るべらなれ

431
春すぎて　四月《うづき》になれば　榊葉《さかきば》の　常盤《ときは》のみこそ　色まさりけれ

山里に時鳥鳴きたり

432
この里に　いかなる人か　家ゐして　山時鳥　たえず聞くらん

たなばた

433 夕月夜《ゆふづくよ》　久しからぬを　天の川　はやくたなばた　漕ぎわたらなん

434 つもりぬる　年はおほかれど　天の川　君が渡れる　数ぞすくなき

とまり

435 とまりてふ　このところには　来る人の　やがてすぐべき　旅ならなくに

月に琴《こと》弾《ひ》きたるを聞きて、女

436 弾く琴の　音《ね》のうちつけに　月影を　秋の雪かと　おどろかれつつ

山里で時鳥を聞く図（→三七六）。

433 夕月の出ている間は長くはないのだから、月が隠れて暗くならないうちに、織女は天の川を早く渡ってきてほしい。

彦星の心になって詠む。

◇夕月夜　夕暮に空に出ている月。また、その夕月の見られる夜。

434 積り積った年の数は多いけれども、年に一度天の川を渡ってくるあなたとの逢瀬の数は、まことに少なく感じられる。

前歌と同様、織女を待つ彦星の心。類歌「年ごとに逢ふとはすれどたなばたの寝《ぬ》る夜の数ぞすくなかりける」（『古今集』秋上、躬恒）。

435 「泊り」というここの場所は、立ち寄ってはまたすぐに旅立つ旅人が通り過ぎていく。とまり（最後）というのだから、そんなふうに通り過ぎずに、旅はもうここで終ってもよいのに。

果ての意の「とまり（留り）」に、碇泊地ないし宿泊地の意の「泊り」を掛け（→一六九）、終着点がありそうでない、旅と人生の流転の相を観念化して表現している。

436 弾く琴の音に誘われ、思わずふと、あたりの月の光が秋の雪かと目を見はりながら、聞きほれております。

◇うちつけに　→一三三。◇秋の雪　漢語「秋雪」は月光の形容としても使われるが、その訓読語（渡辺秀夫氏）。

437 月の光を雪かと見ながら、弾く琴の音を聞くと、その音は次々と空に消え、同時に月の光と一つになって、積った雪のように冴《さ》えわたっていくのに、そんな美しい風情を、琴を弾く当のあなたはご存知ないのでしょうか。

月光を雪と見まがう幻影を通して、琴の音が空に消えつつ月光とともに深い印象をとどめていく、純粋感覚的な空間を造り出している。

438 弾く琴の音ごとに思う心を託して弾いています。琴の音色を、私の心のごとくに心得て聞いてほしいのです。

＊「月下弾琴図」も唐絵風の題材（渡辺秀夫氏）。女の歌が二首あるのは、男が琴を弾き、複数の女たちがそれを聞いている図なのであろう。贈答歌の体をなすが、歌の内容からも、はっきりとした贈答というより、それぞれに感慨を述べあっている感が深い。なお月を雪と見る類歌三五九。

一 五七頁注四。

439 秋の田を刈り働いている人も、小鷹狩りをしている私とはちがった思いであろうけれども、みな仮りの世のもの思いにふけっているようだ。

「小鷹狩り」の縁で「かり」といい、それに「刈り」と「仮り」とを掛ける。類歌三三。

440 斎垣の中にまだ入らないうちは、人しれず思っている私の胸中を、神さまには察してほしい。

神社をめぐる垣根の内に入ってからの敬虔な信心を想

437 月影も　雪かと見つつ　弾く琴の　消えてつめども　知らずやあるらん

男

438 弾く琴の　音《ね》ごとに思ふ　心あるを　心のごとく　聞きもなさなん

田のなかに一小鷹狩りしたる

439 人もみな　われならねども　秋の田の　かりにぞものを　思ふべらなる

神の社《やしろ》に詣でたる

440 斎《い》垣《がき》にも　まだ入《い》らぬほどは　人しれず　わが思ふこと

定しながら、神域では許されない人しれぬ恋の切なさを詠む（→三九〇）。

441　やもめ暮しで為すこともなくわびしく年を過していく家では、夜も昼も長く感じられよう。

◇むば玉の　「夜」の枕詞。

442　雑草がますます生い茂ってくるばかり。家の庭の草木が枯れるように、人も離（か）れて来訪者がなくなったのだろうが、それどころではない。

◇八重葎　→八四。

「山里は冬ぞさびしさまさりける人めも草もかれぬと思へば」（『古今集』冬、源宗于）による。

＊『蜻蛉日記』下巻、「女絵」の説明に「やもめ住みしたる男の、文書きさして、頬杖《つらづゑ》つきて、もの思ふさましたるところ」とあり、三三一の詞書「男なき家」とともに、「やもめ」の設定は場面が主情的物語的になる。本例は男女いずれともつかないが、女ならば『宇津保物語』の俊蔭女、『源氏物語』の末摘花などを連想させて、男女の図以上にいっそう深い感情を表出し（家永三郎氏）、四四〇の忍ぶ恋の情趣を受け継ぎながら、山里意識との複合によって、沈痛さを深める（和多田晴代氏）。

443　旅中、夕風が寒くなってきたとき、衣をうつ音が聞えてくる。その家に一夜の宿をかりられないものか。

僻地《へきち》の夫を偲ぶ砧《きぬた》の音（→一八）に、故郷の妻を思う旅人の心。「草枕」は「旅」を直接意味する（→三八二）。

を　神や知らなん

やもめなる人の家

441 つれづれと　年ふる宿は　むば玉の　夜《よ》も日も長く　なりぬべらなり

442 八重葎《やへむぐら》　しげくのみこそ　なりまされ　人めぞ宿の　草木ならまし

旅人の衣《きぬ》うつ声を聞きたる

443 草枕　夕風寒く　なりぬるを　衣《ころも》うつなる　宿やからまし

男、女の家に来て、夜ふかくなるまで立ち

444 今宵はついに朝近くにわとりが鳴き出すまでになったので、私はもう帰ろうかな。こうしていよいよここには訪ねてくる人もなくなるのだよ。
頑《かたく》なに男を拒む女の孤立を、その女の所へ来て一晩入りあぐねた男のいささか皮肉な感懐を通して詠む。

445 もみじ葉が流れて落ち止まる網代には、白波もまた寄せてこない日はない。
一 →一〇二頁注一。
網代には流れてくる紅葉が落ち止まると詠み（一六九の西本・三三一・三九九）、また白波が寄せると詠む（四五八・四八四）。この歌の特色はその両方をかね、「紅葉」の紅と「白波」の白とが対照的になっている点である。
◇よらぬ　底本「からぬ」。元禄版本に「よらぬ」とある。『全書』『大成』では底本を「よらぬ」と読むが、いずれにせよ、「白波」の縁語で「よらぬ」とすべきであろう。

446 霜枯れの草を枕にして旅寝をすると、都にいるあなたを恋しく思う涙が、草に夜露がますますたくさん置くようにあふれ出てきて、まんじりともすることができないよ。
◇霜枯れ　→二四一。
「おき」に「起き」と「露」の縁語「置き」を掛ける。

447 いつといってあなたを思わないときはないけれども、とくにあなたのことを心にかけて、都の家が恋しく思われるのは、旅先きにおいてであるよ。
◇いつとても思はざらめど　「いつとても思はざるに

わづらひて、人にえあはであるに

444 いとどとふ　人もなきかな　今宵《こよひ》もや　鳥さへ鳴きて　われは帰らん

一網代

445 もみぢ葉の　流れて落つる　網代には　白波もまた　よらぬ日ぞなき

野やどりせる旅人

446 霜枯れの　草枕には　君恋ふる　涙の露ぞ　おきまさりける

447 いつとても　思はざらめど　君かけて　家恋しきは　旅にざりける

はあらざらめど」を簡略化したものか。「いつとても恋しからずはあらねども秋の夕べはあやしかりけり」(『古今集』恋一、よみ人しらず)。
＊ 四四六・四四七は、旅の野に寝て、都の恋人を思う男の心になって詠んだ二首。その恋人に呼びかける形をとることで、旅情の中に恋慕の思いをこめた胸中の孤愁そのものを、いっそう強く詠出する。

448　年の暮れていくのは、ちょうど雪のさなかであった。それは新しい年をことほぐ、はっきりとしたしるしなのであるよ。
◇あらたまの 「年」の枕詞。なお原意の、年が「あらたまる」意をも含めて詠まれている。
＊ 四一七〜四四八は、敦忠のための屏風歌。「人物中心の屏風歌の極まったすがた」(菊地靖彦氏)とされる。贈答形式を多く含み、別離そのものを主題とし(四三一〜四三三)、「古里」に主情的時間を表出し(四二六・四三七)、あるいは旅と人生の流転の相を示す(四三五)など、絵画的形象の内なる人生的心情的世界が独自な構図をもって浮び上がる。
二 実頼(↓一五六頁注二)。三 底本には十一首しかない。四五九の次に一首脱するか(↓一八三頁＊)。四 「まらうと」に同じ。陽本、四五〇もともに「まらうと」。

449　春が来たならば咲くだろう、咲いたら眺めようと思っていた梅の花を、愛賞するあまりであろうか、人が折っている。
◇めづらしび 底本「ひ」に「けイ」と傍記。

雪の降る家

448 いちしるき　しるしなりけり　あらたまの　年の暮るるは　雪にざりける

同四年正月、[二]右大将殿の御屏風の歌、十[三]二首

元日、人の家に客人《まらうと》[四]あまた来たり、あるは屋のうちにいり、あるは庭におり立ちて梅の花を折る

449 春立たば　咲かばと思ひし　梅の花　めづらしびにや　人の折るらん

人の家に客人《まらうと》あまた来て、柳・桜のもとに

群れゐて遊びするに、花散りまがふ

450 青柳《あをやぎ》の　色はかはらで　桜花　散るもとにこそ　雪は降りけれ

藤の花、松にかかれる

451 むかしいかに　たのめたればか　藤波の　松にしもなほ　かかりそめけん

男、神の社《やしろ》に詣でたる

452 祈りくる　神ぞと思へば　玉ぼこの　道の遠さも　知られざりけり

男女の木のもとに群れゐたるところに、舟に乗りて渡る人あるが、指《およ》びをさしてものい

450 青柳の色は変ることなく、春爛漫のさなかに、桜の花が散り敷いている木の下に、花吹雪が降ってきた。

「本ものの雪が降るなら、青柳も寒さに色をかへるのだが」（『全書』）。

＊ 四四九の詞書「人の家に客人あまた来たり…」と、四五〇の詞書「人の家に客人あまた来て…」とは、さらに梅あるいは柳・桜を観賞する風情と合わせて、明らかに脈絡があり、画面がそのまま初春から陽春へと移り動く流動感、連続の効果を与える。「客人」も『貫之集』に他例なく、ただ「人々」などというのとは異なる人事的なモチーフをもつ。

451 昔からのどんな宿縁があって、松は藤を頼りにさせはじめたのであろうか、藤の花房は依然として松にまつわりついている。

「松藤図」は、本来神仙的世界によるかと思われる中国的な画題・詩題にもとづくもの（片桐洋一氏・渡辺秀夫氏）。五〇・七〇・一二九など例歌多く、また三二四・三二五・三〇三などのごとく、擬人的な発想をからめても詠まれる。本歌の「むかし」にも、男女の仲の前世の契りが暗示されているとも見られよう。◇たのめ　「たのむ（下二段）」は、頼りにさせる、の意。◇藤波　→一〇六。

452 祈りながらお参りにきた神社と思うと、道の遠さなどまったく感じなかった。

◇神ぞと思へば　底本「神そ思へは」。陽本による。

へるやうなり。そのさま時鳥を聞けるに似たり

453 かのかたに　はや漕ぎ寄せよ　時鳥　道に鳴きつと　人に語らん

海のほとりなる人の家に、女簾《すだれ》を上げて海を見出だせり。そのなかにいたく老いたる女あり

454 浜辺にて　年ふる人は　白波の　ともに白くぞ　見えわたりける

人々秋の野に遊ぶ

455 秋の野の　萩の錦は　女郎花《をみなへし》　たちまじりつつ　織れるなりけり

◇玉ぼこの　「道」の枕詞。

一　主格を表す格助詞。

453　あの岸の木の方に早く舟を漕ぎ寄せよ。時鳥が鳴いたのを途中で聞いたとあの人達に話そう。

人々が水辺に集まり、また舟を浮べて遊ぶさまと、時鳥の声に誘われる風情とを重ねた構成。

454　浜辺で年をとった人を見ると、白波がその白髪とひとつになって、白く見渡せるよ。

浜辺の家に海を眺める老女の髪の白さを、波頭の白さと合わせて詠み、家刀自の風格、あるいは逆に老残の嘆きをひそかに示唆しながら、そうした人事をも軽妙に風景化してしまっている。白髪と白波との対応は、『土佐日記』に「わが髪の雪と磯辺の白波といづれまされり沖つ島守」（→三一頁）と詠まれているのとの類似に注目され（『全書』）、また貫之には「波寄する岸に年ふる松の葉の久しき心たれか知るらん」（『玉葉集』雑三）の詠もある。

455　秋の野に咲いた萩が錦のようになっているのは、女郎花がところどころにまじっては、その美しい風情を織りなしているからであるよ。

萩と女郎花とを取り合せた風景。その女郎花に、野に遊ぶ美しい女の姿が象徴され、さらに錦を織る女のさまが幻想的にからむ。類歌三四。

◇たちまじりつつ　「たち」に「立ち」と「裁ち」とを掛け、その「裁ち」は「織れる」とともに、「錦」の縁語。

一女どもの池のほとりなる対《たい》二に群三れゐて、水
の底を見る

456 月影の　見ゆるにつけて　水底《みなそこ》を　天《あま》つ空とや　思ひまど
はん

菊おほくおひたる川のほとりなる人の家に、
女どもおほく川面《かはづら》四に出でて遊ぶ

457 水上《みなかみ》に　ひちて咲けれど　菊の花　うつろふ影は　流れざ
りけり

人々舟に乗りて、網代にいけり

458 棹《さを》さして　来つるところは　白波の　よれどとまらぬ　網
代なりけり

一 底本「女はなの」。書本による。二 対の屋。寝殿の左右あるいは後方に造り、渡り廊下で結ぶ別棟の建物。三 底本「むゐて」。書本による。

456 月の水に映っているのが見えるにつけて、水底を天空とも思い迷うだろう。

貫之はしばしば、水に映る月影を通して想像的世界をくり拡げる。類歌三一・七六などがあり、とくに『土佐日記』の「影見れば波の底なる久方の空漕ぎわたるわれぞわびしき」（→一二六頁）と同工異曲。ただしそれほどに卓抜な詩情はない（『全書』・大岡信氏）。

四 →六六頁注一。

457 上流の菊の花が水にひたって咲き、その滋液を川に流しているけれども、水に映る花の影は変らぬ美しさを保ち、けっして流れ去ることはないよ。

菊水の伝承（→五八）にもとづく。川上に仙境を見はるかす多くの菊と、水辺にのどかに遊ぶ女どもとを取り合せた構図。菊の花の影が流れていかず、いつまでも水中にとどまるというのは、不老不死の効験とともに、不変の美を詠んだ巧妙さがある。

458 棹をさし舟を進めてきたところは網代——白波が寄ってはくるけれども、そこにとまることのない網代なのであった。

「よれど」の「寄る」は「白波」の縁語。

459 よそ目に見ると、みぎわに立っている鶴を、白波か、それとも雪か、まるで見分けがたい。

鶴を雪と見紛《まが》う発想も多く（五一・七四・三八七）、また鶴を

道行《ゆ》く人、川のほとりに鶴群れゐたるを見る

459 よそなれば　みぎはに立てる　葦田鶴《あしたづ》を　波か雪かと　わきぞかねつる

五 おなじ年三月、内裏《うち》の御屏風の料の歌、二十八首

元日、雪降れり

460 今日しまれ　雪の降れれば　草も木も　春てふなへに　花ぞ咲きける

子《ね》の日《び》六

461 帰るさは　暗くなるとも　春の野の　見ゆるかぎりは　行《ゆ》

波に見立てた貫之の歌、「葦田鶴の立てる川辺を吹く風に寄せて返らぬ波かとぞ見る」(『古今集』雑上)。
◇葦田鶴　→一三。

＊四四九〜四五九は実頼のための屏風歌。底本に「十二首」とある歌数が一首足りないが(→一七九頁注三)、書本では四五九の歌の次に、「女、紅梅を見るほどに雪ふれり」と題して、「紅と雪とは遠き色なれど梅の花にはなほかよひけり」の一首がある。本屏風歌の大部分は、人が集まって、花見をしたり、水辺や舟艇で遊んだりする情景が素材となっており、そのような風情で全体統一された雰囲気の感じられるところが特色となっている。

五 天慶四年。

460 折も折、元日の今日、雪が降ってきたので、草も木も、春という声を聞くとともに、いっせいに花が咲いたかのようであった。

◇今日しまれ　「今日しもあれ」の略。◇草も木も　→六八七。◇なへに　…とともに。『万葉集』の用例がすべて聴覚的なかかわりをもち、『古今集』もほぼ同様。『貫之集』でもそのような用法が多いが(一三・二六・三六〇・五六七・六二九)、この「春てふなへに」は直接的な聴覚性を失い、さらに「もの思ふなへに」(六〇二)では、その本来的な用法からの逸脱が見られる。

六 底本「子」。書本「子日」(→五四頁注一)。

461 帰り道はたとえ暗くなろうとも、子の日の野遊びに出た春の野の、見えるかぎりの遠くまで行

かんとぞ思ふ

梅《むめ》の花の散れる

462 梅の花　にほひにほひて　散るときは　かくすに似たる　雪ぞ降りける

柳おほかるところ

463 青柳を　たよりと思ひて　春のうちの　緑つもれる　ところなりけり

桜の花

464 桜花　折るときにしも　鳴くなれば　鶯の音《ね》も　暮れやしぬらん

ってみようと思う。
本集で歌中「春の野」の語は、屏風歌の子の日・若菜に関して用いられる（→二六）。

462　梅の花が美しい上にも美しく咲いて散るときには、それを蔽《おお》いかくす風情にも似た雪が、降ってくるのだった。
散る梅の花と雪とが紛れるばかり渾然《こんぜん》とし、梅のかぎりない美しさへの愛惜の情をこめた、独特な自然感情が作り出され、熟した技巧を感じさせる。「にほひにほひて」という表現も珍しい。雪が梅の香を隠せないという発想の歌もまた貫之にあるけれども（→四九二）、この歌の「にほふ」は視覚的に使われている。

463　青柳がたくさんにあるので、その青柳に託するのが一番春らしいと思って見ると、まことに緑がいっぱいの春爛漫の景色なのだよ。
着想の面白みを求めたのが、かえって観念的な詠みぶりになってしまったものか。
◇たより　媒介となる、よい機会。ついで。つて。参考「花のたより」（→六七）「何をたよりに春を待つらん」（八一四）。

464　桜の花をめでて折るちょうどそのとき、鶯の鳴く声が聞えたとすれば、その鶯の声もきっと暮れ方になっているのであろう。
桜の花にしても鶯の声にしても、はかなく全盛期を過ぎてしまう名残惜しさを詠む。下句は、四二八の「鶯の音も暮れぬべらなり」と類句。

◇鳴くなれば　「なれ」は音を聞いてそれと推量する。

465　農夫たちは、新しく開いた田をすきかえすいまから、稲の穂が出て実るときのことを人しれず思っている。私の人しれぬ胸の思いもいつか外に現れてしまうだろうと思う。

耕作している農夫たちの心中に擬して、恋情を歌う。
◇あらを田　「新小田」で、新しく開墾した田とする説と、「荒小田」で、荒れたままの田とする説とがある。一応前者に従っておいた。「あら田」ともいう。
◇ほに出でん　「穂」に「秀《ほ》（高くひいで、表面に現れたところ）」を掛け、稲や薄の穂が出ることに、恋心などがあらわに見える意を託す。「秋の田のほにこそ人を恋ひざらめなどか心に忘れしもせむ」（『古今集』恋一、よみ人しらず）、また五二も同例。

466　思うに、水に映る山吹の姿があるということは、水底に山吹の花が咲いているのだと見れば見ることができように。

第二句、書本により「ありとおもはずは」とすれば（『校訂』）、影が映っていると思わなければ、の意。

467　明日という日もあるのだけれども、春が今日で終ってしまう、その今日を、花を見ながらしみじみ惜しいと思う。

第四句、底本「なれぬる今日は」となっているが、四〇五および八四の下句が、ともに「今日の暮るるは惜しくぞありける」とあるのを見合せ、書本「くれぬる」に従って改めた。

田作れるところ

465 あらを田　かへすいまより　人しれず　思ひほに出でん　ことをこそ思へ

山吹

466 うつる影　ありと思へば　水底《みなそこ》の　ものとぞ見まし　山吹の花

春の暮るる日

467 明日《あす》もくる　時はあれども　花見つつ　暮れぬる今日は　惜しくぞありける

池のほとりに咲ける藤、舟に乗りて遊び見る

468　舟を戻していくら見ても見あきることがない。いってしまった春との別れの名残であるこの藤の花房は。
「逝く春」が擬人化されているところに特徴がある。「名残」は、波が引いたそのあとに残る「余波（なごり）」を掛け、「藤波」の縁語になっている（→三四〇）。「岸近き松にかかれる藤波は春の名残に立ちとまらむ」（『中務集』）なども、同じ技法で「藤波」を「春の名残」として詠む。
◇見れどもあかず　→二六五。◇藤波　→一〇六。

469　明け暮れる月日があって、時節はめぐってくるけれども、時鳥の鳴く声に夏が来たと、はっきりわかる。
『全書』に「暦の上で来る夏、時鳥の鳴く声に来る夏」と注する。「来にけれ」の「けり」は、事態に気づいたことを表す。

470　長い間に色を染めてきて、まったく春も秋も知らぬ永遠の夏の花として、撫子が咲いている。
「常夏」の名称から、永遠の夏で、春も秋も知らぬと着想したもの。「春も秋も知らで」の類句「春秋もなくて」が、八六六に見える。
◇長けく　「長き」に、「こと」の意の古語「あく」がついてつづまったク語法。長いこと。長い間。

471　鳥の鳴く音は数々あるけれども、時鳥の鳴く声が聞えると、五月になったのだなあと思う。
「時鳥」と「五月五日」との結びつきは、「時鳥鳴くや

468
漕ぎかへり　見れどもあかず　別れにし　春の名残《なごり》の　藤波の花

時鳥

469
明け暮るる　月日あれども　時鳥　鳴く声にこそ　夏はきにけれ

撫子《なでしこ》

470
長けくに　色をそめつつ　春も秋も　知らでのみ咲く　常《とこ》夏《なつ》の花

五月五日

471
鳥の音《ね》は　あまたあれども　時鳥　鳴くなる声は　五月《さつき》なりけり

池の鶴

472 わが宿の　池にのみ住む　鶴なれば　千《ち》歳《とせ》の夏の　数は知るらん

人の木のもとに休める

473 陰深き　木《こ》の下風の　吹きくれば　夏のうちながら　秋ぞきにける

夏神楽《かぐら》

474 行《ゆ》く水の　うへにいはへる　川社《かはやしろ》　川波高く　遊ぶなるかな

たなばた

五月の菖蒲草あやめも知らぬ恋もするかな」(『古今集』恋一、よみ人しらず) などに見られる (→三八)。

472 わが家の池にずっと住んでいる鶴であるから、おそらく千年の年を経て、その夏の数も知っていることであろう。

「夏」は、四季の推移の意識が強いこの歌群の特色に因《ちな》むもの。

◇池にのみ 「のみ」は強調。

473 陰深く生い茂った木の下を風が吹いてくると、まだ夏のうちなのに、早くも秋がおとずれてきた感があるよ。

「木の下風」は『万葉集』『古今集』『後撰集』に見えず、『貫之集』に、本例の他、一五〇・七五四にあり、また『躬恒集』に「行く道はまだ遠けれど夏山の木の下風は立ちうかりけり」の歌がある。貫之や躬恒の間で、おそらくは貫之によって、創案された歌語なのかもしれない。後には「山桜木の下風し心あらば香をのみつてよ花な散らしそ」(『源順集』)「紅葉ふる木の下風に夢さめてうらなき鹿の音をも聞くかな」(『安法法師集』) などと詠まれてくる。

◇木の下風の 底本「木の下風は」。陽本による。

474 行く川のほとりに祭って神楽を奏している川社では、川波が高く立つとともに、声高く楽の音をあげているのが聞えるよ。

「高く」に「波」と「声」の両方を意味する。

◇川社 →四〇七。

475　七夕の牽牛織女が仲違いもせずに世を過しているのは、年に一度の逢瀬があるからである。

「世」には「節（よ）」を掛け、「うきふし」の「ふし（節）」の縁語となっている。

◇うきふしならで　辛くいやな状態でなく。あるいは「うきふしなくて」の誤りかもしれない。「いまはただそよそのことと思ひ出でて忘るばかりのうきふしもなし」（『和泉式部続集』）。

476　初雁の声が聞えてくるにつけて、空が秋の気配を帯びてきたことを、人は知るのであろう。

「空の秋」の歌句は斬新。他にあまり用例を見ない。

◇久方の　「空」の枕詞。◇人の知るらん　底本「人にしるらん」。陽本による。

477　鳴く鹿の声をたどり、その姿を求めながら、私は秋萩の咲いた山の峰に来てしまった。

「鹿」と「萩」との取り合せは例多く、また恋をからませた発想もうかがえるが（→四二）、この歌では恋の趣向は薄く、「秋萩の花咲きにけり高砂の尾上の鹿はいまや鳴くらむ」（『古今集』秋上、藤原敏行）などと類同的。

478　十五夜には毎月めぐりあうけれども、幾年たっても、今宵八月十五夜にまさる月の姿はないのだなあ。

八月十五夜の中秋の月は、中国の白楽天が「三五夜中新月ノ色、二千里ノ外故人ノ心」と詠じ、また白楽天と同時代の徐凝《じよぎよう》の「一年今夜ニ如クニ似タル無シ」

475
たなばたの　うきふしならで　世をふるは　年に一度《ひとたび》　あへばなりけり

初雁《はつかり》を聞ける

476
初雁の　声につけてや　久方の　空の秋をも　人の知るらん

鹿の鳴ける

477
鳴く鹿の　声をとめつつ　秋萩の　咲ける尾上《をのへ》に　われは来にけり

八月十五夜

478
月ごとに　あふ夜なれども　世をへつつ　今宵《こよひ》にまさる　影なかりけり

や、熊孺登《ゆうじゅとう》の「一年祇《ただ》今宵ノ月有ルノミ」などの詩句があり、日本でも紀長谷雄が「十二廻中、此ノ夕ノ好《よ》キニ勝ル無シ」と賦す。それらを受けて貫之のこの歌も詠まれている（大曽根章介氏）。とくに、今宵の月に勝るものがないという発想、および「世をへつつ」に看取できるような、遠い年月への回顧的想念に、漢詩との脈絡のあることが注意される。

479　だれの老いをもさえぎりとめるという菊は、百年をもそのままやりすごす花であるよ。

菊の露、また菊の花自身に不老長寿の効力があるとする習俗による（→四三・一八三）。「やる」は、やりすごす意。「あはぬまに梅も桜もすぎぬるを卯の花をさへやりつべきかな」（八四二）が参考となる。なおこの歌には、「とどむ」と「やる」との反対概念を結果的に同一義に用いた面白さがあるのだろう。

480　おく露が花それぞれの色を染めわけて、秋の最後の美しさだと人に見せているのであろう。

481　草も木も紅葉してすっかり散ったと見るに至り、秋ももう終りと感じられる今日九月の末になってしまった。

◇草も木も　→六八七。

＊四八〇の「秋の暮」、四八一の「秋の暮れぬる」は、勅撰集では『千載集』以前に見られぬ歌句。例は乏しいが、『源氏物語』に、「過ぎにしも今日別るるもふた道に行く方知らぬ秋の暮かな」（夕顔）、他一首（宿木）がある。

九月九日

479
みな人の　老いをとどむと　いふ菊は　百年《ももとせ》をやる　花にざりける

野の花見たる

480
おく露や　花の色ごとに　そめわきて　秋の暮とは　人に見すらん

九月暮るる日

481
草も木も　紅葉散りぬと　見るまでに　秋の暮れぬる　今日はきにけり

残りの菊

482 秋咲いた菊ゆえ、もう盛りは過ぎているのだろうが、十月の時雨《しぐれ》が、残菊の花の色を美しく染めているよ。

「残菊図」は唐絵的構図（→四二一）。

483 刈って干す山田の稲を見ると、これが袖をぬらして植えた早苗とはとても見えない変りようだなあ。

早苗から稲になる自然の変化の不思議さへの感動と、季節の移り行きの早さを改めて感じた驚きとを示す。この歌群にところどころ見られる、四季の推移の意識にもかかわっていよう。『新古今集』秋下に入集。

◇見えずもあるかな　底本「みえもする哉」。そのままで解けば、これがあの早苗とわかる、といった意味になり、それでも自然の変化、季節の推移を間接的には読み取れるが、書本「みえすもあるかな」に従う方が自然で無理がない。『新古今集』も書本に同じ。

484 山風がひどく吹きおろす川の網代には、風とともに白波までがいよいよ多く寄ってくるよ。

「より（寄り）」は「白波」の縁語。『貫之集』の屏風歌において、「網代」との取り合せは、「紅葉」（三三一・三九九）から、「白波」へと移っている（本歌の他四五八）。両者を兼ねるものもあるが（→四四五）、鮮やかな色彩から地味な淡彩の画面へ移るか。

485 雪が降ると、草にも木にも積り、その草木を折る人の袖もさぞかし寒いだろうが、白い花が一面に咲いたようになるよ。

482 秋咲ける　菊にはあれや　神無月《かみなづき》　しぐれぞ花の　色はそめける

稲刈りほせる

483 刈りてほす　山田の稲の　袖ひちて　植ゑし早苗《さなへ》と　見えずもあるかな

網代

484 山風の　いたく吹きおろす　網代には　白波さへぞ　よりまさりける

初雪

485 雪降れば　草木になべて　折る人の　衣手《ころもで》寒き　花ぞ咲きける

486 松と竹とあり

松もみな　竹もあやしく　吹く風は　降りぬる雨の　声ぞ聞こゆる

年のつごもり

487 行《ゆ》く月日　川の水にも　あらなくに　流るるごとも　いぬる年かな

[一] 同じ五年亭子院《ていじのゐん》[二]御屏風の料に、歌二十一[三]首

488 水なかに　ありこそしけれ　春立ちて　氷とくれば　落つる白玉《しらたま》

雪景色を花に見立てて詠む。「折る人の衣手寒き」は挿入句（『全書』）。三〇二を逆にした発想。◇衣手寒き「衣手」は「袖」の歌語（→二五九）。「夕されば衣手寒しみ吉野の吉野の山にみ雪降るらし」（『古今集』冬、よみ人しらず）。

486 松に吹く風も竹に吹く風もみな、不思議なことに、降っていた雨の音のように聞える。

「松」と「竹」とを合わせた図は、他に三二・四一四があるが、これも唐絵的構図にもとづく（渡辺秀夫氏）。第四句、書本「ふりこぬあめの」。この方がわかりやすいけれども、底本の形にかえって実感がこもる。

487 過ぎていく月日は、川の水でもないのに、まるで流れていくように早く感じられ、一年がもう去ってしまうのだなあ。

＊四六〇〜四八七の屏風歌の一群には、春の暮れ（四六七・四六八）、夏のうちに来る秋（四七三）、秋の暮れ（四八〇・四八一）、歳末（四八七）など、季節の推移そのものが主題化されていて、時間の意識が著しい。

一 天慶五年。二 七条坊門西洞院にあり、宇多上皇の在所。ために上皇を指すことが多いが（六一頁注三・一〇七頁注一）、ここは上皇崩御以後なので、邸宅そのものを意味する。藤原摂関家の所領となるか（村瀬敏夫氏）。三 実数は二十首（→一九四頁＊）。

488 白玉は凍った水の中にあったのだなあ、立春になって氷が解けると、流れ落ちてくる。

立春解氷の歌（→二八〇）。

489　吉野山に春霞が立つのを見る一方では、雪がまだ降っている。

「春霞」が「立つ」に、「立春」を暗示し、それと対照的になお雪の降る風景。類歌、「春霞立てるやいづこみ吉野の吉野の山に雪は降りつつ」（『古今集』春上、よみ人しらず）。本集三〇・二〇一も同じ。第五句、「雪ぞまだ降る」とも「雪ぞまた降る」とも読めるが、三〇の第二句とともに、「まだ」としておく。

◇み吉野の　→一七三。

490　ずっと以前から思い描いていた野辺の若菜摘みであるから、心はずませて私は来たのだ。

◇思ひそめ　「思ひ染め」か。心中深く思う（→七一四）。

491　雪が、散る梅の花とおなじ色に降って、まぎらわしくても、梅の香りをかくすことのできる雪はどこにもありはしないよ。

「花の色は雪にまじりて見えずとも香をだに匂へ人の知るべく」（『古今集』冬、小野篁）と類想の歌。

492　水が乱れて波紋のあやを織りなしている、その池に、青柳の糸の影まで水底に映っているのが見えながら。

「水のあや」は波紋。その「あや（綾）」と「糸」とが縁語になる。『土佐日記』に類歌あり（→四六頁）。

493　春霞の中を分けるようにして飛んでいってしまう雁の声が聞えるが、よそでは雁が飛んできたようだと言っていることであろう。

飛雁の図。その雁の飛びゆくかなたを思いやる。貫之

489
み吉野の　吉野の山に　春霞　立つを見る見る　雪ぞまだ
降る

490
むかしより　思ひそめてし　野辺なれば　若菜摘みにぞ
われは来にける

491
おなじ色に　散りまがふとも　梅の花　香《か》を降りかくす
雪なかりけり

492
水のあやの　乱るる池に　青柳の　糸の影さへ　底に見え
つつ

493
春霞　飛びわけいぬる　声聞きて　雁来ぬなりと　ほかは
いふらん

はまた「秋風に霧飛びわけて来る雁の千代にかはらぬ声聞ゆなり」(『後撰集』秋下)とも詠んでいる。

494 神を祭る折とて、木綿襷《ゆうだすき》をかけるが、そのように人も私を心にかけて、恋してくれるだろうか。「ゆふだすき」を「か(掛)け」に、「思ひ」を「かけ」る意を掛詞にした。◇ちはやぶる 「神」の枕詞。◇ゆふだすき →二。

495 桜の花はどんなに降っても、眺める人の衣が雪のように濡れるはずもないのに、なお降りしきっている。

496 藤の花房の影が、わが家の庭の池に映ると、池の底にも花が咲いたよ。「藤波」(→一〇六)の「波」と「池」とが縁語。

497 花も鳥もみな交替して、一夜明ければ、今日夏はもう来てしまった。藤原雅正の「花鳥の色をも香をもいたづらにもの憂かる身はすぐすなりけり」(八七六)を念頭に置くか。あたかも夜の闇の中で交替するかのごとき、春から夏へのすばやい変化を詠み、かねて、知らぬ間に忽ちに移り変る人の世のわびしさをもそれとなく感じさせる。◇むば玉の 「夜」の枕詞。

498 はるかに時鳥の声が聞えるよ。鬱蒼《うつそう》と繁《しげ》った木の高みに鳴いているからなのだ。◇木のくれ 木の暗く繁ったところ。『万葉集』に「木の暗《くれ》の夕闇なるにほととぎすいづくを家と鳴き渡るらむ」(巻十)のごとく、時鳥とも結びつく用例が多い。

494 ちはやぶる　神のたよりに　ゆふだすき　かけてや人も
われを恋ふらん

495 桜花　降りに降るとも　見る人の　衣ぬるべき　雪ならな
くに

496 藤波の　影しうつれば　わが宿の　池の底にも　花ぞ咲き
ける

497 花鳥も　みな行《ゆ》きかひて　むば玉の　夜《よ》のまに今日の　夏
はきにけり

498 はるかにも　声のするかな　時鳥　木《こ》のくれ高く　鳴けば

なりけり

499 五月雨《さみだれ》に　あひ来ることは　あやめ草　根長き命　あれば
なりけり

500 あしひきの　山田を植ゑて　いなづまの　ともに秋には
あはんとぞ思ふ

501 吹く風の　しるくもあるかな　荻の葉の　そよぐなかに
ぞ　秋はきにける

502 つなはへて　もりわたりつる　わが宿の　早稲田《わさだ》かりが
ね　いまぞ鳴くなる

499 五月雨に遭いながらあやめを引きにくるのは、長いあやめの根があるから——そのように長い命がそこに託されているからなのであるよ。
五月の端午の節供には、あやめの根を引き、その長いものほど賞美した慣習による。本集には、他に三二一・二二七・三九四・五一七にも、「あやめ草」の「根長し」と詠まれているが、この言い方は、三代集をはじめ例が乏しく、貫之独特のことば遣いのように思われる。

500 山田を植えて、稲妻の光に稲のみのるという収穫の秋に期待しよう、そのみのりの秋には、妻とともに会おうと思う。
稲が稲妻の光を受けてみのるという俗信がある。それによるか。「稲妻《いなづま》」の「つま」に「妻」を掛ける。
◇あしひきの　「山」の枕詞。

501 吹く風の音に秋のおとずれがはっきりとわかるなあ。荻の葉が風にそよぐ、その音のなかに秋は来たのだ。
荻を吹く風の音に秋を知るという類想（↓一〇〇・三七八）。
＊ 五〇一と五〇二との間に、書本では「天の川今宵のみこそ舟出すれ月日はおほく越えわたれども」の一首がある。底本脱（↓一九一頁注三）。

502 綱を張りめぐらして、ずっと守ってきたわが家の早稲田を、やっと刈り取る時が来たいま、雁が空を鳴いていく声が聞える。
『万葉集』に「いそのかみ布留の早稲田を秀《ひ》でずとも縄《なは》だに延《は》へよ守《も》りつつ居《を》らむ」（巻七）の歌がある。

503 人しれず　来つるところに　時しもあれ　月のあかくも　照りわたるかな

504 かりにのみ　人の見ゆれば　女郎花《をみなへし》　花の袂《たもと》ぞ　露けかりける

505 さとめてぞ　見るべかりける　花薄《はなすすき》　招くかたにや　秋はいぬらん

506 神無《かみな》月《づき》　しぐれにそめて　もみぢ葉を　錦に織れる　神南《かみな》備《び》の杜《もり》

507 み吉野の　吉野の川の　網代には　滝の水泡《みなわ》ぞ　落ちつもりける

◇早稲田かりがね　→一五三。

503 人しれず来たところに、折も折、月があかあかとあたり一面を照らしていたよ。

類歌「よにかくれ来つるかひなくもみぢ葉も月にあかくぞ照りまさりける」(二四七)。ただし「時しもあれ」は、「かひなく」とは異なり、無機的な偶然を意味するにとどまり、全体として絵画的具体性をもつ二四七に対して、五〇三は著しく観念的抽象性を帯びる。屏風歌としては、かなり特異とすべきであろう。

504 二七五と重複。

貫之は、この亭子院の屛風歌の中に、延長七年の旧作をそのまま再度使ったのであろう。

505 花薄の招いている方角に秋はいってしまうのであろうか、見定めておくべきであった。

第一句「さとめてぞ」不審。底本に「本ノママ」と傍記がある。「風吹けばかたもさだめず散る花をいづかたへ行く春とかは見ん」(三八)を参考にすると、「さだめてぞ」の誤りとも考えられる。

506 十月の時雨《しぐれ》に色を染めて、神南備の森は錦を織ったように美しい紅葉になっている。

◇神南備の杜　奈良県生駒《いこま》郡斑鳩《いかるが》町(→九六・一四六)。

507 吉野川の網代には、滝を落ちてきた水の泡が留まり積っているよ。

網代に波や水や泡が留まると詠まれる(→一六九・四四五)。◇み吉野の　→一七三。◇水泡「泡」の歌語。

一おなじ年九月、内裏《うち》御屏風の歌、五首

元日、雪降れるところ

508 白妙《しろたへ》に　雪の降れれば　草も木も　年とともにも　あたらしきかな

梅の花のもとに、男女群れゐつつ、酒飲みなどして、二花を折りてうちなる人のやれる

509 まれに来て　折ればやあかぬ　梅の花　つねに見る人　いかがとぞ思ふ

返し

510 宿近く　植ゑたる梅の　花なれど　香《か》にわがあける　春のなきかな

一 天慶五年。

508 元日、真白に雪が降り積ってくると、草も木も、新年とともに新しくなった感じがするなあ。

◇草も木も　→六七。

二 「うちなる人の」は不審。「うちなる人に」「うちなる人のもとに」などの誤りか（『全書』）。書本を見ると「その花を折りて簾のうちに入れたり」とある。折った梅に付けて奥にいる女主人か姫君に歌をやる。

509 たまに来て梅の花を折るので、私は見飽きることがないのでしょうか。つねづね見ていらっしゃるお方はいかがですか、堪能しておいでなのでしょうかと存じます。

この歌から、詠み手は客人と想定される。

510 わが家のそばに植えた梅の花ではありますけれども、私がその香を飽きるまで味わった春はいまだにございませんよ。

＊ 屏風歌の中で贈答歌の体をなす例の一つとして注目される（解説参照）。梅の宴に集まった中の一人の客人が、奥にいる女性と歌を詠みかわした形になっている。その客はおそらく男性で、その家の梅を賛美するとともに、梅に相手の女性を暗喩《あんゆ》し、つねづね通ってくる男、ないし彼女の夫は、彼女をどう思っているのかと問い、女も梅の薫る春への愛惜の情をもって答えながら、梅の暗喩をその愛人ないし夫に詠みかえて、自分たちの仲の飽きることのない親密さを示す、といったほどの

九月九日

511 百年《ももとせ》を　人にとどむる　花なれば　あだにやは見る　菊の上《へ》の露

稲刈りほせる

512 朝露の　おくての稲は　いなづまを　恋ふとぬれてや　かわかざるらん

[三]おなじ年四月の、尚侍《ないしのかみ》[四]の屏風の歌、十二首[五]

513 千歳《ちとせ》といふ　松を引きつつ　春の野の　遠さも知らず　われは来にけり

514 あしひきの　山の桜の　色見てぞ　をちかた人は　種もま

内容をも、微妙に含蓄させているのであろう。遊宴の図にかすかに物語的趣向がからむのである。

511 菊は百歳の齢《よわい》を人に残してくれる花であるから、菊の上に置いた露をいたずらに見過すことはできない。

第三句、底本「花なれと」。陽本による。菊の花や露に長寿の霊力を見る（↓四三・一八三）。

512 朝露の置いている晩稲《おくて》の稲は、稲をみのらせるという稲妻を恋しがり、その光を乞い求める涙の露に濡れて、乾かずにいるのであろうか。私の妻を思う気持も同じだ。

「晩稲（おくて）」の「おく」に「置く」を、「いなづま」の「つま」に「妻」を掛ける（↓五〇〇）。

三「おなじ六年」の「六」脱か。四 忠平女、貴子。（↓三〇三頁注一一）。天慶六年、四十歳。底本「ないし」。書本「内侍のかみ」による（↓二九四頁注一）。

五 実数は十一首（↓一九九頁＊）。

513 千歳を寿《ことほ》ぐという小松を引きながら、春の野の遠さも忘れて、私はここまで来てしまった。

「春の野」を詠み込んだ子《ね》の日《び》の歌（↓二六）。

514 山の桜の色を見とどけてから、山の向うの人たちは、稲の種をも田に蒔いてきたのだ。

『古今六帖』第二、「春の田」に入る。「種まく」の例、底本にはないが、四三五と四三六との間にある書本の一首（↓一七三頁＊）に見られる。

◇あしひきの 「山」の枕詞。

515　いくら惜しんでもとまらずに春がいってしまう今日、世の中にはほかに春を待っているところがあるのであろうか。

第五句、底本「心やあるらん」。「ところあるらむ」とする書本を参考にして改めた。三月尽の歌である。想像の世界に「ほか」のところを設定して、去り行くものへの愛惜の心を詠む構想において、「春霞飛びわけいぬる声聞きて雁来ぬなりとほかはいふらん」(四九三)と共通する工夫がある。

516　夏になった日から、時鳥を早く聞こうと待ちつづけてきた。

「夏衣」の「衣」の縁語で「裁つ」といい、それに「立つ」を掛けて、夏になることを意味する。

517　毎年五月五日の節供を祝う今日にめぐりあってきたのだから、あやめの根が育ちはじめてこんなに長く延びたのも、もっともなことだ。

端午の節供にはあやめの根を引き、その長さを賞美する(→四九九)。類歌三九四は、三・四・五句一致。おそらく旧作の三九四に手を入れて再度用いたものであろうが、その一・二句の「五月てふ五月にあへる」という特異な表現が、ここでは「年ごとに今日にしあへば」と平凡に直されてしまった。

518　玉となって、泡が散乱し、ほとばしり落ちる、その流れに夏祓いをして、心を清くすることよ。

◇水泡　底本「みなれ」。書本に「みなは」とあるのによって、「水泡(→五〇七)」と考えた。

きける

515
惜しめども　とまらぬ今日は　世の中に　ほかに春待つ
ところやあるらん

516
夏衣　たちてし日より　時鳥　とく聞かむとぞ　待ちわた
りつる

517
年ごとに　今日にしあへば　あやめ草　むべも根長く　お
ひそめにけり

518
玉とのみ　水泡《みなわ》乱れて　落ちたぎつ　心清みや　夏祓《なつはら》へす
る

◇玉とのみ 「のみ」は強意。◇心清みや 「や」は詠嘆を含んだ係助詞。◇夏祓へ 六月祓へ（五六頁注二）。

519 暮れる日はいくらでもたくさんあるのに、織女が知っている夜は、年に一夜なのだろうか。

520 天空を通り過ぎていく月影を見ると、秋の夜の月は避けるところなくあまねく照らしている。
◇久方の 「天」「空」などの枕詞。◇天つ空より 「より」は経過する場所を示す（→一〇四）。◇よくところなき 「よく」は、避ける、よける。「よくところなき」で、あまねく一帯に及ぶ意。

521 時が移っても、菊の花に変りはなかった。昔からのおなじ色に咲いているのであろうか。
菊を見て、長久の命、不変の仙境を思いやる。
＊ 五二一と五二二との間に、書本では「もみぢ葉は照りて見ゆれど神無月しぐれのみ降る山路なりけり」の一首がある。底本脱（→一九七頁注五）。

522 声高く音楽を奏していることよ。山人どもが、いま帰ってくるようだ。
神楽《かぐら》の風情を取り込むか。山で神楽歌を奏した人たちを「山人」にたとえる。
◇あしひきの 「山」の枕詞。◇山人 山でなりわいをする人。または、仙人。「巻向の穴師の山の山人と人も見るがに山葛《かづら》せよ」（『古今集』神遊びの歌）。

523 奥山が見えたり見えなかったりするのは、雪が降っては隠すからなのであるよ。

519
暮るる日は おほかりながら たなばたは 年に一夜《ひとよ》や
夜を知るらん

520
久方の 天《あま》つ空より 影見れば よくところなき 秋の夜《よ》
の月

521
うつろへど かはらざりけり 菊の花 おなじむかしの
色や咲くらん

522
声高く 遊ぶなるかな あしひきの 山人《やまびと》いまぞ 帰るべ
らなる

523
奥山の 見えみ見えぬは 年暮れて 雪の降りつつ かく
すなりけり

おなじ八年二月、内裏《うち》の御屏風の料、二十首

家にて子《ね》の日《び》したるところ

524 わが行《ゆ》かで　ただにしあれば　春の野の　若菜もなにも　帰りきにけり

神祭る家

525 百年《ももとせ》の　四月《うづき》を祈る　心をば　神ながらみな　知りませるらん

五日

526 時鳥　鳴けども知らず　あやめ草　こそ薬日《くすりび》の　しるしなりける

一 天慶八年。二 実際は十首しかない。底本「廿」は「十」の誤りか。三 →五四頁注一。

524 私は野に行かないで、ただじっとしていたので、春の野の若菜にしてもなににしても、人々が持って帰ってきてくれた。

第二句、書本「こゝにしあれは」。その方がわかりやすい。自分から若菜摘みに出かけていかない無力感がある。「むかしより思ひそめてし野辺なれば若菜摘みにぞわれは来にける」(四九〇)と比較すると、そのことはいっそうはっきりする。

四 →二四二。

525 百年変らぬ四月がめぐってくるようにと祈る気持を、神は御心のままにみな御存じであろう。

本集には「百年の春のはじめ」(二三九・二二八)「百年の千の秋ごと」(三九七)など、「百年」の語が数多く詠まれ(→二二八)、また「百年の四月」の類句に「千代の五月」(三三〇)がある。ただ本歌には、その「百年の四月」を、もはや現実を越えた望みと知るゆえに、いっそう切に神に祈るといった感情が見える。

五 書本「五月五日」。

526 時鳥が鳴いてもいっこうに気づかず、あやめ草を見て、やっとこれが五月五日のしるしだとわかった。

第五句、底本「しるし也けり」。「ぞ」の結びで「しるしなりける」と改めた。時鳥の鳴き声によって五月になったことを知ると貫之が詠んでいる歌に、「時鳥声

聞きしよりあやめ草かざす五月と知りにしものを」（三二八）がある。対照してみると、本歌には衰えていく心身への慨嘆のあることがわかろう。
◇こぞ「こ」は「これ」。◇薬日　陰暦五月五日の異称。古くこの日薬狩（薬草採取）をしたからとも、薬玉を掛ける習慣によるともいう。
六　六月祓へ（→五六頁注二）。
527　つれない人をつらく思う心を、このお祓いをする川の波といっしょに祓い流してしまうのだ。
六月祓いをしながら、つれない相手との恋に悩む心を忘れようとしている人の気持になって詠む。西本に、「つらき人忘れなんとて祓ふればみそぐかひなく恋ぞまされる」（底本脱、三五〇の次）「祓へても祓ふる水のつきせねば忘られがたき恋にざりける」（同、三五六の次）があり、それらが恋心の強さを詠むのに比して、この歌では空しい恋のつらさが取り上げられている。
528　一年の長い月日を待ってきたけれども、織女にとって、今日一日の夕暮を待つのが長く待ち遠しく感じられるのだった。
類歌二五七。
七　→五七頁注四。五三三の「大鷹狩り」と対（→二〇）。
529　狩りにきたことを私自身すっかり忘れて、そしてかりそめに私が来たとも知らず、秋の野に、人を待つという松虫の声が、しみじみと聞えていたことだなあ。
「狩り」に「仮り」を、「松虫」に「待つ」を掛ける。

六 祓《はら》へ

527 憂き人の　つらき心を　この川の　波にたぐへて　祓へて
ぞやる

たなばた

528 一年《ひととせ》を　待ちはしつれど　たなばたの　夕暮待つは　久し
かりけり

七 小鷹狩り

529 かりに来る　われとは知らで　秋の野に　鳴くまつ虫の
声を聞くかな

水のほとりに菊おほかり

530 水にさへ　流れて深き　わが宿は　菊の淵《ふち》とぞ　なりぬべらなる

男なき家

531 かけて思ふ　人もなけれど　夕されば　面影たえぬ　玉かづらかな

神楽《かぐら》

532 榊葉《さかきば》の　常盤《ときは》にあれば　長けくに　命たもてる　神のきねかな

大鷹狩り

533 冬草の　かれもはてなで　しかすがに　いまとしなれば　かりにのみ来る

530 菊の花がいっぱいに咲き、そのうえ水にまで深く落ちて流れる、そんなわが家のあたりは、まるで菊の淵にでもなってしまったようだ。
不老長寿の菊のしずくを流す菊水の伝承（→五八）により、わが家を仙境に見立てる。三四六も水辺菊花の図。

531 私には思ってくれる人もいないから、男が面影に立つはずはないのだけれども、夕方になると、あの人の面影がいつも見えてくるよ。
「人はいさ思ひやすらん玉かづら面影にのみいとど見えつつ」（『伊勢物語』二十一段）による。「玉かづら」は「かづら（蔓性の植物）」の美称、また美しい髪飾りで、「面影絶えぬ」を受けた修辞。「かく」も縁語。髪飾りをつけた女が孤閨《こけい》をかこつ図に即して詠む。

532 榊葉はつねに変らぬ緑をしているので、その榊葉をもって神楽を神に奉納している巫女《みこ》も、長い年月寿命を延ばしているのだなあ。
◇長けく　→四七〇。◇きね　→一八七。

533 荒涼の季節とはいうものの、やはり冬草が枯れはててもしまわず、そんなこのごろになると、人はただ狩りをするだけにやってくる——心が離れたとはいえ、別れてしまいもせずに、そんな間柄のこのごろになると、ただかりそめに男が女を訪れてくる。
「枯れ」に「離れ」を、「狩り」に「仮り」を掛ける。
＊今日残っている貫之の屏風歌として最後のもの。五三四に無力感、五三六に心身の衰えが感じられるなど、全体に人生のわびしさが深まっていく。

貫之集　第五

恋

534 越えぬまは　吉野の山の　桜花　人づてにのみ　聞きやわたらん

535 山桜　霞《かすみ》のまより　ほのかにも　見しばかりにや　恋しかるらん

536 世の中は　かくこそありけれ　吹く風の　目に見ぬ人も　恋しかりけり

＊底本「貫之集第五」は恋の歌を収集したもの。特例を除いて詞書がなく、純粋に和歌だけの集録となっている点が『貫之集』全体の中で目立つ。

534 山を越えていって、直接吉野山の桜花を見ないうちは、その花の評判だけをずっと聞きつづけているのだろうか。直接逢わないうちは、美しい女性だと人づてに聞きくらすだけなのであろうか。

『古今集』恋二にあり、第五句「聞きわたるかな」。その詞書に「大和に侍りける人に遣はしける」とある。三代集時代、「吉野山」と「桜」との結びつきは比較的薄く、『貫之集』にも珍しい上に、「吉野山」のもつ遠隔地、異境のイメージを加えて、「桜花」に美しく、かつ異郷的な女性を表象する斬新さが特徴をなす。

535 山桜を霞の間からほのかに見た――そんなふうに美しい人をちらりと見たばかり、それくらいのことだけで、こんなに恋しいのだろうか。

『古今集』恋一にあり、下句「見てし人こそ恋しかりけれ」。その詞書は、「人の花摘みしけるところにまかりて、そこなりける人のもとに、後によみて遣はしける」。西本、第二句「かすみへだてゝ」。書本は、『古今集』歌の形と、西本の形と、二首を並べる。

536 男女の仲とは、このようなものなのだなあ。吹く風のように目に見えない――姿を見ていない人でも、こんなに恋しいものかとはじめてわかった。

『古今集』恋一に見える。『万葉集』の「吹く風の見えぬがごとく」（三六四七・四一八四）を受け特異な発想。

537 吉野川　岩波高く　行《ゆ》く水の　はやくぞ人を　思ひそめてし

538 あふことは　雲居はるかに　なる神の　音に聞きつつ　恋ひやわたらん

539 人しれず　もの思ふときは　難波潟《なにはがた》　葦のそらねも　せられやはする

540 波にのみ　ぬれつるものを　吹く風の　たよりうれしき　海人《あま》の釣舟

541 津の国の　難波の葦の　めもはるに　しげきわが恋　人知

537　吉野川の岩に当って高く波立ち流れていく水が速いように、早いころからあの人を恋しく思いはじめていたのだった。

上句は「はやく」を言い出す序詞で、同時に恋情の激しさを象徴的に表す。『古今集』恋一に所収。◇思ひそめ　「思ひ染め」（→七四）とも考えられる。

538　逢うことは遠くへだたり、あたかもその遠い空の雷鳴の音を聞くように、あの人の噂ばかりを聞きながら、恋いつづけていくのだろうか。

「雲居」の縁語「なる神」に、「はるかになる」の「なる」と、「雷」の意とを掛け、「音」に「雷の音」と「噂《おと》」との両義を表す。類歌「天雲の八重雲隠り鳴る神の音のみにやも聞きわたりなむ」（『万葉集』巻十一）。『古今集』恋一所収。末句「恋ひわたるかな」。

539　人しれぬもの思いに悩んでいるときは、「難波潟葦の空根」の「空寝」――眠ったふりをしようと思っても、それもできない。

下句、書本では「あしのしたねのしたにこそなけ」。◇そらね　地上あるいは水上に現れている根の意の「空根」に、眠ったふりをする「空寝」を掛ける。

540　波に濡れ、涙にくれてばかりいたが、吹く風の力で海人の釣舟が近寄ってきたように、恋しい人に逢える機会が得られてうれしい。

『後撰集』雑二に入る。その詞書、「すみ侍りける女、宮仕へし侍りけるを、友だちなりける女、おなじ車にて貫之が家にまうできたりけり。貫之が妻《め》、客人《まらうと》に饗《ある》応《じ》せんとて、まかり降りて侍りけるほどに、かの女を思ひかけて侍りければ、忍びて車に入れ侍りける」。

541　摂津国の難波の葦が芽を出し、見渡すかぎり遥《はる》かに生い茂っているように、胸いっぱいのこの私の恋を、はたしてあの人は知っているのだろうか。
「めもはる」に、「芽も張る」と「目も遥（か）」とを掛け、上句は「しげき」の序詞。『古今集』恋二。

542　人しれぬ思いはまことにわびしい。私ひとり胸の嘆きを熱くしていくばかりだ。
「たく」は、底本「きく」。西本による。『古今集』恋二入集歌には「われのみぞ知る」。「思ひ」の「ひ」に「火」を、「嘆き」に「投木（薪）」を掛ける。

543　こちらとあちら、双方の思い（火）は、仲をせかれた涙の川が間を流れているからだろうか、あえて燃えることもできずにいる。
類歌「身を分けて涙の川のながるればこなたかなたの岸とこそなれ」（『和泉式部続集』）は敦道挽歌。

544　声をふりしぼって泣く紅の涙には、袂の色がますます濃くなってしまうよ。
「ふりで」は、振って紅の色を染め出すことと、声をふりしぼる意とを掛け、「紅のふりでつつ泣く涙」が「紅涙」を意味する。『古今集』恋二に所収。

545　私の袂は、風が吹くとたえず波の越す磯なのだろうか、涙に濡れてかわく間もない。
『伊勢物語』百八段に「女、人の心を恨みて」として見え、第二・三句「とはに波越す岩なれや」。

るらめや

542
人しれぬ　思ひのみこそ　わびしけれ　わがなげきをば
われのみぞたく

543
燃えもあへぬ　こなたかなたの　思ひかな　涙の川の　な
かに行《ゆ》けばか

544
紅《くれなゐ》の　ふりでつつ泣く　涙には　袂《たもと》のみこそ　色まさり
けれ

545
風吹けば　たえず波越す　磯なれや　わが衣手の　かわく
ときなき

546 恋しきや　色にはあるらん　涙川　ながるる音の　水ぞうつろふ

547 風吹けば　峰に別るる　白雲の　たえてつれなき　人の心か

548 涙川　落つる水上《みなかみ》　はやければ　せきぞかねつる　袖のしがらみ

549 行く末は　つひにすぎつつ　あふことの　年月なきぞ　わびしかりける

550 白玉と　見えし涙も　年ふれば　唐紅《からくれなゐ》に　なりぬべらなり

546　恋しい気持は、心に染まった色とでもいうのだろうか。恋に泣く涙の川が音を立てて流れ、涙の水は移り変っても、川の色、恋の色が褪《あ》せることはないであろう。
第四句の「ながるる」は「流るる」に「泣かるる」を掛ける。音と色との対比に主眼があるものと思われるが、難解な歌。仮に右のごとくに訳しておいた。
◇うつろふ　底本「なかるゝ」。西本による。

547　風が吹けば峰で二つに別れる白雲のように、もはや逢うこともなく、それで平気でいられる冷たいあの人の心なのか。
上句は「たえて」の序詞。『古今集』恋二、壬生忠岑《みぶのただみね》の歌。第五句「君が心か」。このあたり、『古今集』所収歌は恋二に集中しており、混入に関係あるか。

548　涙川の水上を落ちてくる水が速いので、しがらみで遮り止めることができない。涙がどんどん落ちてくるので、袖のしがらみでは止められない。
◇しがらみ　川に杭《くい》を並べ竹などを渡して川の水を堰《せ》き止めるもの。また比喩《ひゆ》的に、遮り止めるものをいう。

549　将来逢おうといったのに、ついに逢うこともなしに年月が過ぎてしまい、またこれからもはてしなく過ぎていくだろう、それがまことにわびしいよ。

550　始め白玉と見えた涙も、年を経て恋の悲しみを重ねると、唐紅の血の涙となってしまいそうだ。
『古今集』恋二所収。第五句「移ろひにけり」。なお伝行成筆切によれば、詞書が「年ごろ、文つかはす人の、つれなくのみあるに」となっている。

551 嘆きの「木」を伐《き》るための山路はだれも知らないのに、どうして私ばかりがいつも通うのだろうか。どうして私の心ばかりがこんなに嘆きを集めているのだろうか。

『拾遺集』恋五に見え、作者を藤原有時（→二五二頁注一）とする。貫之が代作したのかもしれない。

◇なげき 「投木」を掛けることもあるが（→五四二）、ここは「木」のみを掛ける。

552 山陰に作る山田が木の陰にかくれ、なかなか稲の穂が出ないように、表に出すことのできない私の恋は、わびしいものだ。

「山陰に作る山田のみがくれてほに出でぬ恋によをやつくさむ」（『躬恒集』）と直接的な関連があろう。

◇ほに出でぬ →四六五。

553 いくら思いを燃やしても、少しのしるしさえもない、それなのに、まるで富士山の火のようだなどと、私たちの恋仲をたとえないでほしい。

「富士の煙によそへて人を恋ひ」（『古今集』仮名序）。

554 旅に立つ別れならば無事を祈って手向けもしようものを、そうもできず人目を憚《はばか》って別れる私たちの身の上を、しみじみわびしく思うのだった。

『後撰集』恋三に、詞書「宮仕へする女のあひがたく侍りけるに」。「人目」を「旅」に見たてる（→五六〇）。

555 長い夜をもの思いに明かし、露の置く朝に起きて来たので、袖がすっかり濡れてしまった。

551 なげきこる　山路《やまぢ》は人も　知らなくに　わが心のみ　つねに行《ゆ》くらん

552 山陰《やまかげ》に　つくる山田の　木《こ》がくれて　ほに出でぬ恋ぞ　わびしかりける

553 燃ゆれども　しるしだになき　富士の嶺《ね》に　思ふなかをば　たとへざらなん

554 手向《たむ》けせぬ　別れする身の　わびしきは　人めを旅と　思ふなりけり

555 長き夜を　思ひ明かして　朝露の　おきてし来れば　袖ぞ

ひちぬる

556 たなばたに　思ふものから　あふことの　いつとも知ら
ぬ　われぞわびしき

557 百《もも》羽《は》搔《が》き　羽《はね》搔く鴫《しぎ》も　わがごとく　朝《あした》わびしき　数はま
さらじ

558 かざすとも　立ちと立ちにし　なき名には　ことなし草
も　かひやなからん

559 あふことの　山彦にして　よそならば　人めもわれは　よ
かずぞあらまし

「おきて」に「置き」と「起き」とを掛ける。

556 七夕につけて逢いたいと思うものの、いつ恋しい人に逢えるとも知れないわが身はわびしい。

本集の五九七、また後世の和歌だが、「たなばたにたえぬ思ひはかはらねど逢ふ夜は雲のよそにこそ聞け」（『続拾遺集』恋四、殷富門院《いんぷもんいん》大輔《たいう》）と、発想が近い。

◇たなばたに　西本・伝定家筆切「たなはたと」。

557 何度も何度も羽ばたきをする鴫も、寝返りを打ってさびしく明けた朝の私の寝返りの数ほどには、その数は多くないであろう。

「数はまさらじ」を本歌「あかつきの鴫の羽搔き」（『古今集』↓二六〇）によって解いたが、「わびしさ」の数ともとれる。「百羽搔く鴫の羽搔きいくかへり朝《あした》わびしき秋にあふらん」（『壬二集』）の本歌。

558 ことなし草をかざして何もなかったと言っても、すっかり立った浮名には役に立つまい。

『後撰集』雑二に所収。第二句「立ちと立ちなん」、第四句「ことなし草の」。詞書「親族《しぞく》に侍りける女の、男に名立ちて、かかることなんある、人に言ひ捌《さば》けと、いひ侍りければ」。『古今六帖』では、第五、「なき名」にこの歌が見え、同、第六、「ことなし草」に、貫之作とする「人にのみいはれの池のあやなくはことなし草の宿にさそはん」がある。

◇ことなし草　忍ぶ草の異名。「事無し」を掛ける。

559 山彦のように答えながら、逢うことができないならば、私はもう人目など避けたりしまい。

560 たなばたの 年に一度《ひとたび》 あふことは 人めぞのちの 空にはありける

560 牽牛織女が年に一度しか逢わないというのは、そのあと人目が二人の逢う空になりかわってしまって、それを避けるためなのだなあ。

底本「一度」「のちの空には」の部分、空白で、また「人めぞ」は「人めに」とある。陽本によって補い、かつ改訂した。下句は「人めを旅と思ふ」（五五四）と同種の手法。独特な観念連合の面白さがある。

561 真菰《まこも》刈る 淀の沢水 雨降れば つねよりことに まさるわが恋

561 真菰草を刈る淀の沢の水かさが、雨が降ると一段と増すように、いつもよりいっそう私の恋心がまさってくる。

「真菰刈る」が「淀」の枕詞。上句は「つねよりことにまさる」を言い出す序詞。『古今集』恋二に所収。

◇真菰 「真」は美称。「菰」は沼や沢に自生する稲科の植物。◇淀 京都市伏見区の一部に当る地名。

562 よそに見て 帰る夢だに あるものを うつつに人に 別れぬるかな

562 恋しい人の姿をよそに見て帰る夢でさえもさびしい思いがするのに、まして現実に恋人と別れることになったのだからなあ。

◇だにあるものを …でさえ…なのに。

563 わが恋は 知らぬ山路《やまぢ》に あらねども まどふ心ぞ わびしかりける

563 私の恋は、知らぬ山路に迷ったわけではないけれども、まるでどうしてよいかわからず、恋に惑う心は本当にわびしく心細いものだよ。

『古今集』恋二に所収。第三句「あらなくに」。

564 君恋ふる 涙しなくば 唐衣《からころも》 胸のあたりは 色燃えなまし

564 あなたを恋する涙の水で消すことがなかったならば、私の着物の胸のあたりは、燃える思いに真赤にそまってしまっていただろう。

『古今集』恋二に所収。

565 逢うことを月日とともに待っている時には、今日直ちに先き行き逢えるその日になれと思う。
『拾遺集』恋一に、「よみ人しらず」として入る。

566 毎朝梳ると、乱れほつれた私の髪がたまっていくように、私の心は日毎思い乱れて、ついに死んでしまうのだろう。
『拾遺集』恋一に入集。ただし「朝な朝なけづればつもる落ち髪の乱れてものを思ふころかな」とある。◇べらなり　底本「へらなる」。陽本による。

567 秋風が稲葉にもそよと吹くとともに、呼ぶと人が答えてくれるような感じがして、目に見えて人が恋しく思われるのだった。
◇稲葉もそよに　稲葉が風にそよぐ音を、「そよ（そうだよ）」と答える人の声になぞらえる。◇なへに　→四六〇。◇ほに出でて　穂が出ることに、目立つ意を掛ける（→四六五）。

568 手も触れないで長い月日を過した白真弓のようなあの人を、寝ても覚めても思いつづけ、夜はおちおち眠ることもできない。
「白真弓」は白木の檀《まゆみ》で作った弓。白い肌をした恋する女性の比喩《ひゆ》になっている。「おきふし」は弓を起したり伏せたりする意に、副詞の「起き臥し」を掛け、また「い」は「寝（い）」に、「白真弓」の縁語で「射」を掛ける。『古今集』恋二に所収。

569 年月は、私の願いも叶《かな》えずに経めぐって、私の恋のための期待を空しく裏切ってしまったよ。

565 あふことを　月日にそへて　待つときは　今日行く末に
なりねとぞ思ふ

566 朝な朝な　けづればたまる　わが髪の　思ひ乱れて　はて
ぬべらなり

567 秋風の　稲葉《いなば》もそよに　吹くなへに　ほに出でて人ぞ　恋
しかりける

568 手もふれで　月日へにける　白真弓《しらまゆみ》　おきふし夜は　いこ
そ寝《ね》られね

569 わがための　あだにざりける　年月は　思ひもなさで　行《ゆ》

きかへりつつ

570 しきしまの　大和《やまと》にはあらぬ　唐衣《からころも》　ころもへずして　あふよしもがな

571 涙にぞ　ぬれつつしぼる　世の人の　つらき心は　袖のしづくか

572 あひ見んと　思ふ心を　命にて　生けるわが身の　たのもしげなき

573 あふことの　なくて月日は　へにけれど　心ばかりは　明け暮れもせず

570 日本《やまと》ではなくて唐《から》のころも（衣）――そのころ（頃）も経ず、つまり時を隔てずに逢う手だてがないものかなあ。

上句は「頃も」を言い出す序詞。『古今集』恋四所収。
◇しきしまの　「大和」の枕詞。

571 私は涙に濡れながら袖をしぼっている。世の常人とかわらぬあの人の薄情な心は、この涙を誘い、この袖のしずくとなってくるのか。

『伊勢物語』七十五段に、「伊勢斎宮」の段（六十九段）の連想で、「世にあふことかたき女」への男の歌として見える。「此の歌はもと貫之の歌なり。それをとりて物語の歌に入れたるなり」（『伊勢物語童子問』）。

572 愛する人に逢いたいと思う心を、命の支えにして生きているわが身のたよりないことよ。

いつ愛する人に逢えるともわからず、生きる力もなくなりそうな不安を詠む。

573 逢うことがなくて月日がたったけれども、私の心ばかりは、まるでその月日明け暮れもしなかったような思いである。

恋人に逢えず、時の経過もわからないほどの失意。
＊「あふこと」の語が、五三八・五四九・五五六・五五九・五六〇・五六五・五七三に集中して詠まれている。『万葉集』では「あふことあらむ」「あふことかたし」としてしか詠まれなかった「あふこと」が、ここでは恋の表徴となり、恋を抽象化しつつ、さまざまな歌想と照応し合う特質を作り出す。

574 伊勢の海の　海人《あま》とならばや　君恋ふる　心の深さ　かづきくらべん

575 いそのかみ　布留野《ふるの》の道の　草わけて　清水くみには　またも帰らん

576 いにしへに　なほたちかへる　心かな　恋しきことに　もの忘れせで

577 年月は　むかしにあらぬ　今日《けふ》なれど　恋しきことは　かはらざりけり

578 恋にのみ　年はすぐせと　時鳥《ほととぎす》　鳴くかひもなく　なりぬべらなり

574 伊勢の海の海人《あま》となりたいものだ。どれだけ深く海に潜れるかくらべるように、私があなたを恋しく思う心の深さを、あなたとくらべてみたい。

575 布留野の道の草を分けて、昔を思い出しながら、清水を汲みにもう一度戻ってみよう。

『古今集』雑上に、「いそのかみふるから小野の本柏《もとかしは》もとの心は忘られなくに」（よみ人しらず）「いにしへの野中の清水ぬるけれどもとの心を知る人ぞくむ」（同）の二首が並ぶ。その二首を合わせたごとき発想で、昔の恋を忘れがたく、また訪ねたい気持を示す。◇いそのかみ「布留」の枕詞（→三六）。「古」に通じ、ここでも、上句に昔を思い出す意を含む。

576 昔の思い出にやはり私の心は戻っていくよ、恋しいと思えば、もの忘れなどけっしてせずに。

『古今集』恋四に入る。

577 年月がたって、昔の面影もない今日ではあるけれども、恋しいことはまったく変らないよ。

『拾遺集』雑上所収。上句「年月は昔にあらずなりゆけど」。また『宗于集』に第二・三句「昔にあらずなりぬれど」として見えるが、それは同集の誤って増補されたかと思われる歌群に属する（島田良二氏）。

578 精一杯の恋に年を過せと、時鳥は鳴いてくれるのに、そのかいもなく終ってしまうようだ。

時鳥の鳴き声がいかにも恋心を唆るかのように響くのである。『全書』『索引』は「年は過ぐせど」と読む。◇恋にのみ「のみ」は強調。

579 五月の山の梢が高いので、時鳥の鳴く音もひとしお空高く聞えてくる。私も恋をして、そんな上の空の気持になっているのだなあ。

「五月山…鳴く音」が「そらなる」を言い出す序詞。「空」に「上の空」を掛ける。『古今集』恋二所収。

◇五月山　木の葉の繁《しげ》った五月の山。

580 この涙が「あはれ」とも「恋し」とも思う心の色を帯びているからだろうか、こぼす涙のそんな色に袖が染まっている。

「色」を心理や感情そのものの仮象とし、「紅涙」の比《ひ》喩《ゆ》をさらに細密化したごとき技巧が冴《さ》える。

581 「あはれ」ということに、とくに目印があるわけではないけれども、何かに「あはれ」を感じたときには、口に出して言わずにはおれないものだ。

『後撰集』雑四。詞書「ある所に簾の前に、かれこれ物語りし侍りけるを聞きて、内より女の声にて、『あやしく物のあはれ知り顔なる翁かな』といふを聞きて」。

582 「あはれ」という感傷にこれで十分ということはないので、いつも二人の仲を涙ながらに思い浮べるわが身なのであった。

◇世の中　男女の仲。一般的に、人の世ともとれる。

583 妻を恋うように鹿がまつわりつく秋萩においた白露と同じで、私も切なく消えてしまいそうだ。

鹿の恋する萩（→四二）の露に寄せて、恋の切なさを詠む。底本「さを鹿の妻にしがらむ…」。六二四の次の重複歌による。次歌五八四と並びよく、重複歌は誤入か。

579 五月《さつき》山　木ずゑを高み　時鳥　鳴く音《ね》そらなる　恋もするかな

580 あはれとも　恋しとも思ふ　色なれや　落つる涙に　袖のそむらむ

581 あはれてふ　ことにしるしは　なけれども　いはではえこそ　あらぬものなれ

582 あはれてふ　ことにあかねば　世の中を　涙に浮かぶ　わが身なりけり

583 妻恋ふる　鹿のしがらむ　秋萩に　おける白露　われもけ

ぬべし

584 秋萩を　見つつ今日こそ　暮らしつれ　下葉は恋の　つまにざりける

585 瀬をはやみ　袖よりもるる　涙川　もの思ひもなき　人もぬれけり

586 野辺みれば　おふる薄《すすき》の　草わかみ　まだほに出でぬ　恋もするかな

587 君恋ふる　涙はあきに　かよへばや　空も袂《たもと》も　ともにしぐるる

584 秋萩を見ながら今日一日暮した。色づいてきた萩の下葉を相手に、恋を感じたのであった。

萩の下葉の色づくのを、つつましやかな女の象徴とし(→二〇九・三二)、それを、恋情を覚えるきっかけとして捉える。鹿の萩への恋を前提とするのかもしれない。

585 涙川の瀬は速いので、袖から洩れる辛い涙のために、日ごろ屈託のない人も濡れてしまった。

『古今六帖』第四「涙川」に、「身をせばみ袖よりも降る涙にはつれなき人もぬれよとぞ思ふ」の一首があり、西本・書本では、本歌の上句を「身をせばみ袖よりも降る涙には」とする。思うに、貫之は「身をせばみ」の古歌の下句を変え、さらに上句にも手を加えて詠作したか。「つれなき人」が恋の相手を指したのを、「もの思ひもなき人」と、暗に自己をも含めて一般化し、また「瀬をはやみ…」は西本の形より象徴的。

◇もるる　底本「も見る」。私見によって改めた。

586 野辺を見ると、生えている薄がまだ青々と若く、穂に出ていない。そのようにまだ表にも出せない恋をすることだなあ。

◇ほに出でぬ　↓四六五。

587 あなたを恋しく思って泣く涙は、秋に通じている――恋しいあなたに飽きられてしまった涙だからなのだろうか、秋空も袂もともにしぐれてくる。

◇空も　底本「袖も」。西本による。

588 秋になって、愛する人の上にも飽きが来ているのだろうか、木の葉が薄く濃く紅葉するように、口にする言葉も愛情が薄れて変ってしまった。「木の葉」に掛けた「言の葉」の方は、「薄く濃く」のうち「薄く」にのみ有意性がある。

589　飽きられてさびしい私の心の一端を表すわけではないけれども、秋は何となく嘆きを感ずる季節であるよ。

590　惜しいわけではなくて、ただ悲しいものは、人間の身であるよ、この辛い世を出離するすべもないのだから。

『拾遺集』恋二に、定家本系統では「よみ人しらず」として入るが、異本第一系統本の多くは作者貫之。下句、西本「人の心のゆくへ知らねば」。『後撰集』雑二所収。第五句「かたを知らねば」。詞書「世の中の心にかなはぬこと申しけるついでに」。同一の上句に、情況に応じて下句をつけた。同様に「惜しからで悲しくおぼゆる夕暮」（『蜻蛉日記』中巻）「惜しからねど悲しくもあり、またいと罪深くも」（『源氏物語』宿木）の引歌も、各個の情況に対応する。

591　秋の野の色褪《あ》せていくさまを見ると、薄情にも私を捨てた人は、枯れた草葉のように思われる。

「秋」に「飽き」を、「枯れ」に「離《か》れ」を掛ける。

592　たくさんの鳥が一斉に鳴く時は決まっているけれども、あなただけを恋しく思って泣く私の心は、いつと限らない。

◇百千鳥　→五七。◇いつと　底本「いつも」。陽本による。

588　人の身に　あきや立つらん　言の葉の　薄く濃くなり　うつろひにけり

589　あきはわが　心のつまに　あらねども　もの歎かしき　ころにもあるかな

590　惜しからで　悲しきものは　身なりけり　憂き世そむかん　かたしなければ

591　あきの野の　うつろふ見れば　つれもなく　かれにし人は　草葉とぞ見る

592　百千鳥《ももちどり》　なくときはあれど　君をのみ　恋ふる心は　いつとさだめず

593　秋の野に乱れ咲いている花が色とりどりであるように、恋しさに心乱れてさまざまもの思いをする今日このごろであるよ。

『古今集』恋二所収。

594　夜が明けはじめると、まず日がさす、いや、腰のひも（紐）をさして締める、その紐の糸が弱くて切れるように、まったく私たちの仲が切れて逢えなくなったら、どうして生きているかいがあろう。

「ひも」に「日」と「紐」、「いと」に「糸」と副詞の「いと」、「さす」に紐を「差す」と、日が「射す」、「たえて」に糸の絶えることと、仲の絶えることとを、それぞれ掛ける。「紐」「糸」「絶え」は縁語。◇明けたてば　夜が明けはじめると。「たつ」は「春たつ」などの「たつ」と同じか。「明け立たば松のさ枝に夕さらば月に向ひて」（『万葉集』巻十九、家持）。◇あはずは　「…ずは」→二九。

595　雨のやまぬ山の天雲は落着かない、それを見つつ、心変りするのではないかと安心のいかないあなたのことを思う。

「立ちゐ（立ったり坐ったり）」は擬人法。類歌七八〇。

596　十月の大空は曇ってはいないのだったが、ただ私ばかりしぐれ模様の心持がする。

『拾遺集』恋一に入るが、「よみ人しらず」とある。『古今六帖』第一、貫之作。「しぐれごこち」は特異な用語。他に和泉式部が用い、また「人しれぬしぐれごこちに神無月われさへ袖のそほちぬるかな」（『玉葉

593　秋の野に　乱れて咲ける　花の色の　千ぐさにものを　思ふころかな

594　明けたてば　まづさすひもの　いと弱み　たえてあはずは　など生けるかひ

595　雨やまぬ　山の天雲《あまくも》　立ちゐつつ　やすけくもなき　君をしぞ思ふ

596　大空は　くもらざりけり　神無月《かみなづき》　しぐれごこちは　われのみぞする

597　年をへて　恋ひわたれども　わがためは　天の川原の　な

集』雑一、具平親王）は、これを本歌としていよう。

597 長年恋いつづけているけれども、七夕なら年に一度逢うことのできる天の川原が、私のためにはどこにもないのがわびしい。

五五六と発想が近い。

598 天の川の水を絶やしてほしい。そうすれば、鵲の橋とは関係なく、直接天の川を渡っていけるだろうから。

◇たえせなん　動詞「絶えす」を「絶えせず」という否定以外に用いるのは、『万葉集』には「常陸なる浪《な》逆《さか》の海の玉藻こそ引けば絶えすれあどか絶えせむ」（巻十四）の例もあるが、以後は珍しい。「なん」は他にあつらえ望む意の終助詞。◇鵲の橋　七夕の夜、鵲が翼を並べて天の川に掛け渡すと伝えられる橋。

599 紅色に袖が染まる。恋の辛さにこぼす涙の川が、血の涙の色をしているからであろうか。

下句は六二三下句とほとんど共通し、上句で変化する。

600 人を恋しく思い、心がうつろのようになっているときには、私の袖は涙で濡れているよ。

「空」がうつろな心情を意味するとともに、袖の「露け」さが、しぐれた「空」のせいでもあるとする。

601 秋風に萩の下葉が色づくと、独り寝の身はいっそう恋しさがつのるよ。

「萩の下葉」に女の姿を思いやる歌とも、女の身になって「萩の下葉」に恋心を誘われる歌とも解しうる。六二九と下句が共通心象、対応する上句の風景を変える。

きぞわびしき

598 天の川　水たえせなん　鵲《かささぎ》の　橋をし知らず　ただ渡りなん

599 紅《くれなゐ》に　袖ぞうつろふ　恋しきや　涙の川の　色にはあるらん

600 人を思ふ　心の空に　あるときは　わが衣手ぞ　露けかりける

601 秋風に　萩の下葉の　色づけば　ひとり寝《ぬ》る身ぞ　恋ひまさりける

602 秋の野の草葉を分けもしない私の袖が、もの思いにつれて、どうしてこんなに露で濡れたようになっているのであろうか。
涙で袖が濡れるからだ、の意。『後撰集』秋中に所収。詞書「秋歌とてよめる」。第二句「草もわけぬを」。◇なへに →四六〇。◇露けかるらん 「らん」は理由を推量する。どうして…なのであろうか。

603 私は憂愁を嘆く思いに消えてしまいそうだ。雪は、私と同じく消えやすいが、せめて私にかわって、しばしでも消えずにとまっていてほしい。
躬恒の「恋するに消えかく（へカ）る身と春たちて降りくる雪といづれまされり」と、忠岑の「恋するに消えかへるとも身は失せじ春くる雪のあとはとまるや」という問答がある（『忠岑集』）。それと同種の歌想を内話化し、恋の切実感を深めたごとき趣がある。

604 夜毎私が泣いては落す涙の雨が川となり、いつの世にも流れてきた涙川は、冬にも凍ることなく、しぶきをあげていくよ。
「夜」に「世」、「流れて」に「泣かれて」、「降る」に「経る」を掛ける。『古今集』恋二に見え、第二句「ながれてぞ行く」。

605 雨が降ると色を失って薄くなりやすい花桜のような、軽薄な気持などなく、真剣なのに。
上句は「薄き」を言い出す序詞。

606 私の人を思う心が、もし染色ならば、すっかりしみこむぐらいに染めもしようが、それもかな

602 秋の野の　草葉もわけぬ　わが袖の　もの思ふなへに　露けかるらん

603 消えやすき　雪はしばしも　とまらなん　憂きこと歎く　われにかはりて

604 よとともに　ながれてぞふる　涙川　冬もこほらぬ　水泡《みなわ》なりけり

605 雨降れば　色去りやすき　花桜　薄き心も　わが思はなくに

606 色ならば　うつるばかりも　そめてまし　思ふ心を　知る人ぞなき

わず、この思いはだれにもわからない。

『後撰集』恋二所収。第五句「えやは見せける」。詞書「いひかはしける女のもとより、なほざりにいふにこそあんめれといへりければ」。伝行成筆切、第五句「えやはしりける」。詞書も『後撰集』と同趣。『拾遺集』恋一にも入り、そこでは「題しらず」、第五句「知る人のなさ」。

607 あなたのためにずっと濡れつづけている衣の袖は、いわば涙のつれあいのようなものだよ。
◇唐衣　衣の美称。◇つま　添ってくるもの、きっかけとなるものの意の「つま（端）」に「褄」を掛ける。

608 初雁が秋になって鳴き渡っている。私も世の中の人の心に飽きのくることが悲しくて、泣き暮している。
『古今集』恋五所収。

609 住吉の松ではないけれども、いつの世にも変りなく、あなたに心を寄せつづけているよ。
『後撰集』恋二に入り、第二句「波にはあらねど」。『新撰和歌』所収歌も同じ。「すみのえ（すみよし）の松」は至極常道の歌材。元来そう詠んでいたのを、「寄せ」との縁語「波」を思い浮べて改めたか。

610 夢の通い路にも露が置いているらしい。夢に一晩中恋人のもとへ通った袖が濡れて乾かない。
『古今集』恋二所収。第二句「露やおくらむ」。

611 人目というものはどのような道なのだろうか、どちらへも行かないのに間を遠く隔てるとは。

607 君により　ぬれてぞわたる　唐衣《からころも》　袖は涙の　つまにざりける

608 初雁の　なきこそわたれ　世の中の　人の心の　あきし憂ければ

609 すみのえの　松にはあらねど　世とともに　心を君に　寄せわたるかな

610 夢路にも　露ぞおくらし　夜《よ》もすがら　通へる袖の　ひちてかわかぬ

611 人めてふ　ことはいかなる　道なれや　いづちも行《ゆ》かで

五五四・五六〇と同様、「人め」を「道」に見立てた。

612 あれこれと乱れて思うこの恋しさは、倭文《しず》のたてよこの糸で織り出した乱れ縞模様に私の身がなってしまったのか。

◇倭文機 大陸から輸入された織物でなく、日本在来の織物の一種。梶《かじ》・麻などを原料とし、乱れ縞模様を織り出す。「倭文《しづ》」に同じ。またその織機具をもいう。その模様から「倭文機に」を「乱る」の枕詞に使う。

◇たてぬき たて糸とよこ糸。

613 咲けば散るものと思った紅花は、涙の川に落ちて、川を血の涙の色に染めているのであった。

辛い思いで流す血の涙の川の色を、紅花のせいにする。下句は五九九とほとんど共通、上句との関係で発想に変化を与える。

◇紅 紅色の染料、またその染料を取る紅花。

614 「あはれ」ということを緒にして貫き通す玉は、長年恋しい人に逢わずに過してきた涙なのであるよ。

＊底本六二四の次に五八三との重複歌をもつ。同じ恋歌の収集の中なので、位置の適切な五八三のみを生かし、ただし上句の異文は当所の歌に従う（→五八三）。

615 思いあまるほどにあの人が恋しいときは、家を離れて身も心もどこかへいってしまいそうな心持がする。

◇あくがれぬべき 「あくがる」は、本来あるべき場所を離れてさまようこと。肉体にも魂にもいう。

はるけかるらん

612 倭《し》文《づ》機《はた》に　乱れてぞ思ふ　恋しさは　たてぬきにして　織れるわが身か

613 咲けば散る　ものと思ひし　紅《くれなゐ》は　涙の川の　色にざりける

614 あはれてふ　ことを緒《を》にして　ぬく玉は　あはで年ふる　涙なりけり

615 思ひあまり　恋しきときは　宿離《か》れて　あくがれぬべき　ここちこそすれ

616　降る雪を雪とも見ないほどに茫然《ぼうぜん》としているうちに、雪はますます降りまさっていた。人しれぬもの思いのあるとき、その雪とともにもの思いの数もいつの間にか多くなっているのだった。
別解、降る雪を雪と見ない、つまりこの雪でもあの人が来られないはずはないと思っていたのに、やはりあの人は来てくれなくて、人しれずもの思うとき、夜離れの数、もの思いの数がまさるのだった。第五句、西本「かすにさりける」。その場合別解がよいか。難解。

617　色のない私の心をあなたとの愛の色に染めて以来、その色が褪《あ》せようとは思わなかったのに。
『古今集』恋四所収。第五句「思ほえなくに」。また『拾遺集』恋二にも再出。第五句「わが思はなくに」。

618　近くにいても現実に逢うことがないのに、あなたが去っていく今宵からは、更に逢瀬を遠く夢見ることになるだろうが、そんな私はひとり淋しい。
「われぞわびしき」の歌句は、他に五五六と『土佐日記』（→二六頁）に見え、この歌も「理屈で仕立てながらもどこか淡々たる慕情を漂わせる」（目崎徳衛氏）。恋の部で特別に詞書があり、雑の部の「近隣なる」女との贈答（→八六〇〜八六九）と関係あるか。類歌七三二。

619　萩の葉の色づく秋を何度も――恋のきざしを何度も、無駄に数えて過してきてしまったなあ。
『後撰集』秋中に所収。初句「秋萩の」、末句「老いぞしにける」。詞書「年のつもりにけることを、かれこれ申しけるついでに」。『家持集』にも紛れて載る。

616
降る雪を　雪と見なくに　人しれず　もの思ふときの　数まさりけり

617
色もなき　心を人に　そめしより　うつろはんとは　思はざりしを

近隣《ちかどなり》なる人のときどきとかういふを、ほかにうつろふと聞きて

618
近くても　あはぬうつつに　今宵《こよひ》より　遠き夢見ん　われぞわびしき

619
萩の葉の　色づく秋を　いたづらに　あまた数へて　すぐしつるかな

620　春霞も山時鳥ももみじ葉も、そして雪も、つまり春夏秋冬がめぐって、多くの年を経てきた。
◇もみぢ葉も　底本「紅葉ゝを」。傍記、書本による。
＊六一九・六二〇は必ずしも恋の歌ではない。六一九は「萩の葉の色づく」に恋のきざしが暗喩《あんゆ》されてもいるが、やはり「いたづらにすぐる年」が主題であり、六二〇も同じ。そもそもこの主題の中に恋の契機も孕《はら》むのでここに並べられているのだろう。詠作時からその契機もあったか否か、明らかでない。

621　侘《わび》人にとっては、めぐる一年の四季に関係なく常に季節は秋なのだろうか、それで侘人の私の袖には、いつもしぐれが降っているのであろう。
◇わび人　わびしさをかこちながら暮す人。◇秋なれや　底本「秋なれは」。西本による。

622　ひそかに思っていても、あまりにも恋しいときには、山から月が出るように、思わず家を出て恋しい人のところへ来てしまう。
『古今集』恋三所収。
◇あしひきの　「山」の枕詞。

623　現実にあの人に逢うことはとてもむずかしい。夜はいつの夢にでも出て来てほしい。
『拾遺集』恋三所収。作者が人麻呂になるのは誤り。
◇玉の緒の　「たえ（絶え）」に掛かる枕詞。

624　いつもわびしく暮している私の身は、まさに露のようなものだ。できることなら、あなたの家の垣根の草に置いて消えてしまいたい。

620　春霞　山時鳥《やまほととぎす》　もみぢ葉も　雪もおほくの　年ぞへにける

621　わび人は　年に知られぬ　秋なれや　わが袖にしも　しぐれ降るらん

622　しのぶれど　恋しきときは　あしひきの　山より月の　出《い》でてこそ来《く》れ

623　うつつには　あふことかたし　玉の緒《を》の　夜はたえずも　夢に見えなん

624　わびわたる　わが身は露を　おなじくは　君が垣根の　草に消えなん

『後撰集』恋二所収。詞書「心ざせる女の家のあたりにまかりて、いひいれはべりける」。
◇露を　「を」は間投助詞。対象を詠嘆的に確認する。

625　忘られず恋しいものは、春の夜の夢を残して現実に戻った気分であるよ。

626　寝て見る夜の夢は、波でもないのに、繰り返し繰り返し、あなたを夢に見たことだなあ。
「たちかへり」は「波」の縁語。
◇見つるか　「か」は、自分に問いかけるような形で詠嘆を示す終助詞。

627　時鳥が、人を待つの名をもった松山に鳴いているのを聞いたときには、私もにわかに人恋しい思いがつのってくるのだった。
『古今集』夏に所収。詞書「山に時鳥の鳴きけるを聞きてよめる」。「待つ」に「松山」の「松」を掛ける。その「松山」は歌枕として詠んでいるが、讃岐《さぬき》の「松山」（『能因歌枕』『八雲御抄』）とは特定しがたい。
◇うちつけに　→一二。

628　私の身は、木を樵《こ》る山に、いや、嘆きが山のようになったので、心の方は安らぐ暇もないよ。
「嘆き」の「き」に「木」を掛ける（→五五一）。

629　夕方になると、恋人を待つかのように、松虫が鳴く。その音《ね》を聞くにつれて、ひとりでいるわが身は、いよいよ人恋しさがつのるよ。
第四句、西本「ひとりぬる身そ」（→六〇一）。
◇なへに　→四六〇。

625
忘られず　恋しきものは　春の夜《よ》の　夢の残りを　さむるなりけり

626
寝《ね》ぬる夜《よ》の　夢は波にも　あらなくに　たちかへりつつ　君を見つるか

627
時鳥　人まつ山に　鳴くときは　われうちつけに　恋ひまさりけり

628
なげきこる　山とわが身は　なりぬれば　心のみこそ　いとなかりけれ

629
夕されば　人まつ虫の　鳴くなへに　ひとりある身ぞ　恋

ひまさりける

630 山彦の　声のまにまに　たづね行《ゆ》かば　いづこともなく　われやまどはん

631 降る雨に　出でてもぬれぬ　わが袖の　陰にゐながら　ひちまさるかな

632 人しれず　いはぬ思ひの　わびしきは　ただに涙の　ぬらすなりけり

633 人しれず　あだし心の　ありければ　波路とのみや　やまで泣くらん

630 山彦の声に惹《ひ》かれながら尋ねていったならば、私はどこということなく迷いこむだろう。

「山彦」に恋人の応答の幻想が詠みこまれている。類歌「山彦の声のまにまにとひ行かば空しき空に往きや帰らむ」（『後撰集』恋五、よみ人しらず）。山彦の実態に即しているこの後撰歌に比して、貫之の歌は、やや印象不鮮明にはなっているが、山彦から喚起される捉えどころのない感情そのものを歌想として詠む。◇いづこともなく　底本「いふこともなく」。西本による。書本「いつくともなく」。

631 降る雨に出てもあまり濡れない私の袖が、雨のかからない物陰にいながら、恋の涙のためには、ますます濡れてくるのだなあ。

『拾遺集』恋五所収。「雨に出てぬれぬ事はあらねど、恋故の上を、つよくいはんとて也」（『八代集抄』）。「陰にゐながら」は、保護者のもとに苦労もない身の意をも兼ねるか。さらに女の立場となれば、男の保護を受けながら、なおさびしい女心にも通じよう。『和泉式部日記』に、愛人敦道親王への式部の文に、本歌を引き、「陰にゐながらあやしきまでなむ」という。

632 人しれず思い、口に出して言わない恋のわびしさは、ただただ涙が頬を濡らすのだった。

633 あの人には私に隠して不実な心があったので、涙が止むことなくどこまでもこぼれてくる、まったく涙の筋が波路にでもなったのだろうか。

波路の果てしなさを、とどまらぬ涙の中に想像する。

◇波路とのみ　「のみ」は強調。

634　夢で逢ってもかいがないとはわかっているものの、夢を見てわびしく感じるのは、その夢から覚めて、現実の恋に戻ることであるよ。

635　逢わずには生きられないとばかり思う身が、しかしそうはいっても、やはり死ぬに死にきれない思いを残す、そんな人しれぬ恋に悩むことだよ。

類歌「いくばくも生けらじ命を恋ひつつぞ我れは息づく人に知らえず」（『万葉集』巻十二）。
◇あひ見ずは　「…ずは」→一二九。

636　かきくもり雨が降ってきても、笠取山で雨に濡れるなどまだ経験したことがないのに、その笠取山で雨に迷うみたいに、恋に陥ちて迷っているのだなあ。

笠取山の雨に、初心な恋のとまどいを象徴させる。
◇笠取山　京都府宇治市にある山。歌枕で、「笠を取る」に掛け、笠を取るので雨に濡れないと詠んだ。

637　奥深い山には、いつと時を定めず、たくさんの鳥が珍しくもなく、鳴きつづけている。まったく珍しげもなく恋の涙に泣き暮しているよ。

表向きは恋歌ではないが、「鳴き」に「泣き」を掛け、上句が序詞となって、恋に泣く世の常のさまを表す。
◇百千鳥　→五七。

638　散るときはつまらないと嘆くけれども、それを忘れては、花にやはり心がとまるものだなあ。

恋のはかなさと、それを忘れた恍惚《こうこつ》の思いとを暗示。

634
夢を見て　かひなきものの　わびしきは　さむるうつつの　恋にざりける

635
あひ見ずは　生けらじとのみ　思ふ身の　さすがに惜しく　人しれぬかな

636
かきくもり　雨降ることも　まだ知らぬ　笠取山に　まどはるるかな

637
深山《みやま》には　時もさだめぬ　百千《ももち》鳥《どり》　めづらしげなく　なきわたるかな

638
散るときは　憂しといへども　忘れつつ　花に心の　なほとまるかな

639　眠れないのをしいて眠って見る春の夜の夢、その夢も春の終る今宵かぎりなのであった。
「…春の夜の夢」までほとんど等しい類歌に「寝られぬをしひてわが寝《ぬ》る春の夜の夢をうつつになすよしもがな」（『後撰集』春中、よみ人しらず）があるが、この後撰歌が「春の夜の夢をうつつに」したいという単純な願望を示すにすぎないのに対して、貫之の歌には、春の終末と夢への慕情とを一体化した詩情がある。
＊「春の夜の夢」の歌句は、『貫之集』に二首（六三五・六三九）見え、また貫之は「宿りして春の山辺に寝たる夜は夢のうちにも花ぞ散りける」（『古今集』春下）とも詠んでいる。ともあれ、「春の夜の夢」は『後撰集』の後『千載集』まで勅撰集には見えず、その間和泉式部などに詠みつがれながら、『新古今集』に至って七首の多きを数える。貫之はこの句のもつ艶美な歌境の先駆をなすか。

640　現実にも夢にもあの人に逢えず、この悲しい気持は、現実にも夢にもあきたらないのだった。
「夢」を詠むのが主眼で、「うつつ」を添えて強く言う。夢にさえも恋人に逢えないもどかしさ。

641　袂を洗うように流れ出る涙は、もう泣くまいと袂をしぼるかいなく、またあふれてくるよ。
◇唐衣　「衣」の意で、「袂」の枕詞。◇しぼる　底本「しふる」。西本による。

642　富士の煙が立ち昇っても、雲にまぎれてしまうように、私の恋は何のしるしもなく、あの人に

639
寝られぬを　しひて寝て見る　春の夜《よ》の　夢のかぎりは　今宵《こよひ》なりけり

640
うつつにも　夢にもあはで　悲しきは　うつつも夢も　あかぬなりけり

641
唐衣《からころも》　袂《たもと》をあらふ　涙こそ　いまはとしぼる　かひなかりけれ

642
しるしなき　煙《けぶり》を雲に　まがへつつ　世をへて富士の　山は燃えけり

643
わび人の　袖をやかれる　山川《やまがは》は　涙のごとく　落つる滝

通じないままに、それでも長く燃えているのだ。
「世をへて」は、富士の煙としては、幾代もつづいて、の意、恋には、長い年月の意。類歌五三三。

643　侘人の袖を借りて受け止めているのだろうか、山川の滝はさびしい涙のように落ちてくるよ。
侘人の涙と、山川の細流の滝とのイメージを結ぶ。
◇わび人　→六三一。◇山川　→三九九。

644　このごろは五月雨が近く、時鳥が鳴く。私は恋に思い乱れて、涙しない日とてない。
「五月雨（さみだれ）」が「思ひ乱れ」を導き、「鳴かぬ」に「泣かぬ」を掛ける。序詞としての上句が心象的に下句に照応。『後撰集』夏に、よみ人しらず。

645　鳥の音も聞えない山奥の埋木は、埋もれて思いを遂げられず、人しれぬ嘆きを抱いた私の姿を、そのままに表しているのだった。
◇埋木　水中や土中に長年埋まって炭化した樹木。◇なげき　「嘆き」の「き」に「木」を掛ける（→五二一）。

646　花薄が穂を出さないように、私の気持をあらわには言うまいと思っていたのに、早くも秋風が吹いて薄が穂を出し、私の恋も知られてしまったよ。
◇ほには出でじ　→四六五。

647　ただひとりで寿命を生き尽したとすると、何ともさびしく、高砂の松がいつまでも朽ちないのも、そんな自分には何の意味もないのだ。
「高砂の松」がかえって人間の老残の姿を浮き立たせ（→一九九・八七三）、それに失意の恋の孤独感を加える。

かな

644　このごろは　五月雨《さみだれ》近み　時鳥《ほととぎす》　思ひ乱れて　なかぬ日ぞなき

645　鳥の音《ね》も　聞こえぬ山の　埋木《むもれぎ》は　わが人しれぬ　なげきなりけり

646　花薄《はなすすき》　ほには出でじと　思ひしを　とくも吹きぬる　秋の風かな

647　ひとりして　世をし尽くせば　高砂の　松の常盤《ときは》も　かひなかりけり

648 世の中は　春きぬべしと　聞きしかど　恋には年も　暮れずぞありける

649 白波の　うちかへすとも　浜千鳥　なほふみつけて　跡はとどめん

一人に文《ふみ》やりける、女のいかがありけん、あまたたび返りごともせざりければ、「やりつる文をだに返せ」といひやりたりければ、文焼きたる灰を、それとておこせたりければ、二よみてやれる

650 君がため　われこそ灰と　なりはてめ　白玉梓《しらたまづさ》や　焼けど　かひなし

648 世の中では春がもう来るだろうと言っているのを聞いたけれども、恋する心には年も暮れないのであった。

「世の中」が歌に詠まれる時、概してつらい世の中、はかない世の中などとして扱われ、『古今集』中の「世の中」も、貫之の歌を含め、すべてそのように否定的であるのに対し、この歌は、結局春の気分から遠い恋の愁いを詠んでいるにしても、それと対比的に「世の中」を晴々と肯定的に取り上げ、憂愁感を逆説的に強めている。その点異色なものが感受される。

649 白波が浜にうち返し寄せてきて千鳥の足跡を消しても、千鳥はやはりまた足を踏みつけて、跡を残そうとする。そんなふうに、いくらでも繰り返し文を遣って、私のことを忘れさせないようにしよう。

「ふみ」に「踏み」と「文」とを掛け、「鳥の跡」は文字ないし筆跡をも意味する。「白波」「うちかへす」「浜千鳥」「ふみ」「跡」の縁語で仕立てた。なお「うちかへす」に、次歌の詞書を参考にすると、何らかの意味で手紙を返す、といった情況を想定もできる。

一 ある人に恋文を遣ったとき、その相手の女がどう思ったのであろうか……。書本「ふみやる女のいかゞありけん」。二 底本「見て」。西本による。

650 あなたのために私こそ灰となってしまえばよいのでしょう。手紙なんて、焼いても、私のあなたを思う気持まで灰にする効果はありませんから。

参考「燃えはてて灰になりなむときにこそ人を思ひの

やまむ期《ご》にせめ」（『拾遺集』恋五、よみ人しらず）。
◇白玉梓　「玉梓」は、使い、または手紙の意。ここは後者。「白」を付したのは、灰になったからか。

651　貫いている緒から乱れ落ちる玉のような涙も、あの人に逢えばしばし止むかと思うと、わずかの間でもよいから逢えないものかなあ。
『拾遺集』よみ人しらずの歌に、これとほとんどひとしい「ぬき乱る涙の玉もとまるやと玉の緒ばかりあはむといはなむ」（恋二）がある。貫之は「しばし」を入れて「玉の緒ばかり」と響き合せた。
◇玉の緒ばかり　単に短い間の意だけでなく、歌語として、短い間に命を賭けたような哀切さをこめていう。

652　照る月も影が水底に映っているのだが、そんなふうに似たものはまったくない、ただ一つの恋をしているのだなあ。

653　まれに逢うと聞く牽牛織女でも、天の川を渡って逢いに来ない年はないのだろうと思う。
◇年は　底本「年も」。西本による。

654　今朝の床に露が置くように、涙に濡れながら起きて、悲しい思いに沈むのは、あきたらぬ夢の逢瀬がなお恋しくてならないからであった。
「おきながら」の「置き」に「起き」を掛ける。
◇恋ふる　底本「こゆる」。西本による。

655　うち寄せる浦波を見ていると、私の恋をし尽したのだと、まず身にしみて感ずるよ。
浦波の悠久の風情に恋情も悉く包括される感がある。

651　ぬき乱る　涙もしばし　とまるやと　玉の緒ばかり　あふよしもがな

652　照る月も　影水底《みなそこ》に　うつりけり　似たるものなき　恋もするかな

653　まれにあふと　聞くたなばたも　天の川　渡らぬ年は　あらじとぞ思ふ

654　今朝《けさ》の床の　露おきながら　悲しきは　あかぬ夢路を　恋ふるなりけり

655　うち寄する　浦波見れば　わが恋の　尽きぬるとこそ　まづ知られけれ

656 いつとてか　わが恋ひざらん　ちはやぶる　浅間の山の　煙《けぶり》たゆとも

657 人しれず　われし泣きつつ　年ふれば　鶯《うぐひす》の音《ね》も　ものとやは聞く

658 彦星も　待つ日はあるを　いまさらに　われをいつとも　人のたのめぬ

659 あひ見ずて　恋しきことを　たとふれば　苦しき旅は　ことならなくに

660 あひ見ずて　わが恋ひ死なむ　命をも　さすがに人や　つ

656 いつになったら、私があの人を恋しく思わなくなるだろうか、そんな時があろうはずはない。神の力で絶えるはずのない浅間山の煙が、たとえ絶えることがあっても……。

『拾遺集』恋一所収。ただし、よみ人しらず。第二句「わが恋やまむ」、第四句「浅間の嶽《たけ》の」。◇ちはやぶる　普通は「神」の枕詞だが、ここは「浅間山」の枕詞で、実質的にも、神威をもつ意を表す。

657 人しれず私は恋に泣きながら、でも年を経ると、鶯の鳴き声など物の数ではないと思って聞く。

鶯の鳴く音に、恋に泣く声を、それとなく掛けて歌に詠む、たとえば「わが園の梅のほつ枝《え》に鶯の音になきぬべき恋もするかな」（『古今集』恋一、よみ人しらず）などを前提とし、そうした人しれぬ恋の泣き声も、年を重ねると、もはや鶯の音に誘われるどころのものではなく、さびしさに徹してくる、というのである。

658 彦星も織女を待つ日はあるのに、あの人は私にいつ逢おうといまさら約束もしてくれない。

◇いつとも　底本「いへとも」。西本による。◇たのめぬ「たのむ」（下二段）は、あてにさせる。

659 逢わずにいて恋しい気持というものは、たとえば旅をして苦労をするのと違わないのに……。

旅の苦労と同じようだが、恋は何と切ないものだろう、といった意味が、余韻となっている。

660 逢わずにいる恋しさに私は死んでしまうだろう。それほどに命を賭けた私の恋に対しては、いくらあの人でも、やはり自分が薄情だと思うだろう。

＊「あひ見ずて」は、ここに並ぶ六五九・六六〇の二首と八二とに見られるが、『万葉集』に「あひ見ずて日《け》長くなりぬ」（巻四・六五二）、「あひ見ずて恋ひむ年月」（巻十一・二五八二）などとあり、古態を感じさせる歌句を、貫之があえて使ったものか。

661 ひとり寝はわびしいものと懲《こ》りよというのだろうか、他所に寝たその夜、雪が降ってくる。

662 いつの間にか今日を暮して明日になる。「明日」といえば、明日香川を渡って早く、玉藻をかぶるようになよなよと美しいあの人とたわむれたい。

『拾遺集』雑秋に入る。第二句「苦しきものと」。『万葉集』の「飛ぶ鳥明日香の川の上つ瀬に生ふる玉藻は…玉藻なすか寄りかく寄り靡《なび》かひし…」（巻二）「明日香川瀬々に玉藻は生ひたれどしがらみあれば靡きあはなくに」（巻七）などにおける型を受け継ぐ。◇明日香川　飛鳥地方を流れ大和川に合流する川。「明日」を掛ける。底本「あすからは」、「からは」の傍記「か河歟」に従う。◇玉藻　「藻」の歌語。◇かづかん　底本「かへらん」。陽本による。

663 夕《ゆふべ》の空をもの思いにふけって眺めていると、わびしくなってくるよ、入り日が山の端に早く差し込んで、すぐにでも暮れてほしい。

664 恋人もなく私をたずねてくれる人はいなくても、あそこにいるのはたれかと、いぶかしく思う夕暮時に、いまの間にも早くなってほしい。

らしと思はん

661 ひとり寝は　わびしきものと　こりよとや　旅なる夜《よ》しも　雪の降るらん

662 いつしかも　今日を暮らして　明日香川《あすか》　渡りてはやく　玉藻《たまも》かづかん

663 ながむれば　わびしきものを　山の端《は》に　入り日とくさし　はやも暮れなん

664 見る人も　なくてわれをば　とはずとも　たそかれ時に　はやもならなむ

665　私の身に添うたあの人の面影も、何となくうすれ、どうして無関係なわびしい人となってしまったのだろう。
愛する人の面影の遠ざかっていくさびしさを、相手にも投影して、影像化する。底本の「外に」は「よそに」とも「ほかに」とも読めるが、西本「よそに」に従う。

666　立ち寄ると、恋しい人の袖に風が吹き、そよそよと音がするのを聞いて、近くにいるとは感じるけれども、逢うこともできないのだなあ。

667　逢うこともなく、またたえもせずに声を聞く、そんな程度であるけれども、秘かに恋しているゆえに、その人と遠くへだたっている思いがする。
直接逢えないが、たえず御簾《みす》越しに声を聞くような相手への「忍ぶ恋」が詠まれている。上句、西本によると「目にも見え声もたえせぬ時鳥」とあり、それならば、目にも見え、たえず声も聞える時鳥だが、その声が忍び音であるために、遠くにいる感じだ、の意で、その時鳥への思いが、「忍ぶ恋」の喩《たと》えになる。

668　秋萩の下葉は、自分とはかかわりがないと見ていたけれども、その下葉の色づくころ、独り寝の夜を過すとは思わなかったよ。
第一・二句、底本「秋はきは下葉のよそに」。西本による。「(秋)萩の下葉」はしばしば恋と結びつけて詠まれるが(→一〇九・五六四・六〇一)、とくに「秋萩の下葉色づくいまよりやひとりある人の寝《い》ねがてにする」(『古今集』秋上、よみ人しらず)を念頭に置くか。

665
身にそへる　影ともなしに　なにしかも　外《よそ》にわびしき
人となりけん

666
立ちよれば　袖にそよめく　風の音《おと》に　近くは聞けど　あ
ひも見ぬかな

667
目にも見ず　声もたえせぬ　ほどなれど　しのぶるにこ
そ　はるけかりけれ

668
秋萩《あきはぎ》の　下葉はよそに　見しかども　ひとり寝んとは　思
はざりしを

669
秋萩の　下葉を見つつ　夕されば　いつしかの音《ね》に　なき
わたるかな

669　秋萩の下葉を見ながら夕方になると、鹿の鳴き声が遠くから聞えてくるよ。いつしか私も恋の思いに泣きつづけている。
「秋萩の下葉」に寄せて妻恋しさに鳴く「鹿」(→四〇九)から、恋の情緒を導き出す。副詞「いつしか」の「しか」に「鹿」を、「鳴き」に「泣き」を掛ける。

670　人目を気にして涙をおさえると、嗚咽《おえつ》の声が自然に高まり、袂が濡れてしまう。
◇人めゆゑ　底本「人めゆく」。西本による。◇唐衣　「袂」の枕詞。

671　水底に沈んだり浮んだりしている「をし鳥」、ともあれ、その名のごとく、「をし鳥」とともに、浮名の立つのを惜しいと思う。
「沈むとも…名ををし鳥」まで、浮名を惜しむというための修辞。

672　私はぜひとも人にもきいてみたい、暁の名残惜しい別れが何に似ているかと。
暁の別れの比類のない哀感を歌う。底本「いかてわかれやなにゝたると(以下空白)」、陽本「いかてわれやなにゝたると(同)」。「われ」と「わかれ」との目移りによる誤脱であろう。書本ならびに『後撰集』恋三所収歌によって補う。

673　暁がなかったら、白露の置く朝、起きて、こんなさびしい別れはけっしてしないだろうに。
『後撰集』恋四所収。詞書「人のもとより帰りてつかはしける」。伝行成筆切の詞書もほぼ同文。

670　人めゆゑ　涙をせけば　唐衣《からころも》　袂《たもと》はぬれぬ　音《ね》こそ泣かるれ

671　沈むとも　浮かぶともなほ　水底《みなそこ》に　名ををし鳥の　ともにこそ思へ

672　いかでわれ　人にもとはむ　暁《あかつき》の　あかぬ別れや　なにに似たると

673　暁の　なからましかば　白露《しらつゆ》の　おきてわびしき　別れせましや

あひ知りたる人のもとにしばし通はぬほど

になりて、なかたえてまた思ひかへして、
いひやる

674 いそのかみ　ふるの中道《なかみち》　なかなかに　見ずは恋しと　思はましやは

675 待たばなほ　よりつかめども　玉の緒《を》の　たえとたえては　わびしかりけり

＊ 六七三の次に、七六六と同じ歌が、詞書をもたずに重複して入っている。本来雑の歌と考えられるのでここでは削った。

674 布留《ふる》の中道のような、つまり昔馴染の仲の私たち、いっそのこと逢わなければ、恋しいとも思わなかったでしょうに。

「いそのかみふるの中道」は「なかなか」を言い出す序詞であるとともに、「布留」に「古」を掛け、「中」に二人の「仲」を意味させて、昔馴染の仲をも示す。『古今集』恋四所収。ただし詞書は「（題しらず）」。『貫之集』の恋の部に詞書があるのは特例で、「いそのかみふるの中道」を単なる序詞と解されないようにするためかもしれない（竹岡正夫氏）。◇いそのかみ　「布留」の枕詞（→三二六）。◇ふるの中道　都から布留へ行く道。◇見ずは　「…ずは」→三九。

675 時機を待っているならば、また寄り添うこともあろうけれども、すっかり仲が絶えてしまうのは、何ともさびしいよ。

「より」は、「寄り」に、「玉の緒」の縁語「縒《よ》り」を掛け、また「たえ（絶え）」も同じく縁語。◇玉の緒の　「たえ」の枕詞。

貫之集 第六

賀

延喜十二年、一定方の左衛門督の賀のときの歌

676 水底《みなそこ》に　影をうつして　藤の花　千代まつとこそ　にほふべらなれ

677 百年《ももとせ》と　いはふをわれは　聞きながら　思ふがためは　あかずぞありける

＊「第六」は詠作事情もしくは歌の内容に賀の意義のあるものを集めた。年代順に並ぶか。底本には、「貫之集第六」とするだけで「賀」はないが、西本に「賀部」とあるのを参照して補う。

一 藤原定方は後に三条右大臣と称される（→一一一頁注一）。延喜十二年、四十歳。その算賀の折の詠であろう。ただしその年定方は宰相中将であった。左衛門督は翌十三年から十九年まで。つづく六七九～六八三の詞書にも「延喜十二年…定方の左衛門督」とあり、この官名は追記による（『全書』）。

676 水底に影をうつして、藤の花は松とともに、千代にあなたさまのお栄えになるのを期待しながら、美しく咲いているようです。

貫之は水底に映る月や花の影をしばしば詠んでおり、藤の影を詠んだものに、六三・四〇六・四九六がある。また「松にかかる藤」は屏風絵・屏風歌の恰好の題材であるが（→四五二）、この歌の「まつ」にも「待つ」と「松」とが掛けてあると見るべきで（片桐洋一氏）、その松と藤との取り合せを、さらに水底の影において捉えた複雑な試みがうかがえる。

677 百年の御長寿を祈ってお祝いをするのを私は聞きながら、私があなたさまのことを思う気持のためには、それでは十分に満足がいきませんでした。

「百年」は、歳月の長さを表す語として貫之がはじめて使う（→二八）。ここではそれをもなお短しとする発想を案出。『後撰集』慶賀に、よみ人しらず。

[一]八条院《はちでうのゐん》にて琴弾《きんひ》くを聞きてよめる

678 長き夜の　秋のしらべを　聞く人は　緒《を》ごとに君を　千歳《ちとせ》とぞ鳴る

延喜十二年十二月、春立つ[二]朝《あした》に、定方の左衛門督の、尚侍《ないしのかみ》[三]に、賀奉れるときの歌

679 今年《ことし》生《お》ひの　新桑繭《にひくはまゆ》の　唐衣《からころも》　千代をかけてぞ　いはひそめける

680 岩のうへに　塵《ちり》もなけれど　蟬《せみ》の羽《は》の　袖のみこそは　払ふべらなれ

681 年をのみ　思ひつめつつ　いままでに　心をあける　ことのなきかな

一 保忠（→一四七頁注三）の住居。

678 秋の長夜の調べを聞く人には、絃の一つ一つあなたさまを千年ことほぐ音として鳴るのです。

「長き夜の…聞く人」がだれを指すか、分りにくい。第三句、書本「ひくことは」ならば、歌意明瞭である。

二 年内立春。 三 満子。定方の妹（→五三頁＊）。満子の四十賀は、醍醐天皇主催では延喜十三年十月十四日に行われたが（→六一頁＊）、定方は前年十二月、年内立春により開催したものと思われ、その賀の歌を貫之が詠進した。

679 今年生れた新しい蚕から作った衣を染めて差し上げ、千代をかけてまずお祝をいたしますよ。

◇桑繭「くわご」ともいう。蚕の原種で、桑を食べ黄色い繭を作るが、実用にはならない。ここでは普通の蚕、さらに蚕の繭からつむいだ絹のこと。◇唐衣　衣の美称。◇そめ「初め」に「染め」を掛ける。

680 岩の上に塵もないけれども、薄い蟬の羽の袖でもって払って、その見えない塵さえまったくなくなっているようだ。

岩に蟬が止まっている風景。磐石の長寿の塵を払ったような完璧さを比喩する。「袖」は贈った衣の袖。◇袖のみこそは「のみ」は強調。◇払ふ　底本「たくふ」。西本による。

681 年のことばかりを思いつめてきて、いままでに心を祝意で十分に満たすことがなかったなあ。

「年」の具体的内容がはっきりしないが、次の歌と関

682 年のうちに　春立つことを　春日野の　若菜さへにも　知りにけるかな

683 すみのえの　松の煙《けぶり》は　世とともに　波のなかにぞ　通ふべらなる

[四]延喜十九年、[五]東宮の御息所《みやすどころ》の、[六]右大臣殿《みぎのおほいとの》の御賀奉りたまふとて、[七]御かざしの料《れう》、保忠《やすただ》の右大弁のよませたまふ

684 心ありて　植ゑたる宿の　花なれば　千歳《ちとせ》うつらぬ　色にざりける

685 年ごとに　花しにほへば　かぞへつつ　君が千代まで　折

連して、年内立春のことを指すか。いまや祝意を思う存分に発揚できるという気持か。

682 年内に立春になったことを、春日野の若菜によってもまた知ったことだよ。

若菜が早くも春を告げ、年内立春で早められた満子の賀への祝意を間接的に示す。

683 住吉の松が煙のようにかすんで、いつの世にもはてしなく寄せては返す波の中に、その煙が動いていくようである。

住吉の松に岸辺の波がつづき、靄《もや》につつまれた風情に悠久の情趣がただよう。賀の構想が著しく叙情化されているといえよう。

四 底本「延喜十年」。傍記「九イ」。西本による。 五 東宮の母御息所穏子。 六 忠平。その四十賀は延喜十九年十月十一日。『貞信公記』同日条に「東宮御息所賀ノ事有リ」とあり、その「御息所」を東宮妃貴子とも考えられるが、同記に貴子を「御息所」と呼ぶことはなく、常に「御息所」と記す穏子と見るのが妥当である（→九三頁＊）。『貞信公記』は「東宮ト御息所」の意であろう。 七 髪・冠などに挿す花や飾り。

684 思いをこめて植えた家の花ですから、千年も変らない色なのですよ。

685 毎年美しく花が咲くと、また今年も、また今年もと数えては、あなたさまの御長寿にあやかって、千代まで折ろうと存じます。

＊為本・書本にもう一首あり（解説参照）。

らんとぞ思ふ

藤原兼輔《ふぢはらのかねすけ》の中将、宰相《さいさう》[一]になりて、よろこび[二]にいたりたるに、はじめて咲いたる紅梅を折りて、「今年[三]なん咲きはじめたる」といひいだしたるに

686 春ごとに　咲きまさるべき　花なれば　今年をもまた　あかずとぞ見る

延長五年九月[四]、右大臣[五]殿前栽合《せざいあはせ》[六]の負態《まけわざ》、内《う》[七]舎人《どねり》橘《たちばなの》助縄《すけなは》つかうまつる洲浜《すはま》[八]に書ける

日[九]

687 草も木も　思ひしあれば　出づる日の　明け暮れこそは　たのむべらなれ

一 兼輔が宰相（参議）になったのは、延喜二十一年正月三十日。二 お祝いにいったときに。貫之は延喜十八年美濃介になって赴任したが、この年早く解任、帰京していた。三 兼輔の詞。「今年の紅梅が咲きはじめた」という意味に、「今年になって紅梅が咲きはじめた」、すなわち今年になって兼輔の出世の道が開けたことを暗喩《あんゆ》する意味を重ねて言う。

686 春になるたびに、ますます美しく咲くはずの紅梅ですから、今年の花をもまたこれではあきたらないと思って眺めることです。

貫之は兼輔の暗喩に答え、もっと御出世になるものと拝察しているという内意をこめて詠む。

四 為本「九月廿四日」。五 定方。西本は「左大臣」。それならば、忠平。六 底本「せさいのあはせまけわざ」。西本による。「負態」は、勝負のあとで負けた方が用意する賭物や御馳走。七 西本によれば、「内蔵助多治の助縄」。為本「橘のすけなか」。多治助縄は忠平の家司と見られ、かつこの催しが廿巻本『歌合巻』所収「太政大臣殿東院前栽合」（小一条左大臣忠平前栽合）と推定され、したがって西本に従うべきかと考えられるが（杉崎重遠氏・萩谷朴氏・村瀬敏夫氏）、この他にも本文の異伝が著しいので、一応底本も残しておく。八 洲の出来た浜辺の形に模し、種々の景観を表す造り物。九 底本にない。西本による。

687 草も木も盛んになろうとする思いがあると、明けるとき日の出を、また暮れるとき明日の日の

出を、頼りにしているのであろう。
日の出に寄せる希望が、明け暮れ変らぬさまを詠む。◇草も木も　『古今集』に貫之以外の例も一首あり、珍しい歌句ではないが、本集に十例を数え、また本集では「木」の単独用例のすべてが「草も木も」の形で和歌的表現を形成していることに注目される。しかも三三と本例を除き、承平以後の屛風歌に多い。自然の景物に森羅万象といった捉え方を示唆する。

688　いつも同じ月が、しかも同じ山から出てくる、九月の有明の月の光に、変らぬもののすばらしさを見る。

689　いつまでも栄えるようにと願いごとが心にあるので、植えては眺める松の木を、千年のためしと思って見ることとだ。
「植ゑて見る」は、ためしに植えるの意ではなく、植えて眺めるの意。三六三・三七五の用例も同じ。
一〇 底本にない。西本によって補う。「柏」はヒノキ科の植物の総称。松と並べて和歌にも詠まれる。榧《かや》の古名にもいう。

690　色を変えない柏の葉ばかりは、秋が来ても紅葉する習慣がないのだった。
『古今六帖』第六「かへ」に、「松柏のときはに似べき心かは乱れて恋ひんあやなかりけり」の前に入る。◇色かへぬ　底本「色かへる」。陽本による。◇柏の葉　底本「松のは」。西本による。題詞の「柏」が落ちたため、「かへ」が「まつ」へと転じた誤りか。

月

688
出でてくる　山もかはらぬ　九月《ながつき》の　有明の月の　影をこそ見れ

松

689
ねがふこと　心にあれば　植ゑて見る　松を千歳の　ためしとぞ見る

柏《かへ》一〇

690
色かへぬ　柏の葉のみぞ　秋くれど　紅葉すること　ならはざりける

鶴

691
うちまよふ　葦辺《あしべ》に立てる　葦田鶴《あしたづ》の　よはひを君に　波も寄せなん

亀

692
波間より　出でくる亀は　万代《よろづよ》と　わが思ふことの　しるべなりけり

千鳥

693
たが年の　数とかは見る　行《ゆ》きかひて　千鳥鳴くなる　浜のまさごを

[一]延長八年土佐の国に下《くだ》りて、承平五年に京に上《のぼ》りて、[二]左大臣殿[三]白河殿におはします御供にまうでたるに、歌つかうまつれとあれ

691　葦の生えている水辺に群れだちさまよっている鶴の、その千年の齢《よわい》を、あなたにさし向けてほしい。波も寄せてくるように。

波が「寄せ」るに、提供する意の「寄せ」るを掛ける。波が寄せるのと結びつけて、鶴が長寿を譲るという発想は多い（三四七など）。◇葦田鶴　→一三。◇寄せなん　「なん」は誂《あつら》え望む意。

692　波間から現れてくる亀は、万代までのことほぎをと思う私の気持のしるべなのであったよ。

693　千鳥が往き交うて鳴いている声のする浜の真砂《まさご》のかぎりない数は、だれの年の数と思って見ようか。あなたのお年の数にちがいない。

◇まさご　→一六五。

一　貫之は延長八年一月土佐守に任命、承平四年島田公鑒に交替、同年末土佐を立って、翌五年二月に帰京（『土佐日記』ならびに解説参照）。二　忠平。三　京都市左京区白河の地にあった。もと藤原良房の別荘。忠平が伝領したか。「おほきおほいまうちぎみ（忠平）の白河の家に」（『後撰集』雑一、一〇八六の詞書）。

694　たくさんの花の姿まで、昔ながらに映しては流れる白河の水の音も、いつまでも変らない。

詞書に「延長八年土佐の国に下りて、承平五年に京に上りて」とあるのは、この「賀」の部をおよそ年代順に並べると、ここに土佐赴任の重大な時期が挟まれてあることを示すためであり、同時に土佐へ行く前も帰京後も変らぬ白河への感慨を喚起する意味をもつ。

ばよめる

694 百《もも》くさの　花の影まで　うつしつつ　音もかはらぬ　白河の水

[四]恒佐《つねすけ》の中納言の[五]扇合《あふぎあはせ》の歌、[六]扇を洲浜に入れたり

695 すみよしの　松の影をし　こめたれば　あふぐに風の　いつかつきせん

[七]宰相中将の[八]四条の宮に[九]住みはじめたまふに、
[一〇]まうでて、ことのついでありてよめる

696 ものごとに　影水底《みなそこ》に　うつれども　千歳の松ぞ　まづは見えける

四 西本「恒佐の大納言殿」。恒佐（→一〇三頁注五）は承平三年中納言から大納言に昇った。貫之土佐在住の間に当り、貫之に親炙《しんしゃ》した称呼として原資料には「中納言」と書いてしまったのを、後に西本のごとく正しく「大納言」と修正されたか。五 左右に分れて扇の趣向を争う遊戯。六 扇を洲浜（→二二八頁注八）に差し、その扇に歌を書くか、または歌を添える。

695 住吉の松の影をそのままこの洲浜に凝縮したのだから、扇をあおぐにつれて立つ風がいつ尽きようか。住吉の松風のようにかぎりなく吹くだろう。

◇すみよしの　底本「みよしの〻」。原型の「す」を脱し、「〻」が加わったか。西本「すみのえの」。◇こめたれば　底本「そめたれは」。西本による。◇あふぐに風の　「あふぐ」は扇などで風をおこすこと。扇合にちなんでいったもの。底本「あふく嵐の」。「嵐」は、私見により、「に風」の誤写と見る。

七 藤原師輔。忠平男。承平五年参議に任ぜられて、宰相中将となった。八 勤子内親王（→八〇頁注二）。『日本紀略』天慶元年十一月五日に「四品勤子内親王薨ズ」とあり、「先帝ノ第四皇女、中納言師輔室」と割注。「四条の宮」は「四品の宮」の誤りかもしれない。九 妻として通いはじめた。承平五年か。一〇 貫之が勤子内親王家に参上したともとれるが、むしろ師輔邸に行き、事のついでに結婚を祝福したとすべきか。

696 何でもすべて影が水底に映るけれども、おめでたいこと、千歳の松の影がまず見えますよ。

承平五年十二月、左衛門督殿《さゑもんのかうのとの》[一]の、男[二]、女君たち、元服[三]、裳着《もぎ》たまふに、よめる

697 大原や　小塩《をしほ》の山の　小松原　はや木高《こだか》かれ　千代の影みん

源公忠朝臣《きんただのあそん》[四]の子に裳着せさせたまふところにてよめる

698 君をのみ　いはひがてらに　百年《ももとせ》を　待たぬ人なく　待たんとぞ思ふ

天慶六年正月、藤大納言殿[五]の御消息にて、「魚袋《ぎよたい》[六]をつくろはせんとて賜はせ[七]たりける、おそく出でくるに、日近く[八]なりにしかば、大殿《おほいとの》[九]にこのよしを聞こしめして、『わがむ

一 藤原実頼。二 十二月二日、実頼の一男二女、元服（『吏部王記』）。長男敦敏と二女の二人、もしくは長女慶子を含めて三人か。三 底本「元服もきたまふる」。「裳着」は、女子がはじめて裳を着けて成人となったしるしとする儀式。男の「元服」に相当する。それを「裳、着たまふ」とはあまりいわない。「裳着したまふ」とあるべきところだが、変体漢文の「元服裳着給」のごとき書き方になっていると見て、あえて「し」を補わなかった。底本「たまふる」は誤り。書本「かふりしもき給に」を参照して改めた。

697 大原の小塩山の小松原、早く木高く茂ってくれ。そして千代に栄える姿を見たいものですが、その松のようにお子様達の将来を御期待申しています。

「大原や小塩の山」は、大原野神社のある大原野大原山（京都市西京区）の別名。同社は藤原氏の氏神であるから、実頼の子女の成人を祝う題材にふさわしい。「大原や小塩の山も今日こそは神代のことも思ひ出づらめ」（『古今集』雑上、業平）の歌が名高く、また「大原や小塩の小松葉をしげみいとど千歳の陰とならなむ」（『朝忠集』）はさらに本歌に近い。『紫式部日記』の「大式部のおもとの裳、唐衣、小塩山の小松原をぬひたるさま、いとをかし」も、本歌にもとづく。

四 光孝天皇皇孫、源国紀男。

698 特にあなたさまのお祝いをするのにつれて、だれもかれも同様百年の先を待とうと存じます。

◇君をのみ　「のみ」は強調。
五 師輔。**六** 五位以上の人が、節会などの儀式に際して、地位を標示するため、石帯の右腰に下げたもの。鮫《さめ》の皮で張った箱で、表に金ないし銀の魚形をつける。**七** 底本「たまはせりける」。陽本による。西本「細工にたまへるを」。師輔の文言だが、貫之の立場からの敬語が混入するか。魚袋を修繕のため（細工職人か何かに）下賜されていたところ、修繕が仕上がって届くのがおくれた。**八** 底本「ちかひちかく」。陽本による。その魚袋をつけるべき日（正月一日か）が近くなったとき。**九** 師輔の父、忠平。**一〇**「用ず」は、使用する。**一一** 似たもの。**一二** 欣喜《きんき》恐懼《きょうく》して。**一三** お礼。**一四** 忠平女、貴子（三〇三頁注一一）。**一五** 不詳。「おはしまさふ」の誤りか。西本「いさゝか」。

699　春になって吹く風に氷が融けた池の魚は、いつまでも長く松の陰にかくれておりましょう。

「魚袋」にちなむ「池の魚」に師輔を、「松」に忠平を示唆し、変らぬ父の庇護を表す。「吹く風に氷とけたる」は、正月解氷（→二〇）と、無事解決したことを兼ねて意味する。為本詞書および『大鏡』の所伝では、師輔が貫之の家まで来て頼んだとあるが、おそらくそれは後の潤色説話化であろう（田中登氏）。
＊「賀」の部は、宮廷歌人貫之の主だった主従関係ないし交際圏をおのずから示し、中間にその圏外にあった土佐守時代にも触れて、いわば宮廷歌人貫之のデッサンの趣をなす。

かしより[一〇]用《よう》ずる』と仰せられて、『[一一]あへものに今日ばかりつけよ』とて、使《つかひ》して賜はせたりしかば、[一二]よろこびかしこまりて、用じて、またの日松の枝につけて奉る。その[一三]よろこびのよし、[一四]尚侍殿《ないしのかんのとの》の御方に[一五]をわさしかふに聞こえんと思ふを、しのびてその心書きいでて」とあるに、奉る

699
吹く風に　氷とけたる　池の魚は　千代まで松の　陰にかくれん

貫之集　第七

別

[一]人のむまのはなむけによめる

700 惜しむから　恋しきものを　白雲の　立ち別れなば　なにここちせん

陸奥《みちのく》へ下《くだ》る人によめる

701 白雲の　八重かさなれる　遠《をち》にても　思はん人に　心へだつな

＊底本「貫之集第七」は「別」と部立《ぶだて》されていて、離別・送別の歌を集めてある。別れの対象となっている人物名や詠作年次の不明なものが多く、また人名官職が明記してあって、その詠作年次を推定できる場合に、時代順の配列に抵触し、問題を残すところも少々あるけれども、おおよそ年代の古い歌から後年の歌へと並んでいるようである。

一「むまのはなむけ」は、旅立つ人への餞別として、饗応したり、贈り物をしたり、このように別れの詩歌や送別の辞を呈したりすること。貫之が贈り主でその人へ直接この歌を贈った意にも、また贈り主は別にあって、送別の宴、もしくは餞別の品などとともに贈る歌を、貫之が頼まれて詠んだ意にもとれる。おそらく前者であろうが、この「別」の部で、「むまのはなむけ」「はなむけ」の用例は、これを除く他の九例すべて後者なので、ここもそのように見てもよい。

700 別れを惜しんでいると、もうあなたが恋しくなってくるのに、あなたが出立して、遠く別れ別れになってしまったら、どんな気持がするでしょう。

『古今集』離別に所収。第四句「立ちなむ後は」。

◇白雲の　「立ち」の枕詞。同時に遠い所を比喩《ひゆ》する。

701 白雲が幾重にも重なった遥か遠いところにいらっしゃっても、あなたのことを案じている私に疎遠になって、心を隔てたりなさらないでください。

『古今集』離別に所収。第二句「八重に重なる」。

二 七〇二は『古今集』離別所収。その詞書には「人を

[二]人に別れけるによめる

702 別れてふ　ことは色にも　あらなくに　心にしみて　わびしかるらん

[三]音羽の山のほとりにて[四]人に別るとて

703 音羽山　木《こ》高く鳴きて　時鳥《ほととぎす》　君が別れを　惜しむべらなり

肥《ひ》後守《ごのかみ》藤原時佐《ふぢはらのときすけ》[五]といふぬしの下《くだ》るにやれる

704 一日《ひとひ》だに　見ねば恋しき　心あるに　遠道さして　君が行《ゆ》くかな

[六]藤原惟岳《ふぢはらのこれをか》が武蔵《むさし》になりて下《くだ》るに、逢坂の関越ゆとて

別れける時によめる」とある。『古今集』離別部詞書には、「を」の特殊な使い方「…を別る」がしばしば見えるが、本集ではその特異な用法はとっていない。ただし西本は「人を」(注四も西本は「人を」)。

702　別れということは色でもないのに、どうして心にしみついて、こんなにさびしい思いがするのだろう。

色を心理情動そのものの仮象として詠む(→五八〇)。

三 京都府東山区山科から逢坂山の方向へ連なる山。

四 七〇三も『古今集』離別に入り、「人を」(→注二)。

703　音羽山の木高いところで時鳥が鳴いて、私と同じく、あなたとの別れを惜しんでいるようだ。

類歌七一九。

五 良世の男、恒佐(→一〇三頁注五)の兄弟。

704　一日でも会わずにいると、恋しい気持になるのに、あなたは遠い旅路の彼方をさしていってしまうのですね。

◇遠道 →七三〇。

＊ 時佐の肥後守は天慶六年任(『類聚符宣抄』)。七〇〇〜七〇三と七〇五が『古今集』所収歌で、この一首は著しく年次が下る。為本には「つのかみ」とあるが、詳細不明。それよりも、西本で、「別」のほぼ最終部(七四二の次)に載るのが、正しい位置か。ただし軽々しく移し変えてよいかどうかは考慮を要するので(→次頁＊)底本のままに置く。

六 高経の男。

705　逢坂を越えるといえば、人に逢うことなのに、同時にまた別れていくことになるとは。逢坂は人にあてにさせながら頼りにならない名前だなあ。
昌泰元年十月に催された宇多上皇の鷹狩りと遊幸の記録「競狩記」(『紀家集』)に、鷹飼の中に「武蔵介藤原朝臣惟岳」の名が見える。その後間もなく赴任をしたか(村瀬敏夫氏)。『古今集』離別、詞書ほぼ同じ。
◇人だのめ　「たのむ」(下二段)は、頼りにさせる意。和歌に「人だのめ」と詠むと、相手からあてにさせられながら、結局空約束に終る頼りなさを表す。
＊貫之の惟岳への共感は、かれが「関白基経の甥に生れながら中央に志を得ず、地方官として下って行く」からでもあろう(村瀬氏)。とすれば七〇四にも、左大臣良世の子ながら、弟恒佐と懸隔を生じて地方官となった時佐への貫之の同情があり、その二首は心理的に共通する。底本ではまとまって、『古今集』入集歌の並ぶ「別」の冒頭部に七〇四が割り込んだ形になるのも、年代的な位置の不整(→前頁＊)とは別の一つの意義をもつか。
一　藤原利基の男、兼輔の兄。延喜二年播磨介の折か。
706　雨も望みどおりに降ってほしい。雨を理由に、旅立つ人が出立を取り止められるように……。
◇久方の　「天」に音の通ずる「雨」の枕詞。
707　狩衣に摺る信夫《しのぶ》摺りで名高い信夫山を越えていく人が偲《しの》ばれて、別れる前から名残惜しい。
◇狩衣　底本「からころも」。陽本による(→一八〇)。◇

705
かつ越えて　別れも行《ゆ》くか　逢坂は　人だのめなる　名にこそありけれ

一兼茂朝臣《かねもちのあそん》ものへいくに、兼輔朝臣はなむけする、雨降る日

706
久方の　雨も心に　かなはなむ　降るとて人の　立ちどまるべく

陸奥《みちのく》へ下る人を惜しめる

707
狩衣《かりころも》　摺《す》る名におへる　しのぶ山　越えん人こそ　かねて惜しけれ

遠く行く人に別れ惜しみて

708
またもこそ　かく行く人と　別れ惜しめ　涙のかぎり　君

に泣きつる

709 遠く行く　人のためには　わが袖の　涙の玉も　惜しからなくに

[二]兼輔の兵衛佐《ひやうゑのすけ》、賀茂川のほとりにて、[三]左衛門の官人三春有輔《みはるのありすけ》[四]甲斐へ行く、むまのはなむけによめる

710 君惜しむ　涙落ちそふ　この川の　みぎはまさりて　ながるべらなり

あひ知りたる人のものへ行《ゆ》くに、[五]幣《ぬき》[六]やるとて

711 行く今日も　帰らんときも　玉ぼこの　ちふりの神を　祈

しのぶ山　「信夫山」は陸奥の歌枕。福島県福島市。「偲ぶ」を掛ける。底本「ふしの山」。西本による。

708　またこのように遠くへ行く人と別れを惜しむことになってはかなわない。だから涙のかぎりあなたのために泣いたのだ。

◇またもこそ　「もこそ」は危惧《きぐ》を表す。

第二句、底本「かくひとゝ」。陽本による。

709　遠く行く人のためには、私の袖に落す涙が玉であっても惜しいとは思わないのに。

いくら泣いても、何を投げうっても、遠く行く人をとどめることのできない悲しさを詠む。七〇八とともに、惜別の情を巧緻《こうち》に表す心理的な表現技法が窺《うかが》える。

二 兼輔は延喜七年右兵衛佐、以後同十年左衛門佐(『公卿補任』)まで、または同年左兵衛佐(『古今和歌集目録』)で、同十三年左少将になるまでの間。三 西本「左衛門尉三春有輔」。延喜十二年左衛門権少尉(同)。それによれば延喜十二年から十三年の間のことになるが、西本の詞書が有輔の当官か否か不明。四 底本「かひゆく」。「へ」脱。西本「かひへくたる」。

710　あなたと別れを惜しんで落す涙が加わり、この賀茂川の水際が増して流されてしまいそうだ。

「ながる」に「流る」と「泣かる」とを掛ける。『土佐日記』に類歌がある(→一九頁)。

五 →六九。六 底本「やある」。西本による。

711　京を去っていく今日も、帰京する時も、道中安全を守る神をお祈りなさいと、そう思う。

れとぞ思ふ

712 もみぢ葉も　花をも折れる　心をば　手向《たむけ》の山の　神ぞ知るらん

一 鶴のかたに幣《ぬさ》入るるものをしてよめる

713 千歳《ちとせ》をば　鶴にまかせて　別るとも　あひ見ることを　明《あ》日《す》もとぞ思ふ

二 左中弁淑光朝臣《よしみつのあそん》の、人のむまのはなむけするところに、幣に書かんとてよませたる 三

714 いとまだき　見ゆる紅葉は　君がため　思ひそめたる　幣にざりける

◇玉ぼこの　「道」の枕詞。ここでは、「ちふり」の「ち」が「みち」を意味するので、その枕詞に用いる。◇ちふりの神　道中安全を守る神（→『土佐日記』三二頁）。底本「ひきものかみ」。為本による。

712 この幣といっしょに、紅葉をも花をも折って捧げ、道中の安全を祈る気持を、手向山の神もお分りくださるだろう。

貫之が昵懇《じっこん》の人の旅の無事を手向山の神に祈るともとれるが、七一一と同じく、祈る主格を相手と解し、貫之がその旅中の心を思いやって詠んだと見たい。◇手向の山　旅の安全を守る手向の神を祀《まつ》る山。一般的にいうが、歌枕・固有名詞にもなる。紅葉や花を幣に見立てて詠むことが多く、ここでは幣に花紅葉を添える趣か。「このたびは幣もとりあへず手向山紅葉の錦神のまにまに」（『古今集』羇旅《きりょ》、菅原道真）。

一 鶴の絵を描くか、もしくは鶴の形にして、幣を入れる袋を作った。

713 千年の先は鶴に任せて、私はあなたと別れても、すぐ明日にでも再会することを考えよう。

「千歳」と「明日」との対照。千年の先を思うよりも、明日にでも会いたいというのである。

二 紀長谷雄《きのはせお》の男。淑望の弟。左中弁は延喜二十三年から承平三年まで。 三 このあとに、西本の詞書では「夏なりければ」とある。

714 実に早く色づいて見える紅葉は、あなたのために深い思いをこめて神に供えた幣なのですよ。

紅葉を幣に見立てる。「そめ」は「紅葉」の縁語。◇思ひそめ　「思ひ染め」で、心中深く思う意。四九〇も同じ。五三七の場合は「思ひ初め」とも、どちらにもとれる。『古今集』恋五の「あひ見ねば恋こそまされ水無瀬川なにに深めて思ひそめけむ」(よみ人しらず)も、この前後深まりなずむ恋が主題化されている点からも、「思ひ染めけむ」と解すべきか。

715 道中の手向の神も、私が思っているごとくに、この人の旅路が無事であるように御配慮くださいと、願う次第です。

下句の類句「わが思ふことを思ふべらなれ」(三三四)。◇玉ぼこの　「道」の枕詞であるが、ここでは「玉ぼこ」が「道」を実質的に意味する。

四 底本「もろきの中将」。西本に従う(→次頁＊)。師氏は忠平男。承平四年左少将、天慶四年まで。

716 他の人はともかく私に旅の仮寝を乞いもせずに、あなたがあやにくに京を離れていってしまうと聞くと、まことに名残惜しいことであるよ。

717 あなたが行くところを信濃と聞くと、月を見ながら姨捨山を恋しく思い浮べることだろう。

「わが心慰めかねつ更級《さらしな》や姨捨山に照る月を見て」(『古今集』雑上、よみ人しらず)による。七一六・七一七の相手「信濃へ行く人」は女性であろう。

五 種々の香を合わせて作った練り香。

718 おりおりにこの火打ちを打って焚《た》くお香の煙が上ったならば、その香に私の心ざしがこめられ

715 玉ぼこの　手向の神も　わがごとく　わが思ふことを　思へとぞ思ふ

四 師氏《もろうぢ》の少将、信濃《しなの》へ行《ゆ》く人にむまのはなむけせんとて、よませたまへる

716 われにしも　草の枕は　乞《こ》はなくに　ものへと聞けば　惜しくぞありける

717 君が行《ゆ》く　ところと聞けば　月見つつ　姨捨《おばすて》山ぞ　恋しかるべき

おなじ少将、ものへ行く人に火《ひ》打《う》ちの具して、これに薫物《たきもの》五を加へてやるに、よめる

718 をりをりに　打ちてたく火の　煙《けぶり》あらば　心ざす香を　し

のべとぞ思ふ

一 師尹《もろまさ》の侍従のよませたまふに

719 遠く行く　君を思ふに　人もみな　時鳥《ほととぎす》さへ　なきぬべらなり

二 ものへ行《ゆ》く人待つほどすぐれば

720 思ふ人　またさもあらず　逢坂の　関の名こそは　名のみなりけれ

三 橘公頼《たちばなのきんより》の帥《そち》の筑紫へ下るとき、四 その日阿《あ》波守《はのかみ》五 敏貞朝臣《としさだのあそん》、継母《ままはは》の典侍《ないしのすけ》におくるものどもに加へたる歌

くすり

ていると、思い出してください。

＊ 七一六〜七一七の詞書の「師氏の少将」は西本に従うが（→前頁注四）、書本「もろうちの中将」とあり、また七一八の「おなじ少将」が書本では「おなじ中将」となる。ところで、本集の詞書に「おなじ＋官名」とある例は他に二つ、いずれも前条と同一官名である。七六九「おなじ中納言」は七六七「京極の中納言」を指し、八三二「おなじ中将」は八一七「宰相の中将」を指す。したがってここも「少将」「中将」のどちらかに統一したい。師氏の官歴は、天慶四年左少将から左中将に転じたので（→同）、この「別」の部がだいたい年代にそう点から判断して、「少将」がよりふさわしい。

一 →一四五頁注五。

719 遠くへ行くあなたのことを思うと、たれもみな別れが悲しくて泣くが、時鳥までも同じ気持で鳴いているようだ。

「鳴き」に「泣き」を掛ける。

二 地方へ下る人の送別の宴に、送られる当人がなかなか現れず、待ちあぐねて過していると、の意か。類歌七〇三。

720 親密に思う人同士、またそれほどでない人たちも、たがいに逢うという逢坂の関だが、それはただ名ばかり、こんなに別れを惜しんでいるのに、まだ逢えずにいるよ。

逢坂の関を越えていく旅にちなんで詠む。

＊ 七一八〜七二〇は、同一人物との別離に際して、貫之が

721 しばしわが　とまるばかりに　千代までの　君がおくり
は　くすりこそせめ

六かづら

722 うち見えん　面影ごとに　玉かづら　長きかたみに　思へ
とぞ思ふ

装束《さうぞく》

723 あまたには　縫ひ重ねねど　唐衣《からころも》　思ふ心は　千重《ちへ》にざり
ける

あひ知れりける人のものへ行くに、むまのはなむけしけるあひだに、雨降りてえいかずなりにければ、よめる

師氏・師尹の代りに詠み、さらにはかれ自身直接詠んだ歌、都合三首で、その詞書において、「ものへ行く人」が特定の人物を表す符牒《ふちよう》のような役割を果たして展開している点に注意される。

三 橘広相男。承平五年二月大宰権帥に任ぜられた。

四 底本「そのころ」。「ころ」を「ひ」から「比」へ誤写された結果か、と推測する私見によって、「その日」と改めた。いよいよ下向する当日、の意。西本「その子の」。為本「この」。五 公頼の子。「としさだ」は底本「としたゝ」。西本・書本・為本、および七三の『拾遺集』別入集に、ほぼこれに似た詞書が付され、そこにも同様「としさた」とあるのに従う。

721 あとしばらく私はここにとまるばかりで、後々長くいつまでも、この薬こそがあなたを見届けてくれるでしょう。

◇とまる　京に留まる意と、残りの命を生きる意とを兼ねる。底本「とまり」。陽本による。

六 髪にさす飾り（→三〇）、また添え髪。後者か。

722 私の姿が面影に見えるたびに、このかつらをいつまでも私の代りの形見と思ってくださいと、私はそう思っています。

「玉かづら」は「面影」とよく結びつく（→五三二）。

◇思へとぞ　底本「思ふとぞ」。西本による。

723 この衣はたくさん縫い重ねてはありませんけれども、あなたを思う私の心は、幾重にも重ねたような厚い思いなのですよ。

724 君惜しむ　心の空に　かよへばや　今日とまるべく　雨の降るらん

陸奥守《みちのくにのかみ》藤原有時《ふぢはらのありとき》[一]がむまのはなむけ、宰相《さいさう》[二]の中将のしたまふに、よめる

725 見てだにも　あかぬ心に　玉ぼこの　陸奥《みちのおく》まで　人の行くかな

ものへ行く人にやらんとて人の乞ふに、おくれる

726 あつらへて　忘るなと思ふ　心あれば　わが身をわくる　かたみなりけり

陸奥守　平惟扶朝臣《たひらのこれすけのあそん》[三]の下るに、幣《ぬさ》[四]の洲浜《すはま》の

724 あなたとの名残を惜しむ私の心が空に通うのであろうか、それで今日はあなたが出立せずに留まるように、雨が降っているのであろう。

心が空に通じて雨となるという発想は、それを基点としてさまざまな和歌的心象を生み出す。ここには雨によって思いを達しようとする構想があり、「人を思ふ心の空にあるときはわが衣手ぞ露けかりける」(六〇〇)では、うつろな思いに泣く涙としぐれた空との哀感的接合が見え、また「思ひやる心の空になりぬれば今朝はしぐると見ゆるなるらん」(『蜻蛉日記』上巻)になると、愛情の相関的なあり方を象徴する、など。◇降るらん　「らん」は理由を推量する。

一『拾遺集』に二首入集(内一首は本集の歌と同一歌↓五五二)する有時であろう。藤原恒興の男か。もしくは恒佐の男か(『全書』)。二　師輔。宰相中将は承平五年から天慶元年まで(↓二四一頁注七)。

725 あなたと逢っていてさえも、これで十分とは思えない私の心に、まして辛いのは、遠い陸奥《みちのく》まであなたが旅立っていくことです。◇玉ぼこの　「陸奥」の「みち(道)」にかかる枕詞。

726 とくに頼んで忘れてくれるなと思う心をこめたので、これはいわば私の身を分けた形見(筐《かたみ》)なのだよ。◇あつらへて　籠をあつらえて作る意に、とくにあなたに頼んでの意を掛ける。◇かたみ　「形見(記念)」に「筐(籠)」を掛ける。

鶴の羽に書ける

727 千歳まで　命たへたる　鶴なれば　君が行《ゆ》き来《き》を　したふなりけり

おなじ人のむまのはなむけにやるとて、[五]兵《ひやう》衛督《ゑのかみ》のよませたるに

728 遠く行く　君をおくると　思ひやる　心もともに　旅寝をやせん

おなじ人のむまのはなむけに、[六]橘　助縄《たちばなのすけなは》が装束《さうぞく》おくるとて加へたる

729 玉ぼこの　道の山風　寒からば　かたみがてらに　着なんとぞ思ふ

三「これすけ」は底本「よりすけ」。書本・為本による。『貞信公記』天慶二年八月十七日の条に、「白河家ニ往キテ、陸奥守惟扶（平）朝臣ニ餞ス」とある記事によって、天慶二年のことと推定される（『全書』）。惟扶の系譜は未詳。四 洲浜（→二三八頁注八）を造って壮行の宴を飾り、それに道中で神に供える幣を添えて、旅路の無事を祈ったのであろうか。伝行成筆切には「ぬさなとまたせるすはま」、為本には「ぬさなとまやるすはま」とある。詳しくは不明。

727 千年までも命を保って生きている鶴であるから、あなたが長生きして無事帰ってこられるように、あなたにまつわりついて、往来をするのだよ。

五 注三によって天慶二年とすれば、兵衛督、左は藤原顕忠、右は源庶明。ここは顕忠（時平男）か。

728 遠くへ行くあなたを見送るのだと、その行く先を思いやる私の心も、あなたのお伴をして旅寝をすることだろう。

＊ 西本では、七二八の次に「おなじ人に」と詞書した一首「これをだにかたみとて見ばむば玉の思ひ乱るるときなからなむ」がある。

六 西本によれば「多治比の助縄」。書本「橘のすゑなは」。西本に従うべきであろうが、一応底本も残しておく（→二三八頁注七）。

729 道中の山風が寒かったならば、私を思い出すよすがとしても、この着物を着てほしいと思う。
◇玉ぼこの　「道」の枕詞。◇なん　誂《あつら》えの終助詞。

おなじ人のむまのはなむけ、太政大臣《おほきおとど》[一]の白[二]河殿にてせさせたまふに、土器《かはらけ》とりて

730 人もみな　遠道行けど　草枕　このたびばかり　惜しき旅なし

旅人に幣《ぬさ》やるとて

731 染め裁《た》ちて　祈れる幣の　思ひをば　手向《たむけ》の道の　神や知るらむ

732 別れ行く　人を惜しむと　今宵《こよひ》より　遠き夢路に　われやまどはん

筑後守《ちくごのかみ》[三]の下るに、扇やるに加へたる

733 あふげども　つきせぬ風は　君がため　わが心ざす　扇な

一 忠平。『貞信公記』に陸奥守惟扶餞別のことを記す（→前頁注二）。 二 →二四〇頁注三。

730 他の人でもみな遠い道に出かけるけれども、このたびのあなたの出立くらい、名残惜しい旅はない。

◇遠道　この語は、『貫之集』に七〇四・七六六と本歌と三例あるが、『万葉集』に見えず、勅撰集にも七六六が『拾遺集』に載るにすぎない。貫之がとくに歌語に仕立てようとしたが、あまり普及せずに終ったのかもしれない。なお『源氏物語』には、「遠道のなごりこそしばしわづらひたまひけれ」（手習）の例あり。◇草枕　「このたび」の「度」に「旅」を掛け、その枕詞。◇旅なし　底本「旅哉」。陽本による。

731 布を染めたり裁ったりして幣を作り、道中の御無事を祈るこの私の気持を、手向の道の神も御照覧くださるであろう。

類歌七三四。

◇手向の道の神　→七一三。

732 旅立つ人との別れがたい思いに、今宵から私も旅のように遠い夢路にまどうことだろう。

「遠き夢路」はあまり用例がなく、貫之独特の表現。類歌六一八では「今宵より遠き夢見ん」と詠む。

＊ 七三一は底本になく、その詞書を七三二に付す。「幣やる」ことを直接詠んだ歌を欠くので、西本をもって補う。書本にもあり、末句「神ぞ知るらむ」。

三 為本によれば「筑後守よしのゝ公忠といふ人の下

りけり

尾張守《をはりのかみ》藤原興方《ふぢはらのおきかた》（四）が下るに、幣、装束《さうぞく》やると
て加へたる

734 裁つ幣の　わが思ひをば　玉ぼこの　道のべごとの　神も
知るらん

735 その人の　とがにおぼゆる　唐衣《からころも》　忘らるなとて　ぬげる
なりけり

736 人はいさ　われはむかしの　忘れねば　ものへと聞きて
あはれとぞ思ふ

おなじ人の下るに、逢坂までおくらんとて

るに、扇やるに加へんとて、春えんといふ大徳のこふにやる」。『本朝世紀』天慶五年四月二十五日に「筑後守外従五位下吉志宿禰公忠叙従五位下淡路国功課」として見える公忠（『全書』）。次頁注二の公忠とは別人。

733 いくらでも尽きることなくこの扇をあおって立つ風は、あなたのために私が真心をもってお贈りする扇の風なのですよ。

◇あふげども　あふぐ→六九五。

四 藤原経邦男。師輔室盛子の兄弟。天慶六年尾張守となって赴任（『類聚符宣抄』）。西本などの詞書では、興方の妻の下向に際しての歌とする。

734 裁つ幣にこめた私の思いを、あなたの旅先の道筋ごとに立つ守り神も御照覧くださるだろう。

◇玉ぼこの　「道」の枕詞。◇神も　底本「浪も」。西本による。

類歌七三一。

735 私の衣を脱いで贈るのも、それを着る人の罪だと――あなたが遠くへいってしまうからだと――思うが、あなたが私をふと忘れることなどないように、その衣を脱いだのだよ。

この歌の「唐衣」から贈る相手を女性、興方の妻とした方がよいと考える説（村瀬敏夫氏）もあるが、「唐衣」は一般に衣の美称（→六〇七）である。相手が興方か、その妻か、後者の可能性も強いが、決めがたい。

736 人はいさ知らず、私は昔のつきあいを忘れないので、あなたが遠くへ行くと聞いて感無量だ。

一 兼通《かねみち》の大夫《たいふ》のこの料《れう》によませたる

737 出でて行《ゆ》く　道と知れれど　逢坂は　帰らんときの　名に
こそありけれ

二 近江守公忠《あふみのかみきんただ》のぬしの下るにおくる

738 別れ惜しき　道にまだわが　ならはねば　思ふ心ぞ　おく
れざりける

源公忠朝臣《みなもとのきんただのあそん》の近江守にて下るによめる

739 音《ね》に泣きて　わびしと思はぬ　ほどなれど　つねの心に
かはりけるかな

三 師尹《もろまさ》の頭中将、東《あづま》へ下る女に、櫛《くし》の筥《はこ》、鏡
など調じて、やりたまふにそふとて

一 底本「かねみのおほきみ」。西本の「兼道の大夫」に従い、兼通（師輔男、興方の甥に当る）とする。「大夫」を「大君」と誤写したか。「大夫」は五位の称。兼通は天慶六年従五位下。

737 逢坂が都から出ていくときの道筋にあるとは承知していますけれども、逢坂の名は、あなたがお帰りになるとき、またお逢いできるでしょうという意味なのですよ。

二 源公忠（→二四二頁注四）。天慶四年三月近江守。

738 旅路に立つ人との名残惜しい離別の場面に、私はまだ馴れていないので、あなたを思う私の心は、あなたにおくれまいとついていってしまうよ。

西本は上句「別れ路《ぢ》を君にまだわがならはねば」。

◇おくれざりける　「おくる」は、とり残されるの意。「雲居にも通ふ心のおくれねば別ると人に見ゆばかりなり」（『古今集』離別、清原深養父）。

＊ 底本では七三七と七三八との順序が逆で、したがって七三七の「おなじ人」が公忠となるが、誤り。西本が七三七を七三六につづけ、為本が七三七の詞書に「尾張守藤原の興方といふ人の妻を…」とするのを参考にして、改めた。なお西本は七三八を七三九の次に置き、「返事　関人に驚かれける君がため心とどめぬときはなけれど」を載せる。

739 声を出して泣きわびしいと思うほどの別れではないけれども、普段の気持とは違うなあ。

＊ 七三八・七三九は公忠離京に際しての歌。七三八が旅の別

れに「まだわがならはねば」と詠み、七三九が「音に泣きてわびしと思はぬほどなれど」と詠んで、そこに常套的発想を越え、もしくは逆説的発想をもって、深い送別の慕情を生み出している。二首の詞書が繰り返しに近く、年代的に興方関係歌(七三四~七三七)以前であるなど、成立上の問題か。

三 底本「ものまさ」。「の」に「ろ歟」と傍記。その傍記ならびに西本による。為本の「時平」を採る説もあるが(山口博氏)、「師尹」がよい(目崎徳衛氏・村瀬敏夫氏)。師尹の頭中将は天慶七年。

740 別れても今日から後は、この櫛《くし》の笥《はこ》が私だと思って明け暮れ見てくださるはずの形見ですよ。

◇玉くしげ 櫛の笥の美称。同時に「明け」の枕詞。

741 月の光はいくら見ても飽きないにしても、君よ、更級の姥捨《おばすて》山の麓に長居はなりませぬ。

『古今集』雑上に、「わが心慰めかねつ更級や姥捨山に照る月を見て」(よみ人しらず)と、「おほかたは月をもめでじこれぞこのつもれば人の老いとなるもの」(業平)の二首が並ぶ。これらの趣旨を組み合せて、巧妙に変化させたごとき一首である。

742 別れて旅路を行くのは、ひとりで糸を縒《よ》っているわけでもないのに、糸のように心細く思われることだなあ。

『古今集』羇旅に入集。詞書「東へまかりけるとき、道にてよめる」。同羇旅部の貫之の歌はこの一首。本集では別部の後尾に取りあえず羇旅歌をも入れたか。

740
別れても　今日よりのちは　玉くしげ　明け暮れ見べきかたみなりけり

信濃《しなの》へ行《ゆ》く人におくる

741
月影は　あかず見るとも　更級《さらしな》の　山の麓《ふもと》に　長居すな君

人の国へ下るに、旅にてよめる

742
糸による　ものならなくに　別れ路《ぢ》の　心細くも　思ほゆるかな

貫之集 第八

哀傷

あひ知れる人の亡《う》せたるによめる

743 夢とこそ　いふべかりけれ　世の中に　うつつあるもの

と　思ひけるかな

[一]紀友則《きのとものり》亡せたるときによめる

744 明日知らぬ　命なれども　暮れぬまの　今日は人こそ　あ

はれなりけれ

＊底本「貫之集第八」は「哀傷」の歌。はじめの五首、『古今集』入集歌が、年代順ではなく、『古今集』哀傷部の順序に従って並び、以降、おおよそは詠作時の順によるらしいが、詠作時不明のものや、時に前後するところもあり、あるいは『古今集』入集歌もまた中に混じる。

743 この世の中ははかない夢というべきであったのに、しっかりした現実性があるもののように思っていたのだなあ。

類歌七六五。『古今集』哀傷に、本集と同趣の詞書をもって入るが、その『古今集』では、また次に、ひとしく「あひ知れりける人のみまかりにけるときによめる」と題した、壬生忠岑の歌「寝《ぬ》るがうちに見るをのみやは夢といはむはかなき世をもうつつとは見ず」が並んでおり、きわめて近い発想をもつ。

一 紀有朋の男、貫之の従兄。没年は延喜五年と伝えられる。『古今集』撰者の一人であるが、本歌が『古今集』に入っているのは、完成前に友則が死んだか、『古今集』の成立を延喜五年とすれば、後の補入か。

744 明日を知らぬ私の命であるけれども、今日が暮れぬ間の一時、亡くなった人のことをあわれに思うのだよ。

『古今集』第二句「わが身と思へど」、第五句「悲しかりけれ」。『紫式部集』の「暮れぬまの身をば思はで人の世のあはれを知るぞかつは悲しき」は、この歌を本歌とする。貫之歌も、同じ無常の理のうちに自分も生

745 [二]山寺に行《ゆ》く道にてよめる

朝露の　おくての山田　かりそめに　憂き世の中を　思ひぬるかな

746 主《あるじ》亡せたる家に[三]桜花を見てよめる

色も香も　むかしの濃さに　にほへども　植ゑけん人の影ぞ恋しき

747 [四]河原《かはら》の大臣亡せたまひてのちに、いたりて、[五]塩釜《しほがま》といひしところのさまの荒れにたるを見てよめる

君まさで　煙《けぶり》たえにし　塩釜の　うらさびしくも　見えわたるかな

きながら、死者への深い哀悼の念を表した、真実感あふれる和歌ではあるが、なお生と死とを対立させて詠み、いわば常識的発想にとどまるのに対し、紫式部の歌には、生の中にまさに死を見つめていく悲痛な人間観の極限的な心象がうかがい見られよう。

二『古今集』の詞書には、「喪《おも》ひにはべりける年の秋、山寺へまかりける道にてよめる」とある。伝行成筆切も同様。古今和歌の配列から貫之の母の服喪かとも想定され（長谷川政春氏・『全書』）、またそれを否定する説（村瀬氏）もある（解説参照）。

745　朝露の置いた山田の晩稲《おくて》を刈り初めているが、私は人の死に遭って、このつらい世の中をかりそめのものと思うようになったよ。

◇おくて　→五二三。◇かりそめ　「刈り初め」に「仮りそめ」を掛ける。

三『古今集』の詞書・西本には「梅の花」とある。

746　桜は色も香も昔とおなじように美しく濃く咲き匂うているけれども、いまは亡き、それを植えた人の姿が恋しい。

四 源融。嵯峨天皇の皇子。その邸宅河原院は風流を尽した庭園で名高かった。寛平四年薨去。『古今集』詞書・西本では「河原左大臣」。五 河原院では庭に奥州の塩釜の風情を模したといわれる。

747　あなたさまがいらっしゃらず、塩を焼く煙のたえた塩釜は、心さびしく見渡されますよ。

◇うらさびしく　「心（うら）」に「浦」を掛ける。

素性《そせい》[一]亡せぬと聞きて躬恒《みつね》[二]がもとにおくる

748 いそのかみ　ふるく住みこし　君なくて　山の霞は　立ちゐわぶらん

返し　　躬　恒

749 君なくて　布留《ふる》の山辺の　春霞　いたづらにこそ　立ちわたるらめ

[三]とあるに、又

750 消えにきと　身こそ聞こえめ　いそのかみ　ふるき名失《う》せぬ　君にぞありける

世の中はかなきことを見て

751 憂けれども　生けるはさても　あるものを　死ぬるのみこ

一 遍昭の子。延喜九年までの生存は確認されるが、没年は不明。二 凡河内躬恒《おおしこうちのみつね》。『古今集』撰者の一人。

748 素性の君が昔から住居としてきた石上《いそのかみ》の布留《ふる》の地では、君のなくなったあと、山の霞が立つにもとまどって困っていることだろう。

素性は父遍昭ゆかりの石上良因院に住み、そこで没したらしい。その哀悼の思いを躬恒と詠みかわす。◇いそのかみ　地名の「石上」を意味するとともに、「ふる」の枕詞。その「ふる」は、「古」と地名「布留」とを掛ける（→三六）。◇立ちゐわぶ　霞の落着かないさま。「立ちゐ」は、立ったり坐ったり。

749 素性の君がなくなって、布留の山辺の春霞は、ただ空しく辺りに立ちこめているのであろう。

貫之の「立ちゐわぶ」を「いたづらに…立ちわたる」と変えた程度で、ほとんど模倣的に発想した躬恒の歌。

三 西本「とあるまたの日」。

750 身体はこの世から消えてしまったということであっても、布留の地の昔からの名門の名はけっしてなくならない——それが素性の君であるよ。

751 辛い世の中ではあるけれども、生きていればそれなりにともかく生きていられるのだが、死ぬことだけは本当に悲しいというほかにどうしようもないものなのである。

詞書から、誰かの死に遭逢《そうほう》して詠んだ歌と察せられるが、定めない人生の摂理、ないしは生と死との意義が、そのまま和歌の論理となっているところが特徴的。

そ　悲しかりけれ

752 昨日まで　あひ見し人の　今日なきは　山の雲とぞ　たなびきにける

四泉の大将亡せたまひてのちに、隣なる人の家に人々いたりあひて、とかく物語りなどするついでに、かの殿の桜の面白く咲けるを、これかれあはれがりて歌よむついでに

753 君まさで　むかしは露か　古里《ふるさと》の　花見るからに　袖のぬるらん

五兼輔《かねすけ》の中将の妻《め》亡せにける年の十二月《しはす》のつごもりに、六いたりて、物語りするついでに、

752 昨日まで会っていたのに、今日いなくなってしまったあの人は、山の雲となってたなびいているのだよ。

「昨日こそ君はありしか思はぬに浜松の上に雲にたなびく」（『万葉集』巻三、大伴三中）による。ただし、三中の歌は、目に見える火葬の煙とともにはかなく消えた死者を悼むが、貫之は劉禹錫《りゅううしゃく》の「相逢フモ相笑フモ尽ク夢ノ如シ、雨ト為リ雲ト為リニケン今ハ知ラズ」（『劉夢得外集』）のごとく、もはやいかなる実在感もない死者を、雲として見るほかない悲しみを詠ずる。

四 定国（→五三頁注二）。延喜六年七月薨。

753 あなたがおいでにならず、昔がはかない露と消えてしまったからなのだろうか、この昔馴染みのところに来て花を見ると、露がその花に置くように、袖が涙で直ぐに濡れてくる。

第一句、西本「君ましし」、『続古今集』哀傷の入集歌「思ひ出づる」、また第四句は、ともに「花見るごとに」とする。『後撰集』哀傷に、兼輔の死後、粟田の旧宅で貫之の詠んだ歌につづけて、「そのついでにかしこなる人」として、「君まさで年はへぬれど古里につきせぬものは涙なりけり」という類歌がある。堀河本では「かしこなる人」がなく、貫之作となる。

◇古里の花　→一七三頁＊。

五 兼輔の中将は延喜十九年より延長五年まで。なお為本では「左近少将兼輔」、それならば、延喜十三年から十九年。六 兼輔のところへ行って。

むかしを恋ひしのびたまふによめる

754 恋ふるまに　年の暮れなば　亡き人の　別れやいとど　遠くなりなん

題知らず

755 たちかへり　悲しくもあるかな　別れては　知るも知らぬも　煙《けぶり》なりけり

756 藤衣《ふぢごろも》　織りける糸は　水なれや　ぬれはまされど　かわくまもなし

一 東宮かくれたまへるころ、よめる

757 霞立つ　山辺を君に　よそへつつ　春の宮人　なほやたのまん

754 亡くなった方を恋しく思っていらっしゃるうちに、年が暮れてしまったら、いよいよ故人との別れを遠くお感じになることでしょう。

妻を亡くした兼輔の心中を思いやって詠んだ歌。『後撰集』哀傷、および『拾遺集』哀傷に入る。『後撰集』では、兼輔の歌「亡き人のともにしかへる年ならば暮れゆく今日はうれしからまし」の返歌（解説参照）。なお『土佐日記』の終章、亡児追慕の「見し人の」の歌（→四九頁）の下句「遠く悲しき別れせましや」には、本歌と共通する意想が窺《うかが》え、両者、「遠く」に時間的空間的へだたりと、別離そのもののもつ隔絶感とを合わせて表現しえたところに、悲哀の深化がある。

755 ふりかえっては悲しい気持になることだなあ。死に別れると、知っている人も知らない人も、人間はみな煙となってしまうのだ。

本歌の「知るも知らぬも」は、「筑波嶺《つくばね》の峰のもみぢ葉落ち積り知るも知らぬもなべて悲しも」（『古今集』東歌）「これやこのゆくもとまるも別れては知るも知らぬも逢坂の関」（『素性集』。『後撰集』では「ゆくもかへるも別れつつ」とし、作者蟬丸）の二首を合わせ用いた趣がある。「煙」は火葬の煙。

756 喪服を織った糸は水なのだろうか、ますます濡れてはくるけれども、少しの乾く間もない。

とめどなく流れる涙を表す。

◇藤衣　藤や葛などの皮の繊維で織った衣。古く喪服に使ったところから、一般に喪服をいう。◇織りけ

る　底本「をりきる」。私見によって「き」を「け」と改めた。「をり」は「お（織）り」の仮名違い。西本「おりたる」。『全書』『索引』は底本を「織り着る」と読むが、「糸」への続きが悪いのではないか。

一 保明親王（→八二頁注二）。延喜二十三年三月二十一日薨。

757　霞の立つ山辺を亡き東宮によそえて、東宮にお仕えしていた人々は、なおその御恩顧をあの山辺のようにゆかしく頼もしく思っているのだろうか。

◇春の宮人　季節の「春」と「春の宮（東宮）」とを掛け、東宮に仕えていた人々を意味する。

758　もはや主《あるじ》のいらっしゃらない東宮の御所には、桜の花が降る雨に濡れ、人々は泣き濡れて空しく時を過している。

◇ふる　「降る」に「経る」を掛ける。

二 兼輔（→一二三頁注四）。三 醍醐天皇、延長八年九月二十九日崩御。「諒闇の」の「の」、底本にない。西本をもって補う。

759　一人の喪のためでも、喪服を着るのは悲しいのに、諒闇と、さらに母の死のために喪を重ねたこの秋の深い悲しみを思いやってください。

「藤衣」の「一重」でなく、それを「重ぬる」に、服喪の重複を象徴させた。伝行成筆切によれば、詞書に「かの中納言の御女《みむすめ》の御息所」とある（解説参照）。

760　喪を重ねていらっしゃるお気持を思いやる私の心は、今日も劣らぬ悲しみでいっぱいでした。

758 君まさぬ　春の宮には　桜花　涙の雨に　ぬれつつぞふ
る

延長八年九月、[二]京極の中納言、[三]諒闇《りやうあん》のあひだに母の服《ぶく》にて

759 一重《ひとへ》だに　着るは悲しき　藤衣　重ぬる秋を　思ひやらな
ん

とよみて、土佐の国にあるあひだ、おくられたる、返し

760 藤衣　重ぬる思ひ　思ひやる　心は今日も　おとらざりけ
り

題知らず

761 時鳥《ほととぎす》 今朝《けさ》鳴く声に おどろけば 君に別れし ときにぞありける

762 夢のごと なりにし君を 夢にだに いまは見るだに かたくもあるかな

763 おく露を 別れし君と 思ひつつ 朝な朝なに 恋しかりけり

764 藤衣 はつるる糸は 君恋ふる 涙の玉の 緒とぞなりける

一戒仙《かいせん》亡せぬと聞きて、かの甥《をひ》、在原のまさ二

761 今朝時鳥の鳴く声に目を覚ますと、あなたに死別した夏にもうなったのだなあと思う。

時鳥を冥途からの使いとする所伝にもとづく。『古今集』哀傷に所載。詞書「藤原高経朝臣のみまかりてのまたの年の夏、時鳥の鳴きけるを聞きてよめる」。

762 あなたの生前のことが夢のようになってしまった、そのあなたに、いまでは夢でさえもなかなか会えないのだなあ。

「夢のごと…夢にだに」「夢にだにいまは見るだに」と、ことさらに同語を繰り返し、感情を著しく強調したものか。西本、第四句を「いまはみること」とする。その方が歌病《かへい》に触れるところも少なく、穏健な語法だが、底本では特異な執拗さが醸し出される。

763 朝置く露を――やがて消えるその露を、死に別れたあなたのようだと思いつつ、朝ごとに露が――あなたが恋しくてならないのだった。

764 喪服のほどけた糸は、いまは亡きあなたを恋い慕う私の涙の玉を貫く緒となるよ。

『古今集』哀傷に、忠岑、「父が喪《おも》ひにてよめる」として、第三句「わび人の」とある歌と同じ。『忠岑集』にも見える。また『拾遺集』に入集。ただし、「よみ人しらず」とし、第五句「緒とやなるらん」。

一 底本「かいせう」。西本「かいせん」。「う」も撥音表記。戒仙は在原業平の子棟梁の男と考証され（今井源衛氏）、さらに棟梁男元方と同一人物、その法名とも推定されている（久保木哲夫氏）。元方説には反

論もある（村瀬氏）。二 西本「まさふん」。未詳。なお為本の詞書では「戒仙君といふ大徳の亡せにけるを聞きて、みづからの身をも嘆きて、かの君のはらか（ら脱）なる人のもとにやる二首」とあり、戒仙の兄妹に歌を贈る。敦忠の母が棟梁女であれば（今井氏）、敦忠は戒仙の甥、その母は戒仙の姉妹となる。底本「在原のまさのぶ」は、誤注の竄入《ざんにゅう》か。三 敦忠は、承平四年十二月左近権中将、天慶二年八月参議となるから、その間か。以後は宰相中将（↓一七〇頁注二）。

765 明けては暮れ、いつまでも生きていかれるもののように思っていましたのに、戒仙に亡くなられて、やはりこの世ははかない夢でした。

766 まるで自分の生命ではないように、これからの生涯をかえって長く感じながら生きていくのなら、せめて高砂の松を故人に見立て、その松と私と、老残の身をかこち合って今日一日を暮しましょう。
「高砂の松」は老残孤独を象徴する歌材であるが（↓一九九・六四七・八三三）、歌意は難解。試みに訳した。
◇千歳生くまは 底本「千とせゆくさは」。「生く」、私見によって意改。「まは」、陽本による。
四 兼輔、承平三年二月薨。五 京都市左京区の地名。

767 松も竹もみな故人との別れを惜しんで泣いているためなのか、その風に鳴る音を聞くと、涙が時雨《しぐれ》となって降っているような感じがする。
「松もみな竹も別れを」と類同の歌句「松もみな竹をもここにとどめおきて別れて出づる」（八七〇）がある。

のぶがもとにといひて、[三]敦忠《あつただ》の中将のもとにおくる

765 明け暮れて 千歳《ちとせ》あるものと 思ひしを なほ世の中は
夢にざりける

766 人のごと 千歳生くまは 高砂の 松とわれとや 今日を
暮らさん

[四]京極の中納言亡せたまひてのち、[五]粟田《あはた》に住むところありける、そこに行《ゆ》きて、松と竹とあるを見て

767 松もみな 竹も別れを 思へばや 涙のしぐれ 降るこ
ちする

768 陰にとて　立ちかくるれば　唐衣《からころも》　ぬれぬ雨降る　松の声かな

おなじ中納言亡せたまひてのち

769 藤衣　あたらしくたつ　年なれば　ふりにし人は　なほや恋しき

768 松の木陰に故人を偲ぼうと身をひそめると、松《しょう》籟《らい》が、その死を悼む涙の声となって、衣を濡らさずに降りそそぐ雨音のように聞えてくるよ。

かつて兼輔邸の宴席で貫之の詠んだ八二そのままの同じ歌。旧歌のもつ兼輔への感謝の念を懐かしく思い起しつつ（→八二）、歌意を哀悼へと転化させている。

＊為本七六七の詞書、「ある上達部亡せたまひてのち、久しくかの殿に参らで、参れるに、ことどもさびてあはれになりにたるを、前栽の草ばかりぞかはらずおもしろかりける。秋のことなり、風寒く吹きて、松、竹の音などおもしろくありければ、よみて上に奉る歌二首」。伝行成筆切の詞書も、小異あるが、ほぼ為本に等しい。単なる記録として以上の情況や心情が示され、貫之の一断想をなしていて、『土佐日記』渚の院の段（→四四頁）の発想へつながり、七六八を回想的に取り上げるのも、『土佐日記』に「世の中に」の業平歌を記すのと一脈通ずる。西本・書本に七六八はない。

769 喪服を着て新しく始まる年をお迎えになると、もはやこの世になく昔の人となってしまったお方を、いっそう恋しくお思いでしょうか。

西本の詞書「おなじ中納言亡せたまへる年のまたの年の朔日《ついたち》の日、かの中納言の御家に奉りける」。底本脱。◇藤衣　西本「からころも」。「唐衣あたらしくたつ年」の例歌もあるが（→九〇）、八四〇と関連して底本のままに読む。◇たつ　「立つ」に「裁つ」を掛ける。

貫之集 第九

雑

一屏風の絵なる花をよめる

770 咲きそめし　ときよりのちは　うちはへて　世は春なれや　色のつねなる

二夜《よる》の雲をさまりて月行《ゆ》くことおそし、といふ題を人のよませたまふ

771 天雲《あまくも》の　たなびけりとも　見えぬ夜《よ》は　行く月影ぞ　のどけかりける

＊底本は「貫之集第九」とだけある。その内容は、題詠歌も一部に含むが、多くは貫之の身辺のさまざまな動静に応じた作歌の雑纂的な集録。とくに兼輔一家や躬恒・忠岑をはじめとする多くの人々との交誼交友関係、特殊な恋愛問答、無官に沈む身の上の嘆きなどが注目される。西本に「雑部」とあるのを参照して、「雑」を補った。

一 屏風の花の絵を題にして詠んだ歌。色紙形に書いて屏風絵に添える屏風歌とは区別して扱っている（解説参照）。

770 花が咲きはじめたときからずっとひき続いて、世の中は春なのであろうか、この花の色がいつまでも変らないところを見ると。

やがて散るはずの花、やがて去るべき春であることを、忘れさせてくれるような花の絵の風情。実景と異なって絵だから変化しないという機智的発想による（長谷川政春氏・徳原茂実氏）。そうした機智的発想をとることで、常盤の春の幻影を措定し嘆美しようとするところに主眼があろう。『古今集』雑上に所収。詞書はまったく同じ。

◇うちはへて →一九一。

二「秋ノ水漲《みなぎ》リ来《きた》ツテ船ノ去ルコト速カナリ、夜ノ雲収マリ尽キテ月ノ行クコト遅シ」（『千載佳句』『和漢朗詠集』巻上、野《や》展郢《てんえい》）（大曽根章介氏の御教示）。

771 天雲がたなびいているとも見えない夜は、空を行く月ものどかな風情であるよ。

凡河内躬恒《おほしかふちのみつね》が月あかき夜来たるに、よめる

772 かつ見れど　うとくもあるかな　月影の　いたらぬ里も
あらじと思へば

一 和泉《いづみ》の国にあるあひだ、二 藤原忠房朝臣《ふぢはらのただふさのあそん》の
大和より越えきて、おくれる

773 君を思ひ　おきつの浜に　鳴く田鶴《たづ》の　たづねくればぞ
ありとだに聞く

とある返し

774 沖つ波　高師の浜の　浜松の　名にこそ君を　待ちわたり
つれ

772 月を美しく思いながら、一方うとましくも感じられることよ。月の光が私のところにだけ射すのではなく、その光の届かない場所はどこにもないのだと思うと。

躬恒が人よく、だれとでもつきあうのを、月光に喩《たと》えて恨んだもの。ただし真意は軽い皮肉で、そんな歌を詠み掛けることができるのも、むしろ親密な仲ゆえであろう。『古今集』雑上に所収。類歌三三〇。

一 七七三・七七四の贈答も『古今集』雑上に入る。詞書ほぼ同じ。おそらく『古今集』が奏上されたと考えられる延喜五年以前に、貫之が和泉の国にいたことがあり、それは、七六〇の詞書「土佐の国にあるあひだ」の言い方が実質的に任官を指し、逆になるが「官なくて嘆くあひだに」(八三一) などともいうのを参考にすると、和泉目《さかん》にでもなっていたのかもしれない。もっとも任官と関係ないともとれる。二 興嗣の子。中古三十六歌仙の一人。延喜二十三年より延長二年まで大和守(『古今和歌集目録』)。『古今集』成立上の問題とされたが、この貫之との贈答の折、忠房が大和へ行ったのを、大和守在任と関係づける必要はなく、貫之の和泉在住の延喜五年以前、何らかの事情があって出かけたとすればよい(久曽神昇氏・村瀬氏)。

773 あなたのことをいつも念頭におき、興津の浜に鳴く田鶴(たづ)ではありませんが、こうしてあなたを訪(たづ)ねてきたからこそ、御無事ということだけでもわかりました。

◇おきつの浜　興津の浜。大阪府泉大津市の海岸。その「興津」に、「思ひ置きつ」の「置きつ」を掛ける。◇田鶴　「鶴」の歌語。「おきつの浜に鳴く田鶴の」が「訪（たづ）ね」を言い出す序詞。

774　沖の波が高く立つ高師の浜の浜松、その「松」、つまり、「待つ」という名のとおり、あなたのお出でを待ちつづけておりました。

『古今集』の他『拾遺集』雑恋にも入る。「和泉の国に侍りけるほどに、忠房朝臣大和よりおくれる、返し」。◇高師の浜　大阪府高石市あたりの海岸。「高師」に波の「高し」を掛ける。

775　難波潟に生えている藻をはじめて刈って、私はかりそめの漁師になり、ここのすばらしさを堪能したくなりそうだ。

『古今集』雑上に所収。◇玉藻　「藻」の歌語。◇かりそめ　玉藻を「刈り初め」と、「仮りそめ」とを掛ける。

776　月が二つあるはずはないと思うのに、山の端ならぬこの池の水底にも、月が出てきた。

『古今集』雑上に所収。第二句「ものと思ひしを」。水底の影と「ふたつ」ある驚異を詠む共通歌→二九八。

三　官位がはかばかしくいかないわが身を嘆く。

777　春の除目《じもく》は空しく過ぎ去ったのか、秋がよい命運をもって来てくれるのだろうか。物陰の朽木のように世を過す私の身は、まことに覚束ない。

四　貫之、延喜十七年、叙爵。加賀介。翌年、美濃介。

難波《なには》にてよめる

775　難波潟　おふる玉藻《たまも》を　かりそめの　海人《あま》とぞわれは　なりぬべらなる

池に見ゆる月をよめる

776　ふたつなき　ものと思ふを　水底《みなそこ》に　山の端《は》ならで　出づる月影

三身を歎きてよめる

777　春やいにし　秋やは来《く》らん　おぼつかな　陰の朽木の　世をすぐす身は

四かうぶり賜はりて、加賀介《かがのすけ》になりて、美濃《みの》介《すけ》にうつらんと申すあひだに、内裏《うち》の仰せ

にて歌よませたまふおくに書ける

778 降る雪や　花と咲きては　たのめけん　などかわが身の
なりがてにする

越《こし》のかたなる人にやる

779 思ひやる　越の白山《しらやま》　知らねども　一夜《ひとよ》も夢に　越えぬ夜
ぞなき

780 雨降れば　北にたなびく　天雲《あまくも》を　君によそへて　ながめ
つるかな

一志賀の山越えにて、二山の井に女の手あらひ
て水をむすびて飲むを見て、よみてやる

781 むすぶ手の　しづくに濁る　山の井の　あかでも君に　別

778 雪が、まるで花が咲いたように降っては、私に花にもまがう幸運をあてにさせてくれるのかと思いました。それなのに、どうして私の身は望む官に就けそうにもないのでしょうか。

貫之は、延喜十八年二月、天皇の命による屏風歌を詠んでいるが(→九七)、その時この歌を添えたかと推定する説もある(村瀬氏)。なお下句は、「憂き世には門《かど》させりとも見えなくになどかわが身の出でがてにする」(『古今集』雑下、平貞文)による。伝行成筆切に跡を残す「冠たまはりて、官《つかさ》はあれど、心にもつかずよき官にうつら(以下欠)」は、この歌の詞書の断片と思われ(『全書』)、また『拾遺集』貞和本、雑下の補入歌に見える(作者名はなく、前歌は元輔)。

◇わが身の 「美濃」を隠題とする。

779 遠く思いやる越の白山は知らないけれども、私は夢に一夜として、それを越えない夜はない。

『古今集』雑下、『拾遺集』雑恋に入る。

◇越の白山　白山《はくさん》。「知らねども」と同音を重ねる。

780 雨が降ると北にたなびく天雲を、あなたによそえて眺めてしまうのだなあ。

類歌五五五。

◇雨降れば　底本「雨ふれと」。陽本による。◇ながめ 「眺め」に「長雨」を掛ける。

一 →五七頁注五。二 山中の湧き水が溜った所。

781 すくい上げると、手から落ちる雫ですぐに濁ってしまう、そんな水の少ない山の井に飽きたら

ないように、あなたとも十分にお逢いもせぬうちにお別れすることになるのですね。
『古今集』離別、『拾遺集』雑恋に入集。詞書は『拾遺集』の方が本集に近い。『古今集』『拾遺集』ともに、第四句「あかでも人に」。「君に」よりも一般化、観念化されている。貫之はこの歌を本歌にしてさらに詠作しているが（→八五三）、それほどに著名の作であった。近江との地縁を示すともいう（長谷川政春氏）。

三 石清水八幡宮。藤原純友の乱平定祈願の報賽のために、石清水八幡宮の臨時祭がはじめて行われた天慶五年四月二十七日のこと（『本朝世紀』等）。四 上・下賀茂神社の祭礼。四月第二の酉の日、勅使の行列が壮麗に都大路を往来し、見物で賑わった。

782 松も老い、また苔がむすほどに、この石清水八幡宮のお祭に、行く末遠く御奉仕しよう。

783 石清水の高々とそびえた松の姿が、いつまでも長く水に影を映しているように、このお祭が絶えるはずはない。
「石清水」の「清水」に松の影が映ると仮想して詠む。

五 底本「さねたゝ」は、西本「さねなか」、書本「さねたか」。あるいは『蔵人補任』（山口博氏『王朝歌壇の研究別巻』）に、寛平三年から六年まで六位蔵人、同九年から昌泰二年まで五位蔵人とある源実か。

784 あなたに千年の長寿をお祈りするよすがとなるように、今日を期待していた若菜を摘むのだ。
子《ね》の日《び》又は正月七日人日《じんじつ》の若菜摘み（→五四頁注一）。

れぬるかな

朱雀院《すざくゐん》の帝《みかど》の御時、[三]八幡《やはた》の宮に賀茂の祭[四]の
やうに祭りしたまはんと、さだめらるるに、
奉る

782 松も老《お》いて　また苔むすに　石清水《いはしみづ》　行く末遠く　仕へま
つらん

783 石清水　松影高く　影見えて　たゆべくもあらず　万代《よろづよ》ま
でに

[五]蔵人《くらうど》源《みなもとの》実《さね》ただがもとにいひやる

784 千代と思ふ　君がたよりに　今日《けふ》待ちて　摘まんと思ひ
し　若菜をぞ摘む

785 私は散る花の木のもとに来ても、やがてまた家へと帰っていくのに、散る花は咲いた木の枝へもう二度と戻らないのだなあ。

◇かへらざりけり　家へ「帰る」と、散った花がもとの枝へ「返る」との両意を掛ける。

一『貞信公記』天慶二年五月十四日の条に、「朱雀院別当、公忠・貫之朝臣等、旧ノ如ク補ス可シ」とあるが、この記事は、公忠・貫之がひきつづきいっしょに朱雀院別当を勤めることになった次第を意味する。いつから朱雀院別当に任ぜられたかは分らない。おそらく土佐より帰京した貫之が散位でいたときのことであろう。公忠と「日々に対面しける」とは、朱雀院別当として、二人が共通の職につき、かつ歌人同士、毎日のように親しく語り合ったのであろう。公任が近江守になった天慶四年三月（↓二五六頁注二）以前。

786 今日あなたがお見えにならないのは、もしか遠い旅路にでもお立ちになったのではないかと、あやぶまれてしまいます。私は、どうしてか、いまこうしている間も、あなたにお会いしないと、恋しくてたまらないのです。

底本六七二の次に重複。『拾遺集』恋二に入り、第四句「など時のまも」とする。六七二は恋の末部、この重複は『拾遺集』が恋部に入れることと関係があるか。なお『家持集』にも誤入。ただし第五句「恋しかるらん」。

◇玉ぼこの　「道」の枕詞。◇遠道もこそ　底本「とを道をこそ」。重複歌による。その「もこそ」は危惧

花の散る木のもとに来て、帰りなんとて

785 われは来て　家へと行《ゆ》くを　散る花は　咲きし枝にも　かへらざりけり

一源公忠《みなもとのきんただ》の弁に日々に対面《たいめ》しけるに、いかなる日にかありけん、対面せざりけるとき、よみて奉る

786 玉ぼこの　遠道もこそ　人は行《ゆ》け　などかいまのま　見ぬは恋しき

九月九日、二忠岑《ただみね》がもとに

787 折る菊の　しづくをおほみ　若ゆといふ　濡衣《ぬれぎぬ》をこそ　老いの身に着れ

とよみておくれる返し

788 露しげき　菊をし折れる　心あらば　千代のなき名の　立たんとぞ思ふ

[三]竹生島《ちくぶしま》に詣づるに、[四]守山《もるやま》といふところにて

789 白露も　しぐれもいたく　もる山は　下葉残らず　紅葉しにけり

むかし[五]初瀬《はせ》に詣づとて、やどりしたりし人の、久しうよらでいきたりければ、「たまさかになん人の家はある」といひいだしたりしかば、そこなりし梅《むめ》の花を折りて入るとて

を表す。遠道→七三〇。◇いまのま　いまこうしている寸時も。時間を心情化する意向が強く、後に和泉式部が多く用いた。「いまのまに君来まさなん恋しとて名もあるものをわれ行《ゆ》かんやは」（『和泉式部日記』）。

二 壬生《みぶ》忠岑。『古今集』撰者の一人。

787 菊を折ると、露がたくさんに置いているので、不老長寿をことほぐその菊の雫に濡れて若返り、老いの身に恋の濡衣を着ることだ。

788 老いを除こうと、露のしとどに置いた菊を折ったつもりでいると、そのためにいつまでもあらぬ恋の浮名が立ってしまうだろうと思う。

＊この贈答歌は、菊の露に不老長寿の効験があるとする伝承（→四三）にもとづき、若返って恋に身をやつすという発想をもって、諧謔的に詠む。そのかけ合いに妙味がある。あるいは『忠岑集』に七八七が忠岑の歌として見えるところから、本集の詞書も西本による「壬生忠岑がもとより」を採るべきかとも考えられるが（『全書』）、本質的にどちらが先に詠んでも差支えない贈答なので、しばらく別伝として底本をも残しておく。

三 琵琶湖《びわこ》にあり、弁財天を祭る。四 滋賀県守山市。

789 白露も時雨もひどく漏れて木の葉にかかる。それで守山は下葉がすっかり紅葉してしまった。

『古今集』秋下に入集。第五句「色づきにけり」。◇もる山　「漏る」に、「守山」の「守」を掛ける。

五 奈良県桜井市初瀬町の長谷寺。観音信仰の霊地。

790　人の心が以前と変らないかどうか、さあよくわかりませんが、もとの馴染みのこの土地の花は、昔のままの香りで咲いていますよ。

『古今集』春上に入り、詞書に「むかし」がなく、「たまさかになん…」が「かの家の主《あるじ》、かくさだかになむやどりはある」となり、ほかにも小異があるが、同趣旨。第三句「古里は」。西本・伝行成筆切も『古今集』と同じ。「古里」の荒廃の中で「花」は昔ながらに咲くという発想（→一七三頁＊）と、その上に、人の心の頼みがたさに対する花の変りないさまが対照されていて、対比が単一でないところに、この歌の心理的な厚みがある。底本の形では、前者を含みつつ、むしろ後者の対比が主想をなし、「年年歳歳花相似タリ、歳歳年年人同ジカラズ」（劉希夷「代白頭吟」）とも通ずる（山根対助氏）。一方『古今集』の形では、「人はいさ心も知らず」が軽く、主想が逆転するか、ないしは両者均等に一首を形成する。相手に女性を感じさせるふしがあり（大岡信氏）、本来の相手は男の知人でも、「恋歌まがいの性格を賦与され」た「重層的構造」（藤岡忠美氏）。「古里」の「花」は一般に桜と考えられるが、この場面では梅、「花」ということばにおいて、「古里」「昔」と結びつく（同氏）。『土佐日記』に類歌がある（→四四頁）。

791　花でさえも昔とおなじ心で咲いていますのに、まして植えた者のいつまでも変らない真心を知っていただきたいものです。

790
人はいさ　心も知らず　古里《ふるさと》の　花ぞむかしの　香に匂ひける

返し

791
花だにも　おなじ心に　咲くものを　植ゑたる人の　心知らなん

秋の立つ日、[一]殿上《てんじやう》のぬしたち、[二]川逍遥しにいきて、歌よむついでによめりし

792
川風の　涼しくもあるか　うち寄する　波とともにや　秋は立つらん

むかし、人の家に酒飲み遊びけるに、桜の散るさかりにて、人々花を題にて歌よみし

ついでに

793 散るがうへに　散りもまかよふ　桜花　かくしてこそは
春もすぎしか

春、三歌合《うたあはせ》させたまふに、歌一つ奉れと仰
せられしに

794 桜散る　木《こ》の下風は　寒からで　空に知られぬ　雪ぞ降り
ける

延喜の御時、四大和歌《やまとうた》知れる人を召して、む
かしいまの人の歌奉らせたまひしに、五承《しよう》
香殿《きやうでん》の東《ひんがし》なるところにて歌撰《え》らせたまふ。
夜《よ》の更くるまでとかういふほどに、仁寿殿《じじゆうでん》
のもとの桜の木に時鳥《ほととぎす》の鳴くを聞こしめし

◇おなじ心に　「おなじ香ながら」（西本・『全書』）。
一　殿上人《てんじやうびと》。殿上の間に昇殿を許された人。四位・五位および六位の蔵人。　二　川原で遊覧遊興すること。

792　川風が涼しくなってきたよ。うち寄せる波が立つと、秋はそれとともに立つのだろうか。

『古今集』秋上・『古今六帖』第一に所収。『古今六帖』では、二首後に「にはかにも風の涼しくなりゆくか秋立つ日とはむべもいひけり」の類歌がある。
◇立つ　立秋の「立つ」に、波が「立つ」を掛ける。

793　散るうえにさらに散って、さきのもあとのも渾《こん》然《ぜん》と散り乱れている桜の花、まさにこうして春も過ぎていった。

◇まかよふ　紛れて区別しがたくなる。マカヨフかマガヨフか不明。西本・為本「まかふか」。◇かくしてこそは　書本・為本「かくてそこその」で、「去年《こぞ》」（『全書』）。それに倣えば底本も「去年」と読める。
三　亭子院歌合。延喜十三年三月十三日。

794　桜の散る木の下の風は寒くないのに、空には思いがけない雪が降ってくるよ。

散る桜の花を雪に見立てた。「桜散る花のところは春ながら雪ぞ降りつつ消えがてにする」（『古今集』春下、承均《そうく》法師）に似るが、雪ふぶく寒空の幻想と、花の散る閑雅な風情とを融合させた象徴的世界を現出。
◇木の下風→四七三。
四　『古今集』編纂に関する前詔・後詔のいずれかによる作業。　五　内御書所《うちのごしよどころ》に当る。

て、[一]四月六日の夜《よ》なりければ、めづらしがりをかしがらせたまひて、召し出でてよませたまふに、奉る

795 こと夏は　いかが鳴きけん　時鳥　今宵《こよひ》ばかりは　あらじとぞ聞く

[二]興風《おきかぜ》が歌の返し

796 桜には　心のみこそ　苦しけれ　あきて暮らせる　春しなければ

興風がもとに杜若《かきつばた》につけてやる

797 君が宿　わが宿わける　かきつばた　うつろはぬとき　見む人もがな

一 『古今集』仮名序に「延喜五年四月十八日に（友則・貫之・躬恒・忠岑らに）仰せられて…」とある「十八」を「六」に誤ったとする説（『袋草紙』）は、あまり支持されなくなり、それとともに近年の主たる傾向となってきた延喜五年奏上説によれば、延喜二年から四年ごろのある年の四月六日。

795 いったいこれまでの夏には時鳥がどのように鳴いたのであろうか。今宵ぐらいすばらしい時鳥の声はあるまいと思って、聞いた。

醍醐天皇の仰せによって、『古今集』編纂の事業に直接たずさわる感激と熱気の中で聞いた、爽やかな時鳥の鳴き声の感動を、天皇に奏上した歌。『大鏡』にも同じ挿話を載せ、ただ日付を「四月二日」、下句を「この宵ばかりあやしきぞなき」とする。書本も「二日」。

二 藤原麿の子浜成の曽孫。三十六歌仙の一人。

796 桜に対しては、いつ散るか、いつ散るかと気がかりでならない。十分に堪能して過すことのできる春などというものはもともとないのだから。

『興風集』に「見てかへる心あかねば桜花咲けるあたりは宿やからまし」という一首がある。あるいは貫之が返歌したもとの興風の歌に該当するかもしれない。

797 あなたの家と私の家とを分ける垣根の杜若を、しぼまないうちに観賞してくれる人がいるといいのになあ。お互い分け隔てて他所へいかないうちにお会いしたいものですよ。

書本の詞書に「興風がかたはらなる所に住みける、な

か隔てに杜若植ゑたりける、折りてやるとて」とある。貫之と興風と隣同士になったらしい。

◇かきつばた　「杜若」に「垣」を掛ける。◇うつろはぬとき　底本「うつはぬ時」。陽本による。杜若の色褪《あ》せてしぼまない時の意に、家を移らない時の意を掛ける。以上の掛詞は七九八・七九九も同じ。

798　睦まじい仲の私たちの家に、杜若の垣があっても、囲ったり隔てたりはいたしません。杜若がだれのためにもしぼまないように、だれのために家を移ったりしましょうか。

◇囲ひ　底本「ひとひ」。陽本「ひこひ」。西本「かこひ」。西本による。

799　あなたはここの杜若を放っておいて、他所の杜若を慕い、そちらへ一目散に行ってしまう、この垣を囲っておいて、他所へ移ってしまうのでしょう。残された杜若はしぼむほかありません。

さらに貫之が趣向を変えて、興風との応酬を楽しむ。◇直路　古くはタダチ。真直《まつすぐ》な道。◇君かこひけん「君囲ひけん」と「君が恋ひけん」とを掛ける。

三　棟梁男。中古三十六歌仙の一人(→二六四頁注一)。

800　白雲のたなびいている倉橋の山の松ではないが、あなたを待っているとはご存知ないのか。

「白雲の…山の」は「松」すなわち「待つ」の序詞。◇倉橋の山　大和国の歌枕。実地は正確には不明。

801　甲斐の国の山の老松のように、長年その甲斐の国で過しているあなたゆえに、私は、その松の

返し

798
睦《むつ》ましみ　囲ひへだてぬ　かきつばた　たがためにかは　うつろひぬべき

とある返し、また

799
直路《ただち》にて　君かこひけん　かきつばた　ここをほかにて　うつろひぬべし

三 在原元方《ありはらのもとかた》がもとにおくる

800
白雲の　たなびきゐたる　倉橋《くらはし》の　山のまつとも　君は知らずや

忠岑《ただみね》がもとに

801
甲斐《かひ》が嶺《ね》の　松に年ふる　君ゆゑに　われはなげきと　な

りぬべらなり

802 一源宗于朝臣《みなもとのむねゆきのあそん》のもとより

君ひとり　とはぬからにや　わが宿の　道も露けく　なりぬべらなり

とある返し

803 草の露　おきしもあへじ　朝なけに　心かよはぬ　ときしなければ

躬恒《みつね》が

804 まことなき　ものと思ひせば　いつはりの　涙はかねて　落さざらまし

木ではないが、なげきの身となってしまいそうだ。

『忠岑集』に「忠岑が、陽成院の御使にて、甲斐の国へつかはしけるに…」と詞書のある歌の次に、「帰りたることは、閏十月になむありける」として、「去年《こぞ》のころ十《と》月のほかにありしとき前《さき》の皇《すべら》の仰せにて…」の長歌を詠むが、宇多・醍醐・朱雀朝で閏十月のある年は昌泰元年と延喜十七年、そのうち忠岑が陽成院の院司となった可能性のある延喜十七年、かれが甲斐に下向したとする説に従う（山口博氏。なお氏は「帰りたる」が「下りたる」とありたいとされる）。甲斐が嶺の松の年を経た姿に、長く都へ戻ってこない忠岑の身の上を象徴するとともに、貫之はお互いに老年になっていることを示唆していると思われるから、昌泰元年より延喜十七年がいっそうふさわしい。

◇甲斐が嶺　→一六二。◇なげき　「歎き」の「き」に「木」を掛ける。ここでは「投木」は掛けない（→五五一）。

一　光孝天皇皇子是忠親王の男。

802　あなたが一人来てくださらない、そのためなのでしょうか、私の家の道も露にしっとりと濡れているようです。

淋しくて涙が出てきてしまう意を含む。『宗于集』に第二句「とひこぬからに」、末句「なりにけるかな」として見え、詞書「貫之がもとに久しう音せぬに、消《せう》息《そこ》いひつかはすとて」。

803　草の露が置こうとしてもそんなに置くことはできますまい。朝も昼も毎日、私の心があなたの

返し

805 惜しからぬ　命なりせば　世の中の　人のいつはりに　なりもしなまし

紀《き》の国に下《くだ》りて、帰り上《のぼ》りし道にて、にはかに馬《むま》の死ぬべくわづらふところに、道行《ゆ》く人々立ちどまりていふ、「これは[二]ここにいますがる神のしたまふならん。年ごろ社《やしろ》もなく、しるしも見えねど、うたてある神なり。さきざきかかるには[三]祈りをなん申す」といふに、[四]御幣《みてぐら》もなければ、なにわざもせで、手洗ひて、「神おはしげもなしや。そもそも何の神とか聞こえん」ととへば、「[五]蟻通《ありとほ》しの神」といふを聞きて、よみて奉

ところへ通っていかない時などないのですから。

通う心に露も払われてしまう、涙を流すはずはない、と貫之が応じた。『宗于集』にも同じく「返し」として見える。第三句「あさゆふに」。

◇おきしもあへじ　「しも」が打消をともなうと、必ずしも…しない、の意になることが多い（→五三）。

◇朝なけに　→四一九。

804　そちらに真実がないものとわかっていたならば、こちらもはじめから、心にもない涙など落さなかっただろう。

うっかりと真実《まこと》らしさにつられて、人は、けっして本心に忠実とはいいがたい、感激の涙、同情の涙などを流してしまうものだ、と詠んでいる。

805　命が惜しくなかったら、世の中の人は神に誓ったことなどかまわず、いつわりごとをしてしまうだろう。

悲しいことに、偽りをすれば生命がないと神に誓って、人間はやっと欺瞞から逃れられるのだ、と詠む。

＊八〇四・八〇五は、『古今六帖』第五、「ちかふ」の題の中に、順序を逆にして入る。躬恒と貫之とが、世間の条理を和歌をもって皮肉に論じ合った問答歌。ともに「…せば…まし」の反実仮想の形を用いて対応しているのも、そのためである。

二　ここに鎮座される神のせいで馬が患うのだろう。

三　底本「いのちを」。陽本による。四　神に奉納する物。とくに幣《ぬさ》（→八九）。五　大阪府泉佐野市長滝。

りける、馬《むま》[一]のここちやみにけり

806 かきくもり　あやめも知らぬ　大空に　ありとほしをば
思ふべしやは

難波《なには》の田《た》[二]蓑《みの》の島にて雨にあひて

807 雨により　田蓑の島を　きて見れば　なにはかくれぬ　わ
が身なりけり

源[三]のとしのぶの朝臣のよびにおこせたるに、
「[四]いままで来《こ》む」とて、おそく来《き》[五]ければ

808 春日《はるひ》すら　わが待つ人の　来じとだに　いはずは明日《あす》も
なほたのまし

とある返し

一 西本「その験《げ》にや、馬《むま》の心地もやみにけり」。

806 かきくもり、ものの区別もつかぬ闇のような大空に、星があるなどと思うはずがあろうか。

「ありとほしをば」には、「ありと星をば」すなわち「星をば大空にありと思ふべしやは」の意と、「蟻通し（の神）をば」の意とを掛け、闇空に星があるとは思えないということと同時に、こんな無体な仕打ちを蟻通しの神がなさろうとは思えない、の意を表す。「蟻通しの明神、貫之が馬のわづらひけるに、『この明神の病ませたまふ』とて、歌詠みてたてまつりけむ、いとをかし」（『枕草子』「社は」の段）。

二 大阪市北区堂島川にかかる田蓑橋付近の中洲。

807 難波の田蓑の島に来て見ると、雨に遭い、そこなら蓑を着ているようなものだから、濡れないかと思ったら、その「田蓑」の名前だけでは、身を蔽《おお》い隠すことはできないのだった。

『古今集』雑上に所収。第三句「今日行けば」、末句「ものにぞありける」。「来」に「着」を掛ける。◇田蓑の島　歌枕の「田蓑の島」に、雨具の「蓑」を掛ける。◇なには　「名には」に「難波」を隠す。

三 未詳。四 すぐにうかがいましょう。「まで」は「詣で」と同じ。「来む」は、相手側に立って言う。五 前項「来む」と同じく、行ったので、の意。

808 私の待っている人が、「もう行かない」と言わぬかぎりは、明日もまた、長い春日を日がな一日でも、おいでくださるのではないかと、頼みにして

過したことでしょう。
やっと来てくださったので、そんな思いをせずにすんだと、切に来訪を望んでいた心持を表す。「源のとしのぶ」の歌。

809　あなたのところへうかがわない気持などありませんが、桜の花が散るのに道をふさがれて行かなかったのですよ。というのも、「老いらく」の訪れとまぎれてはいけないと思ったからです。
「桜花散りかひくもれ老いらくの来むといふなる道まがふがに」（『古今集』賀、業平）による。
六 底本「七夕つめとて」。陽本「七夕つとめて」を参照し改めた。躬恒の家での贈答。八一〇は躬恒の歌。「よめる」は八一〇・八一一をまとめて指す。

810　あなたに逢わないで一日二日でも過ぎると、そんな今朝、私は、織女に一年逢わない彦星のような気持がする。

811　一日とてあなたに逢わずにいることに慣れていない、そんな私の気持の方が、一年待っている織女よりも待ち遠しい思いだ。
◇あひ見ずて　→二三二頁＊。
七「七月」の部分、西本「たなはたの丶ちのあしたに」。伝行成筆切の詞書「七月八日」とだけある。

812　織女は、朝の戸を開けて、名残惜しく別れた彦星を恋い慕いながら、空をぼんやりと眺めて物思いにふけっているのであろうか。
八一〇・八一一につぎ躬恒と別れた心情を織女に擬する。

809
来じと思ふ　心はなきを　桜花　散るとまがふに　さはる
なりけり

六 たなばたのつとめて、躬恒がもとにてよ
める

810
君にあはで　一日《ひとひ》二日《ふつか》に　なりぬれば　今朝彦星の　ここ
ちこそすれ

とある返し

811
あひ見ずて　一日も君に　ならはねば　たなばたよりも
われぞまされる

七 明くる年の七月、躬恒がもとにおくれる

812
朝戸あけて　ながめやすらん　たなばたの　あかぬ別れ

の　空を恋ひつつ

十二月《しはす》の晦《つごもり》がた、身[一]をうらみてよめる

813 霜枯れに　見えこし梅は　咲きにけり　春にはわが身　あはんとはすや

814 ぬば玉の　わが黒髪に　年暮れて　鏡の影に　降れる白雪

815 高砂の　峰の松とや　世の中を　まもる人とや　われはなりなん

816 今日見れば　鏡に雪ぞ　降りにけり　老いのしるべは　雪にやあるらん

一 官位のはかばかしくいかないわが身をつらく思う（→二六九頁注三）とともに、歳末嘆老の心を詠む。

813 霜枯れのさまに見えていた梅は、いまや花開いた。はたして、わが身が春にめぐり逢うようになることはあるのだろうか。

「霜枯れ」（→二四一）と「梅」とを結びつけて詠むのは珍しいが、他の例に「いつぞもや霜枯れしかどわが宿の梅を忘れぬ春はきにけり」（西本願寺本『中務集』『一条摂政御集』『師輔集』）がある。春に見放されたごとき身の不遇を喞《かこ》つ発想は八七四も同じ。

814 今年も暮れていくが、黒かった私の髪にも老いが来てすっかり白くなり、鏡に姿を映すと、鏡の中には白雪が降っているようだ。

『古今集』物名、「かみやがは」を隠題にした技巧的な旧作「うば玉のわが黒髪やかはるらむ鏡の影に降れる白雪」を、第三句「年暮れて」と変えることによって、わびしい述懐の歌としたもの。なお『拾遺集』雑秋に、本歌の形、歳末嘆老の詞書をもって入集。◇ぬば玉の 「黒髪」の枕詞。◇年暮れて 底本「としくれは」。陽本によって改める。

815 まあ、高砂の峰の松と同じく、私という人間は、年老いて淋しい思いをしながら、世の中を見守ることになるのであろうか。

「高砂の松」は老残孤独の身を象徴する（→六四七）。

816 今日見ると、鏡の中には雪が降っているよ。老いに導いていくのは、この雪なのであろうか。

八一四と同じく、白髪を雪に喩《たと》え、しかも鏡に映る映像を媒介させる手法に特色が見られる（長谷川政春氏）。鏡の影というふうに、わが身をさらに映像化することにより、自己省察の度を深めている。

二 藤原兼輔（→二三八頁注一）。西本「京極の宰相中将」。

817 降りはじめて積った雪が、あとから降ってくる雪を待っている。それは、私の黒かった髪が白く変っていくさまにほかならない。はじめて白髪が出来ると、つづいて白くなるのを待つかのごとく。

◇友待つ雪　→六〇。◇ぬば玉の　→八一四。

三 底本でこの位置に返歌の詠み手を改めて示すのは異例（他に七四九の「躬恒」がある）。陽本・書本にはない。後注の竄入《ざんにゅう》か、八一七〜八一九は『後撰集』に入るので、その作者名表記と何らかのかかわりをもつか。

818 黒髪の色が、年をとって白く変っていくのが、降り出した雪が友を待ちうけるようだとすると、そんな友はうとましいものであるよ。

貫之歌の「友待つ雪」を受けて、兼輔が、友は友でも、そんなのはありがたくない、と面白く応じた。

◇ふりかはる　「旧り」に「降り」を掛ける。

819 黒髪と雪との不仲、髪が白くなって雪のようになるつらさを思うと、白髪と雪とが互いに自分を映し出す鏡になるのもやりきれない。

◇友鏡　合せ鏡。ここは互いに映し合う鏡の意。白髪と雪とが白さを映し合うさまを鏡に想定したもの。

二 宰相《さいさう》の中将のみもとに、老いぬるよしを歎きて

817 降りそめて　友待つ雪は　ぬば玉の　わが黒髪の　かはるなりけり

返し　三 兼輔朝臣

818 黒髪の　色ふりかはる　白雪の　待ちいづる友は　うとくぞありける

また、返し

819 黒髪と　雪とのなかの　憂き見れば　友鏡をも　つらしとぞ思ふ

820
色見えて　雪つもりぬる　身の友や　つひに消《け》ぬべき　病《やまひ》なるらん

一 おなじ中将のみもとにいたりて、二 かれこれ松のもとにおりゐて、酒など飲むついでに

821
陰にとて　立ちかくるれば　唐衣《からころも》　ぬれぬ雨降る　松の声かな

三 あるところの、「春と秋といづれまされる」ととはせたまひけるに、よみて奉りける

822
春秋《はるあき》に　思ひ乱れて　わきかねつ　時につけつつ　うつる心は

躬恒がもとより

820 目に見えて白くなり雪が積ったような白髪、そんなふうに、雪はわが身にぴったりの友だちだから、それでついにはその雪が消えるように、私も患って死んでいかなければならないのであろう。

◇身の友や　底本「みのもとや」。陽本「みのともや」による。西本「身のはてや」。

＊書本は八一九・八二〇の順序が逆で、なおその後に、「年ごとに白髪の髪をます鏡見つつぞ雪の友は知りける」「衰ふる年と雪とのつもれども越の白山消えはてなくに」の二首がある。また『後撰集』冬には八一七〜八一九、さらに「返し　兼輔朝臣」としてその「年ごとに」の歌が入る。いずれにせよ、これらは、貫之が兼輔と、白髪を雪に喩えて詠みかわした歌。とくにその中で「友」の意味を二転三転させ、「友鏡」を自嘲的に使うなど特徴的。

一 兼輔（前頁注二）。おなじ→二五〇頁＊。二「彼此」の訓読語（→土佐日記一一頁）。西本「これかれ」。

821 松の木陰に隠れると、松籟が、まるで衣を濡らさずに降る雨の音のように聞えますよ。御主君のお蔭で、厳しい世の中に泣く思いをすることもなく、ありがたく思っています。

兼輔邸の宴席の歌。兼輔没後、往時を懐かしんで、同じ歌を再度使う。そこでは歌意も変る（→七六八）。

三 西本「あるところに」。

822 春と秋とどちらがまさるか、思い乱れて決められない、時に応じて移り変る私の心は。

この春秋論議の実情は不明であるが、躬恒判「論春秋歌合」にも、同様の「おもしろきことは春秋わきがたしただをりふしの心なるべし」の躬恒の一首がある。

823 秋風が吹くと、草も木も枯れてしまう。飽きがきて、恋しい人との仲も離れ、もの思いの花ばかりが、ますます咲きまさってくるのです。

「もの思ひ」の繁くなることを、花の盛んに咲くさまに喩えた。

◇草も木も →六七。◇かれぬる 「枯れ」に「離れ」を掛ける。◇あき風 「秋」に「飽き」を掛ける。

824 あなたのお心にはたくさんのお相手があるために、もの思いの花が咲くのでしょう。そのもの思いの花の枝を杖にして、頰杖《ほおづえ》をついておいでです。

＊躬恒との間で、「もの思ひの花」を歌材にして、たわむれに詠みかわした歌。西本願寺本『躬恒集』に、延喜十六年秋の述懐と、貫之の返歌とある。

825 花の枝を折ってかざすけれども、私の身にこのように花が咲くことを期待できるのだろうか、出世しそうな機会はないのだから、花が咲くなど、とんでもない。

四 底本傍記、西本によれば、承平五年十二月左衛門督（実頼→二四二頁注一）。五 「男きんだち女きんだち」の略。「女きんだちいときよげにて」（前田家本『宇津保物語』嵯峨院）。六 →二四二頁注三。

826 いままで故人が生きていらっしゃったら、いっしょに笑って眺めたでありましょうのに。

823 草も木も　吹けばかれぬる　あき風に　咲きのみまさる
もの思ひの花

返し

824 ことしげき　心より咲く　もの思ひの　花の枝をば　面杖《つらづゑ》
につく

花を折りて、これかれかざすついでに

825 かざせども　花咲くとやは　たのまるる　身のなりいづべ
き　ときしなければ

殿[四]の、男[五]、女君《きん》だちの、かうぶりし、裳着《もぎ》[六]
たまふ夜、殿

826 いままでに　むかしの人の　あらませば　もろともにこ

そ　笑《ゑ》みて見ましか

とて賜へる御返し

827 いにしへを　恋ふる心の　あるがうへに　君を今日《けふ》まで
またぞ恋ふべき

三月[一]つごもりの日、[二]家移りするに

828 わが宿を　春のともにし　別るれば　花はしたひて　うつ
ろひにけり

[三]宗于《むねゆき》の[四]右京大夫のもとより、久しくあはぬ
ことをいひて

829 よそにても　思ふ心は　かはらねど　あひ見ぬときは　恋
しかりけり

827　御生前のことを懐かしく恋しく思うお心持がおありになるその上に、故人が今日まで生きていてくださったらと、また恋しく思っていらっしゃるのでしょう。

実頼の歌の「むかしの人」を受けて「いにしへ」と詠み、「いままでに」を受けて「今日まで」と詠んだ貫之の歌。実頼の心中を察して答えている。

＊八二六・八二七の贈答で、故人とするのは、実頼室、時平女。承平三年正月逝去した（『日本紀略』）（村瀬敏夫氏）。『全書』は、実頼母、忠平室とし、かつ八二六の詠み手「殿」を忠平と見る。なおこの実頼の子女の元服裳着は六九七の場合と同じ。

一 →九四頁注二。二 八七〇・八七一の詞書の「ほかへうつるに」と同じ時であろう。貫之が朱雀院別当となった時と推定する説もある（『全注釈』解説）。

828　春が去っていくのと同時に、私の家も他所へ移って、この庭の桜の花とも別れることになると、花は去りゆく春を、去りゆく私どもを慕って、色が移ろうてくるのであった。

花の色褪せ散る「うつろひ」を、貫之の「家移り」に合わせたものというふうに詠んだ。

三 →二七八頁注一。四 底本「左京大夫」。西本による。宗于は承平三年右京大夫。

829　他所にいても、あなたを思う心は変らないけれども、逢わずにいるときは、まことに恋しいものだなあ。

とある返し

830 桜散り　卯の花もまた　咲きぬれば　心ざしには　春夏もなし

官《つかさ》[五]なくて歎くあひだに、正月[六]のころ、左衛門督[七]のもとに、「大殿《おほいとの》[八]によきに申したまへ」と、申し奉るるに[九]、「奉りたまへ」とて

831 朝日さす　かたの山風　いまだにも　手のうら寒み　氷とかなん

832 枯れはてぬ　埋木《むもれぎ》あるを　春はなほ　花のゆかりに　よくなとぞ思ふ

830 桜が散り、また卯の花の咲く季節ともなりました。こうしてみると、私のあなたさまをお慕いする気持には、春も夏もございません。

五 下に見る師輔の官職から、貫之が土佐守の任果てて帰京後、無官で悩んでいた時期とわかる。「官なくて」は底本「つかさならて」。西本による。六 書本によれば「正月のころほひ、春の立つ日」、また為本ではこの詞書の始めに「立春日」とする。歌の「氷とかなん」からも、立春の日と考えてよい（→二八〇）。七 藤原師輔（→二四一頁注七）。左衛門督任官は天慶元年九月。西本「坊城の左衛門督」、書本・為本「宰相中将」。正月立春のあった承平六年・天慶二年のいずれかで、前者とすれば「左衛門督」は後記による（村瀬氏）。八 太政大臣忠平。貫之が天慶三年玄蕃守《げんばのかみ》となる以前。九 底本「まうしにたてまつらる丶に」。西本「まうしたてまつるついてに」を参考にして改めた。身分の低い者を介して言上するならば、「申し奉らするに」というべきところを、身分の高い師輔を通して申し上げたので、「申し奉らるるに」と記した。

831 朝日のさす裏になった片側の山風は厳しく、いまでもまだ手のひらが寒く感じられますので、早く春の暖かさで氷を解いていただきたいものです。

832 枯れきっていない埋木があるのを、春は何とか花の御縁で見のがさないでください。

「埋木」には貫之自身、「花のゆかり」には師輔の出世につながって、の意を、喩えて頼む。

一返し

833 埋木の　咲かですぎにし　枝にしも　降りつむ雪を　花と
こそ見れ

834 あらたまの　年よりさきに　吹く風は　春ともいはず　氷
ときけり

二延幹《のぶもと》がもとより

835 世の中に　たれか名高き　たらちをと　われとがなかを
人は知らなん

返し

836 われはいさ　君が名のみぞ　しら雲の　かかる山にも　劣
らざりける

一 前の詞書から見ると、忠平の返歌のように読めるが、多分仲に立った師輔が答えているのであろう。書本の詞書「…宰相中将師輔の君に太政大臣《おほきおとど》によきやうに申し給へれと（「など」の誤か）申してたて（「ま」脱か）つる」や、為本の「…宰相中将師輔の君の御もとに奉る…」では、八三一・八三二も師輔への歌となる。

833 花も咲かずに過ぎてきた他ならぬ埋木の枝に、降り積っていく雪を、花として見ています。

埋木の貫之にも、開運のあろうことを詠む。

◇埋木　→六四五。

834 新年よりさきに吹く風は、立春ともいわずに氷を解きましたよ。

八三二への返歌。日の当らぬ境遇で、寒々とした身をかこち訴える貫之に対して、立春を待たず、風が氷を解くように、前々から幸運は用意されているのだと励ます。

◇あらたまの　「年」の枕詞。ここでは新年の意。

二 源清蔭（→一六二頁注二）の孫の延幹《えんかん》（僧名）のことであろう。能書家として知られる。「白き色紙つくりたる御冊子ども、古今、後撰集、拾遺集（中略）侍従の中納言、延幹と、おのおの冊子ひとつに四巻をあてつつ、書かせたまへり」（『紫式部日記』）。

835 名高いお祖父様（清蔭）と私とは、祖父と孫という親しい仲であることを、世の中の人にだれかは知ってほしいのです。

◇たらちを　「たらちね（親、とくに母親）」からの類推で生じた語。父の意であるが、ここでは延幹の父兼房よりも、「名高き」というにふさわしい祖父清蔭を指すか。

836 私はいさ知らず、それこそあなた様のお名前は、お祖父様の孫として知られ、その名の高いこと、白雲のかかる山にも劣りませんよ。

◇われはいさ 「われ」は貫之、「いさ」は「いさ知らず」の意。この句は贈歌の詞を機械的に受け、次に対照的に「君」を強く表出するためのもの。深い意味はない。◇君が名のみぞ 「のみ」は強意。◇しら雲の 「知ら」れているに、「白」雲を掛ける。

837 私の名の高さが山にも劣らないと言ってくださるのでしょうが、それならばあなたのお名前は天の川まで流れていって、天下に流布していますよ。

延幹はさらに貫之に応じて、貫之を「君」と呼び、「山」と「(天の)川」とを対照させて詠む。

三 官職の得られない嘆き。四 →九四頁注二。五 藤原兼輔の男。

838 あなたのおいでがないままに、昨年の年が暮れましたが、ふたたび戻ってきたその春までも、今日で終ってしまうのですね。

839 いっしょにお花見をもしようと思って待っていた人が来てくださらないものだから、過ぎていく春が何とも惜しいことです。

◇花をも見めと 底本「花をもみんと」。西本による。
◇ものゆゑに 逆接にもとれる。

また返し

837 山にこそ　劣らざるらめ　君が名は　天の川まで　流れいにしを

[三]世の中歎きて、歩《あり》きもせずしてあるあひだに、[四]三月つごもりの日、[五]雅正朝臣《まさただのあそん》のもとより

838 君来ずて　年は暮れけり　たちかへり　春さへ今日《けふ》に　なりにけるかな

839 ともにこそ　花をも見めと　待つ人の　来ぬものゆゑに　惜しき春かな

とはべる返し

840 君にだに　行《ゆ》かでへぬれば　藤衣　たれかうときも　知らずぞありける

841 八重葎《やへむぐら》　心のうちに　深ければ　花見に行《ゆ》かん　いでたちもせず

四月におなじ人のもとにやる

842 あはぬまに　梅も桜も　すぎぬるを　卯の花をさへ　やりつべきかな

返し

843 散りかはる　花こそすぎめ　時鳥《ほととぎす》　いまは来鳴かむ　声をだに聞け

840 あなた様のところにさえうかがわずに、亡き父上のことを偲びながら閉じこもって、時を過しておりますと、だれに御無沙汰しているかもわからない始末でした。

「君にだに行かでへぬれば」は、同じく雅正への歌に「君に行かずもなりにけるかな」(八三五) とある。「藤衣」(→七五六) は、この歌の他、本集に五例あり、そのうち三例 (七五九・七六〇・七六九) が、兼輔一家への哀傷歌にかかわっている。とくに七六九は兼輔への哀悼の歌。おそらく本歌の「藤衣」も、むしろ服喪を心情化し、そうした亡き兼輔を悼む貫之の思いを象徴的に雅正に伝えることばとして使われているのであろう。第三・四句、西本によれば「藤の花たそがれどきも」。

841 私の心の中には、八重葎が深く茂ったような、荒涼とした心境なので、花見に行く身仕度などとてもできません。

842 あなた様に逢わずにおります間に、梅も桜も過ぎてしまいましたが、さらに卯の花までやりすごしそうですよ。

◇やりつべき「やる」は、やりすごす (→四七九)。

843 散っては変る花は次々に過ぎていくでしょうが、しかしもうすぐ来て鳴く時鳥の声だけでも聞いてください。

時鳥を冥途からの使者とする伝承による (→七六二)。

＊ 八三八〜八四三は、雅正との一続きの贈答。貫之が土佐から帰京した後、無官を嘆き、庇護者兼輔を喪《うしな》っ

た悲しみに閉ざされた気持を、兼輔の遺子雅正との交情を通して表す。八四〇の「藤衣」によってその哀悼の心が直接的に示され、八四一は、かつて兼輔とともに親炙《しんしゃ》し、いまはやはり故人となった定方のために作った屛風歌、「とふ人もなき宿なれど来る春は八重葎にもさはらざりけり」(三〇七)を逆説的に連想させるごとき落莫とした感を与える。ここに見られる暗澹たる貫之の孤立感が、『土佐日記』執筆の動因の一端を示唆していることにもまた注意されよう(解説参照)。

一 仁明天皇の御子源覚の子、都か(『全書』)。

844 秋萩が散るだけでも惜しくあきたりないのに、あなたが移転なさると聞くと、わびしい。

二 底本「しきふのせう」。西本「式部丞」。為本「式部少輔」とあるが、元夏は天慶元年式部少丞(『本朝世紀』)、天暦四年式部少輔(『九暦』)の記録があり、底本「せう」は「少輔」ではなく、「ぞう(丞)」の誤りであろう。三 理平の子。後に文章博士となった文人。四 底本「ひんかし」。西本による。五 八五二から察するに、普通の「住む」ではなく、貫之の隣家の女の家へ通う意。六 主語は元夏。

845 梅の花が香り深く見えたのは、もう春が近く、そして東隣がお近くなのですね。

西隣から見て貫之の家が春すなわち東の方角になる。

846 方角だけは、たしかにそちらから春の方角の東になります。しかし住んでいる私という人間

源《みなもと》[一]のみやこが年ごろ住みける近隣《ちかどなり》をほかへうつる、聞きてやる

844 秋萩の　散るだに惜しく　あかなくに　君がうつろふ　聞くぞわびしき

式部丞《しきぶのぞう》[二]三統元夏《みむねのもとなつ》[三]が、西[四]なる隣に住み[五]はじめて、かく近隣なることをいひおこせたるついでに、よみておくれる[六]

845 梅の花　匂ひの深く　見えつるは　春の隣の　近きなりけり

といへる返し、二首

846 かたのみぞ　春はありける　住む人は　花し咲かねば　な

は、どうしてか花の一つも咲くことはないので、春になっても何のかいもありません。
◇なぞや　「花し咲かねばかひなし」というわが運命を自嘲的に嘆く。『全書』は、西本「あそや」に従って「朝臣や」と読み、「あなたは」の意に解く。

847　梅だってみんな春が近いというので花開くのに、時運に恵まれず待つ春もない私は、いったい何なのでしょう。

848　春風に氷が解けたならば、鶯が深い谷を出て高い木に移り、すばらしい声で鳴くと、告げていただきたいものです。

「東風に氷とけなば」は『礼記』により（→二八〇）、また「鶯の高きにうつる」は、鳥が「幽谷ヨリ出デテ喬木ニ遷ル」（『詩経』伐木）といわれるのによる。

849　普通ならば、春になると鶯は谷から出て花の間を木伝うのに、そんなふうに花やぐことのない鶯の私は、谷底でばかり鳴きつづけているのですよ。
◇なきわたり　「鳴き」に「泣き」を掛ける。

＊八四五～八四九は、おそらく貫之の隣家の女のところへ通い始めたと思われる三統元夏から貫之に挨拶があって、貫之がそれに答えているのだが、その返歌がかれ自身の沈淪の現状を、春に見離された花、谷から飛び立てぬ鶯に喩えて嘆く。元夏の八四八も、その心情に引き込まれて、貫之の復活と飛躍を望む歌となっている。なお贈答はつづくが、主題は二人の交情そのものに移り、さらに隣家の

ぞやかひなし

847　梅もみな　春近しとて　咲くものを　待つときもなき　われやなになる

おなじ元夏がもとより

848　東風《こちかぜ》に　氷とけなば　鶯の　高きにうつる　声とつげなん

といへる返し

849　出でつたふ　花にもあらぬ　鶯は　谷にのみこそ　なきわたりけれ

「近隣なるを」とて、正月三日元夏がもと

にいたりて、なかりければ、「[二]かくなんまうで来たる」といひおきて帰りたる、つとめて[三]おくれる

850 とはばとひ　とはずはさても　あるべきを　もののはじめに　帰るべしやは

とある返しに

851 心をし　君にとどめて　年ふれば　帰るわが身は　ものならなくに

元夏が[四]ほかに寝て、あかつきに帰りて門《かど》たたくを聞きて

852 夜離《よが》れして　いづくから来る　時鳥《ほととぎす》　まだ明けぬより　声のしつらん

女への元夏の夜離れを、貫之が戯れて咎め、かれらの親交の一端を面白くのぞかせる。

一 底本「二月三日」。西本「正月三日」。八四五〜八四九に引きつづく贈答であり、また元夏の歌に「もののはじめ」とあるので、西本を取る。 二 「これこれしかじかで参上いたしました」と、貫之が、元夏の来ていない隣家に言い置いた。 三 主語は元夏。

850 おいでくださるならば、それもよいでしょうし、また訪ねてきてくださらなくても、何ということもありませんが、初端《しょっぱな》からお帰りになるなどひどいではございませんか。

◇さてもあるべき　まあそれでよいだろう、何ということもなかろう、の意。

851 私はとくにあなたに心をとめて年ごろ過してまいりましたから、そちらにとどまらず帰ってきたこの身など、問題ではありませんのに。

「心」と「身」とを対照させて詠む。

四 「ほかに」は底本「もとに」。西本による。元夏が他の女のところに寝て、この隣家に泊らず、明方戻ってきたのである。

852 時鳥が夜には遠ざかっていて、まだ夜が明けない朝早くから声がしているのは、どこから来たのでしょうか。

元夏を時鳥に喩えている。「たが里に夜離れをしてか時鳥ただここにしも寝たる声する」(『古今集』恋四、よみ人しらず)の発想を逆用したか。

[一]三条《さんでう》の内侍《ないし》の方違《かたたが》へ[二]に渡りてつとめて帰るに、ものなどいふついでに「[三]『しづくに濁る』といふ歌はえよまじ」などいひて、車に乗るに、よめる

853 家ながら　別るるときは　山の井の　濁りしよりも　わびしかりけり

六月に木のもみぢたるをとりて、歌よみて[四]雅正朝臣《まさただのあそん》のもとよりおくれる

854 秋こそあれ　夏の野辺なる　木の葉には　露の心の　浅くもあるかな

とある返し

一 正確には不明。三条右大臣藤原定方（→一一一頁注一）の女、醍醐天皇女御、三条御息所かとも考えられるが、確かでない。本条以外に底本「内侍」とある二例（五九頁注四・一九七頁注四）は、西本もしくは書本において「内侍のかみ」となっているが、本条では「内侍のかみ」の本文が見受けられないので、かりに三条御息所が尚侍《ないしのかみ》であったとしても、ここに当てはめられるかどうか、十分検討を要するからである。ちなみに三条御息所は仁善子（『尊卑分脈』）とするより、能子とするのが近年の説である（迫徹朗氏など）。 二 陰陽道で天一神（なかがみ）のいる方角は塞がって直行できないので、別の方角のところへ一旦行き、そこから吉方の目的地へ向うこと。三条の内侍がその方違えのために一旦貫之邸に来て、翌朝改めて出ていくとき、貫之に言ったのである。 三 →七八二。

853 家にいて別れるときは、志賀の山中で、すくった山の井の雫が手から落ちてすぐに濁ってしまうように、飽きたらない思いで別れたときよりも、さらにわびしい気持であったよ。

貫之が旧作に手を加えて詠むことはしばしばあるが、ここでは単に類同歌・類想歌を作ったのではなく、自作の歌を重ね合せるような特殊な使い方をする。七八二の歌が世評高く普遍化していた様子がよくわかる。

四 →二八九頁注五。

854 秋は露がいっぱい置いて木の葉の色を染めるけれども、夏の野辺の木の葉はそんなに色深く染

855 夏なかに　あきを知らする　もみぢ葉は　色ばかりこそ
かはらざりけれ

敦慶《あつよし》[五]の式部卿《しきぶきやう》の女《むすめ》[六]、伊勢の御《ご》の腹にあるが、近う住むところありけるに、折りて瓶《かめ》にさしたる花をおくるとてよめる

856 久しかれ　あだに散るなと　桜花　かめにさせれど　うつ
ろひにけり

返し

857 千代《ちよ》ふべき　かめなる花は　さしながら　とまらぬこと
は　つねにやはあらぬ

おなじところに、小さき胡桃《くるみ》のありけるを、

まらない。露のめぐみの心が浅いのだなあ。

夏の紅葉の色が濃くないのは、露の置くことが少ない、すなわち木の葉を思う露の心が浅いからだとして、暗に雅正に対する貫之の親密の薄さを嘆く。

855 夏の最中に秋を知らせる紅葉の、その色だけは秋の紅葉と変らない。もう秋（飽き）をにおわしているのだよ。

貫之の雅正への返歌では、夏の紅葉の色が秋の紅葉と変らないと答えながら、発想を逆転させて、「秋」に「飽き」を掛け、表面ばかりは変らないけれども、雅正の方こそ「飽き」が来ているのではないか、の意を含めて、巧みに応酬している。

＊ 書本は八五四の詞書が「…雅正のもとにやれる」で、詠み手が逆になる。しかし八五四が夏と秋を対照的に詠み、比喩も単純であるのに対し、八五五は夏と秋をからませ、比喩との関係も技巧的で複雑。やはり貫之にして初めて詠める歌であろう。

五 →七七頁注一。六 中務。敦慶親王と伊勢の女。

856 久しくあれ、空しく散るなと、桜の花を瓶にさしたけれども、散ってしまった。

貫之のさびしい晩年の心境を象徴する歌でもあろう。

◇あだに →九三。◇かめ 「瓶」に「亀」を掛け、桜をいつまでも散らさぬ願いを込める。

857 瓶にさした花――千代を過すべき亀の花は、そのままいつも散らずにいるはずです。

◇つねにやはあらぬ 永久不変である。「やは」反語。

乞ひて掘るとてよめる

858 鶯《うぐひす》に　はなしられけは　見えねども　春くるみちの　ものにざりける

返し

859 青柳《あをやぎ》の　糸もくるみの　いかなれば　花よりことに　劣らざりけり

一近隣《ちかどなり》なるところに、二方違へに、ある女の渡れると聞きてあるほどに、ことにふれて見聞くに、歌よむべき人なりと聞きて、これがよむさまいかで心みんと三思へど、四いどむとの心なければ、深くも思はぬに、かれも心みんとや思ひけん、五萩の葉のもみぢたる

858 鶯に花の咲いたのがわかっているようには見えないけれども、それは春のおとずれてくる途中の風情なのであるよ。

◇はなしられけは　不詳。「花知られげは」(『全書』)と見て、仮に解したが、なお検討を必要としよう。あるいは「花知られげに」の誤りか。書本「はなしくれけは」でも解けない。◇春　底本「秋」。それでは「鶯」と季節が合わない。西本によって改めた。◇くるみち　「胡桃」を詠みこむ。

859 青柳の糸も、どういうわけか、花よりとくに見劣りがすることはないのだった。糸を繰っている身も、花やかな女より劣るわけではない。

◇青柳の糸　→四八。◇くるみ　糸を「繰る身」に「胡桃」が隠されている。

＊ 八五八・八五九は、前につづいて貫之と中務との贈答。意味の定かでないところもあるが、そもそもこの応酬に実質的な内容はなく、「胡桃」を隠題とした物名歌を詠みかわしたものである。

一 六八の「近隣なる人」と関係があるか。 二 →二九四頁注二。 三 底本「思ふと」。そのままでは文意がつながりにくい。西本によって「思へど」とした。 四 挑発するほどの気持はなかったので、深く思うこともなく言い出さずにいたところが、の意か。底本「いはんとの心なりければふかくもいはぬに」。西本によれば「いどむ心にしあらねば、深くも思はず、すすみてもいはぬあひだに」、書本では「いとねんごろにしあ

につけておこせたり、あはせて十首

女

860 秋萩の　下葉につけて　目に近く　よそなる人の　心をぞ見る

返し

861 世の中の　人の心を　そめしかば　草葉の露も　見えじとぞ思ふ

女

862 下葉には　さらにうつらで　ひたすらに　散りぬる花と　なりやしぬらん

返し

らねば、深く思はず、すすみてもいはぬあひ（「た」脱か）に」とある。なお八六〇・八六一は『拾遺集』雑秋に入り、そこでは「いとも心にしあらねば、深くも思はず、すすみてもいはぬほどに」となっている。これらを参照、底本を「いどむとの心なければ」と改めた。また底本は「深くも」の下に、「思はずすすみても」を脱したかと思われ、それに従って解釈したが、本文は一応「深くも思はぬに」とだけ直す。五 底本「はきの葉もみちたるに」。西本によって「の」を補う。

860 秋萩の下葉が色づくにつけて、目に近く見えながら、心変りして、他人のように薄情になった人の心を見る思いがする。

◇秋萩の下葉　→六六八。

861 世の中の人の心を魅了したあなたのことだから、草葉に置く露ほども、私などに心を掛けて会ってはくださるまいと思う。

露が草葉の色を「染める」という発想に因んで、世の中の人の心をあなたに「愛着（愛染）」させる、と詠み、その「露」に「少し」の意を掛けた。◇草葉の露も　書本「くさはのいろも」。『拾遺集』は「草葉に色も」（『全書』はそれを採る）。

862 萩の下葉が色づくように心変りがするなどという程度ではさらになく、花がひたすら散るように、恋も一気に散ってしまうことになるのだろうか。

八六〇の歌を下敷にして、さらに急速に散じ失われていく恋情を詠む。

863 恋心が一気に散り失せてしまうこともないし、だんだん心変りがすることもない。そもそも私がいかに人を思っても、その恋心の中に花が咲くなどということはないのだから。

女の歌の逆手をとり、およそ花に喩えようもないあわれな恋を詠んで、やり返す。

864 花ではないのに花として理解されるものは、あれこれいってもやはり移り気な人の心なのだ。

花について「あだなり」というとき、しばしばその散りやすさに移り気な心を暗示する（→九三）。

◇花ならで花なるものは　西本「花ならでうつろふものは」。その方が平明にはなるが、底本に独自な着想と、前歌からの転換の妙味とがうかがえる。

865 浮気だという評判の人のことばにつられて、私は色つやもない恋の花を咲かせているよ。

しかしそんな栄えない恋は、「あだなる」花が散るように、いずれ終ってしまうのだろう、といった意味を含む。「言の葉」の「葉」と「花」とが縁語。

866 色も香もなくて咲く、そんな花ゆえなのであろうか、春も秋もなく、散っては次々と変っていく。私のような魅力のない女を相手にして、それで男心は、時をも分かず、移り変っていくのであろう。

「春秋もなくて」の類句「春も秋も知らで」が四七〇にある。

867 春をも秋をも過しているのに、私の心には花も紅葉もないのだった。

863 散りもせず　うつろひもせず　人を思ふ　心のうちに　花し咲かねば

女

864 花ならで　花なるものは　しかすがに　あだなる人の　心なりけり

返し

865 あだなりと　名《な》立《た》てる人の　言の葉に　にほはぬ花も　われは咲くかな

女

866 色も香も　なくて咲けばや　春秋も　なくて心の　散りかはるらん

女の「春秋もなく」を字義どおりに取り上げて、いや春も秋もあるのに…、と言い返し、それらの季節にふさわしい風流心・恋心を見失ってしまった身を嘆く。「花も紅葉もなし」の歌句は、『万葉集』にも『古今集』にもなく、『新撰和歌』に「降る雪は枝にもしばしとまらなん花も紅葉もたえてなきまは」(第二)の一首が見出だされる(よみ人しらず。『後撰集』冬に異伝歌あり)。まず貫之が和歌的表現として注目したものか。「このごろは花も紅葉も枝になししばしな消えそ松の白雪」(『新古今集』冬、後鳥羽院)は「降る雪は」の歌を本歌とし、また定家の有名な「見渡せば花も紅葉もなかりけり浦の苫屋の秋の夕暮」(『新古今集』秋上)を生む。

868 春が来ても秋になっても、つややかな風情は出てこないのに、恋に花やぐなど無理なこと、奥深い山にかくれ埋もれた朽木なのであろう。

引込み思案の恋を寓する。自分の態度とも、相手の態度とも、もしくは一般的な寓意とも解せられる。

869 奥山の埋木にわが身をしてしまうのは、顔にも出せない恋心を深く抱いているからである。

内心に深まる恋情をもって、女の歌に答える。

◇埋木　→六四五。

＊ 八六〇～八六九は、あるいは六六八の女性を贈答の相手に仮定して、さらに虚構的に発展させたか、または全くの創作かもしれない(目崎氏)。恋の抽象的な思考を媒介に貫之の虚無的な一面を示す。

返し

867 春秋は　すぐすものから　心には　花も紅葉も　なくこそありけれ

女

868 春秋に　あへどにほひは　なきものを　深山《みやま》がくれの　朽《くち》木《き》なるらん

返し

869 奥山の　埋木《むもれぎ》に身を　なすことは　色にも出でぬ　恋のためなり

久しう住みける家を、住まじとてほかへう

つるに、[一]前におひたる松と竹とを残して

870 松もみな　竹をもここに　とどめおきて　別れて出づる
心知らなん

871 昨日今日　見べきかぎりと　まもりつる　松と竹とを　い
まぞ別るる

[二]官《つかさ》賜はらで歎くころ、[三]大殿《おほいとの》のもの書かせ
たまふおくによみて書ける

872 思ふこと　心にあるを　ありとのみ　たのめる君に　いか
で知らせん

873 いたづらに　世にふるものと　高砂の　松もわれをや　友
と見るらん

一 八六八の歌を詠んだのと同じ時であろう。

870 松も竹もみなここに留め置いて、この家と別れて出ていく私の気持を察してほしい。

松と竹との取り合せは、唐絵的発想にもとづく屏風歌に見え（→四八六）、また生別死別などにともなっても詠まれており、とくに「松もみな竹も別れを思へばや」（七六七）という本歌との類同句もある。◇心知らなん　「なん」は誂《あつら》え。ただしここでは人に訴える言い方で衷情を切実に表したものか。

871 今日あたりが見ることのできる最後と思って見守ってきた松と竹とに、いよいよ別れる時だ。

◇昨日今日　このところ、または、今日あたりの意。

二 さきに「官なくて歎くあひだに」（二八七頁）とあったのと関係があるか。三 太政大臣忠平。西本「おほきおほいとの」、書本「おほきおほとの」。

872 心に鬱屈した思いがあるのですが、ただもうそういう思いでいると、頼りにしているあなた様に何とかしてお伝えしたいのです。

◇ありとのみ　西本・為本「あめとのみ」、書本「あめのした」。「ありとのみ」には貫之の屈折した感情が仄《ほの》見える。「天とのみ」では、天のように恵み深いお方という意味の平凡な発想になる。

873 無為に世を過すものとして、高砂の松も私を友と見ていることでありましょう。

「高砂の松」は老残孤独を象徴し（→一九九・六四七・八一五）、とくに一九九は類想的。また「高砂の松」を「友」とす

十二月つごもりがたに、身の憂きを歎きて[四]

874 雪だにも　花と咲くべき　身にもあらで　なにをたより
と　春を待つらん

六月つごもりに、雅正[五]朝臣におくれる

875 花も散り　時鳥《ほととぎす》さへ　いぬるまで　君に行《ゆ》かずも　なりに
けるかな

返し

876 花鳥の　色をも音《ね》をも　いたづらに　もの憂かる身は　す
ぐすなりけり

三月つごもりの日、人にやる、兼輔の大殿《おとど》[六]

る類歌、「たれをかも知る人にせむ高砂の松も昔の友ならなくに」(『古今集』雑上、藤原興風)。忠平に頼みながら、老残の身を喞《かこ》つ自嘲的な口吻《こうふん》が著しく、前歌の「ありとのみ」と共通するところがある。

四 →二八二頁注一（八二三の詞書）。

874 雪でさえも花が咲いたように見える。そんなこともありえない私の身は、なにをつてに春を待っているのだろうか。

詞書と、春に見放されたようなわが身の不遇を詠むという発想において、八二三と共通する。

◇たより →四六三。

五 →二八九頁注五。

875 花も散り、さらに時鳥もいってしまうまで、あなた様のところにうかがわずにおりましたよ。

◇君に行かずも →八四〇。

876 花の色を見、鳥の声を聞くにつけて、憂愁のわが身は、いたずらに時を過すばかりですよ。

雅正も貫之に誘い込まれるように憂愁の情を詠む。この歌は、引歌として、「年ごろつれづれにながめ明かし暮らしつつ、花鳥の色をも音をも…」(『紫式部日記』)や、また『源氏物語』にも何度か使われる。

◇音をも　底本「かをも」。書本による。

＊八七五・八七六は、八三八～八四三の雅正との贈答につづくものと思われる。八七五の「花も散り」「時鳥」は八四三の「散りかはる花」「時鳥」を引きつぐ。

六 貴人もしくはその邸宅の尊称。

[一]のみたらかなり

877 またも来ん　ときぞと思へど　たのまれぬ　わが身にしあれば　惜しき春かな

世の中心細く、つねのここちもせざりければ、[二]源 公忠朝臣《みなもとのきんただのあそん》のもとにこの歌をやりける、このあひだ病《やまひ》重くなりにけり

878 手にむすぶ　水にやどれる　月影の　あるかなきかの　世にこそありけれ

後に人のいふを聞けば、この歌は返しせんと思へど、いそぎもせぬほどに[三]亡《う》せにければ、[四]おどろきあはれがりて、かの歌に返しよみて、[五]愛宕《おたぎ》にて誦経《ずきやう》して、[六]川原にてなん焼かせける

一「みたらか」は「みたち」（山口博氏）ないし「みもと」（村瀬氏）で、為本の詞書「藤原の雅正といふぬしのもとに春の暮るる日奉る」を参照して、通説は雅正に贈ったとする。私案では、「みたらか」を「御たち（達）が」の誤写と見、「御達がもとへ」を略記したもので、兼輔邸に仕えていた女房のもとへ、の意と推定するが、しばらく底本のままにおく。

877 春はまた巡ってくるだろうと思うけれども、来年はどうなっているか当てにならない私の身なので、逝く春が惜しくてならないよ。

この歌は『後撰集』春下に入集。その左注に「貫之かくておなじ年になんみまかりにける」とある。

二 →二四二頁注四。

878 手にすくう水に映っている月の影のように、あるかなきかのまことにはかないこの世です。

水に映る月影は、しばしば貫之の取り上げる映像であるが（→四五六）、そのパターンの最後に「あるかなきかの世」を連想。「関の清水」に映る「望月」の「影」（一四）や、「むすぶ手のしづくに濁る山の井」（七八二）の歌想も、懐かしく内に秘められていよう。

三 貫之が死んだ。 四 主語は公忠。 五 山城国愛宕郡に属する旧郷名で、平安時代に葬送地として知られた。現在地は吉田山・岡崎のあたりともいうが、正確には不明。 六 賀茂の川原。

* 八七七・八七八は、貫之が余命の乏しさを感じて詠み、以上の左注によれば、その後間もなく死んだと伝

[七]三月二つある年、[八]左大臣実頼の君に奉る

879 あまりさへ　ありて行くべき　年だにも　春にかならず
あふよしもがな

[九]春源といふ[一〇]大徳《だいとく》の桜の花を薄紙に包みて

880 空知らぬ　雪かと人の　いふと聞く　桜の降るは　風にざ
りける

とある返し

881 吹く風に　桜の波の　よるときは　暮れゆく春を　空かと
ぞ思ふ

忠平と申す大臣《おとど》の西なる殿にうつりたまはんとて、その殿のひとつ屋に御女《むすめ》の[一一]尚侍《ないしのかみ》

えられる。とくに八七六はかれの辞世の歌とされ、『拾遺集』哀傷に所収、その左注にも「この歌よみはべりて、ほどなくなくなりにけるとなん、家の集に書きてはべり」と記す。

七 天慶五年か。八 天慶五年ならば、実頼は大納言右大将。左大臣になるのは天暦元年で、貫之の死後。この詞書には後人の手が加わっている。

879 閏月《うるう》という余分な月まであり、職も残っていそうな、せめて今年だけでも、必ず望みを達して、晴れやかな春に遭いたいものでございます。

実頼にすがって、よい官職を得たいと願う。『後撰集』春下に入り、詞書に「…司召のころ、中文にそへて…」とあり、また実頼の返歌「つねよりものどけかるべき春なれば光に人のあはざらめやは」も所収。

◇かならず　底本「ならすも」。西本による。

九 未詳。一〇 高徳の僧。転じて、一般に僧の敬称。

880 桜が空を知らぬ雪かと――そ知らぬ顔をして雪かと――ばかり降っていると、人が言うのを聞くが、見ればそれは風のせいなのであった。

春源は貫之の七九四を利用（後藤祥子氏）、第四句西本「さくらの冬は」に対抗意識を見る（加藤幸一氏）。

881 風に吹かれて散る桜が、波のように寄せてくるときには、春が空に暮れてゆく、いや、暮れてゆく春などうそのようなあでやかな風情である。

一一 忠平女貴子。東宮保明親王（→八二頁注二）妃。東宮薨後、忠平邸へ戻り、天慶元年尚侍として出仕。

のおはすべきかた、殿の屋の障子《さうじ》[一]に、松、鶴などひとつら[二]にかきたる、題にてよませたまふ

882 色かへぬ　松と竹とや　たらちねの　親子久しき　ためしなりけり

883 鶴のおほく　よそへて見ゆる　浜辺こそ　千歳《ちとせ》巣ごもる　心なりけれ

春の暮るる日、仰せにてつかうまつれる

884 来む年の　ためにはいぬる　春なれど　今日《けふ》の暮るるは　惜しくぞありける

885 桜なき　年ならなくに　いまはとて　春のいづちか　今日

一 →一四五頁注三。 二 底本「ひとつかへ」。「一つ壁」と読めるが、「障子」に対して不審。私見をもって、「ひとつら」(一連)と改めた。ひとつづきの意。

882 色の変らぬ松と竹というわけで、親子がともどもに幾久しく幸せに過すしるしですよ。

重複歌三二の第一・二句「おなじ色の松と竹とは」。

883 私たち親子によそえて見える鶴がたくさんにいる浜辺を見ると、それこそ千年の長寿のこもった思いがしますよ。

重複歌三三の第二句「世をへて見ゆる」、下句「千歳つもれるところなりけれ」。

◇巣ごもる 「鶴」の縁語。鶴の子(卵)がいつまでも巣にこもることに掛けて、千年がこもるという意。

＊八八二・八八三は三二・三三の重複。三二・三三では屏風歌に準じて扱い、本条は情況的詠出で、忠平が貴子に語りかける趣はいっそう鮮明。為本に「…かの西なる殿のひとつ屋に、御女の尚侍のおはするかたと、わがおはすべきかたの、へだての障子に…」とあり、事情がよりよくわかる。

884 来年のために去っていく春ではあるけれども、今日が暮れて、春が終ってしまうのは惜しいことだよ。

四〇五と下句等しく、ほとんど同じ発想。あるいは詞書の「仰せにて」が、四〇五を含む屏風歌の「おなじ御時の内裏の仰せ言にて」(一六六頁)に相応し、「春の暮」の題意から(→次頁＊)、四〇五を回想したものか。

は行《ゆ》くらん

山吹の花を見よとて賜へるに、奉る

886 音に聞く　井手の山吹　見つれども　蛙《かはづ》の声は　かはらざりけり

[三]師輔《もろすけ》の宰相《さいさう》の中将殿の[四]四郎君はじめて[五]袴着《はかま》たまひてのち、[六]祖父大臣《おほぢおとど》の御もとに参りたまふ、[七]贈物の返り[八]に加へんとて、よませたまへる

887 言《こと》に出でで　心のうちを　知らるれば　髪のすぢさへ　ぬけるなりけり

[九]比叡のしむゐといふ阿闍梨《あざり》いましけるが、

885 桜のない年ならば、春が早々に立ち去るのも無理はないけれども、そんなことはあるはずもなく、今年も桜がきちんと咲いたのに、春は今日もうお別れだといって、いったいどこへ行くのだろう。

同じく前歌の詞書「春の暮るる日」の歌としてつづく。西本には「…仰せにて奉る二首」とある。◇いづち　底本「家ち」。西本「いつち」による。

＊八七七・八八一・八八四・八八五と、惜春の歌が目立つ。貫之の人生の終末期の愛惜を暮春の情に託す。

886 有名な井手の山吹を見たけれども、蛙の鳴き声はどこも同じで変らなかった。

◇井出　京都府綴喜郡。歌枕。山吹の名所。

三 →二四一頁注七。四 伊尹・兼通・兼家と同腹の忠君か。西本の「二郎君」ならば、兼通。この歌は『大鏡』に載り、そこでも兼通。五 初めて袴を着ける儀式。古くは三歳、後には五、六歳。六 忠平。七 底本「おりもの」。西本による。八 贈物への忠平の返礼の歌を、貫之に代作させた。

887 ことばに出して言わなくても、私の心の中を知られてしまえば、それは髪の筋も脱けた老いぼれの期待が、血筋を擢《ぬき》んでた傑物の孫にあることだ。

◇言に出でで　底本「ことにてゝ」。書本による。◇髪のすぢさへ　「すぢ」に「髪の筋」と「血筋」とを掛ける。底本、下句「ぬけるなりけりれいにもあらすな」と誤る。西本によって補訂した。

九 底本に詞書を欠く。西本による。「しむゐ」未詳。

亡《う》せたまひなんとても病みたまひけるが、いたくわづらはれて、[一]例にあらずなやみたまひけるに、よめる

888 病みおきて　今日か明日《あす》かと　待つほどの　をりふし知る
は　涙なりけり

とよめるを、内裏《うち》聞こしめして[二]遣はさんとてよませつる、[三]返しや遣はしけん、たしかに知らず

889 鶯《うぐひす》の　花に鳴く音《ね》を　聞きしまに　いとほしきこと　知
らずぞありける

一 底本八六七の下句に「れいにもあらすな」とあるのは、この詞書の一部が紛れ残ったもの。

888 病の床に目を覚まして、今日か明日かと死を待つしかない、そんな切ない時間をわかってくれるのは、涙ばかりであるよ。

貫之が代作をした歌であるが（『全書』）、貫之の真情がおのずから滲み出ていると思われ、かつて友則の死に際し、「明日知らぬ命なれども暮れぬまの今日は人こそあはれなりけれ」（七四四）と詠んだ心もまた思い返されているであろう。

二 主上から「しむゑ」にお与えになる歌を、貫之に命じて詠進させた。また貫之が代作したことになる。

三 それを主上が「しむゑ」に返歌としてお遣わしになったかどうか、確かでない。

889 鶯の花に鳴く音を聞いていた間に、気の毒になっていることを知らずにいたよ。

春の気分にひたって楽しく過し、「しむゑ」の病気を知らなかったと、慈悲哀憐の御心を示す。「をりふし知るは涙なりけり」に、さもあらんと答えている。

解説

木村正中

紀貫之小伝——伝記資料としての『貫之集』

紀貫之伝の資料

紀貫之の伝記については、目崎徳衛氏（文献3）・萩谷朴氏（文献34解説）・村瀬敏夫氏（文献5・8）・藤岡忠美氏（文献7）などの綿密な研究がまとめられている。詳しくはそれらに譲り、ここではその経歴の概要を述べるにとどめよう。

なお貫之の伝記の直接的な資料としては、『古今和歌集目録』『三十六人歌仙伝』『尊卑分脈』をはじめとし、勅撰集の『古今集』『後撰集』『拾遺集』、中でも貫之が撰者の一人である『古今集』と、かれ自身が執筆したその「仮名序」、「是貞親王家歌合」「寛平御時后宮歌合」「朱雀院女郎花合」「(天慶二年) 紀貫之家歌合」などの諸歌合、「大堰川行幸和歌」ならびに「序」、「紀師匠曲水宴和歌」、『土佐日記』、『新撰和歌』ならびに「序」、『兼輔集』『三条右大臣（定方）集』その他、貫之周辺の歌人の家集といったものがあるが、中でもその生涯にわたって最も基本的な材料を提供してくれるのは、いうまでもなく本人の家集『貫之集』である。まず、貫之の閲歴を簡単に辿りながら、『貫之集』の伝記資料としての内容の一端に触れたい。

貫之の家系と父母　貫之の家、紀氏の家系を遡ると、近江朝に大臣に次ぐ重職御史大夫となった大人、その子大納言麻呂のあたりから、行迹が史実としてはっきりしてくる。さらにその子孫が奈良時代から平安時代初頭に栄えた。ところで、貫之の遠祖猿取が『尊卑分脈』に麻呂の子となっているのは、信頼が置けず、正確な系譜は不明だが、世代的関係は大人の孫の代に相当するとも考えられている（荻谷氏文献12）。そもそも紀氏は武人の家柄で、猿取の子船守も、恵美押勝の乱に功を挙げ、桓武天皇の信任を得て大納言に昇り、正二位右大臣を追贈される。船守の孫が興道・名虎。名虎の女静子は、文徳天皇に入内、惟喬《これたか》親王を生み、親王は父帝に鍾愛《しょうあい》されて、その立太子が紀氏のために待望されたにもかかわらず、天皇は藤原良房の権勢を憚《はばか》って、その女明子の生んだ惟仁親王（後の清和天皇）を皇太子にせざるをえなかった。そこに惟喬親王の悲運の境涯が始まる。親王に臣従した在原業平の敬慕と同情は、よく知られているところであり、静子の兄有常の女が業平の妻となっているという姻戚関係もあって、業平と紀氏とのつながりは深く、貫之にとっても業平は最も尊崇親愛の思いを寄せる先人となるのである。藤原氏の権勢確立の過程で、惟喬親王の件のみならず、紀氏が次第に衰運を余儀なくされる時代的推移を辿ってきているだけに、その思いはいっそう切実なものがあったろう。

名虎の兄興道の孫が望行、貫之の父である。望行については、『古今集』哀傷に「花よりも人こそあだになりにけれいづれを先に恋ひむとか見し」の一首入集、『古今和歌集目録』に「承和ノ比ノ人、官史云々」とある程度のことしか分らない。『貫之集』の哀傷に、

　　藤衣はつるる糸は君恋ふる涙の玉の緒とぞなりける（七六四）

とある歌が、西本の詞書では「親のおもひにはべりけるときよめる」となっている。しかし、実はこの歌は、『古今集』哀傷に、作者壬生忠岑、第三句「わび人の」とし、「父がおもひにてよめる」という詞書をもつ歌（八四一）で、西本はおそらくその『古今集』の詞書を、後人が取って加えたものであ

ろう。『貫之集』において、これを直ちに忠岑歌の混入とするのではなく、その作者についての考察は後に述べるが、ともかくこの歌を貫之の父ないし母の喪の歌と見ることはできない。

次に『貫之集』の同じく哀傷、

　　山寺に行く道にてよめる

朝露のおくての山田かりそめに憂き世の中を思ひぬるかな（七四五）

は、『古今集』哀傷に「おもひにはべりける年の秋、山寺へまかりける道にてよめる」として載る。作者は貫之とあって、問題はない。『古今集』の前後の詞書・作者を見ると、「母がおもひにてよめる」（凡河内躬恒・八四〇）「父がおもひにてよめる」（忠岑・八四一、前出）「おもひにはべりける年の秋……」（貫之・八四二）「おもひにはべりける人をとぶらひにまかりてよめる」（忠岑・八四三）「妻《め》の親のおもひにて山寺にはべりけるを、ある人のとぶらひ遣はせりければ、返りごとによめる」（よみ人知らず・八四四）とつづく。この詞書の連接の仕方を辿ると、父母の服喪から、妻の親の喪に至るところの、次第に複雑化していく流れが感じられ、その脈絡の中で、躬恒・忠岑のそれぞれ母と父の服喪の歌の次に、この貫之の歌があるので、これもやはり父か母、おそらくは母の服喪の歌ではないかとする一説（長谷川政

紀氏系図

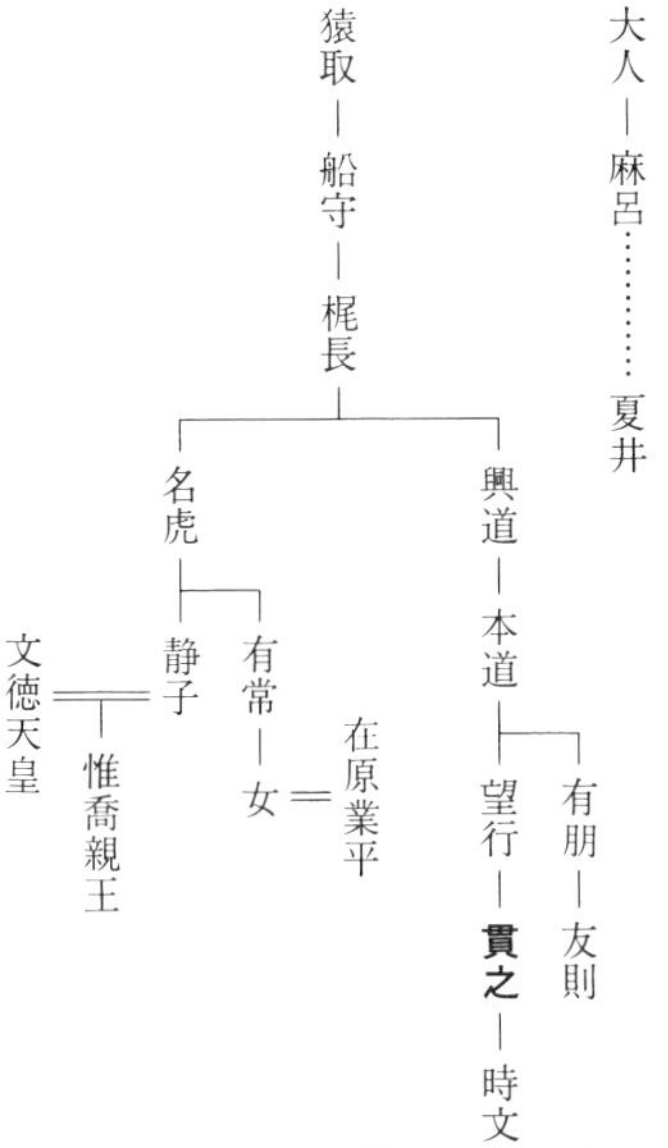

春氏文献6）にも、それなりの可能性がある。なお、この「朝露の」の歌を含む『貫之集』哀傷のはじめの五首は、『古今集』と関係が深いと思われるが（→二五八〜二五九頁）、『貫之集』の「山寺に行く道にてよめる」だけでは、一般的に哀傷歌の詞書とはならない。「おもひにはべりける年の秋」を脱落したのでないとすれば、思うに、この詞書だけで個人的にそれと分る、とくに身近な身内の者の喪中の詠作だったことを示唆するものかもしれない。それが父か母であることもありえよう。しかしながら、もちろん確言はできず、もしそうならば『古今集』の詞書にはっきり書くであろうという理由で、この説に対し否定的な村瀬氏（文献5）・藤岡氏（文献7）の意見もある。

貫之の母に関しては、ほとんど全くといってよいぐらい分らないけれども、目崎氏（文献3）が、『続群書類従』所収系図の一本に、貫之の「童名は内教坊の阿古久曽《あこくそ》と号す」とあることから、かれが宮中の女楽を管理した内教坊の伎女《ぎじょ》か倡女《しょうじょ》を母として生れ育ったのではないかという、興味深い推論をされた。もしそうならば、時代が次第に和歌復興の気運を高めてきたとはいえ、とくに貫之が後年和歌の発展に大いに貢献する基となった、深層的原体験にかかわる幼児環境として、まさにそれはふさわしかったといえよう。その貫之の出生は、貞観十年（八六八）前後ないし同十三、四年ごろである。なお村瀬氏（文献5）が挙げられた橋本不美男氏の教示によれば、この「内教坊云々」の記述は、『古今集』清輔本巻一、貫之の「袖ひちて」の歌（二）に、清輔が付けた脚注勘物に見られるのが最も古い。

官人ならびに歌人貫之の出発

さて貫之は、漢文漢学を身に着けて官途に上る、本来の律令官人の道を辿り、大学の文章道を経て、官職に就いたのであろうが、かれの官位が判明しているのは、あるいは和泉国の目《さかん》くらいになったかもしれない憶測（→七三・七四）を除くと、『古今集』撰進

時、延喜五年（九〇五）には御書所預となっていたところからである。また『古今集』哀傷部になるが、貫之の歌に、

藤原高経朝臣の身まかりてのまたの年の夏、時鳥の鳴きけるを聞きてよめる

時鳥今朝鳴く声におどろけば君に別れしときにぞありける

の一首（八四九）がある。高経は関白基経の弟、正四位下右兵衛督で寛平五年（八九三）に没した。良房の養子となった兄基経よりは格段に劣るが、卑官の貫之から見れば高官である。貫之が高経の死を悲しむ歌を詠んでいる両者の縁故を、村瀬氏（文献5）は、高経の子惟岳の武蔵介赴任に際しての送別の歌を、貫之が詠んでいて（『古今集』三九〇・『貫之集』七〇五）、二人は大学の同窓でもあったかと推定される。その経緯はともかくとして、とくに貫之に「高経の庇護を仰ごうという気持」があり、したがってこの歌には、高経の死に遭って、その希望を失った「痛恨の情が現れている」と、氏が述べておられる点、適切な見方であろう。

さらに、この「時鳥」の歌を『貫之集』には「題知らず」とする（七六二）。これは、七六一〜七六四が、個個の事情を離れ、詞書を付けずに、哀傷の心のみによって並べられているのを、前に位置する藤原兼輔との贈答（七五九・七六〇）と区別するために、おそらく後人が付加したものであろう。このように高経への哀悼という実情を秘めて記さぬ『貫之集』の形に、もし貫之自身の意思が働いているとするならば、若いころ高経を失ったこの落胆が、晩年の貫之における庇護者兼輔の喪失（後述）と、相通ずるものとして思い起されながら、兼輔への切実な追慕の情と、とうてい並べられるはずもないことを、それとなく示しているのではなかろうか。

貫之の官途が円滑であったとはけっしていえないであろう。一方、和歌復興の時代の趨勢《すうせい》の中で、歌人貫之の技倆《ぎりょう》が次第に認められてくる。右の高経への哀傷歌も、かれの詠んだ最も早い時期の歌に属するが、公的な詠進として注目されるのは、寛平五年以前に催された「是貞親王家歌合」に三首、同じく「寛平御時后宮歌合」に七首、つづいて昌泰元年（八九八）「朱雀院女郎花合」に二首詠んでいることである。

それとともに、歌人たちとの接触が、かれの資質にますます磨きをかけたのであろう。先輩格の歌人には、まず藤原敏行がある。敏行は、藤麻呂の男、母は紀名虎の女、すなわち有常・静子の姉妹で、さらに有常の女を妻としていた。紀氏との関係がきわめて深い。ついで藤原興風、作歌年代は不明だが『貫之集』に興風との贈答がある（→七九六〜七九九）。貫之の従兄（父望行の兄有朋の子）で、かなり年長であったらしい紀友則。また年齢的にはこれらの人たちよりやや下るかと推定される歌人では、在原元方。『貫之集』に貫之の詠み送った歌がある（→八〇〇）。元方は業平の子棟梁の男、戒仙と同一人物であるとすると（→二六四頁注一）、『大和物語』に、戒仙の父棟梁が死んだ年の秋、戒仙の家に貫之・友則らが集まって、故人を偲びながら酒を酌みかわし、和歌を詠じ合う段（二十八段）があって、その親しさがわかり、貫之はまた後年戒仙の死を悼んで歌を詠んでいる（→七六五・七六六）。同じく源宗于。かれは光孝天皇皇子是忠親王の子で、出自が高い。その出自を越えて、貫之と親交をもったと思われ、やはり年代はわからないが、『貫之集』に贈答がある（→八〇二・八〇三、八二九・八三〇）。次には、貫之よりいくらか年齢が上ながら、歌壇的活動を同じうした凡河内躬恒と壬生忠岑。貫之の生涯においてかれらとの交友関係はとくに深く、『貫之集』のみならず、勅撰集などにもその資料を見出だすことができる。

躬恒との交情を示す一例を取り上げよう。『貫之集』雑に、

凡河内躬恒が月あかき夜来たるに、よめる

かつ見れどうとくもあるかな月影のいたらぬ里もあらじと思へば（七七二）

の一首がある。これは、『古今集』雑上にも、

月おもしろしとて、凡河内躬恒がまうで来たりけるによめる

の詞書で載る（八八〇）。この『古今集』の場合には、月の「おもしろ」さに対して、月の光が及ばぬ里とてなく、つまり自分だけのものになってくれない「うと」さを新たに発見したという趣向をもって詠まれ、躬恒が単に月を賞でて来たのに対応するところに中心がある。さて『貫之集』を見ると、詞書に微妙な変化がある。躬恒の交際の広さ、人のよさを、月光に喩《たと》えて、恨みを添えたものとなるが、しかし本意は、上述の趣向をもって、貫之が躬恒にたわむれたのであって、その恨みがたわむれをいっそう面白くしている。ここにうかがわれる躬恒の交際の広さは、必ずしも事実ではなく、喩《ゆ》の内容としてのみある戯言《ぎげん》にすぎないとすべきであろう。むしろ貫之の躬恒に対する並々ならぬ親密さを表してさえいるのである。

やや先輩に当る素性とは、貫之が「寛平御時后宮歌合」にひとしく詠進するなどのかかわりをもっているが、直接の交流はなかったらしい。学習院大学大学院石井裕啓君の修士論文の示唆するところによれば、貫之が作歌の上で素性から受けた強い影響を考え合せると、この先達の間接的な存在が、かえって貫之の心の奥深くにその傾倒をもたらしたものといえようか。後年素性の死に際し、貫之と躬恒との贈答がある（↓七四八〜七五〇）。

このような人たちから刺激を受けつつ、貫之の内部に歌人としての自覚と、詠歌の工夫とが深められていき、かつ宮廷歌壇の形成発展とともに、その活躍が目立ってきた。「三月三日紀師匠家曲水宴和歌」は、昌泰ないし延喜初年、貫之の家で催された曲水の宴に詠んだ和歌の記録で、出席者は躬恒・藤原伊衡・友則・興風・大江千里・坂上是則・忠岑、それに貫之と、都合八名である。「師匠」は貫之に対する敬意を表すもので、文字通りの「師」を意味するものではないが、貫之を中心に盛り上がった雰囲気がよくうかがえる。なお散佚《さんいつ》した躬恒の序を、一部伝える跋文《ばつぶん》によれば、「さても今宵あらざらむ人は、歌の道も知らでまどひつつ、天の下に知り顔するなめり」などと書かれていた。もっとも、この「曲水宴和歌」を後世の偽書として否定する説も、一方ではかなり強い（山口博氏文献9・村瀬氏文献5など）。

貫之の恋歌

貫之の青春は、和歌に賭けられていたと同時に、やはり人並みに恋の経験をも持っていた。『古今集』『後撰集』恋部所収貫之の和歌について、『古今集』では一部、『後撰集』では大部分が、詞書を伴い、詠まれた事情を明らかにしている。それらから、かれの青春の一面、さらに広く女性との交渉の模様が偲ばれるのであるが、しかし反面、貫之の恋歌には、恋の実体験によらず、題詠的に創作されているものがかなりあると判断すべきである。もちろん、「題しらず」の歌のすべてがそうであるということではなく、実際の恋の局面で詠まれても、そこから和歌だけを抽出して掲げたものもあるだろう。『貫之集』恋部もまた同様に、百四十二首中、詞書をもつ歌はわずかに三首しかないのである。

その中の一つに、

近隣なる人のときどきとかういふを、ほかにうつろふと

聞きて

近くてもあはぬうつつに今宵より遠き夢見んわれぞわびしき（六二八）

というのがある。何故この歌に特別に詞書があるのだろうか。詞書によって情況が分りやすくなる点も確かにあるにはちがいないが、詞書がなくてもだいたいこの程度の察しはつく。思うに、この「近隣なる人」と、雑部の

近隣なるところに、方違へに、ある女の渡れると聞きてあるほどに、ことにふれて見聞くに、歌よむべき人なりと聞きて、これがよむさまいかで心みんと思へど、いどむとの心なければ、深くも思はぬに、かれも心みんとや思ひけん、萩の葉のもみぢたるにつけておこせたり、あはせて十首

女

秋萩の下葉につけて目に近くよそなる人の心をぞ見る（八六〇）

返し

世の中の人の心をそめしかば草葉の露も見えじとぞ思ふ（八六一）

（下略）

以下都合十首つづく贈答（八六〇〜八六九）と、かかわりがあり、そのために特別に「近くても」の歌に詞書が付けられているのではなかろうか。ところで、「近隣なる人」という共通の対象を示しながら、両者の和歌の世界には大きな隔たりがある。そこに一つの推測を加えるならば、「近くても」の歌は、

事実貫之が、近所にいたある女性が他所へ移る時に贈った歌であるが、雑部の十首は、この女を贈答の相手に仮定して虚構的に詠まれたもので、だからこそ雑部に置かれていると見ることができよう。その詞書もことさらに特殊な心理的経過を出そうとする感が深い。また恋部の「ときどきとかういふ」間柄にしては、歌の詠みぶりが観念的にすぎ、直接それを指すようには見えない。いや、もっと推測を逞しうすれば、この「とかういふ」が逆に雑部の贈答にもとづく表現であって、いわば虚構が現実に入り混ざったとさえ思われてくる。目崎氏（文献3）も、両者を必ずしも関連づけてはおられないけれども、この問答の「相手の女性そのものが貫之の創造した架空の人物で、問答全体が彼の創作ではないかと思う」と述べておられる。ともあれ、この十首には、貫之の虚無的な思考も現れていて、貫之の恋歌が、一方で当然直接的な恋を詠出もしながら、同時にまた、多かれ少なかれ恋を媒介とした観念や論理によって形造られている所以の、顕著な例証とすることができるのではあるまいか。

『古今集』前後

さて、貫之の歌壇的声望は、やがて『古今集』が和歌の勅撰集として計画された時、その撰者に任ぜられるに至る。『古今集』の編纂は、醍醐朝の一大盛儀であり、醍醐天皇を主体として発案、菅原道真を斥けた左大臣藤原時平の、天皇を擁立《ようりつ》しつつ藤原氏の実権を確立しようとする政治的意図と、国風文化の充実宣揚をはかる方針にもとづいて実現した。撰者は、紀友則・貫之・凡河内躬恒・壬生忠岑の四人。途中友則が死ぬ。貫之を大いに啓発したと思われる、この先輩の従兄のために、貫之は哀傷歌を詠んでいる（『古今集』八三八・『貫之集』七四四）。そういった事情もからみ、貫之のリーダーシップが著しい。かれは集中最高の九十九首（他に墨滅歌二首）を入集、また「仮名序」を執筆した。『古今集』には「真名序」「仮名序」があるが、両序にいう「延喜五年四月十八日」を、奉勅・奏上のいずれの日と解するかに議論が分れ、近年はどちらかといえば奏上説が有力である。

『貫之集』に『古今集』編纂の模様を直接記す周知の資料がある。「延喜の御時、大和歌知れる人を召して、むかしいまの人の歌奉らせたまひしに、承香殿の東なるところにて歌撰らせたまふ……」。その時、時鳥の鳴いたのにつけて、帝に歌を奉ったというのである（→七五）。「真名序」によれば、『古今集』のために二度の詔勅があり、それは「各ノ家ノ集幷ビニ古来ノ旧歌ヲ献ゼシメ」た前詔と、「奉ル所ノ歌ヲ部類」させた後詔とである。近年有力な延喜五年奏上と見なせば、この『貫之集』の記述が、前詔・後詔による編集過程のどの段階に当るかによって、延喜二年から四年のいずれかの年のことと考えられる。ここには撰者たちの強い感激と緊張が写し出されているが、とくに主役となる貫之のめざましい意欲が如実に汲み取れよう。『古今集』の成立や構成の問題については、多くの研究成果が挙げられているが、貫之自身に関していえば、この『古今集』の形成が、他の撰者と協力しつつも、おそらく際立って貫之の和歌の理念の具体的な実践に他ならず、またその『古今集』の形成を通して、まさにかれの理念が作り上げられたという関係が、何よりも大切である。いま『古今集』の詳細は省略するが、かれのその理念を一言に要約すると、和歌のことばの精緻《せいち》で巧妙な仕組みを磨き上げ、同時に宮廷和歌の世界を確立し自立させることにあったといえよう。

まことに『古今集』撰者としての貫之の苦心と成功が、かれ自身にもたらした意義の大きさは、はかり知れないものがある。文字どおり歌壇の指導的立場に立ち、そのための苦労もあったにはちがいないが、ますます歌人としての栄誉を高め、自負を強くしていったであろう。延喜七年九月十日、宇多法皇が大堰川《おおいがわ》に御幸になり、漢詩とともに和歌が献詠された。この「大堰川行幸和歌」に、貫之は躬恒・忠岑・是則・伊衡・大中臣頼基とともに召される。ただし忠岑は不参だったらしい（山口氏文献9）。その時の貫之の詠として今日伝わるのは三首だけだが、その他に「序」が残っている。藤原忠平の有名な「小倉山峰のもみぢ葉心あらばいまひとたびの行幸《みゆき》待たなむ」の歌が詠まれ、つづいて醍醐天皇も行幸になったという逸話を、この時のこととするのは誤りで、それは延長四年（九二六）十月の別の行事でなければならず（迫徹朗氏文献10）、したがって延喜七年の場合、「法皇を中心とした内輪の催し」（村瀬氏文献5）ではあったが、やはり遊宴の賦詩にならう詠歌として注目すべきであり、貫之の晴れやかな活躍の一端を示すと見てよい。しかもその「序」は、「古今集仮名序」と共通して、詠歌の意義を闡明《せんめい》し、和歌興隆の御代を謳歌《おうか》しているが、とくにそれらの部立《ぶだて》や歌題を、引歌もしくは和歌的表現にもとづきながら、四六駢儷体《べんれいたい》に擬する仮名文をもって、整然と綴ったところに、新しい試みがうかがえる（山本利達氏文献17）。

　和歌の隆盛と軌を一にして、歌合が盛んになる。中でも「延喜十三年三月十三日亭子院《ていじのいん》歌合」は大規模な催しで、貫之も七首（作者に疑いのあるのも入れると八首）詠出している。その中の一首が『貫之集』にある。

　　春、歌合せさせたまふに、歌一つ奉れと仰せられしに

　桜散る木の下風は寒からで空に知られぬ雪ぞ降りける（七九四）

その詞書に「歌一つ」とあるのは何を意味しているのであろうか。萩谷氏（文献11）によれば、この歌合が様式の完備した盛大な行事であったことは、付載する「日記」からも明らかだが、和歌は兼日題を与えて用意された撰歌合である。とすると、この「歌一つ」の記述にもとづき、貫之にははじめ一首の歌が求められたが、後に七首ないし八首に増加されたという、仮説を立てることもできるのではないか。村瀬氏（文献5）のいわれるごとく、躬恒の二十首と較べて、宇多法皇を中心に営まれた

この歌合で、貫之よりも、法皇への接近の著しかった躬恒の方が重視されていたことの、より明瞭な痕跡となるであろう。

一方、『古今集』撰進後の貫之の官職は、延喜六年越前権少掾、ただし遥任、同七年内膳典膳、同十年少内記、同十三年大内記となる。けっして躍進を遂げているとはいえないが、書記官として腕の振える少内記・大内記の役は、望むところであったろう。かれが能筆であったこともよく知られている。

貫之の庇護者
――兼輔・定方

こうした官途について、またそれ以上に、これまで述べてきた歌人としての貫之の業績について、かれの実力もさることながら、かれを引き立てた庇護者の存在がきわめて重要である。まず藤原定国の名が思い浮ぶ。『貫之集』巻頭には、延喜五年二月、定国四十歳の算賀が妹満子の主催で行われた時、その屛風歌を醍醐天皇の仰せによって詠んだ歌が置かれているが(→一・二)、その定国は翌延喜六年七月に没した。その後、必ずしも翌年春とはかぎらないが、貫之は

泉の大将(定国)亡せたまひてのちに、隣なる人の家に人々いたりあひて、とかく物語りなどするついでに、かの殿の桜の面白く咲けるを、これかれあはれがりて歌よむついでに

君まさでむかしは露か古里の花見るからに袖のぬるらん(七五三)

の一首を詠む。この歌の「古里」から、貫之がかつて定国邸へ出入りしていたことが察せられ(藤岡氏文献7)、定国の死とともに、その恩情も露と消えてしまった頼りなさ、淋しさをかみしめながら詠

まれている。しかし詞書を見ると、定国との間にやや距離が置かれ、むしろ桜のつかの間の美しさに、いっそう強く感じさせられる人間の命のはかなさを、しみじみと観照している趣を帯びる。庇護を期待しながら、庇護者としきれなかった定国に対する、貫之の微妙な感情が読み取れよう。

次は、定国の従弟（定国の父高藤の兄利基の男）藤原兼輔である。後に「堤中納言」と呼ばれたこの公卿は、時平の系譜の摂関家流とも近く、政治的意欲がないわけではなかったが、それ以上に文雅の道を好み、和歌もまた達者であった。そのような兼輔の資質や傾向が、とくに貫之を惹きつけたものと思われる。あるいは『古今集』以前から接触はあったかもしれないが（→『貫之集』七〇六）、とくに『古今集』以降、交誼は著しく深まってくる。躬恒が貫之を介して、兼輔に臣従する印としての「名簿《なつき》」をことづけた時、躬恒から貫之に書き添えた和歌があり（『後撰集』雑一、一一八六）、したがって兼輔と貫之もすでにそうした主従関係にあったと想像されることは、よくいわれるとおりである。延喜六年、宣旨による月次《つきなみ》屏風歌に、貫之の詠んだ歌は（『貫之集』三〜一三）、いよいよ本格的になった屏風歌歌人貫之の活動を示す、意義深い佳品であるが、その中の一七の歌に、書本では兼輔の返歌がついている（→一七）。『兼輔集』にも同様に、

月次の御屏風に、貫之

人しれず越ゆと思ひしあしひきの山下水に影は見えつつ

殿返し

川霧の立ちしかくせば水底に影見る人もあらじとぞ思ふ

とある。屏風絵の画面に合わせて、画中人物の贈答する屏風歌を作る場合はあるけれども（後述）、屏風歌制作の場において、一人の詠んだ屏風歌に別の歌人が返歌をするということはありえない。こ

のような形を伝来上の誤りとしてしまえばそれまでだが、次のように考えることもできるのではなかろうか。すなわち、兼輔が後にこの貫之の屏風歌を興味深く話題にして、それにことさらに返歌を添えたとか、もしくはまったく別の事情、たとえば、貫之がそっとどこかへ行こうとして、兼輔に知られてしまったことを、旧作の屏風歌をそのまま使って兼輔に詠みかけると、兼輔が、いや、私は隠しておくから、だれにも分らないだろうと返事をした、そんな事情があったと見るのである。お互いに承知の上で、屏風歌を制度的な場から切り離して扱ったり、別途に活用したり、そんな応酬が自在にできる親密さを、二人の間に感じさせるともいえよう。

なお『貫之集』の、兼輔から三春有輔への餞別の宴で詠んだ歌、ないし兼輔のための代作（→七一〇）、延喜二十一年兼輔が参議になった時の慶びの歌（→六八六）、兼輔と取り交わした嘆老の歌（→八一七〜八二〇）、兼輔邸での酒宴の歌（→八二一）などが、その緊密な関係を語っている。

さらに貫之は定国の弟藤原定方の恩顧を受けるようになるが、おそらくそれは兼輔の媒《なかだち》によるのであろうと考えられている。定方は醍醐天皇の外戚（天皇の生母胤子は定国・定方の姉妹）として、廟堂に重きをなし、三条右大臣と呼ばれるに至る人物であるが、どちらかといえば、兼輔同様、風雅に遊ぶ貴人であった。『三条右大臣集』がある。『貫之集』によれば、貫之は延喜十二年定方の四十賀の歌を作り（→六六・六七）、また年内立春の同年、妹満子四十賀のため定方から依頼されて詠作している（→六七九〜六八三）。

このようにして定方の助力のもと、兼輔を中心に、貫之を筆頭とする多くの専門歌人や楽人、風流貴公子、あるいは受領層の人間など、さまざまな人たちが、身分を越えて風雅な交流を楽しむ「小世界」ができていた（藤岡氏文献14・20・7）。しばしば風流を凝らした兼輔の堤邸が、かれらの交流の場となったのであろうが、必ずしも党を組むごとき固定化したものではなくて、むしろ心情的に「兼輔を中心とする人々の特定な人間関係」（藤岡氏文献20）として理解される。この「小世界」の存在を否定し、兼輔の態度を、より政治的に把握しようとする工藤重矩氏の見解もあるが（文献18）、政治的社会的意義と文雅の世界とのどちらに重点を置いて見るかの違いで、それらは律令官人においては基本的にかかわり合っていたはずである。いずれにせよ、延喜十年代から延長にかけての貫之にとって、こうした「人間関係」がその心を支えたことは確かであろう。またこの間に貫之の関係した多数の屏風歌は、『貫之集』に集録されているとおりである。

延喜から延長への傾斜

延喜十七年（九一七）、貫之は待望の叙爵をした。同時に加賀介に任じられるが、これを不満として奏請、翌十八年美濃介に遷任された。「かうぶりたまはりて、加賀介になりて、美濃介にうつらんと申すあひだに、内裏の仰せにて歌よませたまふおくに書ける」と詞書した歌（→七七八）が、このことを示している。かれは同二十一年、美濃介を辞するまで任地にあった。

この間、延喜十九年、右大臣藤原忠平の四十賀を、その妹に当る、東宮保明親王の母御息所穏子が祝った時、插頭《かざし》の造花や飾りに付けて贈る歌を、忠平の甥（時平男）の保忠から依頼されて詠む（六八四・六八五）。ところで為本には、この時の歌を「三首」とし、底本（歌仙家集本）の二首の間に、

　うつろへる色なき花は君がため千歳に千度折らむとぞ思ふ

の一首がある。底本がそれを脱したとも考えられるが、この歌と、底本六八五の歌、

　年ごとに花しにほへばかぞへつつ君が千代まで折らんとぞ思ふ

すなわち為本で並んでいる二首を較べ合せると、それは後者の推敲《すいこう》の過程にあったものではあるまい

か、と思われてくる。書本にも為本と同様にこの歌が見え（さらに同本内で重複）、田中登氏（文献22）は「為氏本もしくは為氏本の依拠した資料などによって補ったもの」と判断されている。なお「延喜十九年、東宮の御息所の御屏風歌」（二三七～二三八）も、この美濃介時代である。

さて帰京後、貫之は二年余の散位を経て、延長元年（九二三）大監物となり、さらに同六年右京亮に転ずる。およそ叙爵後の貫之にとって、官途はけっして芳しくはなかった。一方、その歌壇的活動は、衰えこそしなかったけれども、『古今集』撰進とそれにつづく時期の光彩に変化が萌《きざ》していた。そのことは、醍醐朝の末期、次第に見えてきた律令政治の屈折、ようやく身にしみて感受されるようになる時代の閉塞感、それとともに推移していく文学の動向の中において、理解される必要があるが、ともかく貫之が、和歌の公的な機能はそれとして保ちながら、同時に和歌の中に滲《にじ》み込んでくる私的な感覚を避けられなくなってきた変化、とでもいうべきであろう。そしてまた、貫之の身辺には人生の不如意が少しずつ感じられてくるのである。

躬恒は、延喜二十一年淡路権掾となり、任を終えて帰京するが、その後間もなく死んだらしい。いま一人、貫之とともに『古今集』の撰者となった壬生忠岑は、おそらく延喜十七年ごろ甲斐に下り、そこへ貫之が歌を送っている（→八〇二）。しかしその後の交渉は分らず、やはりほどなく死んだのであろうか。

『貫之集』にはまた、兼輔の妻の死んだ年（詞書に「兼輔の中将」とあるので、延喜十九年より延長五年の間）の十二月晦日、兼輔邸で故人を偲んで貫之の詠んだ歌、

恋ふるまに年の暮れなば亡き人の別れやいとど遠くなりなん（七五四）

がある。この歌は『後撰集』哀傷によると、

妻《め》のみまかりての年の十二月のつごもりの日、ふること
言ひはべりけるに

兼輔朝臣

亡き人のともにしかへる年ならば暮れゆく今日はうれしからまし（一四二四）

の「返し」として詠まれている。兼輔の歌の「ともにしかへる」は、十二月晦日の魂祭《たままつり》で死者の霊がみな戻ってくるという意味の「かへる」と、新年になる意の「かへる」とを掛けて、もはやともに新年を迎えることのできない故人を哀悼し、貫之もまたその主の心を汲んで答えた。ところが、貫之の歌のみ切り離された『貫之集』で見ると、魂祭は表面から消え、兼輔の妻の死という現実の嘆きは当然のことながら、それ以上に、愛する者の死を悲しむ人間の胸中を、孤絶したものとして捉えている貫之の心を、いっそう深刻に読み取らせるであろう。

土佐守赴任

延長八年、貫之は土佐守となる。土佐は紀氏には縁のある国であった。貫之の直系猿取の系譜ではないけれども、麻呂の五代の孫夏井が、伴善男の応天門の変に坐して、土佐に遠流《おんる》の身となりながら、その高潔な人柄によって、土地の者の信望を集めたという所であり、また友則も早く寛平九年（八九七）土佐掾になっている。そもそも土佐は、都から離れた遠隔の地であり、かつ国の格は中国であって、けっして有利な任地ではない。しかも、一時的とはいえ、貫之にとっては大事な中央の歌壇から遠ざかる口惜しさを、怺《こら》えなければならない。それでも、ともかく受領となれば、京官でいるよりも経済的に大きな収入が期待される。かれは、ひとつには紀氏の因縁を思い、実際には将来の生活を熟慮して、任地へ赴く決心をしたのであろう。道は海路をとったと見る説（松原輝美氏文献41）もあるが、一般には陸路によったと考えられている。

この土佐守在任中に、京都では貫之の人生に重要な意味をもった人たちが、次々にこの世を去るのである。まず醍醐天皇が延長八年九月二十二日譲位、同二十九日崩御。貫之の赴任とほぼ前後する。翌承平元年（九三一）宇多法皇崩御。さらに同二年定方、つづいて同三年には兼輔が死んだ。
　それから、兼輔の家に関してであるが、醍醐天皇の諒闇の間に、兼輔の母が死ぬ。

　　延長八年九月、京極の中納言、諒闇のあひだに母の服にて

一重だに着るは悲しき藤衣重ぬる秋を思ひやらなん（七五九）

の一首が、兼輔から土佐にいる貫之のところへ送られ、貫之は、

　藤衣重ぬる思ひ思ひやる心は今日もおとらざりけり（七六〇）

の返歌をした。ところで、この贈答は伝行成筆切にもあり、その「一重だに」の歌の詞書が、

　　かの中納言の御女《みむすめ》の御息所

となっている。一見、兼輔女醍醐更衣桑子が詠んだ歌のように見え、兼輔生存中に桑子と貫之が直接歌の応酬をすることは考えにくいので、村瀬氏（文献5）は、この贈答が兼輔の死の際のものを誤ったのかもしれないとされる。それも一つの見方であろうが、この詞書のように、何の付加語もなく、和歌の詠み手だけを掲出する書き方は、異様であり、伝行成筆切はもとより、歌仙家集本にも、他に例を見出だせない。おそらくこの詞書は不完全で、後文を脱しているのであろう。そこに想像を加えるならば、単に世の中全般の諒闇というだけでなく、更衣として帝を喪《うしな》ったわが女桑子の胸中を思いやる親心に合わせて、わが母の死を悼む二重の悲しみを、貫之に訴える兼輔の心持が浮んでくるのではあるまいか。そうした兼輔の衷情に、貫之なればこそ答えられたのであろう。貫之の返歌には一途

な同情が溢れている。

そのような貫之であるから、兼輔の死が伝えられた時、その衝撃はどんなに大きかったことか、察するにあまりある。

帰京後の喪失感

藤衣あたらしくたつ年なればふりにし人はなほや恋しき（七六九）

これは、西本・書本によって補わなければならない詞書によれば（→七六九）、兼輔の死んだ翌承平四年元旦に、土佐の貫之から故人の宅へ届けられたものである。やがて貫之は土佐守の任を終え、この年の末に任地を出立、翌五年二月帰京する。その後、兼輔の粟田の別邸を訪れて詠んだのが、

松もみな竹も別れを思へばや涙のしぐれ降るここちする（七六七）

である。為本・伝行成筆切の詞書が詳しい（後述）。さらに底本（歌仙家集本）や為本には、

陰にとて立ちかくるれば唐衣ぬれぬ雨降る松の声かな（七六八）

を載せる。この歌は、兼輔の生前酒宴の折、その庇護への感謝を詠んだ歌（→八三二）で、そのまま歌意を哀傷に転じることで、かえって切実な回想の内面をさながらに示している。また『貫之集』には見えないが、『後撰集』哀傷に、

兼輔朝臣なくなりて後、土佐の国よりまかり上りて、かの粟田の家にて

引き植ゑし二葉の松はありながら君が千歳のなきぞ悲しき（一四一一）

とあるのも、まったく同様の場での追慕の歌である。

さらに貫之の悲傷の思いを表しているのが、その後貫之の兼輔邸への訪問がおのずから遠のくと、兼輔の男雅正から、三月晦日、

君来ずて年は暮れけりたちかへり春さへ今日になりにけるかな（八三八）

ともにこそ花をも見めと待つ人の来ぬものゆゑに惜しき春かな（八三九）

の二首を寄こして、いっしょに花見をしようと思っていた春ももう今日で終ってしまうと、慨嘆してきたのに対し、貫之が、

君にだに行かでへぬれば藤衣たれかうときも知らずぞありける（八四〇）

八重葎心のうちに深ければ花見に行かんいでたちもせず（八四一）

と答えた歌である。懐かしい兼輔邸をも訪れずに、月日が過ぎていく。ただ茫然とした気持は、無音に過していることさえ忘れ、花見など思いもかけなかったというのである。ことに「八重葎」の歌は、かれの荒涼たる心境をまことに切実に表現しているといえよう。次に四月、卯《う》の花や時鳥《ほととぎす》の季節になって、同じく雅正と贈答（→八四二・八四三）、また『貫之集』の中で離れた位置にあるが、「六月つごもりに、雅正朝臣におくれる」の詞書の歌と「返し」の贈答（→八七五・八七六）も、それらにつづく一連の応酬と見てよい。

いま一つ、貫之が無念に堪えられなかったことがある。かれの土佐赴任以前に、醍醐天皇の勅命、兼輔の仲介によって、『新撰和歌』の編纂がかれに託されていた。これは、『古今集』からの選入も多いが、それ以外、それ以後のものをも加えて、「花実相兼」「玄ノ又玄」なる歌を選び、いっそう精選された撰集を作ろうという企画である。貫之はその材料を土佐に携行し、政務の合間に準備をしていたのであろうが、結局醍醐天皇ならびに兼輔の生前には成就しなかった。しかし、帰京後もかれは、そのまま放擲《ほうてき》しがたく、編集を継続して、ついに天慶六年（九四三）から八年の間に完成した。その「序」には、この『新撰和歌』制作の空しさと、にもかかわらず和歌の佳什《かじゅう》を散佚させては申しわけ

ないという、かれの熱い本意が切々と綴られている。

貫之秩罷《や》ンデ帰ルノ日、将ニ以テ之ヲ上献セントスルニ、橋山ノ晩松、愁雲ノ影已ニ結ビ、湘浜ノ秋竹、悲風ノ声忽チ幽カナリ。勅ヲ伝フルノ納言モ亦、已ニ薨逝ス。空シク妙辞ヲ箱中ニ貯ヘテ、独リ落涙ヲ襟上ニ屑《くだ》ク。

「橋山云々」は中国の黄帝の陵墓、「湘浜云々」は帝王舜の死を悼む湘夫人の故事により、いずれも醍醐天皇崩御の悲しみを述べる。「勅ヲ伝フルノ納言」とは、中納言兼輔を指す。この「独リ落涙ヲ襟上ニ屑ク」思いは、せっかく京都へ戻ったのに、索漠たる孤独に沈む貫之の胸中を、さながらに表している。

『土佐日記』のモチーフ――故兼輔への思慕

『新撰和歌』の序そのものは、十年ほど下るが、ここに表されているような、また兼輔の粟田邸を訪れての感懐、あるいは雅正との贈答などからうかがえるような、帰京後の貫之のどうしようもない人生の喪失感を癒すべく、まさに自慰的な行為として、『土佐日記』が書かれるのである。もちろん『土佐日記』の執筆契機はけっして単純なものではないけれども、そのモチーフの一つに、人生の支え、とくに兼輔を喪った、かぎりない淋しさがあることは明らかである。『土佐日記』はだいたい、帰京後あまり時を隔てない、承平五、六年のころに書かれたのであろう。その中に、兼輔関係の和歌やことばを想起させるところがいくつかあり、それらは『土佐日記』に、兼輔への思慕が、秘められた内観的なモチーフとして存在することを示唆している。それらを指摘しておこう。

『土佐日記』の二月九日、渚の院の条の歌に、

千代へたる松にはあれどいにしへの声の寒さはかはらざりけり（四四頁）

とあるが、『貫之集』の「松もみな」の歌（七六七）の詞書、為本に「……風寒く吹きて、松、竹の音などおもしろくありければ……」とあるのにつながる。あたりの松に吹く風の寒さとともに、『論語』子罕《しかん》編の「歳寒ウシテ然ル後ニ、松柏ノ凋ムニ後ルルヲ知ル」によって、その松が変らぬ忠誠心を表現しているのである。『土佐日記』の場合、文脈上は在原業平の惟喬親王に対するものだが、そこに貫之自身の兼輔への真心を重ねていることが、この『貫之集』の詞書と照合して、つぶさに察知できるのではあるまいか。

ところで、この為本の詞書（伝行成筆切も同様）は、『貫之集』の諸本各歌の詞書の中で著しく特徴的である。全文を掲げておこう。

ある上達部亡せたまひてのち、久しくかの殿に参らで、参れるに、ことどもさびてあはれになりにたるを、前栽の草ばかりぞかはらずおもしろかりける。秋のことなり、風寒く吹きて、松、竹の音などおもしろくありければ、

よみて上に奉る歌二首

「ある上達部亡せたまひてのち（伝行成筆切――ある上達部の亡せたまへるゝ《の》ち）」と書き出され、「秋のことなり（伝行成筆切この部分不明）」といった、季節感の中に人間的感動をこめた表現が見られるなど、いわば歌物語風の筆致をもっている。おそらく為本や伝行成筆切のもとになった資料の原型は、貫之自身の筆にかかるのではないかと推察され、「陰にとて」の歌（七六八）を加えて底本の示すところの、旧作による故人への懐旧の念の深まりとはまた別に、情況を歌物語風に仕立てて、貫之の一つの断想が展舒《てんじょ》されていることになろう。為本はこの両方をもつ。伝行成筆切の完本の形は知る由

もないが、現資料では「松もみな」の歌しかない。その関係は、杉谷寿郎氏（文献29）のいわれるごとく、伝行成筆切が為本の二首のうち「一首を選び収め」たか、逆に「陰にとて」の歌が為本で補充されたか、決めがたいけれども（為本に「二首」とあるのは、この本にしばしば歌数が加筆されている一例）、ともあれ、旧作の再録と詞書の拡充という二つの面が、『貫之集』為本におけるような、機械的結合ではなく、一つに融和し、まさにより高次な文学的世界に止揚されているものこそ、『土佐日記』の渚の院の条――業平の「世の中にたえて桜の咲かざらば（『古今集』『伊勢物語』は「なかりせば」）春の心はのどけからまし」を取り上げながら、切実な現実認識を導き出していく、この条に他ならないのである。

次に、『土佐日記』二月十六日、旧宅に帰着した貫之が、庭の池めいた水のほとりの松を眺めながら詠んだ二首、

生《む》まれしも帰らぬものをわが宿に小松のあるを見るが悲しさ
見し人の松の千歳に見ましかば遠く悲しき別れせましや（四九頁）

前者は、『後撰集』に見える、兼輔の粟田の旧邸で貫之が詠んだ「引き植ゑし」の歌の、「二葉の松はありながら」や「…なきぞ悲しき」に共通しており、後者は、とくに下句が、兼輔の妻の死を悼む「恋ふるまに」の歌（『貫之集』七五四）の下句「別れやいとど遠くなりなん」に近い。しかも、前者の類歌「引き植ゑし」の歌の「君が千歳のなきぞ」が、後者の「松の千歳に見ましかば」に引き継がれてもいるのであろう。

その他、『土佐日記』十二月二十七日、鹿児の崎での別れの宴に、貫之が詠んだ歌、

棹させどそこひも知らぬわたつみの深き心を君に見るかな（一五頁）

の上句は、兼輔邸で風雅な交流の華やかだったころ、客人の定方と、藤の花を賞美しつつ催された宴で、かれらの歌に、陪席していた貫之が詠み添えた、

棹させど深さも知らぬふちなれば色をば人も知らじとぞ思ふ（『後撰集』春下、一二七）

の上句と類比される。

また一月七日、童が詠んだことになっている、

行く人もとまるも袖の涙川みぎはのみこそぬれまさりけれ（一九頁）

が、かつて、延喜十年前後のことかと推定されるが（→二四七頁注二一・二三）、甲斐へ行く三春有輔のために兼輔の主催した宴で、餞別として詠んだ

君惜しむ涙落ちそふこの川のみぎはまさりてながるべらなり（七〇）

を換骨奪胎したものであることは、よく知られているとおりである。以上、兼輔が、『土佐日記』の表面にこそ現れていないけれども、『土佐日記』を執筆した貫之の意識に深くかかわっている跡を認めることができよう。

さて、それらとは別に、『土佐日記』において、あたかもこの兼輔の死を仮託するかのごとくに描かれているのが、亡児への追慕である。貫之には、京で生れ、土佐で亡くした女児があった（『土佐日記』一三頁）。『尊卑分脈』紀氏系図、貫之男、時文の注に、「母藤滋望女」とあるのにもとづいて、迫氏（文献10）が、藤原忠文（平将門の乱に際し征東大将軍となる）の男滋望の女を、晩年の貫之に嫁した若い妻で、時文ならびに『土佐日記』のこの女児の母と見てよいと考証され、さらに村瀬氏の推理（文献5）では、それを年代的に無理になるとして修正、「滋望」を、そういう難点のない、藤原氏南家武智麿流の「滋茂」の別表記とされた。いずれにせよ、貫之が土佐に同行し、帰路をもともに

した妻である。『土佐日記』にはさまざまな虚構が施されていることは確かで、この亡児も兼輔への哀傷を転移すべく仮構されたと、穿《うが》って考える説（長谷川氏文献6など）もあるが、しかし少なくとも時文という実子があったと見られるこの妻に対して、また貫之自身の親心から見ても、わが子を仮りに死なせるというような残酷な文章が、貫之に書けようとは思えない。やはり亡児のことは、紛れようもない事実であったにちがいないのである。『土佐日記』の内容が、必ずしも即事実ではないところから、逆に基底にある貫之の体験的事実までも否定してはならないであろう。

宮廷歌人残照

帰京後の貫之は、一方、宮廷歌人、専門歌人として、引きつづき多数の詠作を残す。以前から時平・忠平の摂関家との接触はあり、とくに延喜九年時平の死後、延喜末年から延長期に、忠平一家への接近がすでにかなりうかがえるが、帰京後それは著しく増加する。忠平の引き立てを求める気持も強く働いたのであろう。たとえば、『貫之集』賀部に、

延長八年土佐の国に下りて、承平五年に京に上りて、左大臣殿白河殿におはします御供にまうでたるに、歌つかうまつれとあればよめる

百くさの花の影までうつしつつ音もかはらぬ白河の水（六九四）

とある。左大臣は忠平。歌に「音もかはらぬ」と詠んでいるのは、貫之の土佐守時代を挟んで、変らぬ忠平との関係を暗示していよう。さらにその知遇の模様は、忠平とその女尚侍貴子との住む隔ての襖絵の松と鶴とを題にして、貫之の詠んだ歌を、屏風歌に準じて取り扱い（三二・三三）、また貴顕との交流そのものを主体として、雑部にも重載している（八〇二・八〇三）などによって、うかがい見ることができ、忠平の息、実頼・師輔のための歌もいくつかあり、その中に、有名な逸話になっている、師

輔が忠平に借りた魚袋《ぎょたい》を返す時、貫之に依頼して詠ませた歌（→六九九）などを含む。その他、この時期の宮廷歌人としての活動の跡が、屏風歌をはじめ、いろいろと『貫之集』の中に見られるのである。

しかしながら、前述、延長期にすでに萌していた方向が、土佐守時代を経て、いよいよ顕著になってくる。すなわち、和歌の公的な制作意識を保持しながら、同時に私情のわびしさが、和歌の中にさらに対自的な深部を形造るに至るのである。『貫之集』雑部に、「朱雀院の帝の御時、八幡の宮に賀茂の祭のやうに祭りしたまはんと、さだめらるるに、奉る」と詞書した二首のうちの一つに、

松も老いてまた苔むすに石清水行く末遠く仕へまつらん（七八二）

という歌がある。「高砂の松」が老残孤独の象徴ともなることは、「誰をかも知る人にせむ高砂の松も昔の友ならなくに」（『古今集』雑上、藤原興風、九〇九）によっても明らかであり、『貫之集』にも例がある（→一九・六四七・七六六・八一五・八七三）。ところで、この歌の「松も老いて」を見ると、賀意を表に立てながら、あたかも「高砂の松」の発想にも等しいような、老残のわが身の意識が、その奥にただよう。こうした歌の深部にも、貫之にとって、はかなく淋しい終局の人生がひしひしと迫っていることを感じ取らせるのである。

その貫之の空しさの一つには、帰京後しばらく散位でいた挫折感があった。前に引いた「君来ずて」の歌（八三八）以下の雅正との贈答が、

世の中歎きて、歩《あり》きもせずしてあるあひだに、三月つごもりの日、雅正朝臣のもとより

という詞書から始まる。この「世の中歎きて」は、官職の得られない嘆きを意味するが、「官《つかさ》なくて歎くあひだに……」（八三一）「官賜はらで歎くころ……」（八七二）も、同じころの沈淪の嘆きを表してお

り、これらの詞書は、師輔を通して忠平へ、あるいは直接忠平への、訴嘆の歌であることを示す。その他にも、「身を歎きてよめる」(七七七)「十二月のつごもりがた、身をうらみてよめる」(八二三)「十二月のつごもりがたに、身の憂きを歎きて」(八七四)とあるのは、何時のころのことか不明。村瀬氏(文献5)は、八二三と八七四と、間を隔てて『貫之集』に入っているところから、同じ時期の作ではなく、とすれば、「その中のどちらかは」、無官の貫之が引き籠っていた「承平七年歳暮の頃の心境を伝えているのではないか」とされる。前掲「官賜はらで歎くころ……」の歌が八七二・八七三と二首あり、それらにつづく八七四を、この時期のものと推定することもできよう。

さて、貫之の官職について、『貞信公記』天慶三年(九四〇)五月十四日の条に、「朱雀院別当、公忠・貫之朝臣等、旧ノ如ク補ス可シ」とあり、ここに源公忠とともに、引きつづき朱雀院別当に任命されている。いつからかははっきりしないが、不遇を嘲《かこ》っているうちに、この職を与えられたのであろう(→二七二頁注一)。なお同じ天慶三年、玄蕃頭に任ぜられた。朱雀院別当は律令官制の正規の職ではないから、正官としては土佐守退任以来のこととなる。その前年、天慶二年二月二十八日、貫之は周防国で歌合を催している。かれが何のために周防国へ下向したのか、詳細は不明であるが、この歌合には、行事性よりも、文芸行為的性格が強く出ている点に注目されよう(萩谷氏文献11)。天慶五年と思われる年の春、実頼によい職への転出を願う(→八七九)。その後、同六年には従五位上に叙せられ、ついで同八年木工権頭となって、これが貫之の極官であった。

貫之の死

『後撰集』春下に、次のような詞書の歌と左注とがある。

三月のつごもりの日、久しうまうで来ぬよしいひてはべ
る文の奥に書きつけはべりける　　　　貫之

またも来んときぞと思へどたのまれぬわが身にしあれば惜しき春かな（一四六）

貫之かくておなじ年になん身まかりにける

この歌は『貫之集』にも見え、底本は、

三月つごもりの日、人にやる、兼輔の大殿《おとど》のみたらかなり

という詞書をもつ（↓八七七）。ところで、これが為本に「藤原の雅正といふぬしのもとに春の暮るる日奉る」となっているのに従い、通説では雅正に贈ったとする。しかし、田中氏（文献22）もこの「藤原の雅正といふぬし」を「後の書替」とされており、為本詞書は本来的なものではなさそうである。同氏は事実として雅正を必ずしも否定しておられるわけではないけれども、『後撰集』も相手が誰か明示しておらず、そもそも雅正に詠み送った歌ではないように思われる。『貫之集』底本、雅正との贈答（八七五・八七六）につづくのであるが、他の個所で雅正との応酬をつなげる場合、「四月におなじ人のもとにやる」（八四三の詞書）のごとくに記されていることを参照すると、ここにただ「人にやる」というのは、やはり雅正とは別と考える方が自然であろう。そして「兼輔の大殿のみたらかなり」の「みたらか」を、私案では、「御たち（達）が」の誤写ではないかと推測する。この歌は余命いくばくもない身の哀感をたたえ、また『後撰集』の左注によれば、その年のうちに貫之は死ぬ。そんなこの世への愛惜の念を、吐露するにふさわしい相手として、雅正もさることながら、むしろ兼輔を主と仰いだ盛時、その傍に仕えていた一人の女房を思い出し、しばらくぶりに音信をしたものと想像されるのである。

なお貫之がともに朱雀院別当を勤めた源公忠は、光孝天皇の皇孫、源国紀男で、貫之と身分的に隔

たりがあるにもかかわらず、晩年の貫之がとくに敬愛親炙《しんしゃ》した知己である。朱雀院別当の同僚となって、とくに「日々に対面しける」親密な交誼が始まり（→二七二頁注一）、あるいはその女の裳着に際して祝いの歌を詠み（→六九八）、また天慶四年、近江守として赴任する公忠に送別の歌を贈る（→七三八・七三九）。

貫之の辞世と見なされている歌は、この公忠のもとへ届けられた。公忠が返事を急ぎもせずにいる間に、貫之は死んだと伝えられている。

世の中心細く、つねのここちもせざりければ、源公忠朝臣のもとにこの歌をやりける、このあひだ病重くなりにけり

手にむすぶ水にやどれる月影のあるかなきかの世にこそありけれ（八七八）

後に人のいふを聞けば、この歌は返しせんと思へど、いそぎもせぬほどに亡せにければ、おどろきあはれがりて、かの歌に返しよみて、愛宕にて誦経して、川原にてなん焼かせける

それは天慶八年（九四五）ないし九年のことである。

作品としての『貫之集』

私家集を自撰・他撰に分けることがそれほど明確にいかない場合がある。

『貫之集』の自撰・他撰的要素

『貫之集』八六には、前記のごとき左注がついていて、これは当然他撰を示す。しかしながら、それが実証的に有効なのは、あくまでこの部分に関してのみである。ここが後人の所為だからといって、『貫之集』の全体が他撰であるということにはならない。その編纂の仕方や詞書の中には、一方貫之自身の手に成ると想定されるようなところもあり、要するに自撰的要素と他撰的要素とが入り混ざっていると見なければならない。私家集には、自撰か他撰か劃然と判定するよりも、このような捉え方をした方がよい場合が、往々にしてあるのではなかろうか。

そのことは、本書の底本にした歌仙家集本系統の『貫之集』ばかりでなく、多かれ少なかれ異本の『貫之集』についてもいえると思う。為本は九十一首で、底本とはまったく違う組織と、いささか異なる詞書をもつのであるが、忠平一門に関する歌が多いので、目崎氏（文献16）は、摂関家向きに撰出されたものかと推定される。ともあれ、貫之没後の他撰的要素が濃密ではあるが、中に、前述したとおり、「松もみな」（七六七）「陰にとて」（七六八）二首の詞書が、底本にくらべて著しく詳細で、かつ情感がこもっており、そこに貫之の自記を偲ばせる、などといったところがあって、とくに注意される。なお伝行成筆切の「松もみな」の歌の詞書が為本に近いことも前述した。萩谷氏は（文献1解説）、その伝行成筆切を自撰本と見做《みな》され、杉谷氏（文献29）はそれに反論しておられる。どちらの要素も考える必要があろう。

さて逆に、為本・伝行成筆切よりも底本の方に、貫之の意識を直接うかがい見られるのではないか、と思われる場合がある。

　　むかし、人の家に酒飲み遊びけるに、桜の散るさかりに

て、人々花を題にて歌よみしついでに

散るがうへに散りもまかよふ桜花かくしてこそは春もすぎしか（七九三）

為本・伝行成筆切の詞書もほぼ同様であるけれども、大きな相違点は、これらが「むかし」をもたないことである。この「むかし」は、故人の生前を意味する「兼輔の中将の妻亡せにける年……むかしを恋ひしのびたまふに」（七四四の詞書）や、詠作時から遡る過去を意味する「むかし初瀬に詣づとて、やどりしたりし人の、久しうよらでいきたりければ……」（七九〇の詞書）における「むかし」とは、時間的関係を異にする。すなわち、この歌の詠作時からではなく、『貫之集』編纂時から回顧した「むかし」なのである。まさに貫之自身の回想的姿勢そのものを表すことばに他ならない。もちろんここに検出した自撰的意識は、この部分にかかわるだけであるが、さらに後述する各部の構成内容から、田中登氏（文献2解説）がいわれたように、第一類本（底本系統）の『貫之集』は、むしろ自撰的要素を有力視して、「本来貫之が自ら編纂したのだが、その後伝来過程において後人の手が種々加えられることによって、今日みられるような形態になった」としてよいであろう。

屏風歌の特色

歌仙家集本『貫之集』（陽本も同じ）は、九巻に分れ、その第一〜第四は屏風歌の集成である。寝殿造の住居の様式が障屏具としての屏風の必要性を高め、実用的意義にさらに美的価値が付与されて発達、まずは唐絵を描いた屏風に、漢詩を添えたものが制作され、やがて唐絵が大和絵に転じ、漢詩が和歌に変った。その屏風絵の画題をそのまま歌題として詠まれるのが屏風歌である。屏風の基本的な形態は、六つに折れる六曲（六扇）で一帖、四曲の場合もあるが、いずれにしても各扇に絵が描かれ、和歌が絵の中の色紙形に書かれるのである。とくに芸術味の豊かな屏風は、四十歳・五十歳以下十年おきに祝う、貴人の算賀の慶祝用などに調達されることが多く、

『貫之集』の四十二歌群の屛風歌のうち、十二歌群が算賀のため、その他はさまざまな機会、あるいは日常の調度としての屛風に詠まれたものである。なおその四十二歌群の中の一つは、障子絵の歌であるが（→一四四頁）、これも屛風歌に準じてよい。

屛風歌は専門歌人に依頼して詠ませた。その際、絵と歌とが同時に注文される場合、あるいはすでに絵は出来上っていても、一々歌人には披露されず、題だけが与えられる場合もあろうし（清水好子氏文献27）、すでに描かれた絵、もしくは必要な部分の模写絵が与えられて詠作する場合もあろう（徳原茂実氏文献25）。また、複数の歌人に分担して詠ませたり、さらに一人ないし複数の者に重複詠進させ、その中から依頼主側で採用歌を選択したり、時に同一画面に二首・三首を付けることもあったと思われる（→一一〇頁＊・一六一頁＊）。見ていくと、『貫之集』において、各歌群の詠歌の数はまったく不定である。伝来の過程で欠脱などした歌のあることも認められるが、はじめから詠歌数は時によってさまざまであった。時々詞書の数と実数との合わない場合があるが、中でも三〜二三の詞書に、「延喜六年、月次の屛風八帖が料の歌四十五首、宣旨にてこれを奉る二十首」とあるのは奇妙である。西本にこの「二十首」がなく、村瀬氏（文献5）の考察されたとおり、後に実数を書き加えたのであって、「二十首」は本来的なものではなかろう。「四十五首」とある「それ以外の歌は散佚してしまったか、あるいは屛風歌として採用されなかった」（同上）か、または四帖を一組とする屛風二組のうちのもう一方を別の歌人が詠んだか（徳原氏文献25）など、いろいろ考えられる。

ところで、『貫之集』第九、雑に、

屛風の絵なる花をよめる

咲きそめしときよりのちはうちはへて世は春なれや色のつねなる（七〇）

という一首がある。この歌は、色紙形に書くいわゆる屛風歌とは別に扱われているわけである。実は『古今集』雑上にあり（九三二）、詞書もまったく同じなのであるが、一方藤原定国四十賀を妹満子が催した時の屛風歌を、『古今集』は賀の部に入れており、同じ時の貫之の歌は、『貫之集』第一屛風歌の巻頭に置かれている（→五三頁）。これらを照合すれば、『貫之集』が『古今集』を引きつぎ、屛風歌と屛風の絵を見て詠む歌とを区別していることが明らかである。そしてこの「咲きそめし」の歌には、絵に描いた花だからいつまでも散らないという機智がうかがえる（長谷川氏文献6・徳原氏文献24）。もっともその面白さだけを詠んだのではない。同時に、そこに常盤の春の幻影が措定され、花そのものの永遠性が想念として歌い上げられている。とすれば、かりにこの歌が色紙形に書かれていても、画面とかかわりつつ、常盤の春を謳歌する主想に、さほど変化はあるまい。屛風歌の扱いになっていないのは、実情に従ったものであろうが、またそのまま屛風歌として通ることも確かである。

玉上琢弥氏（文献15）は、『貫之集』において屛風歌と別扱いされたこの歌の存在から、「屛風歌と、屛風絵を題としてよむ歌とを区別する」ことを、とくに主張され、屛風歌の特色は、「屛風絵を見ている者としてよむのではない。歌人は仮に画中の人物となり、画中の景色を眺めながら作歌するのである」と説明された。しかしながら、それにはかなり疑問が投げかけられている。すなわち、いま述べたように、「咲きそめし」の歌が屛風歌とされてもおかしくないし、またたとえば、屛風歌の、

白雪は降りかくせども千代までに竹の緑はかはらざりけり（三三二）

など、「咲きそめし」の歌と発想が類似していて、厳然とした区別をつけにくい。片野達郎氏（文献21）が、この「白雪は」の歌その他を取り上げて、「むしろ屛風絵の自然をそのまま詠んだとみられるものであり、『歌人が画中の人物になってよんだ』とする必要はない」といわれる。さらに同氏は、

屛風歌と普通の歌とに、「ほとんど見分けのつかない」同質性のあることを、

北の宮の裳着の屛風に　貫之

春深くなりぬと思ふを桜花散る木のもとはまだ雪ぞ降る（『拾遺集』春、六三）

と、

雲林院にて桜の花の散りけるを見てよめる　承均《そうく》法師

桜散る花のところは春ながら雪ぞ降りつつ消えがてにする（『古今集』春下、七五）

とを比較するなど、数々の例によって示され、また歌合の歌、とくに作物を伴った歌合歌と、屛風歌とが、題詠としての構造にきわめて共通するところのあることをも指摘された。

この他にも、玉上氏説が屛風歌のすべてを蔽《おお》うものではないとの諸氏の意見がある。川村裕子氏（文献26）が、「絵の中に入りこむ視点」と「絵を外からながめている視点」とは、どちらかに比重がかかることはあるにせよ、「常に一体化している」として、むしろ詞書に著しく見られる屛風歌の特色を分析、徳原氏（文献24）が、画面、とくに画中人物の位置役割を通して、屛風歌詠法の多面的な実態を明らかにされ、また菊地靖彦氏（文献4）が、「『画中の人物』となるということは、必ずしも画中に描かれている人物（傍点原文）になることではない」のであって、むしろ画面を非現実の世界とは見ない人の「心」を詠む、というふうに説明されるなど、いっそう精密な研究が重ねられている。

このように屛風歌の特色が、つねに画中人物に仮託して詠まれたところにあるとはいいきれず、さらに考察を進めれば、すでに片野氏が暗示されたごとく、屛風歌固有の表現方法がはっきりとあるわけではない、という見方に想到する。その意味で、川村氏が詞書に注目されたのは、まことに示唆に

富む。片野氏の摘出された例の他に、『貫之集』の中でも次の二首をくらべてみよう。

同（天慶）四年正月、右大将殿の御屏風の歌、十二首

（中略）

女どもの池のほとりなる対に群れゐて、水の底を見る

月影の見ゆるにつけて水底《みなそこ》を天《あま》つ空とや思ひまどはん（四五六）

池に見ゆる月をよめる

ふたつなきものと思ふを水底に山の端ならで出づる月影（七七六）

両者の詠法に基本的な相違はない。屏風歌といい、屏風絵を題にした歌という、それは結局、実際にその歌の詠まれた場のあり方、その歌の使われ方を示すにすぎないのである。

しかし、屏風歌において、絵と組み合されているために、和歌の享受に際して独特な効果を伴うことがある。詠作の手法そのものには、屏風歌の特殊性など格別ないにもかかわらず、画面に和歌を融合させることによって、さまざま特有な文学空間の形造られていくのを、作者自身もまた見出だすのではあるまいか。絵が和歌によって心象的に深まり、和歌が絵によってイマジナリーを豊かにする。そんなふうな関係が生れてくる。これは諸家の論考の中でも、多かれ少なかれ触れられているところであるが、その際、享受という作用のもつ創造性をとくに重視する必要があるだろう。

いまその最も極端な例として、

逢坂の関の清水にかげ見えていまやひくらん望月の駒（一四）

について考えてみる。画面には逢坂山を越える駒牽《こまひき》の模様と、空に皓々《こうこう》と輝く満月とが描かれている。さらに画面の一隅に、関の清水も見えるのであろう。上條彰次氏（文献19）によれば、望月牧の貢馬《こうば》

牽進日《けんしんび》は八月二十三日と定められており、八月十五日は望月牧以外の信濃国勅旨諸牧の貢進日であった。この歌が、満月の意味の「望月」に、牧場の「望月」を掛けて詠んでいるのは、虚構となる。上條氏は、「しかもそこには奇妙な実在感があ」って、この「実にして実ならず、虚にして虚ならざる歌境」を賞美されている。その点も重要な意義をもつが、それは絵とは直接かかわりがない。そうしたことはさておいて、この歌に見られる和歌的想念と画面との関係を中心に、検討を加えよう。

　そもそもこれが、

　　かはづ鳴く神なび川に影見えて今か咲くらむ山吹の花（『万葉集』巻八、厚見王、一四三九）

の発想に倣うものであることは明瞭である。助動詞「らむ」によって、目前に見えない状態を推量している。神なび川の岸に咲く山吹のさまを思いやるのだが、その推量される風景の中に、合わせて神なび川に映る花の影も入れて詠まれている。貫之の「逢坂の」の歌も、その詠法はまったくこれと同じであるといってよい。すなわち、満月の下、関の清水に影を落しながら、逢坂を通り過ぎる望月の駒牽の姿、その全体を、京にあって想像している歌となろう。駒牽はこの図のごとく行われており、和歌によってそれを遠く思いやるのであって、和歌と絵とが、密接な関連のもとに、それぞれの固有な表現空間を保持し合うといった形になる。もちろんそのような理解をしても差し支えはない。

　しかしながら、この歌が絵と接合されたとき、そうした次元にとどまらず、「関の清水にかげ見えて」が「らん」の推量内容から外れ、関の清水に映る月の影、またおそらくそこまで子細に描かれてはいないであろうが、やはり水に映る馬の影、これらの映像が直接的な実在感をもって浮び上がる。そしてこの和歌は、その水面の映像から、あかあかと月光に照らされて牽かれて行く望月の駒を想像し、幻想している、というような享受の仕方をも可能にさせるのではないか。駒牽の画面は、その想念の風景を意味するに他ならなくなるのである。こうして実感と幻視との交流する特有の世界が、絵と和歌との微妙な契合の中に成り立つ。多くの屏風歌は絵と調和して味読されるという程度のことであろうが、時にこのように独特な享受の可能性を生み出すところに、屏風歌の、中でも貫之の屏風歌の妙趣があるといえよう。

『貫之集』の屏風歌

歌仙家集本『貫之集』の第一は、「延喜十五年十二月、保忠左（右）大弁之左大臣北方被レ奉二五十賀一時、屏風和歌」と「延喜十五年九月二十二日、右大将御六十賀、清和の七宮の御息所のつからうまつりたまひけるとき、屏風料歌四首」とが、おそらく編集の手違いで逆になっているのを除けば、延喜五年から同十七年までの屏風歌が、すべて年代順に並ぶ。第二は、「延喜八年、承香殿御屏風の歌、仰せによりて奉る十四首」の「八年」が、西本に「十八年」とあるのによるべきであり、「延喜十九年、東宮の（御息所）御屏風歌……」の次に、「延喜二年五月、中宮の御屏風の和歌、二十六首」「延喜二年左大臣の北の方の御屏風の歌、十首（十二）」とつづくが、二つの「延喜」ともに正しくは「延長」であって、伝写の間に誤ったものであろう。それらを訂正すれば、第一に引きつづき、やはり年代順に並んでおり、「三条の右大臣屏風の歌」に至る。定方が右大臣になったのが延長二年であるから、これは、それ以後延長四・五年と想定できる。第三の前半（三七まで）は、同じく延喜延長期の屏風歌で、第二を継承しながら、同時に第一・第二の拾遺であって、年次不明のところもあり、厳密に年代順とはいいきれないが、基本的に年代を追うことには変りがないといってよい。まず「延喜の御時、内裏御屏風の歌、二十六首」の「延喜の御時」は、延喜年間ということではなく、おそらく醍醐朝の意であろう。年代ははっきりしない。「延喜十年十月十四日、女八宮、陽成院の一の親王の四十賀つかうまつるときの屏風、調ぜさせたまふ。仰せにてつかうまつる」の「延喜十年」

は不審、『日本紀略』などによって延長七年と判断、そのように修正した。ちなみに西本には「延喜七年」とある。最後に「延喜の末よりこなた、延長七年よりあなた、うち〳〵《（内裏）》の仰せにて奉れる御屛風の歌、二十七首」は、徳原氏（文献30）の指摘されるとおり、「延長年間にたびたび奉った屛風歌を一括してここに集めた」補遺的性格の一群であろう。

貫之の屛風歌は、かれの土佐守時代をはさんで、前期延喜延長期と、後期承平天慶期とに分れる。『貫之集』第三の後半（三六以下）は後者、承平年間の作が並び、二、三の訂正をすれば、年代順の矛盾はなくなる。すなわち、「承平六年春、左大臣殿の御親子……」の次の「おなじ二年、左大臣殿の五郎の侍従の屛風の絵」の「二年」は、師尹の侍従が承平五年から同七年までなので、「六年」の誤りと考えられ、さらに「おなじ六年春、左衛門督殿屛風の歌」「おなじ八年、八条の右大将、本院の北の方七十賀せらるるときの屛風」「おなじ年正月、内裏の仰せにて」とつづくが、その「八年」は、「八条の右大将」保忠が承平六年七月に没していて、絶対にありえず、西本が「同じ年の夏」とするのに従い、「六年」と見るべきで、伝写の間に「八条」の「八」と混線したかと思われる。次に「おなじ年正月」は、やはり西本に「承平七年」とあるのを参照し、「おなじ七年正月」の「七」を脱したと推定されるのである。第四は天慶期。「天慶三年四月、右大将殿御屛風の歌二十首」は、そのままでも年代順に差し支えないけれども、次の「同年閏七月……」について、七月に閏月のあった年（萩谷氏文献1）、ならびに右大将実頼四十賀の年（村瀬氏文献5）という理由で、書本に従い天慶二年とする。また「同じ五年亭子院御屛風の料に、歌二十一首」「おなじ年九月、内裏御屛風の歌、五首」「おなじ年四月の、ないし《（尚侍）》の屛風の歌、十二首」となっていて、このままでは逆行するが、「おなじ年四月」（書本も同様）の屛風歌は、おそらく尚侍貴子四十賀の折かと推定され、「おなじ六年四月」とあるべきであろう。以上のごとく、第一～第四の屛風歌は、ほぼ年代順に配列されていることが認められる。注意されるのは、「おなじ」の言い方が、延喜延長期になく、承平天慶期にのみ頻繁に出てくる点で、それは、屛風歌を制作年代に従って並べていくうちに生じた連続感の現れと解釈されよう。

そもそも貫之の和歌を代表するものが屛風歌であった。かれの生涯に沿って、それを展舒《てんじょ》した『貫之集』第一～第四に、まさにその進展推移の跡が辿れるのである。屛風歌は、月次《つきなみ》ないしそれに準ずる場合が多く、四季折々の風景や月ごとの風景に、年中行事をかかわらせなどして詠まれ、貫之の歌の中には、ことばによって喚起される映像と詩的感性との、きわめて密度の高い結びつきをもった、秀逸の作が見出だされる。そうした詠作がつづけられる間に、次第に、そこに描出される人間の存在への関心が深まっていく。主としては恋愛意識、時に別離の情その他、人事的主情的な側面が著しく現れ、中に、類型的な修辞の微妙で斬新な変化と、内心の叙情との、緊密な契合をうかがわせる作が見られる。

おおまかにいえば、延喜延長期と承平天慶期の相違で、菊地靖彦氏（文献4）をはじめ、諸氏の考察されているとおり、貫之の屛風歌の前期後期を比較すると、景物中心から人物中心に移るといった印象を受ける。ただし、また菊地氏も指摘されるごとく、この両者が截然と分れるわけではなく、人事的要素の強調が延喜延長期に芽生えてきているとともに、風景的手法も最後まで失われてはいないのである。「延喜十五年の春、斎院の御屛風の和歌」（六五頁）は、桜の花と女の行為とが中心をなしており、この歌群にはじめて、人事的要因が目立って見えるのに注意される。一方、天慶期「おなじ御時の内裏の仰せ言にて」（一六六頁）は、「元日」以下「暮るる年」に至るまで、月次の主題にもとづき、各歌ほとんど前期の歌詠とあまり変らない発想によっている。ところが、それにつづく「おなじ年、宰相の中将屛風の歌」（一七〇頁）は、人事的要素が最も色濃く、かつさまざまな心象をもって詠み込まれている例として注目され、さらに人事的要素をもつ歌群においておのずから生ずるところの、場面相互の関連がいっそう深化し、内面的な連続感をも孕んできている（和多田晴代氏文献23）。一般に屛風絵に女絵的傾向がだんだんと現れてきたらしい動向ともおそらくかかわりつつ、貫之の屛風歌における創作方法の共通性と変化とを、まさしくそうした展開の中に特徴的に読み取ることができるであろう。

屛風歌の中の贈答歌

さて、この宰相の中将敦忠のための屛風歌には、

旅出立ちするところに、ある女ども別れ惜しめる

惜しみつつ別るる人を見るときはわが涙さへとまらざりけり（四三一）

出立つ人の返し

思ふ人とどめて遠く別るれば心ゆくともわが思はなくに（四三二）

かねてより別れを惜しと知れりせば出立たむとは思はざらまし（四三三）

男、女の家にいたりてとぶらひたる

草も木もありとは見れど吹く風に君が年月いかがとぞ思ふ（四三四）

返し、女

桜花かつ散りながら年月はわが身にのみぞつもるべらなる（四三五）

の贈答歌が含まれている。屛風歌の中の贈答歌は、その人事的要素を顕著に示すといってよい。およそ屛風歌の場面や人物は一般化されて詠まれることが多いのだが、実はそのように一般化されない特定の人物の存在をうかがわせる――すなわち、一人の男が画面に描かれていないある女を恋の相手と

して詠んだ趣のある――詞書と歌が、一四七・二一〇に見える（菊地氏文献4）。そのような特定の男女を画面に顕在化し、なお鮮烈に浮び上がらせるものとして、贈答歌が機能するのであろう。『貫之集』の屏風歌の中で、はじめての贈答歌は、

　　月夜に女の家に男いたりてゐたり

　山の端に入りなんと思ふ月見つつわれは外ながらあらんとやする（三二九）

　　女、返し

　久方の月のたよりに来る人はいたらぬところあらじとぞ思ふ（三三〇）

であり、それについで前頁の二組がある。これらの贈答歌に特徴的なのは、その前後にある種の脈絡が感じられることである。三二九・三三〇の場合、「女、簾《す》のもとにゐたるに、男ものいふ。桜の花咲けり」（三二七）、ついで「馬に乗れる女、旅より来るところ」（三二八）とあって、それにつづく。桜のころ、そして秋の月夜、男は女を訪れ、その間、女の他出などあるという。そんな脈絡の中で、この贈答がいささか物語的に展開するが、この歌群全般における風物と人間との独自な関係が、その背後の雰囲気として存在するのである（→一四四頁＊）。

四二一〜四二五では、「元日、ふるき男の女のもとに来てものなどいふ」昔馴染みの恋（四一七）、「山里に住む女」の野辺の小松引きの回想（四一八・四一九）、「野山に花の木掘れり」の都への懐かしさ（四二〇）、それらを受けて、四二一―四二二・四二三が、旅立つ男たちと女どもが別れを惜しむ場面の贈答となる。思うに、時間的あるいは空間的に遠くへだたっていくものが、それらに通底するのではなかろうか。次に四二四―四二五は、旅から戻ってきた男が女と再会する場面とも考えられようし、四一七とも響き合う。その贈答歌に「年月」がキーワードとしてあることに、やはり遠いへだたりが感受されるのである。

さらに同歌群の

月に琴弾きたるを聞きて、女

弾く琴の音のうちつけに月影を秋の雪かとおどろかれつつ（四三六）

月影も雪かと見つつ弾く琴の消えてつめども知らずやあるらん（四三七）

男

弾く琴の音ごとに思ふ心あるを心のごとく聞きもなさなん（四三八）

は、月下に男の弾く琴を女たちが聞く図で、はっきりとした贈答というにはやや異なるが、これも贈答の形をうかがわせ、右の四三一〜四三五など物語的発展性を孕むイメージが隠見するつながりの中に置かれている。

いま一つの贈答歌、

梅の花のもとに、男女群れゐつつ、酒飲みなどして、花を折りてうちなる人のやれる

まれに来て折ればやあかぬ梅の花つねに見る人いかがとぞ思ふ（五〇九）

返し

宿近く植ゑたる梅の花なれど香にわがあける春のなきかな（五一〇）

は、前後に関連する歌はない。梅の宴に集まった男女の中の一人の男が、おそらくその家の女主人か姫君かと思われる女性に、梅を賛美した歌を贈り、暗喩としてその相手の女の夫ないし愛人との間柄を想像している。それに女は答えて、梅の香を詠みつつ、自分の夫ないし愛人との親密さを示す。このように複雑な心理的情況が、この贈答歌から読み取れるが、ここまで来ると、屏風歌の中の贈答歌

が、とくに前後の脈絡をもたずとも、そうした複雑な情況を造型できるところまで熟成したといえようか。以上のごとく、屏風歌の中に贈答歌を織り込む方法は、場面を特殊化し、立体化して、屏風絵の図柄にいっそう強く人生図的方向を与えるものであった。

貫之の屏風歌と述懐

ところで、屏風歌の人事的要素の優位は、物語的構図を促すとともに、貫之自身の感懐をからませていく傾向をも生じさせる。とくに「三条の右大臣屏風の歌」(一一〇頁)には、それが著しい。一九九・二〇〇の嘆老、二〇七・二〇八の閑居孤影、二一七の恋着の至情、その他いろいろ着想の工夫によって屈折した感情を詠出しているのが見られる。徳原氏(文献28)は、一九九・二〇〇につづく

春霞立ちよらねばやみ吉野の山にいまさへ雪の降るらむ(二〇一)

を、比喩歌とされ、「上位者からの恩恵を春霞にたとえ、我が身を雪の降る吉野山にたとえて身の不遇を嘆く述懐歌」で、屏風歌そのものではなく、屏風歌に添えて奉呈したものと判断された。右に触れた、最後の、

君まさば寒さも知らじみ吉野の吉野の山に雪は降るとも(二一七)

も、二〇一と呼応し、「定方の庇護を願っているのであって、やはり添えて奉られた述懐歌であ」り、さらに二〇一の奉呈の述懐歌が三首目にあるのは不自然だから、その前の一九九・二〇〇も同じく「添えて奉られた」「嘆老の述懐歌」であろうとされている。そのように見ることもできよう。あるいは、『貫之集』雑の部の「かうぶり賜はりて、加賀介になりて、美濃介にうつらんと申すあひだに、内裏の仰せにて歌よませたまふおくに書ける」(七七八)の「おくに書ける」から推察して、これを貫之美濃介任官と同じ年の「延喜十八年二月、女四の皇女の御髪上げの屏風の歌」(八〇頁)に添えたかとする説(村

瀬氏文献5）もあるように、『貫之集』が屏風歌と、同時に上奏ないし奉呈した訴嘆の歌とを類別しているとすれば、「三条の右大臣屏風の歌」をすべて字義どおりに理解するのも、一つの見方であろう。いずれにせよ、それらに述懐歌的性格が濃厚であるところに、重要な意義があるとしなければならない。

次に、兼輔から依頼された「京極の権中納言の屏風の料の歌」（一一三頁）にも、主情的な特色がうかがえる。この歌群も、

春霞立ちぬるときの今日見れば宿の梅さへめづらしきかな（二四八）

という、春霞の歌から始まる。そして、

行く月日思ほえねども藤の花見れば暮れぬる春ぞ知らるる（二五五）

に、非情な時のうつろいやすさへの慨嘆が詠まれるなどしているが、その感慨は、一方二五三・二六四の対語的な発想、二五一・二五九の逆説的な発想といった、むしろこの歌群に顕著な知巧性と交錯し、あやを織りなしている。

およそ貫之にとって最も親しい庇護者であった定方や兼輔のための屏風歌制作が、それぞれ一度ずつしかないということは、一見不思議に見えるかもしれない。しかしながら、そもそもかれらと貫之との間には、屏風歌の注文主と作者という関係以上のものがあって、それがかれらのための屏風歌制作の機会を少なくもすれば、作品の質をいささか特異にもしたのではなかろうか。かれらの依頼によって貫之が屏風歌を作ったとき、画面は他の場合と何ら変るところがなくても、和歌は、類型的な手法に則《のっと》りつつも、さらに自在な発想を加え、私情を託して表現することができたのであろうと思われる。

『古今集』四季部と『貫之集』屏風歌

歌仙家集本『貫之集』は、屏風歌四巻についで、恋・賀・別・哀傷・雑の歌が、それぞれ一巻ずつつづく。これを『古今集』の部立《ぶだて》とくらべると、まさに『貫之集』の屏風歌は、『古今集』の四季の歌に相当する。その屏風歌のうち、『古今集』以前に属するのは、最初の「延喜五年二月、泉の大将四十賀屏風の歌」（五三頁）だけで、その中の二が『古今集』賀に入る以外、『古今集』と関係がないのは当然であるが、逆に『古今集』の四季の歌について見ると、それもほとんど『貫之集』に入っていない。わずかに恋の部に一首（六二七）、雑の部に三首（七六九・七九〇・七九二）あるのみである。四季部を除いた『古今集』の貫之歌は、『貫之集』にも多く含まれるのと対照的であるが、これは、『貫之集』が四季部を立てず、屏風歌をもってそれに代えた必然的な結果であろう。『古今集』の四季の部は、四季の世界を人工的にみごとに造り出したといえるが、『貫之集』のこの屏風歌歌群も、また貫之の創り出した、いま一つの仮構の四季なのであった。それらは、小町谷照彦氏の説かれる「映像的思惟」（文献31）を、しばしば貫之の『古今集』歌とひとしく示す。ただ『古今集』四季部が、そこに思想と呼ぶべきものを形造っていくのと異なり、『貫之集』の屏風歌は、特有な知的叙情的映像性そのものを深めていくのである。田中登氏（文献2解説）が、『古今集』との関係から、陽本『貫之集』（歌仙家集本も同じ）の根幹を、貫之の自撰的試みとされるのが、基本的に正しいであろう。

『貫之集』恋・賀

『貫之集』第五は恋。原則的に詞書がない。恋愛の具体的な場面から切り離して和歌が取り上げられ、また題詠的虚構的に詠まれた和歌も数多くあるものと想像される。そのことは前章の「貫之の恋歌」の条にも述べた。さらに貫之の具体的な恋愛体験についての資料が、『貫之集』の他にあるにもかかわらず、はたしてその場面から切り離されて『貫之集』に載るのか、それとも本来題詠的に詠まれた歌が、その場面に再度使われたのか、簡単に判断のつかないような場合もある。

　波にのみぬれつるものを吹く風のたよりうれしき海人の釣舟（五四〇）

この歌には原則どおり詞書がない。ところで、同歌を撰入する『後撰集』雑三の詞書（一三四）には、

　すみ侍りける女、宮仕へし侍りけるを、友だちなりける女、おなじ車にて貫之が家にまうできたりけり。貫之が妻《め》、客人《まらうと》に饗応《あるじ》せんとて、まかり降りて侍りけるほどに、かの女を思ひかけて侍りければ、忍びて車に入れ侍りける

とある。宮仕えをしている貫之の妻が、同輩の女性と同車して、貫之の家に来た。「客人」すなわちその友だちをもてなすために、貫之妻は先に車を降りて、家の中へ入る。すると、車の中に残った女性にかねて思いを寄せていた貫之が、よい機会とばかり、この一首を渡したのである。貫之はここで車を舟に見立て、愛人を「海人の釣舟」に喩えて詠んだと見ても、もちろん差し支えないけれども、完全に時宜を得た表現とはいいきれないところがある。しかも、この歌はむしろ女の身に仮託して詠まれた恋愛歌の観さえあり、あるいは貫之が以前題詠的に作った歌を、とりあえずこの場面に利用したとも考えられるのである。

　ともかく『貫之集』恋の歌は、現実との関係の仕方、ないしその関係の有無にもよることなく、あるいは景物に寄せて恋情を詠み、記号的な歌語の特質を生かし、あるいは恋の諸相を巧みに主題化するなど、鮮やかな表現の世界に恋情を凝縮している。

次は、第六、賀。屏風歌にも賀にかかわる歌がきわめて多いが、ここには屏風歌でない賀の歌が収録されている。年次の推定できない歌（六七八・六九八）もあるけれども、全体に年代順に並ぶ。その中で、前章「宮廷歌人残照」の条にも引いたが、土佐から上京後、貫之が忠平の白河邸で詠んだ歌の詞書に、「延長八年土佐の国に下りて、承平五年に京に上りて」とあるのに注意される。これは、貫之がしばらくぶりに忠平の供をして白河邸に赴いたことを示し、歌の詠作事情をより明らかにするばかりでなく、年代を追って歌の並べられている賀の部において、土佐赴任を、貫之の生涯の最大の出来事ともいうべく、ことさらに取り上げているのであって、そこにかれの人生行路を示唆するといった意味が認められよう。賀の部は、屏風歌を補うためにあると同時に、屏風歌の配列よりもはるかに簡略化した流れをもって、宮廷歌人貫之のデッサンを描く。

貫之の歌人的生涯を考えるとき、屏風歌と、それを簡略化したごときこの賀の部との間に、さきに述べたとおり、実人生を純化した恋歌の世界を対照的に位置づける、『貫之集』の構成は、『古今集』の部立に倣いながら、それとはまったく異なる、個としての貫之の宮廷歌人的意義を象徴するものとなっているのではあるまいか。

『貫之集』別・哀傷・雑

第七は別である。貫之から旅立つ人への直接の惜別の歌ももちろんあるけれども、貴紳に依頼されて詠んだ送別の歌もかなり多い。専門歌人としての公的な活動と、私人としての人間的な離別の感情の表出とが、織りまぜられているところに、別の部の特色があるといえよう。配列はおおよそ年代順。ただし制作年次不明の歌や、別の要因による配列の考えられるもの（→二四六頁＊）もある。

最後の一首（七四二）は、『古今集』羇旅の歌（四一五）。『貫之集』が羇旅部をもたない理由は、羇旅部を独立させるに足るだけの歌がなかったからであろうが、では『土佐日記』の歌はどうなのか。『貫之集』に『土佐日記』の和歌を羇旅歌として入れていない。これは、貫之が『土佐日記』について虚構を孕んだ作品という認識をもったためであり（田中氏文献2解説）、同時に『土佐日記』こそわが羇旅歌の世界、羇旅部であると、みずから考えていた、かれの文学的意識にもとづくのであろう。

　第八、哀傷。おおよそ年代順であるが、年次不明の歌もあり、また年代順の乱れているところもある。とくに『貫之集』の中に他に例のない「題知らず」の詞書が二カ所に見え（七五五〜七五六・七六一〜七六四）、おそらくこれは前歌と区別するための後人の加筆であろうが、ここに「題知らず」としてくくられている歌は、具体的な事情を捨象して、哀傷の情そのものの純粋な表現となっている。その一つに、前章の「官人ならびに歌人貫之の出発」の条に挙げた、藤原高経への哀悼歌（七六二）があり、また「貫之の家系と父母」の条に示した「藤衣」の歌（七六四）がある。

　この「藤衣」の歌は、前述したとおり、『古今集』では壬生忠岑の歌である。ただし第三句「君恋ふる」が「わび人の」となっている。恋の部にも『古今集』の忠岑の歌の混入があり（五四七）、恋部のこのあたりは、『古今集』恋二の貫之の歌が数多く入っていて、その忠岑歌も『古今集』恋二にあり、そのことを考慮すると、何らかの事情で忠岑歌が誤って混入したと見られよう。しかしながら、哀傷「藤衣」の方は、誤入もありえないことではないけれども、そう簡単に片づけられない。すなわち、貫之がだれかの死に際し、この忠岑の歌の「わび人の」を「君恋ふる」に改めて詠んだのではないかと想定できるのである。逆の場合もあろう。もっとも忠岑の歌は『古今集』歌なので、おそらく貫之が流用したと思われる。さらにこの歌は、『拾遺集』定家本に、よみ人しらずとして見え、また問題を喚《よ》ぶが、『拾遺集』異本第二系統の北野天満宮本では、作者を貫之とする。

貫之ばかりではなく、当時の歌詠には類歌・類同句がきわめて多く、貫之自身の歌の間でも、二七五と五〇四のごとく、まったく同じものを繰り返し使うこともあり、同じ歌句となれば枚挙にいとまがない。それが他人の作との間の流通性にも拡がっていくのである。そもそも表現のオリジナリティが今日のように重視されないのが、古典和歌のあり方である。本書の頭注にも、そうした同一歌・類同歌について、いささか指摘しておいた。そのようにして歌語・和歌的表現のレトリックが定着し、貫之はそうした表現形成に大きく参与した。また、その類同性に支えられているだけに、貫之の固有な発想や手法が瑞々《みずみず》しく感受されるところを見逃せないであろう。

最後の第九は、雑の部である。貫之の身辺のさまざまな事態に詠まれた歌で、公的私的両面にわたるが、とくに私的な歌が重きをなしている。田中氏（文献2解説）のいわれるとおり、第一には兼輔一家や躬恒・忠岑をはじめとする多くの人々との「交友録的性格」があり、次いでは「都から一歩外に出た土地土地での思い出に係る詠といった」他出詠的性格、さらに沈淪の嘆きなどの「述懐歌的性格」を挙げることができよう。中には、「近隣なるところ」の「ある女」との贈答（八六〇～八六九）といった、あるいは虚構的詠作かとも見られる特殊なものなども含まれる。そうした中で、老いの近づく嘆き、兼輔を失った悲しみなどから、次第に憂愁の感を深めていって、ついに貫之自身の死に至るのである。

以上、屏風歌から雑まで、『貫之集』は総体として、貫之の文学の原質とその推移とを、おのずからなる秩序において示している、きわめて貴重な作品として評価されるのである。

『土佐日記』の本質——旅空間の文学

『土佐日記』は作者貫之が土佐守の任を終えて帰京する五十五日間の旅を記す。旅中書き留めておいたメモなどがあったかもしれないが、帰京後まとめて書かれたものであることは、「紀貫之小伝」の章にも触れた。体験にもとづく旅日記ではあるが、同時にきわめて創作的な作品である。その中に引用歌を含めて、六十一首の和歌がある。詠歌の内容のすべてが羇旅ではないにしても、前章に貫之はこれを全体として自詠の羇旅部に相当すると意識したと述べた。このことは『土佐日記』の見逭せない一面である。

『土佐日記』の方法

菊地靖彦氏（文献4）は、『古今集』羇旅部が、都との往還を主体とし、「望京の念」を歌ったものが多いことと、『土佐日記』との関連を重視され、『古今集』の

北へ行く雁ぞ鳴くなる連れて来し数は足らでぞ帰るべらなる（四一三）

が『土佐日記』にも引かれ（→二三頁）、その亡児追慕の情が「望京の念」と一つになっているところが、この『古今集』歌の場合とまったく同じであると論じ、いわば『古今集』羇旅歌に『土佐日記』形成の基点を置いておられる。また長谷川政春氏（文献6・42）も、この『土佐日記』の羽根の段が、『古今集』の「北へ行く」の歌と、一首前に並ぶ有名な在原業平の歌、

名にしおはばいざ言問はむ都鳥わが思ふ人はありやなしやと（四一一）

とを、かね合せた発想になっていると指摘、『土佐日記』は「羇旅歌の伝統を継ぎつつ、なお新たに

捉え直して、旅日記風の歌語りを創り出した」と説明された。たしかに『古今集』羇旅歌に従って構成された旅情を『土佐日記』に見ることができよう。

次に屛風歌との関係がある。『土佐日記』に描かれている風景には、屛風絵・屛風歌の風景に近いところがあり、片桐洋一氏（文献13）をはじめ諸家のいわれるとおり、とくに宇多の松原の条（二一頁）にそれが顕著である。その「見渡せば」の歌につづいて、「この歌は、ところを見るに、えまさらず」とあるのは、実景そのものを指すのではなく、屛風絵的風景、いわば芸術化された自然を意味しており、和歌による言語的イメージが絵画的イメージに追いつかないという、貫之の批判を表す。そうした厳しい自覚を内在しながら、それだけに鮮やかな屛風歌的風景が創り上げられているのである。なお堀川昇氏（文献38）は、『土佐日記』全体を屛風歌的構造として捉えておられるが、そうした合一性を論ずるのは、前章に述べた屛風歌自体の特殊性の薄さから考えても、いささか抽象的になってしまうのではないか。

さて、『古今集』羇旅に入る、阿倍仲麻呂の「天の原」の歌（四〇六）を、初句「青海ばら」に変えて『土佐日記』が引くところ（→二九頁）に、和歌は「……からやうに別れ惜しみ、よろこびもあり、悲しびもあるときにはよむ」と仲麻呂に言わせ、『古今集』序と通ずる歌論を示す。また宇多の松原の条の「この歌は……」は、貫之の絶望感が強く表されているものの、そこにも和歌の「ことば」を究極において考えている貫之の姿勢がうかがえる。その他、『土佐日記』には歌論的言辞が数多く見え、そこから萩谷氏はこの作品を歌論書とされたのであった（文献35）。その後同氏は、世間の人情、楫取りの行動などを通しての社会批判、亡児追憶の情などの自己反照を主題に加え（文献34解説など）、また隠された主題として氏族意識を認められた（文献39）。それに戯曲的・虚構的脚色や諧謔《かいぎやく》的手法などの駆使されていることを挙げておられる。まことに『土佐日記』は、主題的にも方法的にも多様であり、しかもそれらが相関的に交錯し合っているといわなければならない。

さらに作品のコンテキストや内部構造に即して、さまざまな問題が浮び上がってくる。たとえば、室伏信助氏（文献37）が、構成された場面の中で、ところどころに作者貫之の生まの声が湧出し、相克することに注目され、亡児追慕の条を取り上げては、「作歌事情を、心情の連鎖反応として書きしるすことによって、とかく抽象化しやすい歌の内容に、類型化しやすい歌の表現に、一回的な現実性を与えようとした」といわれ、貫之の亡児哀悼の念が、歌だけでは解消されず、「このような場の構成によってしか認識できない」ことを述べられ、またさまざまな形での「作者の内心の対話」を考察されているが、そこには、『土佐日記』の方法の基本、すなわち仮名散文の充実が、いかに和歌と相克し、かつ和歌を組み入れてなされたかという基本的な問題点が示されていると見られよう。筆者（文献36）もかつて、登場人物造型の分裂にもとづくこの作品の構造の複雑さと、そこに矛盾を孕んだ貫之の人生認識が総体としてうかがえることを論じた。最近に至っては、渡辺久寿氏（文献45）が、望京の思いに駆られて辿ってきた帰路の旅が、二月十六日、旧宅の荒廃と、ひとしおまさる亡児追慕との、喪失感にしか到達しなかった「むなしさ」が、改めて『土佐日記』の帰路の旅の記述を通して、逆倒的に表されているという、この作品の幻視性を摘出され、また長谷川氏は貫之の人生における཰間性（文献6）を、『土佐日記』の文章構造にまで及ぼして、その表現の相互関係に、二つのことをまとめると同時に、それらから疎外され、ときに批判性をもつ第三の位相の「཰間構造」を措定される（文献44）など、いよいよ多様の把握がなされ、それだけ『土佐日記』の構造の複雑さを証しているのであろう。

そうした諸家の論の中で、次に注目されるのが渡辺秀夫氏の論考（文献40）である。氏は、非日常的で創作的なハレの歌を意味する「よむ」と、日常的なケの歌で、「詠作する個々の心、場、状況を重視」する「いふ」とが、『土佐日記』には混在し、後者が前者を浸蝕していくことを指摘された。公的なものから私的な世界への脱却は、まさに『土佐日記』の目指す方向であって、次に述べる文学史的意義とも深くかかわってくるのである。

日記から 日記文学へ

以上のごとく、『土佐日記』は羇旅歌を中心としながら、多様な場面形成の方法を内包し、多彩な内容を展開させているが、全体は日記として成り立つ。五十五日間、一日も記事の欠けた日はない。そもそも日記は、律令体制のもとに発達をした記録の方法である。漢文もしくは変体漢文をもって公事を記す。内記日記・外記日記・蔵人の殿上日記など、公的な朝廷の日記はもとより、律令官人の個人の日記も、公人としての行跡や公務の経緯を書き留める。藤原忠平の『貞信公記』、藤原師輔の『九暦』などがある。いま一つは旅行記で、最も古い日記の資料が、『日本書紀』に引く『伊吉連博徳書《いきのむらじはかとこがふみ》』『難波吉士男人書《なにわのきしおひとがふみ》』という、ともに遣唐使随行記と思われる書である。以下旅行記といっても、朝廷から派遣された旅の記録でしかなかった。さもなければ、修行のための僧侶の行脚の記録である。とくに渡唐僧円仁の『入唐求法巡礼行記』は、承和五年（八三八）から同十四年に至る十年間、著者が大陸で体験した数々の苦難や当地の見聞を書き残した貴重な著作である。しかしながら、それらは政治的・宗教的な目的によって記されたものであり、日中交流史・文化史的には大きな意義をもつ『入唐求法巡礼行記』でも、そのことに変りはない。いや、およそ旅は、何らかの実際上の目的でしかなされなかった。貫之の旅も、任を終えた国司交替の旅なのである。『土佐日記』は以上のごとき日記、就中《なかんずく》旅の日記の伝統を受け継いで著《あらわ》される。『土佐日記』にしばしば漢文訓読語が使われるのも、貫之が意識的・無意識的にそうした伝統とのかかわりをもつからである。

さて、貫之はこの帰任の旅を公人としてではなく、私的な感情を中心に書こうとした。公的な日記でも、著者の感情の断片は、あるいは挿入することができるかもしれない。また公的な意識と私情とにつながりのある場合もあろう。しかし、私情を核とする世界は、公的な日記とは異なる内面的な秩序によってしか実現しないのである。事実的な体験に即しながら、その独自な内面的な秩序を作り出していく。そこに前項に取り上げたような各種の方法が働き、こうして『土佐日記』において、帰任の旅の内部に、まさに貫之の私的な自画像を造型していったともいうべき、日記から日記文学への転化が成し遂げられたのである。

いうまでもなく貫之が官人として日記を書くかぎり、この私情を核とした世界は成り立たない。そこで工夫されたのが、冒頭の女性仮託であった。「男もすなる日記といふものを、女もしてみむとて、するなり」（一一頁）と述べて、官人の立場から脱却し、自由に感懐を記そうとするのである。その女性仮託は、いわば一つの文学空間の設定なのであった。

渡辺秀夫氏（文献43）は、『土佐日記』を漢文日記と古今正調とのもどき、倒語《パロディ》的表現とされた。とすれば、律令官僚・宮廷歌人としての宿命の中で、貫之が屈折しつつ自在な表現世界を、『土佐日記』に求めようとした姿がうかがえるのではなかろうか。

『土佐日記』の本質

さて、『土佐日記』の文学的本質を、どのようなところに見ればよいのであろうか。日記から日記文学への飛躍がなされた、その内実はどこにあるのか。

たとえば、亡児への追慕はきわめて強烈な印象を与えるけれども、その哀悼の念をもって直ちに『土佐日記』の本義とはなしえないであろう。それはやはり「旅」にあると思う。

私見によって、本書では『土佐日記』を九段に分けた。本文に小見出しがつけてある。その順序に従って重点的に考察しよう。まず「序」（一一頁）であるが、女性仮託と、この旅が某年（承平四年）十二月二十一日の門出から始まるということを記す。「それの年の、十二月の、二十日あまり一日の日」とは、日付ではなく、旅全体を見通しての意義深い出立日を表す。冒頭から「……そのよし、いささかに、ものに書きつく」までが序文である。

「惜別の情――大津・鹿児の崎」（一一頁）。二十一日には日付がないが、序に「十二月の……」とあるので省いたのであろう。二十七日、浦戸まで。いくつかの別れの場面が描かれ、別離を旅の原点に置く。

「停滞感――大湊」（一五頁）。一月八日まで、十日間大湊に逗留する。天候の具合が悪くて、出航できない。その停滞感が中心となっている。元日の祝儀物もあまりなく、ただ押鮎の口を吸っての冗談、また送別に人が来たりするが、七日の条に、三話を巧みに脚色構成し、童の歌の感動へと盛り上げるのも、その停滞感を紛らすものとして意義づけられる。

「うつり行く風景――宇多の松原・羽根」（二〇頁）。九日ようやく大湊を出航し、室津に着く十一日まで。途中船上から眺めやった宇多の松原・羽根の風景。羽根は亡児追慕と結びつき、上述のとおり、『古今集』羇旅歌を引用して、独特な叙情的風景を形造る。

「限りなき海と空　望郷の念――室津」（二三頁）は室津に滞留する九日間である。この段に著しいのは、賈島《かとう》の詩、阿倍仲麻呂の歌を引用するなどして表現されている、限りない望郷の念である。大海を前にし、大空を見上げて、感慨に沈み、あるいは磯の波に心惹かれる。同じ出航を待つにしても、大湊とはかなり趣が違う。

「不安と恐怖――荒海と海賊」（二九頁）は、二十一日室津を出航してから、阿波の国を経、和泉の灘に至る三十日まで。距離的に最も長い部分であるが、荒海と海賊とへの恐怖が中心。この間、二十九日阿波の国の土佐の泊りまで、港名が記されない。それは馴染みのない異郷的世界を象徴し、恐怖感をますます強くする。時々不安と恐怖を和らげるように、童が「山も行くと見ゆる」（三二頁）のを詠んだ歌や、「海にて子の日」（三四頁）と題をつけてみた詠歌などが挟まれる。

「もどかしさ――和泉の灘・住吉」（三五頁）。二月一日出発した「和泉の灘」をまた五日に立つ。この書き方は、さきの大湊の停滞感が一つ所に留まるものであったのに対し、船の進行の旋回するごときもどかしさを与える。底流してきた亡児への追慕は、忘れ貝の段に最も感動的な美しい場面を結晶させ、またところどころ点綴《てんてい》されてきた楫取りへの非難が、住吉の条に極まる。人の力ではいかんともしがたい社会の体制の力を暗喩するかのごとくである。この段はその住吉の二月五日まで。

「都近し――淀川遡行」（四一頁）は、都へ近づく悦びと、複雑な心のおののきを、渚の院での懐古の情や、懐かしい地名・風物の数々によって表す。

最後に、「荒涼と悲哀――旧居終着」（四八頁）。わが家に到着して、その荒廃に驚き、管理をしてくれたはずの隣家への不満と、また改めて亡児を偲ぶ思いとが、人生の悲哀としてしみじみと感じられてくる。「とまれかうまれ、とく破りてむ」というポーズは、冒頭の女性仮託と呼応するとしばしば説かれるが、以上の長い過程を作品の内部に積み重ねてきたことによって、もはや冒頭とはまったく次元を異にし、こうした逆説的表現によってしか示しようのない、暗澹たる自虐的な貫之の心境をよく映し出したことばとなっている。

さきに述べたとおり、当時の旅は、すべて政治的・実務的ないしは宗教的なものでしかなかった。貫之の場合も、その現実の旅は同じである。羇旅歌は、そうした旅を契機として、淋しさ、都恋しさなどの心象を歌う。しかし必ずしも旅そのものを純粋に捉えているとはいいがたい。『土佐日記』には、そうした羇旅歌の域にとどまらず、そのまま人生に他ならないといえるような旅が描き出されている。以上の九段は、私案をもって仮りに区切り、その展開のさまを確かめたまでであるが、それを一つの連続体として考察したとき、『土佐日記』の旅にたしかに人生が強く感じられる。そこにこそ『土佐日記』の本質があるのではなかろうか。『土佐日記』はまさしく「旅空間の文学」と称してよいであろう。

『土佐日記』『貫之集』の伝本

『土佐日記』の伝本

『土佐日記』貫之自筆本再建の試みが、池田亀鑑氏（文献32）によってなされた。尊経閣文庫蔵藤原定家本（本書略号定本）は、貫之自筆本を直接書写した本で、巻末に原本の正確な模写を付す。藤原為家も同じく貫之自筆本を書写、定家本より原本に忠実であり、この為家本をさらに忠実に写したのが、東海大学附属図書館蔵桃園文庫青谿書屋本である（本書底本）。他に、三条西実隆の写した本の転写本が三条西家本（三本）、松木宗綱書写の本を転写した近衛家本（近本）、同系統の宮内庁図書寮本（図本）があり、青谿書屋本を中心に、以上四系統の諸本の校合と批判とを通して、原型を再建されたのである。その後、宗綱本の転写本に日本大学図書館本が加わる（日本）（文献33）。本書もこの池田氏の業績を基本にして、本文を立てた。

近年『弘文荘敬愛書図録Ⅱ』に紹介された為家自筆『土佐日記』は、まさに青谿書屋本の祖本の出現である。大阪青山短期大学の所蔵となり、萩谷朴氏（文献46）の指摘によれば、青谿書屋本と異なるところが六カ所、そのうち四ヵ所は青谿書屋本の独自誤謬であり、いま一つは為家本の残す訂正処置に従って、青谿書屋本が本文化したもの、最後の一つが、四八頁二行の「よめり」で、青谿書屋本「よめりし」とある「し」は後人の補筆であることが、為家本の「筆のカスリ」のような形によって明らかになるとされた。

『貫之集』の伝本

『貫之集』の伝本は二種類に分れる。第一類は、歌仙家集本（本書底本）、および陽明文庫本（近・サ・68、陽本）、同別本（近・212・1）を代表とする、部立をもった本である。底本と陽本の形態はひとしいが、部立ならびに和歌の順序配列をそれとやや異にし、底本・陽本ほどに整然としていないのが、西本願寺本（西本）・宮内庁書陵部御所本（書本）で、また西本には底本の第四に当る部分が欠けている。

第二類は、天理図書館蔵伝二条為氏筆本（為本）。第一類とはまったく別の雑纂本で、歌数は九十一首と少ない。なお、やはり『弘文荘敬愛書図録Ⅱ』の伝二条為氏筆『異本貫之集』が、同解説によれば、為本と同系統の本と思われ、同じく大阪青山短期大学の所蔵となった。

その他、かなりの古筆切が伝わり、明らかにこれらの本と関係のあるものや、これらの本とは重ならず、勅撰集に見えるものがある。実態はさまざまであろう。

参考文献

（頭注ならびに解説に引くものを中心とする。〈　〉内に解説引用文献番号を入れた）

紀貫之・『貫之集』関係（『土佐日記』にまたがるものも含む）

萩谷朴『土佐日記――紀貫之全集――』（日本古典全書）　朝日新聞社　昭25（新訂版　昭44）〈文献1〉
片桐洋一監修・ひめまつの会『紀貫之全歌集総索引』　大学堂書店　昭43
和歌史研究会『私家集大成・中古I』　明治書院　昭48
田中登『校訂貫之集』（香川景樹『貫之集注』を付載）　和泉書院　昭62〈文献2〉
尾上柴舟『紀貫之』　厚生閣　昭13
目崎徳衛『紀貫之』　吉川弘文館　昭36（新装版　昭60）〈文献3〉
大岡信『紀貫之』　筑摩書房　昭46
菊地靖彦『「古今集」以後における貫之』　桜楓社　昭55〈文献4〉
村瀬敏夫『紀貫之伝の研究』　桜楓社　昭56〈文献5〉
長谷川政春『紀貫之論』　有精堂　昭59〈文献6〉
藤岡忠美『紀貫之』　集英社　昭60〈文献7〉
村瀬敏夫『宮廷歌人紀貫之』　新典社　昭62〈文献8〉
久曽神昇『西本願寺本三十六人集精成』　風間書房　昭41
島田良二『平安前期私家集の研究』　桜楓社　昭43
山口博『王朝歌壇の研究――宇多醍醐朱雀朝篇――』　桜楓社　昭48〈文献9〉
迫徹朗『王朝文学の考証的研究』　風間書房　昭48〈文献10〉

萩谷朴『平安朝歌合大成一』 私家版 昭32〈文献11〉
家永三郎『上代倭絵年表』 座右宝刊行会 昭17（改訂版 墨水書房 昭41）
家永三郎『上代倭絵全史』 高桐書院 昭21（改訂版 墨水書房 昭41）

杉崎重遠「小一条太政大臣殿歌合の披講年代に就て」『国文学研究』14 昭30・8
萩谷朴「貫之の家系」『二松学舎大学創立八十周年記念論集』 昭32・10〈文献12〉
片桐洋一「松鶴図淵源考――古今集時代研究序説㈠――」『国語国文』昭35・6〈文献13〉
片桐洋一「松にかかれる藤波の――古今集時代研究序説のうち――」『文学・語学』20 昭36・6
三谷邦明「屏風絵と物語――屏風絵物語と住吉物語について――」『平安朝文学研究』9 昭38・7
藤岡忠美「古今から後撰へ――和歌史における屈折の一時期」（『平安和歌史論――三代集時代の基調――』 桜楓社 昭41）〈文献14〉
玉上琢弥「屏風絵と歌と物語と――源氏物語の本性（その三）――」（源氏物語評釈別巻一『源氏物語研究』 角川書店 昭41）〈文献15〉
山根対助「はなぞむかしの――『代白頭吟』受容史の一齣――」北海学園大学『学園論集』11 昭42・9
目崎徳衛「為氏筆本貫之集について――その成立論と貫之伝補遺――」（『平安文化史論』 桜楓社 昭43）〈文献16〉
山本利達「貫之の序――大井川行幸和歌序をめぐって――」『国語国文』昭45・4〈文献17〉
今井源衛「戒仙について――業平から貫之へ――」（『王朝文学の研究』 角川書店 昭45）
後藤祥子「清原元輔試論――屏風歌と歌合と――」『日本女子大学国語国文学論究』二 昭46・2
工藤重矩「藤原兼輔伝考㈠㈡㈢」『語文研究』30、33、36 昭46・3、47・5、49・2〈文献18〉
上條彰次「貫之『望月の駒』詠考――俊成歌観への一アプローチ――」『文学』昭46・10〈文献19〉

片桐洋一「紀貫之論序説」『文林』6　昭47・3

藤岡忠美「藤原兼輔の周辺――いわゆる『小世界』の問題に触れて――」『国語と国文学』昭48・1〈文献20〉

渡辺秀夫「紀貫之の位相――屏風絵と屏風歌をめぐって――」『国文学研究』54　昭49・10

藤岡忠美「貫之の贈答歌と屏風歌――『人はいさ心もしらず……』の一首をめぐって――」『文学』昭50・8

小西甚一「貫之晩年の歌風」『文学』昭50・8

片野達郎「屏風歌の研究――和歌と絵画の交渉――」（『日本文芸と絵画の相関性の研究』　笠間書院　昭50）〈文献21〉

田中登「『伝為氏筆本貫之集』本文考」『平安文学研究』54　昭50・11〈文献22〉

（田中氏に『貫之集』に関する一連の論考がある。文献2参照）

上野理「後拾遺集と家集」（『後拾遺集前後』　笠間書院　昭51）

田中登「書陵部蔵『元輔集』の巻末歌群について――特に『貫之集』との共通歌をめぐって――」『平安文学研究』55　昭51・6

和多田晴代「貫之における屏風歌表現の一特質――敦忠家屏風歌をめぐって――」『平安文学研究』55　昭51・6〈文献23〉

徳原茂実「貫之集屏風歌の詠法」『国文学研究ノート』7　昭51・10〈文献24〉

渡辺秀夫「紀貫之の屏風歌　承前――屏風絵と屏風歌をめぐって――」『東横国文学』10　昭52・12

徳原茂実「屏風歌の具体相」『国語と国文学』昭53・6〈文献25〉

杉谷寿郎「歌仙家集本系貫之集の本文の成立――村雲切・定家筆貫之集切との関係から――」上村悦子編『論叢王朝文学』　笠間書院　昭53

川村裕子「屏風歌について」『立教大学日本文学』41　昭54・1〈文献26〉

後藤祥子「貫之歌の孕むもの」『解釈と鑑賞』昭54・2

（同号は特集「紀貫之〈醒めた意識の悲しみ〉」）
清水好子「屏風歌制作についての考察」（『源氏物語の文体と方法』　東京大学出版会　昭55）〈文献27〉
徳原茂実「宇多・醍醐朝の歌召をめぐって」『中古文学』26　昭55・10〈文献28〉
杉谷寿郎「伝行成筆貫之集切の成立」『国語と国文学』昭55・11〈文献29〉
徳原茂実「賀の屏風と屏風歌」『平安文学研究』64　昭55・12〈文献30〉
大曽根章介「八月十五夜（四季の行事と古典文学）」　山中裕・今井源衛編『年中行事の文芸学』　弘文堂　昭56
久保木哲夫「在原元方集」（『平安時代私家集の研究』　笠間書院　昭60）
小町谷照彦「映像的思惟の確立――貫之歌の景気――」『文学』昭61・2〈文献31〉
加藤幸一「紀貫之の表現――『貫之集』所収贈答歌二組をめぐって――」『中古文学』41　昭63・5
水谷隆「紀貫之にみられる万葉歌の利用について」『和歌文学研究』56　昭63・6

『土佐日記』関係

池田亀鑑『古典の批判的処置に関する研究』　岩波書店　昭16〈文献32〉
日本大学文理学部国文学研究室『土左日記総索引』　日本大学人文科学研究所　昭42〈文献33〉
小久保崇明・山田瑩徹『土左日記本文及び語彙索引』　笠間書院　昭56
池田正式『土佐日記講註』　慶安1（未刊国文古注釈大系）
加藤磐斎『土佐日記見聞抄』　明暦1
北村季吟『土左日記抄』　寛文1（影印『北村季吟古注釈集成』新典社・野中春水編桜楓社）
岸本由豆流『土左日記考証』　文化12（国文学注釈叢書　折口信夫補注）
富士谷御杖『土佐日記燈』　文化14（明治31刊）

香川景樹『土左日記創見』　文政６（国文学注釈叢書）
田中大秀『土佐日記解』　文政12（同）
橘守部『土佐日記舟の直路』　天保13（同）
鹿持雅澄『土佐日記地理弁』　安政５（同）
臼田甚五郎『学生の為めの土佐日記の鑑賞』　興文閣　昭13
中田祝夫『土佐日記』（新註国文学叢書）　講談社　昭26
小西甚一『土佐日記評解』　有精堂　昭26
野中春水『土佐日記新釈』　白楊社　昭30
鈴木知太郎『土左日記』（日本古典文学大系）　岩波書店　昭32
萩谷朴『土佐日記全注釈』　角川書店　昭42〈文献34〉
松村誠一『土佐日記』（日本古典文学全集）　小学館　昭48
品川和子『土佐日記全訳注』（講談社学術文庫）　講談社　昭58
竹村義一『土佐日記の地理的研究――土佐国篇――』　笠間書院　昭52
清水孝之『土佐日記の風土』　高知市民図書館　昭62

山田孝雄「土佐日記に地理の誤あるか」『文学』昭10・1
樋口寛「『土佐日記』に於ける貫之の立場」『古典文学の探求』　成武堂　昭18
萩谷朴「土佐日記は歌論書か」『国語と国文学』昭26・6〈文献35〉
石川徹「土佐日記に於ける虚構の意義」（『古代小説史稿』　刀江書院　昭33）
久保田博「室津の泊に船繋りする人――土佐日記東灘抄――」室戸町誌編集委員会編『室戸町誌』　室戸町史跡保存会　昭37

木村正中「土左日記の構造」明治大学『文芸研究』10　昭38・3〈文献36〉
松村誠一「土佐日記の『地理の誤り』について」『高知大学学術研究報告』第13巻人文科学第6号　昭40・2
室伏信助「土佐日記と貫之」『跡見学園国語科紀要』15　昭42・3〈文献37〉
奥村恒哉「土佐日記地理考証――山崎附近――」『国語国文』昭47・10
堀川昇「土佐日記の方法形成試論――屏風歌の表現構造との関連を中心にして――」『言語と文芸』79　昭49・11〈文献38〉
萩谷朴「書かれざる土佐日記第四の主題」『日本文学の伝統と歴史』　桜楓社　昭50〈文献39〉
渡辺秀夫「土左日記に於ける和歌の位相――〈よむ〉と〈いふ〉――」　中古文学研究会編『日記文学・作品論の試み』　笠間書院　昭54〈文献40〉
松本寧至「土佐日記の諧謔――一月十三日の条『といひて』は順接である」『日本文学』昭55・9
松原輝美「土左日記私考(上)(中)(下)」『文学』昭56・5、6、7〈文献41〉
長谷川政春「土佐日記の方法――紀行文学の発生と羇旅歌の伝統――」『東横国文学』14　昭57・3〈文献42〉
平沢竜介「土佐日記論――貫之の意図――」『国文学研究資料館紀要』9　昭58・3
渡辺秀夫「漢文日記から日記文学へ――土左日記をめぐって――」『日本文学』昭58・5〈文献43〉
深沢徹「『土佐日記』時空論――その達成と限界――」『日本文学』昭58・6
森本茂「土佐日記の『まがりのおほぢのかた』考」『香川大国文研究』8　昭58・9
長谷川政春「表現としての土佐日記」『東横国文学』17　昭60・3〈文献44〉
渡辺久寿「土佐日記試論――貫之文学の構造的特質を通して――」『日本文芸論集』12　昭60・3〈文献45〉
堀内秀晃「日記から日記文学へ」『解釈と鑑賞』昭60・7
萩谷朴「青谿書屋本『土佐日記』の極めて尠ない独自誤謬について」『中古文学』41　昭63・5〈文献46〉

＊

（以下基本の参考文献ではないが、頭注に引いたので掲げる）

大野晋「日本語の構文――係助詞の役割(二)――」『文学』昭60・3

土屋文明「万葉集私注補正稿」（『万葉集私注十補巻』　筑摩書房　昭45）

久曽神昇『古今和歌集成立論研究編』　風間書房　昭36

田中喜美春「古今集延喜五年奏覧考(上)(下)」『国語と国文学』昭48・1、2

竹岡正夫『古今和歌集全評釈上・下』　右文書院　昭51

新井栄蔵「和語と漢語――古今集恋部巻頭歌私見――」『国語国文』昭52・5

付録

『貫之集』初句索引

一、この索引は『貫之集』に収録されている歌を初句によって検索する便宜のために作成した。
一、すべて歴史的仮名づかいによる平仮名で記し、五十音順に配列した。
一、初句が同じ歌の場合は次に一字を下げて―を付し第二句を掲げた。
一、漢数字は『貫之集』の歌番号を示す。

あ

い

け

こ

さ

し

しらゆきの　二
しらゆきは　三三三
しるしなき　六四二
しろたへに
ーゆきのふれれば
くさもきも　五〇八
こまつばら　一三五

す

すみのえの
ーあさみつしほに　三七
ーまつにはあらねど　六〇九
ーまつのけぶりは　六八三
すみよしの　六九五

せ

せをはやみ　五八五

そ

そのひとの　七三五
そめたちて　七三一
そらしらぬ　八八〇
そらにのみ　三一一

た

たかさごの　八一五
たがとしの　六九三
たぎつせの　二四六
たけをしも　三〇九
ただちにて　三三九
たちかへり　七九九
たちぬとは　七五五
たちねとや　二九七
たちよれば　三一一
たつぬさの　六六六
たなばたに　七三四
ーおもふものから　五五六
ーぬぎてかしつる　一二
たなばたの
ーうきふしならで　四七五
ーとしにひとたび　五六〇
たなばたは　二五八
たなびかぬ　一六七
たまとのみ　五一八
たまぼこの
ーたむけのかみも　七一五
ーとほみちもこそ　七八六
ーみちのやまかぜ　七三九
ーみちはなほまだ　九二
たまもかる　二〇九
たむけせぬ　五五四

ち

ちかくても　六一八
ちとせといふ　五一三
ちとせふと　一三三
ちとせまで　七三七
ちとせをし　四一〇
ちとせをば　七一三
ちはやぶる
ーかみたちませよ　三一八
ーかみのたよりに　四九四
ちよとおもふ　七八四
ちよふべき　八五七
ちよまでの　七四
ちよもたる　三四八
ちりがたの　三〇二
ちりかはる　八四三
ちりぬとも　二二五
ちりぬべき　一五六
ちりまがふ　四〇四
ちりもせず　八六三
ちるうへに　一八五
ちるがうへに　七九三
ちることも　二九三
ちるときは　六三八
ちるはなの　一四四

つ

つきかげに　三〇四
つきかげの　四五六
つきかげは　七四一
つきかげも　四三七
つきごとに　四七八
つきをだに　三五
つなでとき　二一四
つなはへて　五〇二
つねよりも　四〇
つのくにの　五四一
つまこふる
ーしかのしがらむ　五八三
ーしかのなみだや　四〇九
つもりぬる　四三四
つゆしげき　七八八
つるのおほく
ーよそへてみゆる　八八三
ーよをへてみゆる　三三三
つれづれと　四四一

て

てごとにぞ　一六六
てにむすぶ　八七八
てもふれで　五六八

むめのかの　二〇六
むめのはな
―おほかるさとに　一七一
―さくともしらず　六〇
―にほひにほひて　四六二
―にほひのふかく　八四五
―まだちらねども　一一三
―をりしまがへば　二三六
むめもみな　八四七
むもれぎの　八二三
むれてをる　三八七
むれゐつつ　二二四

め

めにもみず　六六七

も

もえもあへぬ　五四三
もとよりの　一四〇
ものごとに
―かげみなそこに　六九六
―ふりのみかくす　八八
もみぢする　二一七
もみぢちる　一八六
もみぢばの
―かげをうつして　四一三
―ちりしくときは　八六
―ながるるときは
　　しらなみの　二六五
　　たつたがは　二三八
―ながれておつる　四四五
―ぬさともちるか　一一三
―まなくちりぬる　五五
もみぢばは
―てりてみゆれど　二六四
―わかれををしみ　九六
もみぢばも　七一二
ももくさの
―はなのかげまで　六九四
―はなはみゆれど　三八一
ももちどり
―こづたひちらす　五七
―なくときはあれど　五九二
ももとせと　六七七
ももとせの
―うづきをいのる　五二五
―ちぢのあきごとに　三九七
ももとせを　五一一
ももはがき　五五七
もゆれども　五五三

や

やどちかく　五一〇
やなみれば　一一九
やへむぐら
―おひにしやどに　八四
―こころのうちに　八四一
―しげくのみこそ　四四三
やまかげに　五五三
やまかぜに　三一
やまかぜの　四八四
やまがはを　三九九
やまざくら
―かすみのまより　五三五
―よそにみるとて　六一
やまざとに
―すむかひあるは　一四一
―たびねよにせじ　一四八
―つくれるやどは　三〇七
やまたかみ　二一五
やまださへ　六
やまちかき　三六一
やまぢにも　一五七
やまとほき　二六三
やまにこそ　八三七
やまのかひ　三三
やまのには　四二〇
やまのはに
―いりなんとおもふ　三二九
―ゆふひさしつつ　四一六
やまのはを　九七
やまびこの　六三〇
やまふかき　二五二
やまみれば　三〇
やまゐもて　一三七
やみおきて　八八八

ゆ

ゆかりとも　二五四
ゆきだにも　八七四
ゆきてみぬ　三
ゆきとのみ　三五四
ゆきのみや　二四三
ゆきふれば
―うときものなく　三一三
―くさきになべて　四八五
ゆきやどる　二〇八
ゆくがうへに　一四六
ゆくけふも　七一一
ゆくさきは　三七六
ゆくするゑは　五四九
ゆくするゑも　三一九
ゆくつきひ
―おもほえねども　二五五

紀貫之略年譜

天皇	年号	西暦	事跡
清和	貞観 十	八六八	〜貞観十四年（八七二）貫之生まれる
宇多	寛平 五	八九三	この年以前是貞親王家歌合・寛平御時后宮歌合に出詠
醍醐	昌泰 元	八九八	朱雀院女郎花合に出詠　昌泰年間ないし延喜初年の三月三日紀師匠家曲水宴和歌の催しがあるか
	延喜 五	九〇五	『古今集』撰進　貫之それ以前より御書所預の職にある
	六	九〇六	二月越前権少掾　同年内裏月次屏風の歌を詠進　屏風歌歌人として本格的な活躍始まる
	七	九〇七	二月内膳典膳　九月十日大堰川行幸和歌
	十	九一〇	二月少内記　この前後藤原兼輔が主催して三春有輔の出立を送る時の餞別の歌を作る 『古今集』以後兼輔との交誼を増し恩顧を蒙ることが多くなる
	十二	九一二	藤原定方四十賀の歌を詠む　定方への親炙が深まる
	十三	九一三	三月十三日亭子院歌合　同年四月貫之大内記

	十七	九一七	一月叙爵　加賀介に任ぜられるが　それを不満として奏請
	十八	九一八	二月美濃介になり赴任
	二十一	九二一	一月美濃介辞任　その後散位　同じく一月兼輔参議　貫之その慶賀の歌を詠む
	延長　元	九二三	六月大監物
	六	九二八	九月右京亮
	八	九三〇	一月土佐守　九月二十九日醍醐天皇崩御　諒闇の間に兼輔の母死去
朱雀	承平　元	九三一	七月十九日宇多上皇崩御
	二	九三二	八月四日定方没
	三	九三三	二月十八日兼輔没
	四	九三四	十二月二十一日土佐の国府を出立
	五	九三五	二月十六日京へ帰着　左大臣藤原忠平の白河殿にて詠歌　帰京後散位　その後沈淪の嘆きを忠平や息師輔に訴える　『土佐日記』承平五・六年に執筆
	天慶　二	九三九	二月二十八日周防国で歌合を催す　同年藤原敦忠家の屛風歌　贈答歌を含み人事的詠歌多く特色あり　貫之は土佐より帰京後も屛風歌を数々詠進
	三	九四〇	三月玄蕃頭　五月朱雀院別当に再任される　はじめて朱雀院別当になったのは二、三年前のことか
	五	九四二	藤原実頼に良い職への遷任を願う中文に添えて和歌を贈る
	六	九四三	一月従五位上　天慶六〜八年に『新撰和歌』完成
	八	九四五	三月木工権頭
			〜天慶九年（九四六）源公忠へ辞世の歌を残して貫之死去

土佐日記関係地図

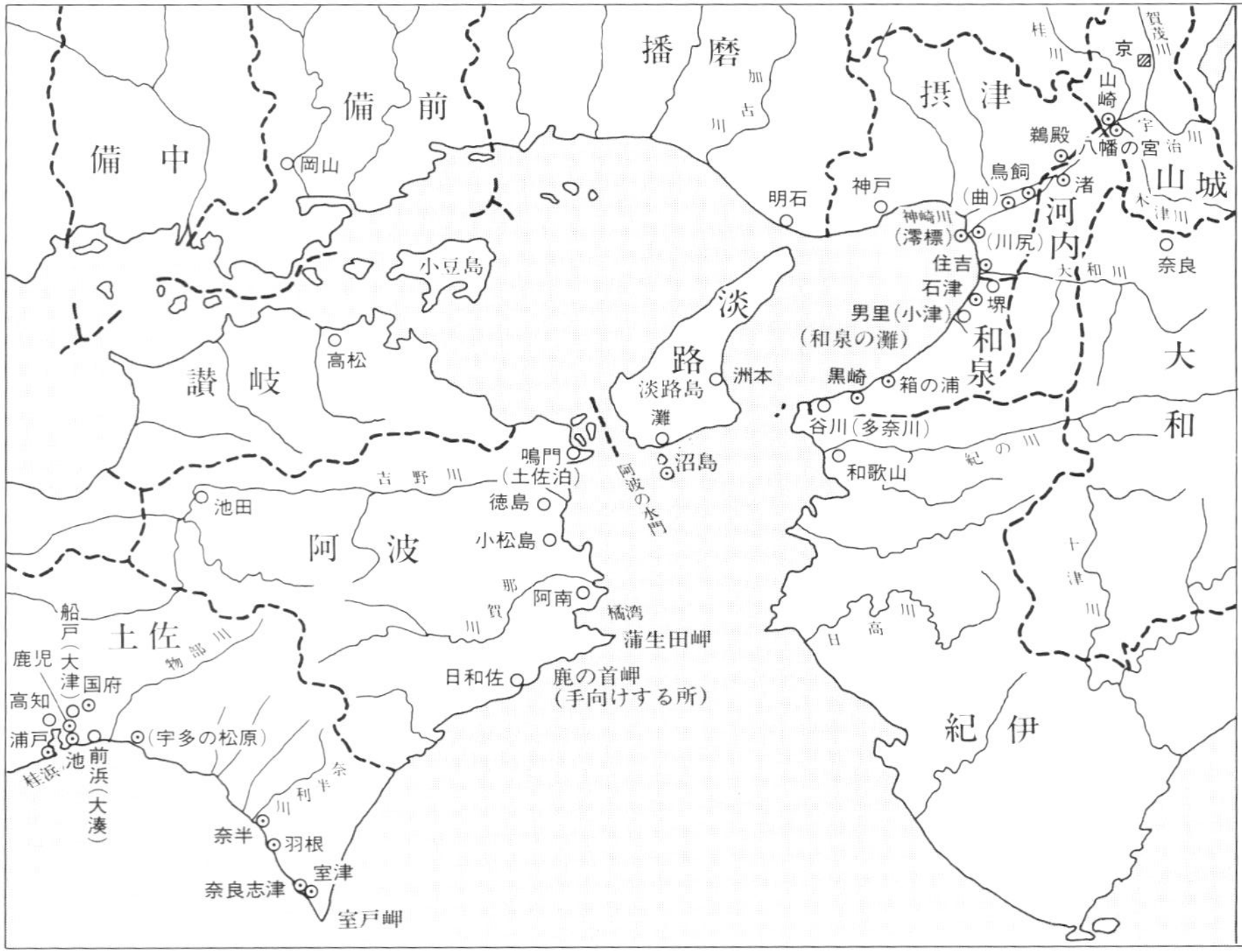

⊙ 土佐日記に見る地名
○ 現在の市町村
( )は土佐日記の地名の推定地

新潮日本古典集成〈新装版〉

土《と》佐《さ》日《にっ》記《き》 貫《つら》之《ゆき》集《しゅう》

平成三十年六月三十日 発行

校注者 木《き》村《むら》正《まさ》中《のり》
発行者 佐藤隆信
発行所 株式会社 新潮社
〒一六二―八七一一 東京都新宿区矢来町七一
電話 〇三―三二六六―五四一一（編集部）
〇三―三二六六―五一一一（読者係）
http://www.shinchosha.co.jp
印刷所 大日本印刷株式会社
製本所 加藤製本株式会社
装画 佐多芳郎／装幀 新潮社装幀室
組版 株式会社DNPメディア・アート

ISBN978-4-10-620811-9 C0395

■新潮日本古典集成

古事記	西宮一民
萬葉集　一〜五	青木生子　井手至　伊藤博　清水克彦　橋本四郎
日本霊異記	小泉道
竹取物語	野口元大
伊勢物語	渡辺実
古今和歌集	奥村恆哉
土佐日記　貫之集	木村正中
蜻蛉日記	犬養廉
落窪物語	稲賀敬二
枕草子　上・下	萩谷朴
和泉式部日記　和泉式部集	野村精一
紫式部日記　紫式部集	山本利達
源氏物語　一〜八	石田穣二　清水好子
和漢朗詠集	大曽根章介　堀内秀晃
更級日記	秋山虔
狭衣物語　上・下	鈴木一雄
堤中納言物語	塚原鉄雄
大鏡	石川徹
今昔物語集　本朝世俗部　一〜四	阪倉篤義　本田義憲　川端善明
梁塵秘抄	榎克朗
山家集	後藤重郎
無名草子	桑原博史
宇治拾遺物語	大島建彦
新古今和歌集　上・下	久保田淳
方丈記　発心集	三木紀人
平家物語　上・中・下	水原一
金槐和歌集	樋口芳麻呂
建礼門院右京大夫集	糸賀きみ江
古今著聞集　上・下	西尾光一　小林保治
歎異抄　三帖和讃	伊藤博之
とはずがたり	福田秀一
徒然草	木藤才蔵
太平記　一〜五	山下宏明
謡曲集　上・中・下	伊藤正義
世阿弥芸術論集	田中裕
連歌集	島津忠夫
竹馬狂吟集　新撰犬筑波集	木村三四吾　井口壽
閑吟集　宗安小歌集	北川忠彦
御伽草子集	松本隆信
説経集	室木弥太郎
好色一代男	松田修
好色一代女	村田穆
日本永代蔵	村田穆
世間胸算用	金井寅之助　松原秀江
芭蕉句集	今栄蔵
芭蕉文集	富山奏
近松門左衛門集	信多純一
浄瑠璃集	土田衞
雨月物語　癇癖談	浅野三平
春雨物語　書初機嫌海	美山靖
與謝蕪村集	清水孝之
本居宣長集	日野龍夫
誹風柳多留	宮田正信
浮世床　四十八癖	本田康雄
東海道四谷怪談	郡司正勝
三人吉三廓初買	今尾哲也